As Irmãs Harker

Outra obra da autora publicada pela Editora Record

O casamento de mentirinha de Katie Simpson

Mina Ford

As Irmãs Harker

Tradução de
CÁSSIA ZANON

EDITORA RECORD
RIO DE JANEIRO • SÃO PAULO

2007

CIP-Brasil. Catalogação-na-fonte
Sindicato Nacional dos Editores de Livros, RJ.

Ford, Mina
F794i As irmãs Harker / Mina Ford; tradução de Cássia Zanon. – Rio de Janeiro: Record, 2007.

Tradução de: Two of a kind
ISBN 978-85-01-07553-6

1. Irmãs – Ficção. 2. Romance inglês. I. Zanon, Cássia. II. Título.

06-4420 CDD – 823
CDU – 821.111-3

Título original inglês:
TWO OF A KIND

Impresso no Brasil

ISBN 978-85-01-07553-6

PEDIDOS PELO REEMBOLSO POSTAL
Caixa Postal 23.052
Rio de Janeiro, RJ – 20922-970

EDITORA AFILIADA

Para Rob

Um imenso agradecimento a:
Rob Brock, meu final feliz da vida real, por sua fé inabalável, sua paciência e seu apoio sólido, principalmente naqueles tempos difíceis de gim com amoras — você é a minha força; Rick Brock, por responder de forma absolutamente altruísta àquelas emergências de última hora com o laptop, e a Sue, por se esforçar para não perguntar "Já terminou?" com muita freqüência. Como sempre, um grande obrigada a Judith Murray por tudo — aqueles sanduichinhos e bolos estavam fantásticos; a Marion Donaldson, por ser muito, muito paciente e outras tantas coisas que são numerosas demais para serem mencionadas. Enormes agradecimentos e todo o meu amor a Gerald e Sandra Ford — simplesmente o melhor tipo de pais que uma garota poderia querer e, é claro, a Ginny Augustin, por dar uma nova dimensão à minha vida com o menino Reuben e me dar a inspiração para o tema deste livro — sinto muito por sempre ter enganado você com os doces.

Ruby

Cornualha, 1970

A nova piscina, no formato de um perfeito feijão, cintilava azul no fundo do jardim. O sol brilhava, incandescente, num perfeito céu azul-claro. Em algum lugar, Isaac estava trabalhando. O barulho de sua serra circular, cortando placas de frio mármore branco, zumbia como uma mosca no ar quente e úmido. Ainda cheia de ovos do café-da-manhã, a jovem de 18 anos, Ruby Gladstone, virou-se de costas como um besouro e ficou olhando fixamente para a lua gorda que era a sua barriga, muito branca, marcada com finas linhas cor de framboesa, inchando embaixo da parte de cima de seu biquíni de bolinhas.

Isaac havia feito a piscina para mantê-la longe do mar. Longe das ondas que quebravam na enseada clara de areia abaixo da casa, carregando lascas de conchas cor-de-rosa transparentes que raspavam a pele de seus cotovelos e joelhos sempre que, repetidamente, ela e sua preciosa prancha de surfe eram trazidas para a praia. Em todos os seus 36 anos de vida, Isaac nunca havia perdoado o monstro cruel que havia tirado a vida de seu pai pescador. Não iria perder Ruby nem o bebê.

Ruby saiu da piscina e enfiou os pés em seus chinelos de ráfia preferidos, decidida a passar o resto do belo dia na espreguiçadeira listrada perto da cerca viva. Mais cedo, havia reunido tudo o que poderia precisar para um dia inteiro assando no sol. Óleo bronzeador. Brilho labial sabor uva. Um saco de balas. Óculos de sol enormes. Suco. Um boné e — por último, mas não menos importante — um velho exemplar de seu romance favorito de Agatha Christie, todo enrugado por causa de um mergulho acidental na água do banho e com marcas de dedos sujos de creme.

Ela não ia pensar no bebê. Não naquele dia. Ela se emocionava e seu coração acelerava no peito sempre que seus pensamentos voavam para o quartinho no topo da escada recém-pintado de amarelo-claro e cheio de cobertores brancos muito bem dobrados à espera do minúsculo alienígena que estava enroscado como uma fava dentro dela.

Tudo pareceu acontecer em câmera lenta, como costuma ser com os acidentes. Num instante, Ruby estava caminhando alegremente ao lado da profusão de petúnias púrpuras, margaridas olhos-de-boi e flores-do-campo ao lado da cerca. No instante seguinte, prendeu o calcanhar em alguma coisa e se viu saltando no ar, caindo no pavimento irregular abaixo. Zonza, viu uma gota de sangue vivo pingar de um arranhão no joelho e escorrer pela pele macia de sua canela enquanto Isaac, alertado por seu grito de surpresa, correu pela lateral da casa.

— Puta que pariu!

— Olha a boca! — A parteira levantou a camisola de papel e espetou as partes de Ruby com dedos gelados e implacáveis. — Ainda falta muito tempo, minha menina. O bebê estava bem feliz aí dentro até você achar interessante sair se jogando por aí como uma boneca de pano. No que estava pensando?

Ruby cerrou os dentes ao sentir outro espasmo de dor na barriga. Não sabia quanto ao "Bebê", mas se aquela agonia continuasse por muito mais tempo, ela certamente iria se partir em dois. Estourar como o papaia que Isaac havia comprado no mercado indiano e deixado no peitoril da janela da cozinha e que espalhara um líquido amarelado pegajoso e sementes pretas brilhantes por todos os azulejos. O que estava acontecendo certamente não fazia parte de nenhum plano. Seus sonhos para o futuro eram tão maiores do que aquilo. Eram imagens de si mesma dando rodopios, coberta, como algum maravilhoso confeito, por macias camadas de tule. Inclinando-se numa reverência para uma rodada de muitos aplausos. Buquês do tamanho de morcegos chovendo a seus pés. Ela sempre pensava que seria Alguém.

Mas então se apaixonou por Isaac. Isaac Harker, com seu sorriso torto e uma voz que parecia melado. Agora ela iria ser a Mãe de Alguém.

Era uma menina. Uma menina gorduchinha, como Ruby pôde ver quando a levantaram. Um Buda mal-humorado, berrando tempestuosamente, a plenos pulmões. Rosada como um leitãozinho e gritando, era uma cópia carbono do pai. Os olhos cor de ameixa preta de Isaac, marcado com cílios muito escuros, olhavam atentamente o rostinho enrugado. A cabeça era uma porção de cabelos sedosos que ficavam de pé como um leque chinês. Já esquecida da dor, Ruby ficou olhando, surpresa com o forte impulso protetor que cresceu em seu peito enquanto a parteira enrolava sua filha num cobertor de crochê e a punha em seus braços.

Olhou para sua filhinha, absorvendo cada traço delicado. Pálpebras de celofane. O narizinho era um botão delicado como um cogumelo. A mão era uma minúscula estrela-do-mar, com os dedos se dobrando instintivamente em torno do seu enquanto ela traçava seus contornos com a unha pintada de esmalte.

— Olá — disse ela, maravilhada. — Então é você.

Sentiu a dor atingi-la como um soco.

— Tem alguma coisa errada.

Isaac agarrou a filha e correu até o corredor iluminado atrás de ajuda. De repente, o quarto estava cheio de gente usando máscaras e aventais. Apalpando. Espetando. Machucavam-na. Chapada num barato de gás anestésico e ar, Ruby olhou para as manchas pálidas de respingos cor de morango sobre os lençóis. Sangue. Seu próprio sangue. Ela estava morrendo?

Finalmente, alguém disse alguma coisa.

— Aqui está. Ela estava escondida logo atrás da irmã mais velha. Brincando de esconde-esconde conosco, hein, menininha? Ninguém sabia que você estava aí dentro.

Houve uma explosão de gritos de comemoração. Isaac? As enfermeiras? Ruby não tinha certeza. Estava exausta. Estava pairando sobre as nebulosas margens do delírio. Tinha uma vaga noção de que alguma coisa importante estava acontecendo, mas, depois da agonia dolorosa dos últimos minutos, tudo o que queria fazer era dormir.

Ouviu vozes flutuando através de uma névoa esverdeada de petidina.

— Ela vai ficar bem?

— É muito cedo para saber.

— Ela é muito pequena.

— Parece que a outra gêmea conseguiu de algum modo absorver a maior parte dos nutrientes.

Ruby fez força para se sentar. O médico estava segurando alguma coisa pequena e murcha nos braços. Só conseguiu identificar um chumaço de cabelos, encaracolados como um suspiro de limão.

— Você disse gêmea?

O médico assentiu.

— Posso vê-la?

O médico e a enfermeira se entreolharam.

— Sinto muito. Teremos de levá-la direto para a unidade de terapia intensiva.

— Mas vocês vão salvá-la? — a boca de Ruby ficou seca.

— Srta. Gladstone...

— Ruby! — disse Ruby com firmeza. — Meu nome é Ruby.

— Ruby, a sua filha é muito frágil.

— Mas é minha filha — Ruby lhe disse.

Ela não estava esperando dois bebês. Na verdade, não estava sequer querendo ter um. Mas agora que elas estavam ali, a idéia de ir para casa sem as duas era impensável. As duas haviam passado quase nove meses enroscadas juntas como colheres de café em seu útero. Não seria justo separá-las agora.

O médico falou em tom sério:

— Faremos tudo o que for possível.

Ruby

Margate, 1976

O condado de Kent estava enfrentando uma sufocante onda de calor. Trinta graus à sombra, e subindo. Uma mangueira estava ligada no máximo. O gramado dos fundos dos pais de Ruby, que já tinha sido exuberante e repleto de pés de hortelã, se transformara em moitas ressecadas e cinzentas. Havia sofrido a invasão de uma praga de besouros. Eles formavam verdadeiras filas na escada da frente e, por mais que varressem, não conseguiam se livrar dos destruidores. Aquilo estava levando Len Gladstone à loucura.

— Não conseguem ir à praia em Eastbourne. — Grace fechou o *Daily Express* e abanou-se com ele. — Está quente demais. Não sentirei a menor falta desse calor.

Ruby serviu mais chá. Era típico de sua mãe ver o lado negativo das coisas. Seu copo estava sempre meio vazio. Ela vivia a vida segundo a máxima de que "alguma coisa pode acontecer". Sempre esperando o pior. Se havia a perspectiva de alguma coisa boa pairando no ar, como uma bolha prateada no horizonte, a língua afiada de Grace sempre dava um jeito de estourá-la.

— Esse tipo de coisa não é para gente como nós — disse ela quando o professor de dança de Ruby sugeriu que a menina de 12 anos na época fizesse um teste para uma vaga na Royal Ballet School. Ruby tinha ficado empolgadíssima, com a euforia inicial se dissolvendo como uma bola de sais de banho. Sua mãe realmente acreditava que um emprego empacotando biscoitos numa fábrica era melhor do que passar a vida rodopiando no assoalho sagrado do teatro Sadler's Wells?

Aparentemente, sim.

Grace nunca aprovou Isaac, é claro. Antes de qualquer coisa, ele tinha quase o dobro da idade de Ruby. E morava na Cornualha. No outro lado do país. Eles jamais a veriam. Mas Ruby não mudou de idéia. Não fazia muito tempo que conhecia Isaac. E com ele Ruby se sentia em casa. A casa dele, nos penhascos acima das ruas desordenadas de St. Ives, era praticamente o mais distante do brilho espalhafatoso de Margate que se podia chegar. Ao contrário da mãe dela, Isaac não se importava se ela nunca terminava de lavar a louça ou jamais arrumava a cama. Na Cornualha, a vida de Ruby pertencia a ela mesma.

Ela não tivera a intenção de engravidar tão rapidamente. O que não queria dizer que ela tivesse feito alguma coisa para evitar que isso acontecesse. Isaac ficara encantado. Grace, desnecessário dizer, ficara horrorizada.

Os sentimentos da própria Ruby haviam beirado o pavor. Mas isso tinha mais a ver com a perspectiva de dar à luz do que com qualquer outra coisa.

Grace e Ruby ficaram sem se falar por mais de um ano. Grace ficara sabendo do nascimento das netas pelo marido. Perdeu seus primeiros passos. Suas primeiras palavras. O contato só foi retomado quando, pouco depois do segundo aniversário das gêmeas, Ruby e Isaac resolveram que estava na hora de se casarem. Estimulada por Len, Grace havia concordado relutantemente em ir ao casamento. Apareceu em todas as fotos com uma bolsa de couro quadrada grudada diante de si, como um escudo, e os lábios tensos numa careta de desaprovação.

— Elas vão arrancar aqueles brotos se não tomarem cuidado — Grace fez um sinal com a cabeça na direção dos bem cuidados pés de feijão de Len, pirâmides verde-escuras enfeitadas com botões vermelhos, no meio dos quais, com imensa alegria, Harriet e Hermione fugiam do pai numa enroscada brincadeira de pega-pega. Hermione, sempre líder do grupo, ficava interrompendo a brincadeira o tempo todo para passar a Isaac regras cada vez mais complicadas. Observá-lo tentando acompanhá-las era, por si só, uma diversão.

Ruby cortou mais um pedaço de bolo e esticou as pernas. O sol quente havia deixado seus joelhos vermelhos como um doce turco fresco. Ela sabia que seria inútil observar que as duas figurinhas, com as roupas de verão preferidas do momento — saias ciganas com camisetas estampadas com maçãs rosadas — estavam claramente se divertindo mais do que nunca. Grace não compreenderia isso. Para ela, a vida era algo para ser suportado. As pessoas apenas a levavam. Não se esperava que ela fosse *aproveitada*.

Indiferentes à desaprovação tensa de Grace, as garotas continuaram envolvidas na brincadeira. Estavam ambas muito bronzeadas. Grace podia não estar gostando da onda de calor, mas não havia como negar que as gêmeas a estavam aproveitando muito. A interminável procissão de dias ensolarados significava que elas podiam passar todos os momentos em que estivessem acordadas na rua. Aquele havia sido um verão típico de livros de aventura infantis.

Parando para recuperar o fôlego, Isaac olhou para ela e piscou. Grace não poderia estar mais errada sobre ele. Na verdade, pensou Ruby, com o coração inundado de amor, ele era maravilhoso. Ela era uma garota de sorte.

Ficou observando Harriet agachando-se para resgatar uma joaninha do laguinho. Ela era a própria filha caçula. Era uma plantinha muito sensível. Outro dia, um filhote de passarinho, cinza azulado de olhos opacos, havia caído do ninho e morrera na calha. Ao encontrá-lo na entrada da casa da avó, Harriet ficara inconsolável. O pragmático "Nem sabe que está morto" de Hermione não adiantara em nada para consolá-la. Mas assim era Hermione. Prática ao extremo. Suas meninas eram tão diferentes. Hermione era mais corajosa. Mais otimista. Harriet era às vezes um pouco como o burrinho Bisonho, da turma do ursinho Pooh.

Era um privilégio muito grande poder fazer parte da formação de duas jovens vidas. Era fascinante observar o desenvolvimento de suas personalidades diferentes. Suas primeiras dúvidas pareciam inconcebíveis agora que as meninas estavam ali. Não conseguia imaginar a vida sem aquelas duas fagulhas brilhantes. A idéia de que ela poderia ter considerado, ainda que por um segundo, a possibilidade de não levar a gravidez adiante a remexia por dentro.

Mas também ela não sabia antes como era a maternidade. Um sorriso sem dentes iluminando um quarto. Coxinhas gorduchas fazendo bagunça durante o banho. Aquele primeiro punhado de flores amassadas no Dia das Mães. Um par de olhinhos esperando ansiosamente por aprovação enquanto ela examinava uma lanterna de papel de seda, dura de cola de farinha e água. Antes, ela nunca havia se sentado numa escola cheirando a pó de giz e molho e sentido mãos invisíveis apertando seu coração como uma esponja de banho ao ver um rei com uma coroa de papel-alumínio e um pequeno burrinho de saco de batatas arrastando os pés no palco em meio a um monte de anjos de fantasias exageradas e pastores vestindo toalhas de mesa.

Quase haviam perdido Harriet. Dois dias depois de nascer, ela teve uma pneumonia. Em estado de choque e com os olhos vermelhos e inchados, Ruby e Isaac receberam a notícia de que deviam se preparar para o pior. A filha deles estava escapulindo.

Com lágrimas escorrendo pelo rosto, ainda dolorida do parto e já produzindo rios de leite para alimentá-la, Ruby implorou para que Hermione pudesse ficar na incubadora com a irmã. Se sua menininha menor tivesse de fazer algo tão absolutamente grave como morrer, não queria que fosse sozinha.

Os médicos se apiedaram. Uma Hermione alerta e de olhos vivos foi colocada ao lado da irmã. Instantânea e instintivamente, enroscou-se em torno dela e, de alguma forma, como se fortificada pelo casulo protetor oferecido pela irmã, Harriet começou a se refazer. Em poucos dias, havia superado o pior. Cinco semanas mais tarde, foi para casa.

Mas ainda não estava tudo resolvido. Harriet era menor do que a irmã. Era delicada. Pegava todas as doenças que estivessem no ar. Aos 21 meses de idade, pegou coqueluche. Foi levada às pressas para o hospital, onde disseram a Ruby e Isaac que as coisas não poderiam ser piores. Uma criança mais robusta poderia encontrar forças para lutar, mas a filhinha deles era muito frágil.

Dessa vez, Ruby e Isaac haviam conversado sobre a sabedoria de permitir que Hermione visse a irmã naquele estado. Tubos saíam como cobras de Medusa do corpo magro e branco de Harriet. De vez em quando, ela era sacudida por espasmos. Nada baixava sua temperatura. Era uma visão bastante assustadora até mesmo para eles. O que faria a um bebê?

No fim, decidiram que não faria mal algum. Hermione foi embalada no pé da cama da irmã e, pela primeira vez em dias, Harriet abriu os olhos. Naquele instante, Ruby teve certeza da existência de alguma ligação secreta entre as gêmeas que ninguém mais era capaz de ver e da qual desconfiava fazia algum tempo.

No jardim, Grace se levantou:

— Isso é demais. Não agüento mais.

Agiu como se acreditasse que o sol brilhava deliberadamente para irritá-la. O olhar voltado para Ruby, esticada na grama com a saia enrolada para deixar o sol queimar até acima dos joelhos, queria dizer que, se Grace não suportava o calor, ninguém mais poderia gostar dele. Mas ele tinha o apoio de Ruby.

— Pelo amor de Deus, mãe — ela disse. — Se você não gosta do calor, vá para dentro de casa, onde está mais fresco. Um clima desses já é bastante raro sem você ficar botando uma nuvem negra em cima.

Grace caminhou em direção à casa com os ombros caídos com um ar de derrota que deixou Ruby sentindo-se momentaneamente culpada. Ela não devia ter estourado. Mas era difícil entender como alguém podia reclamar daquele lindo dia de sol.

Fechou os olhos e aproveitou o calor agindo em seus ossos. Poucos instantes depois, foi coberta por uma sombra. Abriu os olhos e viu o pai apertando os olhos contra a luz do sol. Sorriu para ele. Mesmo com aquele calor, ele ainda estava usando seu boné de pano. Tinha as calças ajustadas acima da barriga por um par de alegres suspensórios vermelhos, e a roupa de baixo claramente visível sob o algodão da camisa formal.

— Olá, querida.

— Papai — sorriu. — Você não está fervendo com toda essa roupa? Você precisa vestir um short. Ficaria muito mais fresco.

— Estou bem. Posso sentar com você? — Ele fez um sinal com a cabeça para o espaço ao lado dela sobre a toalha xadrez de piquenique.

— Claro. — Não era sempre que conseguia ficar sozinha com o pai.

— Uma família adorável, a sua. — Ele acenou com a cabeça para Isaac e as meninas, ainda brincando entre os pés de feijão.

Ruby sorriu:

— Eu sei.

Ela ficou com a impressão de que ele queria dizer alguma outra coisa. Como muitos homens de sua geração, achava difícil expressar os sentimentos.

— Tem alguma coisa incomodando você?

— Eu estava observando você e a sua mãe.

— *Papai!* — Ruby resmungou. — Você sabe como ela é. Ela é muito negativa. Está sempre puxando todo mundo para baixo.

— Você não pode ser muito dura com ela. — Os olhos do pai se cobriram de tristeza. — Ela nem sempre foi assim.

— É mesmo? — Ruby pareceu não acreditar.

— Ela já foi uma garota encantadora. Cheia de vida. — Iluminou-se com a lembrança. — Sabia que nos conhecemos num salão de baile?

Ela sorriu, surpresa.

— Não, nunca soube disso.

Os olhos azul-escuros do pai, agora desbotados numa cor de alfazema, ficaram anuviados com a lembrança.

— Eu a vi imediatamente. Cachos escuros e grandes olhos castanhos. Achei que era a criatura mais encantadora que eu já tinha visto.

— Você a convidou para dançar?

— Não na mesma hora — ele piscou. — Tomei uns dois drinques com gim antes. Precisava ganhar coragem, não é?

— E daí?

— Fui até ela — disse o pai, orgulhoso. Fechou os olhos, como que para deixar a memória tomar conta dele.

— Continue — pediu Ruby. — O que aconteceu?

— Ela sorriu para mim. E eu senti que ela era a garota certa para mim.

— O que você disse a ela?

Ele sorriu.

— Eu estava tão nervoso que disse a primeira coisa que me veio à cabeça. Eu disse: "Nossa, você não é incrível?"

— Então o que deu errado? — Ruby perguntou. — Quando ela mudou?

— Você teve uma irmã — disse o pai dela, constrangido. — Uma gêmea.

— *O quê?*

— Era uma coisinha adorável — disse ele, tristemente. — Como uma bonequinha. Tinha grandes olhos azuis. Nós a chamamos de Emerald. Nasceu dois minutos depois de você.

Ruby sentiu uma onda de choque infiltrar-se como umidade em seu corpo. Ela teve uma irmã gêmea? Nunca havia sequer suspeitado.

— O que aconteceu com ela?

— Houve complicações. — O rosto de seu pai mudou. — Ela... ela só viveu por vinte minutos.

Ruby sentiu uma bola se formar na garganta.

— Ela... — fez uma pausa. — Nós éramos idênticas?

O pai sacudiu a cabeça.

— Não. Vocês nasceram de óvulos diferentes. Como as de vocês. — Fez um sinal para as meninas, que tinham parado de brincar e agora estavam chupando picolés enquanto se provocavam para incomodar Simon, o maligno gato de olhos vermelhos do vizinho, que estava enroscado como um croissant no muro de tijolo do jardim. — Deve ser de família.

— Foi... foi por isso que a mamãe não quis ver as meninas quando elas nasceram?

— Acho que o nascimento das duas fez com que tudo voltasse à sua mente — ele disse. — Ela nunca se recuperou de verdade da perda de Emerald.

— Eu achava que era porque ela não aprovava a minha gravidez.

— Foi mais fácil para ela deixar você acreditar nisso. Calculo que talvez tivesse sido melhor se ela tivesse feito aquilo, como se chama?

— Terapia?

— Isso. Claro, na época não se ouvia falar nisso. Era só para malucos. Mas ela podia ter ficado melhor se tivesse falado sobre o assunto. Eu tentei. Também fiquei chateado, sabe. Precisava falar a respeito. Mas ela não aceitava. Não conseguia nem ouvir a menção do nome da pobre menininha. Era como se nunca tivéssemos tido outra filha.

Ruby limpou uma lágrima.

— Mas nunca saber que ela existiu. Durante todo esse tempo...

— Eu não queria perturbar a sua mãe.

— Eu sei. — Ruby pôs o braço em volta dos ombros do pai. Pareceram magros. Frágeis. Subitamente ocorreu-lhe que ele estava ficando velho.

— Não foi culpa sua, papai.

Juntos, pai e filha viram Harriet e Hermione caírem, sem fôlego, sobre a grama seca marrom ao lado do curral. Pela primeira vez, Ruby compreendeu a mãe. Foi capaz de se solidarizar completamente com a dor que Grace havia sentido, porque ela também havia sentido essa dor. Claro que Harriet havia sobrevivido. Mas Ruby jamais se esqueceria do que sentira quando esteve prestes a perdê-la.

O pai pegou o chapéu e o pôs novamente sobre o ralo cabelo loiro.

— Eu... — começou ele, constrangido — ... eu não mencionaria esta conversa à sua mãe.

— Eu entendo — Ruby respondeu.

— Sempre me perguntei se você sentia — disse ele.

— O que você quer dizer?

Ele encolheu os ombros.

— Bom, não dizem que quem perde um irmão gêmeo sempre sente como se estivesse faltando alguma coisa? Mesmo sem nunca saber da perda.

— Não tenho certeza — disse Ruby. — Eu sempre quis ter uma irmã. Mas acho que era mais por me sentir sozinha do que por causa de uma sensação de que alguma coisa realmente estava faltando. Sabe, foi *realmente* solitário ser filha única. Principalmente quando os nervos da mamãe ficavam muito mal.

Um berro, seguido de uma risada aguda, cortou o ar. Harriet, provocada pela irmã, havia cutucado Simon com um galho de salgueiro, e o gato estava sibilando para as duas com as costas arqueadas de indignação.

— Não há por que se preocupar com essas duas. — Len pegou o cachimbo e começou a enchê-lo com tabaco com aroma de cereja. — Elas nunca se sentirão solitárias. Essa Hermione é uma atrevidinha, não é? Exatamente como a mãe.

Ruby sorriu. Sempre imaginara como seria ter de dividir um útero com alguém. Ficar tão perto, que nada jamais poderia se intrometer. Era estranho pensar que isso havia lhe acontecido e que ela não se lembrava de nada.

Viu as garotas agacharem-se simultaneamente ao verem alguma coisa na terra da horta. Não havia limites para o que as fascinava. Minhocas. Lagartas. Pedras de formatos estranhos. A maior parte do tempo, elas viviam num mundo estranho e particular cheio de sorvetes e segredos. As duas pareciam inclusive ter uma língua própria.

Era reconfortante saber que sempre teriam uma à outra.

Seu pai fez força para se levantar.

— É melhor acabar de separar aquelas batatas.

Ruby observou-o perambular pelo jardim em direção à sua amada horta e então virou-se para a casa que ela chamou de lar nos primeiros 18 anos de sua vida. Parecia ser exatamente a mesma de sempre. Uma cortina listrada esvoaçante agitava-se pela porta aberta. Vários vasos de plástico, com violetas e gerânios, enfeitavam os peitoris das janelas da cozinha. Exatamente a mesma. Mas diferente. Diferente porque a própria Ruby agora estava diferente. Não era filha única, afinal. Era irmã de alguém.

Quando olhou para a casa, ignorando para variar o grito de medo de Harriet que passou a mão por uma urtiga espinhosa, surpreendeu-se ao ver um vulto escuro observando-a da janela do quarto com um sorriso triste nos lábios. Pelo jeito que estava, parecia provável que a mãe tivesse assistido a toda a conversa entre Ruby e o pai. Quando o olhar de Ruby encontrou o dela, o sorriso ficou mais amplo, e a mãe acenou para ela. Realmente acenou.

Sentiu uma bola apertar sua garganta.

— Você devia ter me contado — disse, baixinho. — Eu teria compreendido.

Um grito penetrante, do fundo do jardim, cortou seus pensamentos como uma faca de sashimi em doce de leite.

— Ela me *beliscou*.

— Só porque ela me beliscou primeiro.

Ruby levantou-se e ajeitou a saia.

— Vamos lá, meninas — disse a elas. — O que dissemos sobre os passarinhos no ninho?

— Que eles são amigos — responderam solenemente as duas em coro.

— Muito bem — disse Ruby. — Vocês duas têm muita sorte, sabiam? Vocês deviam estar cuidando uma da outra, não implicando uma com a outra.

— Foi só um beliscão — começou Hermione, sempre a primeira a responder. — Foi ela que começou.

— Não me interessa quem começou — disse Ruby com firmeza. — *Eu* estou terminando. Agora, se vocês conseguirem ficar em paz por cinco minutos, vou entrar em casa e fazer uma boa xícara de chá para a vovó.

Hermione

Grécia, 1988

Hermione estava deitada na rede entre as oliveiras na beira da praia havia tanto tempo que estava com formigamentos. A julgar pela posição do sol, era meio-dia. O que explicava por que sua faixa de areia preferida estava repleta de cachorros malucos e ingleses, todos perturbando a paz daquela adorável enseada e não permitindo que ela seguisse escrevendo em seu diário.

Ela mudou de posição e levantou uma das pernas longas e magras para admirar o bronzeado. Tinha ficado mais ou menos uns dois tons mais morena nos últimos dois dias. O opaco tom de caramelo havia finalmente se aprofundado até chegar a um forte tom de mogno. O contraste fazia suas unhas, já clareadas por toda aquela água salgada, parecerem brancas como ossos, e o anel de prata que ela sempre usava no segundo dedo do pé parecia mais reluzente do que nunca.

Na verdade, só havia um cachorro maluco na praia. Um imundo cão marrom que, comparado com os animais locais, estava muito magro e decididamente senil. E o inglês era, na verdade, uma inglesa. Sua amiga Lisa estava perto dos pesqueiros pintados de cores vibrantes, conversando animadamente com um dos homens que remendava redes. Quando atirou a cabeça para trás e riu exageradamente de alguma coisa que ele acabara de dizer, Hermione afundou-se ainda mais na rede, esperando ficar fora de vista. Queria ficar em paz com Gigi, que era como ela chamava seu diário desde que tinha mais ou menos 13 anos. Era mais ou menos como confiar todos os seus segredos a uma dançarina de cancã com um brilho travesso no olhar.

Quando Lisa a convidou para conhecer as ilhas no verão, pareceu uma boa idéia. Ela não tinha nada melhor para fazer. E poderia com certeza aproveitar um pouco de sol depois do estresse das provas. Pelo menos foi o que disse a Harriet, enfiada em seu quarto exageradamente arrumado, cercada de pincéis e potes de guache para passar o verão.

Hermione não entendia muito de arte. Mas amava as palavras. Amava principalmente aprender novas palavras. Conhecer alguém com um nome que nunca tinha ouvido antes era sempre uma fonte de fascínio. Ela enrolava a palavra na língua como um trava-língua, até que a sentisse antes de usá-la. As pinturas de Harriet tinham o mesmo tipo de atração. As cores tinham nomes impressionantes. Rosa antigo. Siena queimado. Lago Havana. Carmim vivo. Branco zinco. Ela só precisava se lembrar de pôr todas na ordem correta depois de olhá-las. Se Harriet as encontrasse todas misturadas quando fosse usá-las, ficaria furiosa.

Hermione espremeu uma porção de loção Banana Boat na palma da mão e começou a esfregá-la no peito do pé, sentindo o cheiro doce de férias. Tinha certeza absoluta de que, ao contrário da irmã, que esperava estudar para obter um diploma em Belas-Artes, ela não chegaria a perto de uma universidade em setembro. Havia se inscrito para estudar inglês. Era sua disciplina preferida. Tinha adorado todos os textos de apresentação: Shakespeare, Chaucer, Austen, Atwood. Ao contrário de Harriet, tendia a deixar tudo para a última hora. Nunca pretendia fazer isso. Começava todos os anos escolares com uma porção de livros de exercícios novinhos e um bocado de boas intenções, só para descobrir, no fim de maio, que se não se esforçasse, acabaria se dando espetacularmente mal. Normalmente, conseguia começar a trabalhar bem a tempo e passar raspando. Naquele ano, porém, nos últimos dois meses havia acontecido algo que havia afetado muito seus estudos.

Ela havia descoberto o sexo.

Na verdade, concluiu, ao virar a página relevante em seu diário para reviver tudo em seus gloriosos e sórdidos detalhes, não foi tanto ela ter descoberto o sexo. O sexo, com todo o seu esplendor deliciosamente malicioso, *a* havia descoberto.

Dia 22 de maio. A data estava gravada indelevelmente em sua mente, como a última fração de segundo de um fogo de artifício no céu noturno. Ela havia marcado um horário para ver o Sr. Sinclair, o professor de inglês. Aparentemente, seria sobre o primeiro solilóquio de Hamlet. Mas não era exatamente um sofrimento ter que ficar sentada na sala do Sr. Sinclair por uma hora num horário de almoço de uma ensolarada segunda-feira, mesmo quando se tornou claro pelo aroma vindo do refeitório perto do roseiral que ela estava perdendo um pudim de chocolate com gosto de pasta de dentes.

O Sr. Sinclair era o que suas contemporâneas do penúltimo ano chamavam de pedaço de mau caminho. Esculpido tão perfeitamente como o Davi de Michelangelo, ele emanava uma atração que tinha muito pouco a ver com atenção professoral e muito a ver com os misteriosos prazeres sobre os quais Hermione e as amigas davam risinhos nas páginas de conselhos da revista *Just Seventeen*. A simples visão dele se esticando para escrever alguma coisa no quadro-negro, o que quase sempre resultava em sua camisa se levantando para revelar uma deliciosa fatia de costas cor de caramelo, fazia metade da sala ficar babando nas cadeiras. Era bem difícil se concentrar no uso de imagens de T.S.

Eliot na *Canção de Amor de J. Alfred Prufrock* com um exemplo de virilidade tão bem-acabado encarando você.

Por causa da visita à sala do Sr. Sinclair, Hermione havia matado a última aula antes do almoço. História européia. O horror dos horrores. A política estrangeira de Fernando e Isabel da Espanha e as manobras de Richelieu e Mazarin lhe pareciam ter muito pouco a ver com a vida real. Em vez disso, passou meia hora no refeitório, enrolando uma corda vermelha de alcaçuz no dedo enquanto se concentrava nas dicas de maquiagem da reluzente revista que alguém esquecera ali, antes de sair batendo as sapatilhas pretas até o banheiro para riscar as pálpebras com uma grossa linha de delineador preto e borrifar uma dose generosa de perfume Paris. Quando ficou satisfeita, soltou o rabo-de-cavalo, fazendo os cachos castanhos caírem pelas costas, e enrolou a cintura da saia do uniforme para revelar uma generosa extensão da coxa bronzeada de sol.

Mesmo com seus cuidadosos preparativos, jamais pretendera que alguma coisa acontecesse. O Sr. Sinclair era *muito velho*. Tinha pelo menos 30 anos. *E* era casado. Usava uma aliança de casamento de ouro no dedo adequado. Sua sala, Hermione percebeu com prazer, era uma bagunça completa, exatamente como o quarto dela em casa. Havia pilhas de papel por tudo quanto é lado. Isso podia explicar por que ele tivera tanta dificuldade em devolver o ensaio sobre o retrato da desesperança no *Dr. Fausto*, de Marlowe. Ela se encarapitou na poltrona de couro ao lado da lareira, dobrando as pernas sob o corpo rapidamente.

Para sua alegria, o Sr. Sinclair lhe ofereceu um cigarro, um sinal claro de que ele a considerava a adulta do último ano que era, em vez de uma das pirralhas do primeiro ano. Aceitou o Benson and Hedges e inclinou-se para a frente, só um pouco constrangida, para aceitar o fogo.

Enquanto fumavam e conversavam, o Sr. Sinclair lhe disse que ela havia demonstrado uma compreensão de Shakespeare muito madura para alguém de sua idade. Com o velho exemplar da peça na mão, ele começou a explicar o tumulto interior que Hamlet devia estar sentindo quando se saiu com todas aquelas coisas.

Quando chegou à parte sobre carne derretendo, seus olhos pousaram na coxa de Hermione, e ele estremeceu. Realmente estremeceu. Depois de todo o esforço que ela havia feito no banheiro, sentiu um arrepio de indignação. Será que aquele cara imbecil não percebia a sorte que tinha por ter uma garota de 17 anos sentada na sua sala? Tudo bem, ela podia não ser tão bonita como algumas das garotas de sua série. Não era uma rosa inglesa como Melissa Danson. Ou uma beleza sombria como Priya Patel. Mas não era feia, caramba. Como ele ousava recuar?

Como sempre, ela falou antes de realmente ter tempo para pensar nas conseqüências.

— Você me acha repulsiva? — disparou.

O Sr. Sinclair saltou como se tivesse sido picado por um bicho:

— Como assim?

— Você estremeceu. — Hermione soltava aros de fumaça em direção ao teto. — Quando olhou para mim há pouco, você *estremeceu*. Considerei isso uma ofensa. — Apagou o cigarro e fez que ia sair. Mas o Sr. Sinclair chegou antes, jogando seu peso contra a porta barrando a saída.

— Você realmente não faz idéia, não é?

— Idéia do quê? — O coração de Hermione estava batendo loucamente. Havia um brilho estranho nos olhos do Sr. Sinclair que a fizeram sentir medo e excitação ao mesmo tempo. Algo lhe dizia que a coisa sensata a fazer seria exigir que ele saísse da frente e dar no pé dali. Mas ela não estava se sentindo muito sensata. Além disso, aquilo era uma espécie de aventura, e ela queria ver o que aconteceria a seguir.

— Do que garotinhas como você fazem com homens como nós.

— O quê? — Hermione esperou que tivesse parecido mais corajosa do que estava se sentindo.

O Sr. Sinclair engoliu em seco e estendeu a mão para acariciar a coxa dela com as pontas dos dedos. Como ela não se moveu, ele estendeu a outra mão. Acariciou a outra coxa. Deslizando as duas mãos em direção aos seus quadris, ele a ergueu, carregando-a até a mesa e sentando-a na beirada. Em choque, Hermione tinha uma vaga consciência de que deveria tentar fazê-lo parar. Mas não conseguiu. Sabia que aquilo tudo estava errado, mas queria que acontecesse. Durante os últimos meses, vinha carregando sua virgindade como um peso morto. E não seria ótimo dizer que ela a perdera com o Sr. Sinclair? Todas ficariam morrendo de inveja no refeitório depois.

Ela o viu desabotoar a blusa dela.

— Você entra na minha sala — disse ele, num resmungo — com o seu sutiãzinho de renda aparecendo através da blusa, e eu devo simplesmente ignorá-lo? Fingir que não o vi?

— Bem, não exatamente... — começou Hermione. — Não me importo que você... *Ah!*

Com destreza, o Sr. Sinclair havia libertado seus seios dos limites do sutiã Marks and Sparks e caído sobre eles com uma espécie de grito estrangulado.

— Você queria isso desde o começo, não é? — disse, enquanto mexia no zíper das próprias calças.

— Bem... — Hermione hesitou ao sentir aquilo dele saltar e bater nas costas da sua mão. Foi a primeira vez que ela viu um pênis de verdade em seu estado ereto, e foi meio chocante. Mesmo assim, ela estava determinada a ir até o fim se fosse possível.

O Sr. Sinclair levantou sua saia até as coxas. Enfiou os dedos na lateral da sua calcinha e a abaixou, descartando-a com um movimento do pulso. Então abriu as coxas dela com o joelho e, com um gemido de satisfação, enterrou-se dentro dela.

Tudo terminou muito rápido. Depois, ele se afastou e, sem olhar para ela, endireitou-se para guardar o pênis agora relaxado. Ainda de pernas abertas sobre a mesa, com um grampeador apertando seu cóccix desconfortavelmente e um monte de sêmen perolado escorrendo pela parte interna de suas coxas, Hermione foi apanhada de surpresa. Tinha sido tão ruim assim? Tão ruim que ele não podia nem olhar para ela?

— Pegue — o Sr. Sinclair pescou sua calcinha de cima da luminária articulada Anglepoise, onde formavam um montinho rendado, como a parte de cima de um extravagante sundae. — É melhor levar isso embora.

— Certo. — As bochechas de Hermione queimaram de vergonha quando ela viu a inocente etiqueta da Marks and Spencer costurada na parte de trás da calcinha. Esqueceu todas as idéias de se gabar mais tarde no refeitório. Ela não tinha muita certeza do que esperava que poderia acontecer depois, mas certamente não havia imaginado aquilo. Aquela... *indiferença*. Com o Sr. Sinclair aparentemente inconsciente da presença dela ainda ali. Ele continuou tratando de seus assuntos rapidamente, enfiando uma pilha de textos de alunos em uma maleta de couro cheia de papéis e envolvendo-se numa louca caçada por uma velha cópia de *Coriolano*, Hermione amassou a calcinha numa bola suada e saiu apressadamente da sala.

Ela apertou os olhos contra a brilhante luz amarela do sol e viu Lisa despedir-se do pescador com um aceno, começando a mancar pela areia quente com a toalha de praia listrada acompanhando-a como uma bandeira, enquanto ela procurava por um bom lugar para se sentar e ficar fritando no sol. A camisa de cambraia azul, amarrada num nó sob os seios, dava uma levantada à já considerável forma dela. O bumbum redondo, apertado pelo algodão cor-de-rosa de sua minissaia justa, parecia uma dupla de saltitantes filhotes de cão brigando numa fronha. Os cachos espigados estavam presos num estúpido rabo-de-cavalo no alto da cabeça, parecendo um abacaxi, e havia amplas faixas cor-de-rosa forte na parte detrás das panturrilhas muito brancas. Ela havia insistido em ficar deitada ao lado da minúscula piscina do apartamento delas ontem à tarde, muito embora Hermione tivesse avisado que ela estava se queimando. Na verdade, Hermione achava que Lisa estava parecendo um pouco patética. Se fosse ela quem tivesse a pele de porcelana, teria preferido ficar pálida e interessante em vez de tentar competir. Lisa tinha muito a aprender.

Hermione pegou o diário e começou a folheá-lo. Seu encontro com o Sr. Sinclair estava todo ali, descrito em vívidos detalhes em tinta azul-piscina. Era melhor guardá-lo. Não podia correr o risco de deixar aquele tipo de coisa dando sopa.

Virou quatro páginas até o dia 12 de agosto, que circulou em vermelho vivo para marcar seu aniversário. Ainda estava dividida quanto a voltar para a data. Precisava levar em conta os resultados das provas. Tinha certeza de que havia levado bomba em tudo. Ali, na Grécia, isso não parecia ter importância. As estradas cheias de pinheiros e as lindas vilas brancas como açúcar pareciam muito, muito distantes das ruas em tons de terra de Bath. E ela e Lisa estavam se divertindo, absorvendo sol durante o dia e virando terríveis misturas assustadoras verde-limão e azul-piscina, à noite. O clima era fantástico. Era maravilhoso acordar com a certeza de mais um faiscante dia azul. Quem não gostaria de viver ali para sempre?

Lisa disse que poderia conseguir trabalho para elas entregando folhetos no Coco Loco, na parte velha da cidade, perto do porto. Nico, o barman com quem ela tinha ficado na noite anterior, disse que poderia dar um jeito com o tio. Com isso, elas poderiam ficar na ilha pelo resto do verão. O que poderia ser melhor.

Ontem, Hermione havia ficado tentada. Hoje, não tinha tanta certeza. Lisa estava começando a lhe dar um pouco nos nervos. Era provavelmente apenas o estresse de estarem engaioladas juntas no minúsculo apartamento que haviam alugado. Mas havia coisas a respeito da amiga que aos poucos tinham começado a tirar Hermione do sério. Ela nunca parava de arrumar os cabelos. O ar no apartamento estava sempre pesado de laquê, o que parecia ficar colado na garganta de Hermione como areia. Lisa deixava os sutiãs pendurados, como delicadas lembranças de renda, por toda a varanda. Seu nariz parecia um apito quando ela comia. Hermione sabia que era algo fora do seu controle, mas isso não a impedia de ficar com os ombros tensos toda vez que Lisa se aproximava dela com um prato de comida. O que era freqüente. Lisa gostava muito de comer. Cachorros-quentes, inundados de ketchup e mostarda e cheio de cebolas fritas do cara da praia. Batatas fritas do tamanho de fôrmas de waffle. Ela nunca recusava comida. Se Hermione lhe oferecesse um de seus salgadinhos sabor churrasco, ela aceitava imediatamente, só dizendo "Desculpe, sou muito comilona, né?" depois de o pedaço ter sido engolido. E nunca oferecia nada de volta.

Hermione ficou olhando para o diário, e seu coração deu um pequeno salto. Ali, no espaço de 12 de agosto, Harriet havia escrito FESTA com sua caligrafia cuidada e perfeita. Com uma dor aguda de tristeza, Hermione percebeu que sequer passaria pela cabeça da irmã que ela poderia não voltar para casa para o grande dia das duas. Todos os aniversários, desde que Hermione se conhecia por gente, começavam exatamente iguais. Ruby fazia sanduíches com cobertura de chocolate para o café-da-manhã e, depois, quando todo mundo já tinha comido tanto que estava prestes a explodir, Isaac aparecia alegremente com dois grandes envelopes cor-de-rosa, cada um com um conjunto de pistas sobre a localização de seus respectivos presentes, e elas passavam o resto da manhã numa complicada caça ao tesouro. No ano anterior, havia passado pela cabeça de Hermione que elas estavam ficando um pouco velhas para essas tradições bobas. Preferiria ganhar dinheiro, para que ela e Lisa pudessem ir de trem até Londres fazer compras na grande TopShop perto de Oxford Circus. Não que tivesse dito alguma coisa. Harriet claramente continuava adorando o ritual infantil, e ela não queria magoar a irmã.

Olhou para a praia e viu que Lisa havia encontrado um bom lugar e estava soltando a parte de cima do biquíni para evitar ficar com marcas. Seus mamilos eram esquisitos. Eram grandes, marrons e pareciam meio moles. Muito diferentes dos de Hermione, que eram pequenos e rosa-claro. Ficou observando Lisa passar óleo no corpo como se fosse uma salada e tirar um livro de bolso ruim de dentro da sacola de praia amarela. Hermione sabia por experiência que ela não leria uma página antes de se chatear. A única leitura que prendia a atenção de Lisa por mais de cinco minutos vinha na forma de revistas brilhantes, cheias de fotos de batons e sombras para os olhos. Ela própria não tinha aversão a tais prazeres, mas gostava de equilibrar as coisas. Gostava de ler alguma coisa mais densa de vez em quando. Emprestara a Lisa o seu exemplar de *Emma*. O livro ainda estava intocado sobre a mesa-de-cabeceira da amiga.

Percebeu subitamente que estava cansada. Cansada de drinques azuis nos bares. Cansada de sobreviver à base de cerveja e batatas fritas, porque eram as coisas mais baratas nos cardápios dos restaurantes. Cansada do fedor de esgoto do banheiro apertado do apartamento. Estava cansada inclusive daquele clima. Seria bom poder voltar a dormir à noite.

Lentamente, para não chamar a atenção de Lisa, Hermione dobrou a importantíssima página de seu diário e saiu da rede. Não voltar para casa no dia de seu aniversário seria impensável. Jamais magoaria Harriet de propósito. Não tinha problema algum desejar que ela fosse um pouco mais ousada às vezes. Ultimamente havia ficado meio chato não poder conversar sobre as coisas que ela vinha fazendo nos últimos tempos. Principalmente o que acontecera com ela e o Sr. Sinclair. Guardar segredos da própria irmã era um território desconhecido. Quando crianças, as duas contavam tudo uma à outra. Mas talvez isso fosse algo que ela simplesmente teria de aceitar. Elas haviam crescido e se transformado em pessoas muito diferentes.

Harriet disse que não se importava de Hermione passar tanto tempo longe com Lisa. Mas ela não estava sendo sincera. Seus olhos deixaram isso claro. Ela estava brigando consigo mesma porque sabia que *não devia* se importar. E, em vez de dizer que não iria, Hermione fingiu acreditar na irmã só para poder fazer aquela viagem de férias.

Sabia que não aproveitaria o resto do tempo ali. Não se significasse perder as tradições de aniversário que significavam tanto para a irmã.

Voltou pelas poeirentas alamedas de oliveiras até o apartamento. Lá, tentou atravessar a bagunça, xingando quando o calcanhar entrou em contato com o plugue do enorme secador de cabelos da era espacial que Lisa usava para transformar os cabelos naqueles cachos quebradiços e cheios de laquê. A mesa de centro ordinária de compensado estava cheia de coisas. Revistas chamativas. Pincéis de rímel. Batons usados até o último milímetro. Uma gigantesca lata de musse de cabelos. Começou a atirar as coisas que lhe pertenciam em sua *nécessaire*. Feito isso, arrancou seus jeans, vestidos, chinelos e tops da sua metade do roupeiro e enfiou tudo na mala. Concluída a arrumação da bagagem, desceu até o saguão para esperar na fila do telefone público. Seu vôo de Atenas devia sair às oito da manhã do dia seguinte. Se ela se mexesse, ainda poderia pegar o *ferry* a tempo.

Agora que havia tomado a decisão, mal podia esperar. Era engraçado. Um mês antes, estava morrendo de vontade de sair de Bath e seu provincianismo. Mas sentia mais saudade da família do que jamais imaginou que fosse capaz de sentir. Sentia falta das piadas idiotas de "Papai" que Isaac contava no café-da-manhã, Sentia falta das esquisitas experiências culinárias de

Ruby. Sentia falta das conveniências modernas de casa. Da roupa limpa aparecendo como que num passe de mágica numa pilha perfeita ao pé da sua cama. Do chá com leite de verdade, em vez daquela terrível coisa longa-vida que serviam ali. Do banheiro com a enorme banheira que ela e Harriet dividiam.

Sentia saudade de Harriet!

Ir para casa não seria uma viagem tranqüila. Ainda havia os resultados das provas para serem levados em conta. Não ia ser muito divertido ter que explicar a Ruby que a soma total de seus esforços na prova de crítica literária havia sido um desenho numa folha A4 de Boy George em sua fase Karma Chameleon. E ela ainda tinha de lidar com Chris. O cara com quem ela tinha ido para a cama uma semana antes de ela e Lisa voarem para a Grécia. Ele havia aparecido no aeroporto, bem quando as duas estavam prestes a embarcar no vôo para Atenas para dizer que ficaria esperando por ela. Um grude completo! Ia ser muito difícil se livrar dele...

Mesmo assim, seria bom estar em casa.

Discou o número da casa dos pais. Devia ser mais ou menos dez da manhã por lá. Isaac estaria na oficina, com os cabelos negros cinzentos de poeira de mármore enquanto transformava blocos de pedra branca reluzentes em anjos entalhados e colunas. Ruby estaria provavelmente na ensolarada cozinha no porão, ouvindo rádio e fazendo alguma coisa para o almoço. Harriet estaria em seu quarto no segundo andar, com a língua rosada para fora enquanto ela se concentrava, trabalhando em um quadro.

Hermione imaginou o telefone tocando no hall. Ruby parando qualquer coisa que estivesse fazendo e tirando os brincos para atender ao telefone. De algum modo, era reconfortante pensar em tudo seguindo normalmente.

A chamada foi atendida depois de dois toques.

— Alô?

— Harry? É você?

— Sim. — No mínimo, a voz parecia decepcionada. Hermione sentiu o coração afundar. Estava longe fazia tempo demais.

— Sou eu.

— Eu sei.

— Você está com saudade de mim?

— Claro. — A voz desanimada de Harriet sugeria o contrário. — Você queria falar com a mamãe? Ela está na cozinha.

— Tudo bem — respondeu Hermione, arrasada. — Você serve.

Recriminou a si mesma. O que estava esperando? Uma festa de rua, com bandeirolas e hambúrgueres, como fizeram para o jubileu de prata da Rainha? Uma cerimônia de recepção completa?

Mas também, talvez alguma coisa estivesse errada. Talvez um deles estivesse doente, e Harriet não quisesse lhe dizer nada para não deixá-la preocupada.

— Está tudo bem? — perguntou.

— Como assim?

— Ruby, Isaac, está todo mundo bem?

— Ah, eles estão ótimos — disse Harriet. — Você quer falar com eles?

— Não. — Hermione respirou fundo.

— Algum recado, então?

— Só diga a eles... diga que volto para casa amanhã, como planejado. O vôo chega às onze horas, no horário daí. Eles disseram que iriam me buscar.

— Tudo bem.

— E você? — Hermione soltou subitamente, antes que a irmã pudesse desligar o telefone. — Tudo certo?

— Claro — respondeu Harriet com indiferença. — Tá tudo certo. Olha, preciso ir. Estou esperando uma ligação. A gente se vê mais tarde.

— Mas...

Foi interrompida pelo som do tom de discagem.

Harriet

Bath, 1988

Harriet ficou embaixo da tenda vendo Hermione exibir o bronzeado. Estava da cor de mogno finamente polido.

Nesta noite, ao descer flutuando a escada dos fundos numa nuvem rosa de Paris, Hermione havia conseguido eclipsar completamente a roupa de festa de Harriet. A saia preta envelope e o top decotado nas costas que ela havia escolhido com tanta expectativa tinham ficado parecendo deselegantes e sem graça em comparação com a peça em chiffon carvão de Hermione, que mergulhava num profundo V que ia quase até o umbigo, mostrando as saliências polidas de suas elegantes clavículas e caindo nas costas para revelar omoplatas curvadas como asas de gaivota. Seus longilíneos pés bronzeados estavam descalços, com as unhas pintadas com um delicioso tom metálico de cor-de-rosa. As sobrancelhas formavam arcos perfeitos, os lábios estavam brilhantes, e as bochechas pareciam maçãs rosadas.

Harriet vinha esperando com muita ansiedade por aquela noite. O aniversário delas era a única coisa que a mantivera centrada enquanto Hermione estava aproveitando a vida com

Lisa na Grécia. Ela e Ruby haviam passado todo o mês de agosto se preparando para a volta da irmã. Haviam passado noites inteiras estudando livros de receitas, procurando a comida perfeita para consumir com todo o champanhe que Isaac estava providenciando. Passaram dias estocando o freezer com deliciosos ingredientes. Molho mexicano apimentado. *Chili* com carne. Guando colorido com açafrão. Fatias de pão de alho, exalando aroma de manteiga e ervas frescas. A tenda que havia sido montada no jardim dos fundos na tarde do dia anterior estava fantástica. Centenas de minúsculas lampadinhas brancas brilhavam atrás de tecidos de voile cor-de-rosa suave. Havia vasos de belas peônias sobre todas as mesas, e balões de gás cor-de-rosa em formato de flores balançavam-se nos cantos.

Na pista de dança, onde o DJ tocava os últimos sucessos, Vince Greenwood e Tim Luttrell tinham aberto várias cápsulas reluzentes e inalado o conteúdo delas em meio a muita risada. Harriet achava aquelas vozes estridentes de Mickey Mouse irritantes.

Era engraçado como se podia esperar tanto por alguma coisa e acabar descobrindo que, quando essa coisa chegava, não se era capaz de reunir nem um pouco de entusiasmo. Quando a forte batida de "Push It", do Salt'n'Pepa, tomou conta do ar levemente abafado da tenda, Harriet sentiu uma grande tristeza engolfá-la como uma camisa-de-força.

O Salt'n'Pepa deu vez a Yazz & The Plastic Population, e a pista de dança se encheu de corpos suados, contorcendo-se e saltando ao ritmo da música. Harriet conferiu o relógio. Nove horas. Se viesse, ele certamente chegaria logo.

Will.

Ela o havia conhecido um dia depois de Hermione, carregada de loção bronzeadora e uma dúzia de biquínis coloridos, se despedir em Gatwick. Desde então, era apenas nele que conseguia pensar. Com cabelos escuros e o maxilar marcado, era o sonho erótico de qualquer adolescente. Para Harriet, representava uma oportunidade de libertar-se da bola de ferro e da corrente da virgindade e ganhou um ponto de apoio no bravo mundo novo de Hermione. Ultimamente, vinha se sentindo distante da irmã. Assim, quando Hermione voltou da Grécia, as duas finalmente poderiam voltar a compartilhar segredos.

Tinha mesmo perdido a virgindade. Essa parte, pelo menos, tinha saído conforme o planejado. Will tinha ficado muito contente de libertá-la desse fardo no banco de trás de seu Ford Cortina verde-menta. Desde então, os dois repetiram a dose com a maior freqüência possível. Duas semanas atrás, os pais de Will, Keith e Shirley, haviam viajado para o apartamento da família em Marbella, e Will e Harriet tomaram conta do grande imóvel de quatro quartos, com direito a lareira e cozinha americana. Os dois iam ao pub todas as noites, trazendo de volta um bando barulhento, que apagavam os cigarros nas plantas e incomodavam a irmã de Will tocando U2 a noite inteira. Apesar de não se divertir com a bebida e os cigarros, Harriet se juntava a eles, esperando secretamente pelo momento em que Edith, a amiga maluca de Will, parasse de beber direto da garrafa de Cointreau e Spooner, e Jim parasse de fuçar na pilha de discos de Will e todo mundo fosse embora. Porque quando eles iam embora, ela e Will voltavam para o segundo andar e transavam.

Quando não estavam transando, estavam sempre falando sobre transar. Harriet ficava sentada com o fio do telefone enrolado no pulso enquanto os dois sussurravam um para o outro durante horas seguidas. Mais de uma vez, Isaac tinha vindo do jardim para dizer:

— Vamos lá, seus dois pombinhos. Está na hora de dar boa-noite. Espero que não seja eu quem esteja pagando esta ligação.

Há seis dias, Will havia simplesmente parado de retornar as suas ligações. Numa manhã ele estava lhe preparando uma torrada com geléia na mesa de pinho da cozinha de Shirley e pegando uma libra emprestada da irmã para ter gasolina suficiente no Cortina para levá-la em casa. Na manhã seguinte, era como se ele simplesmente tivesse ido embora do planeta. Foi o dia em que Hermione telefonou para dizer que estava voltando para casa. Ele deveria ligar naquela tarde para combinar uma ida ao cinema. Shirley e Keith teriam voltado da Espanha, trazendo garrafas de um litro de Bacardi e um frasco de Jazz, de modo que eles não poderiam mais dormir na cama forrada de tecido. Era uma pena. Mas ela estava com vontade de ir ao cinema, mesmo assim. Não particularmente pelo filme. Era um daqueles de ação, cheio de armas e gritaria. Mas seria um tempo a sós, enroscada no escuro com Will.

Ela passou toda a manhã se aprontado, raspando as pernas no chuveiro e espalhando loção de bebê por todo o corpo até ficar com a pele macia como pêssego. Duas horas, a hora combinada para o telefonema, chegou e foi embora. Três. Quatro. Às quatro e meia, o telefone finalmente tocou no hall de entrada, e ela desceu as escadas correndo, dois degraus por vez, para atender. Mas não era Will. Era Hermione. Pareceu-lhe irônico que a voz que ela vinha esperando ouvir desde que Hermione embarcara no avião em Gatwick agora só a encheu de decepção. Ela não tinha tido a intenção de parecer tão desanimada. Só queria que Hermione fosse Will.

Will não ligou naquela noite. Nem na noite seguinte. Na terceira noite, ela engoliu o orgulho e ligou para a casa dele, onde Alison, sua irmã, disse que ele havia saído. Não. Não sabia aonde ele tinha ido. Também não sabia quando ele iria voltar. Sim. Ela daria o recado.

Depois de mais dois dias, Harriet tinha começado a pensar que ler sobre o trágico desaparecimento de Will no jornal local seria uma alternativa preferível.

Nos dias que antecederam a festa, seu coração havia murchado como uma maçã podre. O que ela tinha feito, naqueles poucos minutos entre a combinar e ser levada para casa, que o fez mudar de idéia? Será que sua boca havia se aberto enquanto ela comia a torrada, revelando um desagradável bolo de comida? Teria ela feito algum barulho nojento? Teria exagerado? Será que soltou puns enquanto dormia?

Os olhos de Hermione encontraram os seus através da pista de dança enfumaçada. O DJ estava tocando um clássico da Soul 2 Soul. Era uma das suas músicas preferidas.

— Não vai dançar?

— Já vou — articulou Harriet em resposta.

Nunca sentiu menos vontade de dançar. Sua barriga estava saltando como um peixe. O cheiro de álcool vindo do copo de plástico que segurava na mão a estava deixando enjoada. Não conseguia parar de pensar em Will. Cada centímetro delicioso dele estava estampado em sua mente. Os músculos da barriga, definidos como os quadradinhos de uma barra de chocolate. Os dentes brancos e os lábios muito vermelhos que deixavam seu sorriso tão incrivelmente sedutor. Os pés, levemente bronzeados e cobertos com pêlos loiros fininhos, aconchegados junto aos seus na cama.

Ela pensou que estava segura. Estupidamente, imaginara que se entregar sexualmente a Will significava que havia um laço entre eles. Uma ligação que não poderia ser rompida.

A dor da rejeição parecia o choque de água fria num dia absurdamente quente.

Pegou o vinho e encaminhou-se para a escada cercada de plantas que levava até a casa. No hall, deu de cara com Isaac, que carregava uma tigela de cerâmica cheia de salsichas em molho de mel com gergelim que Ruby fizera.

— E aí, docinho? — disse, piscando para ela. — Está se divertindo?

— Claro.

Um acorde de culpa soou na boca do estômago. O pai havia

se esforçado tanto por causa dessa festa. Como ficaria triste se soubesse que ela não estava aproveitando nem um pouquinho.

Sabia o que tinha de fazer. Quando Isaac já estava longe o bastante para não escutá-la, levantou o telefone e, com o coração batendo como um besouro, discou o número de Will. Imaginou o telefone tocando na parede acima do quadro de cortiça na cozinha de Shirley Cartwright.

— Atenda — pediu ela, baixinho. — Por favor, atenda.

Contou os toques. Vinte. Vinte e um.

Estava prestes a admitir a derrota quando, de repente, alguém levantou o telefone do gancho, e ela ouviu uma voz sem fôlego do outro lado da linha.

— Alô?

— Oi — disse Harriet, constrangida. — É Harriet.

— Oi, querida — disse Alison, aborrecida. — Você queria falar com Will?

— Sim. — Harriet estava envergonhada. Perguntou-se se Alison sabia que ela não tinha visto Will entre todos aqueles telefonemas que vinha fazendo recentemente. Talvez não tivesse idéia da vida do irmão. Talvez não tivesse importância que Harriet já tivesse telefonado quatro, talvez cinco vezes a esta altura.

— Sinto muito — Alison pareceu solidária. — Acho que ele foi a uma festa. Em algum lugar na cidade. Belvedere, pode ser?

— Belmont? — Harriet balbuciou, otimista.

— Isso mesmo — disse Alison. — Mamãe ia deixá-lo na cidade a caminho do jogo de bridge.

O coração de Harriet levantou vôo como uma gaivota. Ele estava vindo, afinal. A história do cinema tinha sido um malentendido. Ele entendeu o dia errado. Ou se esqueceu completamente. De qualquer maneira, não tinha importância. Naquele exato momento, ela poderia perdoá-lo de qualquer coisa.

Tudo ia ficar bem.

Pegou o vinho e caminhou alegremente para fora para encontrar Hermione. Dançariam, afinal. E então, num instante, Will estaria ali. Ela o apresentaria a todo mundo. Todos ficariam impressionados.

No topo da escada, parou e olhou por cima das cabeças atrás de Hermione. Agora que tinha se alegrado, conseguiria conversar direito com ela novamente. Poderia ouvir todas as histórias sobre as férias gregas sem aquele terrível fio de medo balançando como um pêndulo em seu estômago. Havia abandonado um pouco a irmã desde seu retorno da Grécia. Agora podia consertar tudo.

Lá estava ela, perto do portãozinho de madeira no muro do jardim. Reconheceria a irmã em qualquer lugar. A silhueta esguia, ainda envolvida por aquele abraço de chiffon cinza. Os cachos castanhos caindo nas costas. Mãos tocando as mesmas costas. Mãos que não eram de Hermione.

Harriet sorriu. A irmã não havia perdido tempo para encontrar alguém para agarrar.

Começou a descer os degraus para ir interromper o momento de paixão. Hermione não se importaria. Era o aniversário de 18 anos das duas, afinal. Hermione iria querer dançar com ela. Era uma tradição.

Estava quase junto deles quando a irmã se afastou de quem quer que fosse que estava beijando tão apaixonadamente. Hermione estava de costas para ela, o que significava que Harriet podia ver claramente o rosto do homem.

Ele a viu no instante em que ela o viu. Os olhares dos dois se encontraram, e Harriet teve que segurar um grito de susto quando viu seus sonhos de apresentar Will a Hermione desmoronarem como um castelo de cartas.

Evidentemente, os dois já se conheciam.

Harriet

Bath, 2003

O casamento de Harriet e Dan terminou enquanto eles lavavam a louça.

— Isso não está dando certo. — Dan secou a caneca azul-celeste coberta de corações que tinha sido presente de casamento. Uma bolha de sabão se formou e cintilou rapidamente em sua mão antes de desaparecer. Harriet viu as próprias mãos, enfiadas em luvas floridas, pararem de se mexer na água cheia de espuma.

— Você pôs sal? — ela fez sinal com a cabeça na direção da panela finlandesa que continha o molho de massa para o jantar que estava borbulhando alegremente no fogão. Se ela simplesmente se recusasse a reconhecer o que imaginava que ele estava dizendo, não seria verdade.

— Eu não estava me referindo ao molho — disse Dan, sem rodeios. — Estava me referindo a nós.

O coração de Harriet girou como uma conta num ábaco.

— Nós estamos bem — disse ela, otimista. — Não estamos? — No instante em que disse isso, sentiu que as palavras pareceram vazias. As coisas não estavam bem fazia muito tempo. Desde que eles resolveram tentar ter um bebê.

Ela ficou olhando Dan guardar a caneca presente de casamento no gancho. Era difícil acreditar que eles vinham tentando havia dois longos anos. Vinte e quatro meses de espera e esperança. Uma ou duas vezes pareceu que o destino estava do lado deles. Cada menstruação atrasada a pegara trancada no banheiro com o palitinho branco do teste de gravidez precariamente equilibrado na lateral da pia de alabastro cor-de-rosa enquanto ela esperava a desejada linha azul aparecer.

Ela havia tentado de tudo. Kits de previsão de ovulação. Tirar a temperatura a cada cinco minutos. Ficar deitada de costas com as pernas para cima por horas. E então, três meses atrás, fora ao hospital fazer exames.

Os resultados foram inconclusivos. Mas, devido a uma infecção que ela tivera havia muito tempo, era possível que Harriet fosse estéril. Precisavam de mais exames para terem certeza. Mas eles deviam levar em conta essa possibilidade.

A notícia pareceu uma pena de morte para a vida sexual dos dois. Em vez de agirem como coelhos, passaram a ficar deitados distantes, de costas um para o outro na cama grande que dividiam. Em vez de fortalecê-los, a notícia ruim havia precipitado a lenta dissolução do que tinham construído juntos. Já fazia semanas que Harriet vinha assistindo a tudo por um filtro, incapaz de interferir enquanto o relacionamento dos dois escorria como areia numa ampulheta. A cada dia, Dan parecia mais distante do que nunca. Ela queria se aproximar dele, mas não conseguia.

— Você me culpa — disse ela, enquanto Dan tirava uma colher de madeira de dentro da panela de molho à bolonhesa e desligava o fogo — por não conseguirmos conceber um bebê. É isso, não é?

— Não seja boba. — Dan aproximou-se e segurou as mãos

dela, escorregadias nas luvas amarelas, com as suas grandes mãos fortes. — É claro que não culpo você.

— Então por que parece o contrário?

Dan encolheu os ombros.

— Não sei, na verdade. Acho que eu só... não quero continuar me sentindo assim. Você está tão fora do meu alcance. Tão distante. Estou me sentindo sozinho, Harry.

— Eu sei — disse Harriet, com tristeza. — Eu também.

Olhou ao redor na cozinha. O reluzente fogão supermoderno, com o mostrador verde brilhando como o painel de controle de um avião. Os lustrosos módulos com tampo de granito arrumados de modo ergonomicamente agradável, com o fogão, a pia e a geladeira formando um triângulo perfeito. As paredes, cuidadosamente pintadas com um puro e perfeito azul-piscina. As peças de ardósia no piso. Tinha dedicado muito tempo ao apartamento, decorando-o com uma clássica paleta de verdes suaves, cinzas e azuis opacos. Dan às vezes a provocava sobre como tudo precisava ser tão preciso. Claro, dizia ele, não tinha realmente importância se um cor-de-rosa tinha um matiz amarelo demais ou se o alegre papel Jocelyn Warner que ela havia escolhido para uma das paredes do banheiro não combinava exatamente com o rodapé. Mas, também, quando Dan foi morar com ela em seu terceiro ano na universidade, ele achava que não havia nenhum problema em guardar o ketchup e a mostarda para os quais não tinham espaço na cozinha dentro de uma caixa embaixo da pia do banheiro. O que ele sabia?

Ela conhecera Dan durante a Semana dos Calouros. Estudante de medicina do Queen's College, ele estava visitando a irmã, Gabby, que morava com Harriet. Saindo da fase mais difícil e dolorosa de sua vida, Harriet encontrou em Dan um porto seguro. Ele era quatro anos mais velho do que ela. Era gentil. Atencioso. Sempre se preocupava em perguntar se ela não estava com frio. Caminhava pelo lado externo da calçada para protegê-la de respingos. Ele a cobria de beijos melados que a faziam se sentir protegida e segura. E nunca forçou nada além de beijos. Contentou-se em esperar até que ela estivesse pronta.

Ela não devia ter ido parar em Londres. Seus pais a pressionaram. Era uma artista talentosa. E a St. Martin's era a melhor escola. Ela realmente devia aproveitar ao máximo o seu potencial.

Ruby sabia tudo sobre aproveitar o potencial. Ou melhor, não aproveitar. Um dia ela teria sido bailarina. Embora Harriet nunca a tivesse visto dançar, sempre soube que a mãe era deslumbrante. Havia retratos espalhados por todas as paredes da casa em que cresceu. Ruby coberta de cetim branco, enfeitado com nuvens de tule, numa produção amadora de *O Lago dos Cisnes*. Ruby parecendo árabe num cintilante tutu tingido de cor-de-rosa e violeta que usou para dançar no papel de Fada Lilás. Ruby de *collant* preto e polainas frouxas, aquecendo-se na barra. Ruby num body claro que mostrava cada contorno musculoso. Ela dizia que tinha sido boa o bastante para dançar profissionalmente. Mas a recusa da Avó Gladstone de Harriet em reconhecer qualquer coisa fora de seu próprio sistema de referência havia posto um ponto final em tudo. Como resultado, Ruby sempre fora absolutamente consciente de seu próprio papel na formação do futuro das filhas. Sempre dissera que elas podiam fazer tudo o que quisessem se se dedicassem. Qualquer coisa mesmo.

Harriet não queria ir para Londres. Ao contrário da irmã, que se sentia atraída por luzes e brilhos como um corvo é atraído pelo ouro, sempre se sentira intimidada pelas cidades grandes. Tinha se candidatado a uma vaga na faculdade de arte de Bath, onde, esperava, poderia se sentir mais em casa. Mas, no começo de setembro, com três notas A debaixo do braço, mudou de idéia e se inscreveu na St. Martin. Três meses antes, a idéia de morar em Londres seria impensável. Mas isso foi antes de os terríveis acontecimentos do verão mudarem tudo.

Pip, irmã de Isaac, a ajudou a encontrar um quarto num apartamento em Battersea. Era muito diferente do irregular sobrado georgiano que dividia com a família em Bath. Parte de um decadente bloco de pequenos edifícios, o apartamento ficava num andar após quatro lances de escada. O corredor tinha um característico cheiro de biscoitos de gengibre. Mas o apartamento em si era claro e limpo. Melhor ainda, tinha vindo completo, com uma família nova e pronta na forma de Lizzy e Gabby. Na primeira noite, quando ela estava completamente confusa, elas a fizeram se sentar e prepararam chocolate quente com marshmallows boiando enquanto lhe contavam coisas sobre suas vidas. Seus sonhos. Suas aspirações. Os cursos que estavam fazendo. Os garotos de que gostavam. Ao final da primeira semana, Gabby, que gostava de se ver como levemente mais sofisticada do que a média dos estudantes, deu um jantar completo, com vinho e velas. Dan viera para fechar o número de pessoas. E foi isso.

— Estou pensando se não estamos precisando de um tempo. — Dan pôs a tampa sobre a panela de molho e secou as mãos numa das toalhas de mesa fúcsia que Harriet havia escolhido para compensar o azul delicado das paredes.

Harriet entrou em pânico.

— Você está querendo dizer nos separarmos?

— Claro que não — respondeu Dan. — Eu não vou simplesmente abandonar dez anos de casamento. Só acho que precisamos de um tempo para fazer um balanço. Nós dois temos estado um pouco... distraídos ultimamente.

Para horror de Harriet, uma grande lágrima escapou do canto de seu olho e pingou na manga de seu moletom.

— Ei. — O rosto grande e sério de Dan se contraiu, e ele a abraçou enquanto ela engolia lágrimas quentes. — Por favor, não chore.

— Desculpe — disse Harriet. — Não consigo evitar. Não quero que você vá.

— Eu também não quero ir. — Dan segurou sua mão e levou-a até a sala de estar para os dois se acomodarem no sofá. O mesmo sofá em que os dois ficaram encaixados juntos como batatinhas Pringles em incontáveis ocasiões para tomar garrafas de vinho e assistir a DVDs.

— Eu só acho que, se eu não for, esse abismo entre nós só crescerá cada vez mais. Começaremos a nos ressentir um do outro. E você está ocupada, não está? Está cheia de coisas.

Harriet assentiu, o máximo que a sua garganta dolorida e tensa permitiu. Em termos de trabalho, ela estava enlouquecida, fazendo a decoração do Blue Ginger, o mais novo estabelecimento etílico informal de Bath. O bar pertencia a Jesse, que morava no porão. Ele havia herdado algum dinheiro — o suficiente para arrendar um lugar no centro da cidade — e pedira que Harriet cuidasse de tudo. Até aquele momento, era o seu maior desafio profissional. Ela achou que tinha valido a pena fuçar em bazares e lojas de tintas atrás de pedaços de material e amostras e montar todo um conceito. Felizmente, Jesse havia adorado todas as suas idéias. Agora faltavam apenas algumas semanas para a inauguração, e ainda havia muita coisa a ser feita. Ela provavelmente não passaria muito tempo em casa nas próximas semanas. Mas, mesmo assim, isso não queria dizer que não quisesse Dan por perto.

— Para onde você vai?

— Vou ficar na casa do Scott — Dan respondeu. — Ele não vai se importar que eu fique no sofá. Milo e Midge o estão exaurindo no momento. Provavelmente gostariam de ter uma babá em casa. Ter uma folga.

— É por causa do bebê, não é? — soltou Harriet. — Você não me quer mais porque eu não posso lhe dar filhos.

— Não. — Dan olhou com tristeza para os próprios pés. Uns verdadeiros pezões. Tamanho 46, mais ou menos. Também, ele era um enorme urso em forma de gente. Era uma das coisas de que ela mais gostava nele. Seu tamanho grande parecia representar segurança. E foi por segurança que ela se casou com ele, na tenra idade de 22 anos, quando Lizzy, Gabby e as outras estavam todas aproveitando a vida.

Gabby gostou de ganhar uma cunhada. Desenhou um lindo vestido de casamento para Harriet. Uma coluna de seda tailandesa num tom muito claro de cor-de-rosa. Mesmo assim, achava que ela era doida de estar se casando tão jovem. Todo mundo achava.

Agora, olhando para o rosto grande e fofo de Dan, perguntou-se se talvez todos não estivessem certos. Na época, tudo pareceu muito simples. Ela amava Dan, e Dan a amava. Apenas quatro anos antes, quando o impensável aconteceu, ela achou que talvez nunca mais fosse voltar a se sentir parte de uma família. E agora ali estava alguém que queria formar uma nova família com ela. Tudo havia sido quase um alívio. Já fazia anos que Dan lhe dava a segurança de se saber amada.

E agora ele queria ir embora.

— Eu não *quero* deixar você — disse Dan. — Eu te amo.

— Eu também te amo. — Harriet olhava fixamente para um fio solto em seu jeans. Havia um "Mas" a caminho. Podia senti-lo a um quilômetro de distância.

— Não estou feliz — Dan disse, afinal. — Já há algum tempo.

Harriet sentiu uma bola subir, como um número de bingo, por sua traquéia e se alojar contra sua epiglote.

— É a história do bebê?

Dan sacudiu a cabeça.

— Não tenho certeza se um bebê iria fazer alguma diferença. Quero dizer, sei que toda essa combinação de espera e esperança não tornou as coisas mais fáceis. E incomoda você. Sei que incomoda. — Tocou seu rosto. — Tentei ajudar você... — hesitou.

— Me ajudar? — disse Harriet. — Ajudar com o quê?

— O acidente — Dan disse com franqueza. — Perder os seus pais. A sua irmã gêmea. Sei que as coisas não foram fáceis para você.

Ouvir Dan dizer aquilo em voz alta fez o estômago de Harriet girar como um bambolê.

— Você me ajudou.

Dan sacudiu a cabeça em direção à fotografia, exposta em cima da lareira, em um porta-retrato prateado. Harriet e Hermione no casamento dos pais. Dois pontinhos em idênticos vestidos bordados da cor dos bigodes de suco de morango que mancharam suas bocas. Os cabelos de Hermione, selvagens e enormes desde o dia em que ela nasceu, formavam um cogumelo em torno de sua cabeça, de modo que ela parecia uma espécie de espanador exótico. Ao seu lado, Harriet, com seus cachos castanho-claros, parecia pequena e transparente. Mas estava sorrindo. As duas estavam. Alguma coisa que o fotógrafo fez claramente as havia feito corar.

— Às vezes me preocupo que você nunca tenha tido tempo de trabalhar toda essa história.

— Eu estou bem.

— Olhe para isso — continuou Dan, como se ela não tivesse falado, fazendo um sinal com a mão para a sala de estar que Harriet havia redecorado em tons de chocolate amargo e café, com apenas um detalhe de roxo orquídea, uns dois meses antes.

— Você não gosta?

— Não é isso — disse Dan. — Eu só acho que você passa muito tempo se preocupando com isso. Parece que tudo tem que estar perfeito do lado de fora, para que você não precise se pre ocupar com o lado de dentro.

— Você está me deixando porque eu quero deixar a nossa casa bonita! — Harriet não conseguia acreditar no que estava ouvindo. Adorava o apartamento e todas as coisas dentro dele. A grande banheira de louça no quarto. A sala de jantar, faiscantemente branca e cuidadosamente decorada com uma mistura eclética de móveis novos e antigos. Bancos de igreja. Um armário francês. Duas cadeiras de acrílico transparente. Aquela sala de estar, completa com um sofá de couro marrom gasto e almofadas de casimira cor-de-rosa...

— Não! — protestou Dan. — Eu *não estou* deixando você. Só vou passar um tempo no Scott. Preciso arrumar a minha cabeça.

Harriet hesitou.

— E eu?

— Você vai ficar bem. — Dan tirou carinhosamente um cacho da testa dela. — Juro.

— Como você sabe? — ela resmungou.

— Vou ligar para você — disse Dan.

— Quando?

— Talvez não imediatamente. Mas vou ligar. Quando chegar o momento certo.

Ela o viu fazer as malas através de um véu de lágrimas. Parte dela queria avançar e arrancar a mala de couro marrom das mãos dele. Seria tão fácil implorar para que ele ficasse. Mas as palavras não saíam. Em vez disso, ela ficou em silêncio quando ele beijou sua testa e disse que ainda a amava, de qualquer maneira. Ela o viu saindo e, com a mala grande atirada nas costas, como uma concha de caramujo, afastou-se, uma conhecida silhueta caminhando pesadamente, em direção à casa de seu irmão.

Depois disso, ela correu para o quarto no andar de cima e se atirou sobre a colcha de veludo azul-escuro da cama para aspirar com toda a força o cheiro de Dan. Chorou até literalmente não restarem mais lágrimas. Depois de uma hora e meia, quando seu rosto se parecia com um cogumelo bulboso e o braço tinha ficado dormente, ela se levantou e foi se olhar no espelho.

O próprio rosto a encarou. Apesar de estar toda inchada, ela não parecia muito diferente do normal. Havia a covinha do queixo que Hermione sempre dissera que deixava seu rosto parecendo um coração de cabeça para baixo. As três sardas formando um perfeito triângulo isósceles na bochecha. Olhos castanhos amarelados e amendoados e um pouco longe demais um do outro. A pele pálida como um botão de primavera. Sempre quisera ter uma pele como a de Hermione. Uma deliciosa pele dourada, com um tom de óleo de oliva maduro. No verão, Hermione ficava do tom do café gelado que a mãe delas tomava aos litros enquanto que ela, Harriet, ficava absolutamente branca por dias a fio até que sua pele finalmente se rendesse e assumisse o matiz amarronzado de uma almofada velha.

Olhou para o retrato sobre a lareira e perguntou-se se Dan estaria certo. Será que ela estava realmente guardando o tipo de sentimentos que a impediam de seguir em frente com sua vida? Será que ela adorava mudar o ambiente ao seu redor a cada cinco minutos só porque isso significava que ela podia evitar o que estava acontecendo num nível mais profundo, em algum lugar nos cantos e nas fendas de sua psique?

Ela não acreditava nisso. Seu amor por decoração vinha de muito antes do acidente. Tinha raízes em algum ponto de sua infância. Ruby tinha um maravilhoso talento para decoração de interiores. Havia transformado todas as casas em que moraram em alguma coisa especial. O monte de granito desmoronando nos penhascos da Cornualha. O estreito sobrado em Bath. Sua sala de estar estava sempre cheia de pilhas de revistas de decoração, que Harriet adorava folhear. Gostava de pensar que tinha passado um pouco da mágica de Ruby para o primeiro apartamento de Battersea, que dividiu com Lizzy e Gabby. Ela o havia transformado de um apartamento cor de mingau, com carpete de tapioca embolotado, num ambiente claro e ventilado, aonde todo mundo adorava ir e relaxar depois das aulas.

Mas não era só a decoração. Quase no instante em que refez a si mesma a pergunta de Dan, soube a reposta. Havia coisas sobre 1988 que nem mesmo Dan sabia. Ele sabia sobre o trágico acidente que havia matado seu pai e sua mãe. Sabia que a casa de sua infância que ela sempre adorara tivera de ser vendida e que ela havia sido lançada, como uma bala de canhão, na desconhecida bagunça de Londres. Sabia que ela não gostava da cidade. De verdade. Assim que saiu da faculdade, usou parte do dinheiro de Ruby e Isaac para comprar esse apartamento, a apenas duas ruas de distância de sua antiga casa em Belmont, e Dan, recém-saído da faculdade de medicina, havia concordado em construir uma vida com ela longe dos grandes ônibus vermelhos e táxis pretos a que sempre estivera acostumado.

Mas havia muitas coisas que Dan não sabia. Coisas que Harriet mantivera para si mesma durante 15 longos anos. Uma discussão. Um aborto. Um garoto chamado William Cartwright. E então, é claro, a maior coisa de todas.

O fato de que, até onde ela sabia, Hermione continuava perfeitamente viva.

Harriet disse algumas coisas terríveis depois do enterro. Culpou Hermione pelo acidente. Disse que era por culpa dela que seus pais estavam mortos. A verdade era que Hermione não estava no carro. Isaac e Ruby estavam indo buscá-la numa festa. Harriet, que estivera mal-humorada durante toda a noite quase tinha ido com eles. Queria confrontar a irmã a respeito de Will. No final, decidiu que aquilo podia esperar. Então ficou em casa para assistir a um especial *Top of the Pops* na tevê e escapou da morte por um triz.

Sempre tivera a intenção de procurar a irmã. Depois do acidente, depois que se mudou para Londres, sempre passara por sua cabeça pedir desculpas pelas coisas terríveis que havia dito. Mas nunca conseguiu reunir coragem para isso. Então Dan apareceu e foi muito fácil simplesmente se deixar levar. Mas ela nunca imaginou que elas acabariam assim. Sem se falar por 15 anos.

Quinze anos! Fazia realmente tanto tempo assim?

Ela sequer saberia onde encontrar Hermione agora.

Foi até a cômoda alta ao lado da janela, abriu a última gaveta e começou a vasculhar entre as pilhas de camisetas arrumadas por cor até encontrar o que estava procurando. De repente, ali estava. Familiar como o símbolo do programa de tevê *Blue Peter* e o desenho animado do Mr. Benn seriam a qualquer inglês.

O diário de Hermione.

Fora presente de Isaac em seu aniversário de 13 anos, um livro grande e bonito encadernado em couro macio. Dava para trancá-lo com um minúsculo cadeado prateado e mantê-lo fora do alcance de olhos enxeridos. Harriet passara boa parte de seus anos adolescentes tentando encontrar a chave daquele livro em que a irmã, que tinha aspirações de se tornar escritora alguma dia, registrava cada coisinha que lhe acontecia. Nunca conseguiu. Então, um dia, revirando as caixas de coisas que Pip, a irmã do pai delas, havia guardado para elas quando a casa de Belmont foi desocupada, deparou-se com ele. Devia ter sido colocado na caixa errada em meio ao pânico de empacotar tudo antes de a casa ser vendida.

A chave estava desaparecida. Até ali, Harriet havia resistido à tentação de quebrar o cadeado. Mas agora não se importava mais. Poderia encontrar naquelas páginas cheias de escritos alguma coisa que a ajudasse a entender tudo.

Se pelo menos ela soubesse o que queria entender.

Pegou um peso de papel de cima da penteadeira e respirou fundo antes de golpear o minúsculo cadeado prateado, que se partiu imediatamente. Ao abrir o livro, Harriet impressionou-se ao sentir um pesado perfume de Paris, preso entre as páginas durante todo aquele tempo. Isso lhe deu vontade de chorar.

Quando levantou o livro, dois quadrados de papel caíram de entre as páginas, girando como asas de um helicóptero até o chão. Fotografias. Um retrato em preto-e-branco de Hermione esparramada na escada dos fundos da casa de Bath vestindo tênis Converse de cano alto surrados e jeans desbotados e rasgados nos joelhos. Tinha um boné do New York Yankees enfiado na cabeça. Harriet não se lembrava de quem havia tirado a foto. Mas lembrava bem daqueles tênis. Um dia tinham sido cor-de-rosa chiclete. Hermione usou-o em todos os lugares naquele verão.

Virou a foto. Nas costas, Hermione havia escrito com sua letra cheia de detalhes: "Finalmente os 16."

A outra fotografia estava sépia e retratava dois bebês minúsculos usando babadores e deitados lado a lado. Atrás desta foto, com uma letra trêmula e antiga, alguém havia escrito "Ruby e Emerald, 1952".

Ficou olhando para aquilo. A mãe dela quando era um bebê. Presumivelmente com um bebê nascido no mesmo hospital. Curioso o fato de as duas terem nomes de pedras preciosas.

Endireitou-se.

E se...

Gêmeos eram algo de família, não?

E se Ruby tivesse tido uma gêmea? Uma irmã gêmea que tivesse morrido.

Seria por isso que sempre fazia tanto fuzuê sobre Hermione e Harriet sempre poderem contar uma com a outra? Por que ela detestava tanto quando as duas se beliscavam, se mordiam e puxavam os cabelos uma da outra?

Se fosse isso, o que Hermione estava fazendo com aquele retrato? Será que ela sabia? E por que nunca havia mostrado a foto a Harriet?

Só havia um jeito de descobrir. Com Dan esquecido por ora, escovou os dentes, deitou-se na cama e começou a ler o diário da irmã perdida.

Minha querida Gigi,

Harriet tem agido de um jeito esquisito. *Bem* esquisito. Desde que voltei da Grécia, é como se eu não existisse. E eu tenho tanta coisa para contar a ela. Quero dizer, sei o quanto ela adoraria aquilo lá. O mar é realmente de uma cor incrível. Não sei exatamente do que chamar. Verde? Azul? Azul-esverdeado? Ou verde-azulado? Nada disso parece certo. Uma cor tão bonita como aquela devia realmente ter seu próprio nome. Alguma coisa encantadora e impressionante. Alguma coisa irreal. Como azul-rosa celeste...

Harriet se contorceu ainda mais sob o edredom, arrumando os grandes travesseiros franceses atrás da cabeça e pegando mais uma azeitona preta na tigela de concha ao seu lado. O diário de Hermione estava fazendo as lembranças retornarem às enxurradas. Ainda podia ver a irmã beijando Will na festa de 18 anos das duas. Ainda podia ter a terrível sensação de traição e o calorão que tomou conta do seu rosto enquanto ela permanecia parada ao pé da escada do jardim.

Dias depois, ela descobriu que estava grávida. Contou a Will imediatamente. Ele demonstrou uma insensível falta de interesse pelo filho que ainda não tinha nascido e foi até o caixa automático na rua Milsom para lhe dar o dinheiro para se livrar dele.

— Por quê? — perguntou Harriet, deixando o orgulho de lado. — Por que você parou de me ligar?

— Sei lá — Will encolheu os ombros. — As coisas estavam ficando um pouco chatas, só isso. Foi divertido enquanto durou, não foi?

Harriet pensou em falar com Ruby. Ruby tinha passado por uma situação parecida uma vez. Saberia o que fazer. Estava se preparando para conversar com ela na noite do acidente, quando o telefone tocou e Hermione pediu que um deles fosse buscá-la. Também estava planejando confrontar Hermione, que simplesmente não sabia nada de nada e achava que Will era o máximo dos máximos, zumbindo até a frente da casa para apanhá-la em sua nova moto, sabendo que Harriet estava lá dentro. Depois do acidente, Harriet sentia que poderia confiar nela mesmo assim. Will não tinha ido ao enterro. Também não ia muito à casa delas, e ela e Hermione estavam tentando entender o lugar assustador em que o mundo havia se transformado. Harriet pensou, otimista, que ele tinha desaparecido. Pensou que talvez ela e Hermione pudessem comprar juntas um apartamento em Bath depois que a casa fosse vendida. Talvez ela pudesse ter o bebê, afinal. Hermione a ajudaria a tomar conta dele.

Imaginou como a irmã deveria estar enquanto escrevia no diário. Esparramada de barriga no chão, provavelmente. Um nó de membros e cabelos cercado pelo caos de seu quarto.

Harriet sempre adorou o quarto de Hermione. Sendo escrupulosamente organizada, incapaz de se servir de um pote de patê Marmite sem pôr a tampa de volta no lugar e guardá-lo depois, sempre desejou ser um pouco mais relaxada. Em contraste, o quarto de Hermione parecia ter vida própria. Harriet lembrava de cascas de banana enfiadas dentro de potes de iogurte vazios, de canecas de café incrustadas com perfeitos discos de mofo, um cesto de vime transbordando uma gloriosa bagunça de maquiagem, pequenas pilhas de calças localizadas exatamente onde Hermione havia saído de dentro delas antes de ir para a cama. Uma vez chegou a existir uma porquinha-da-índia, até que Snowflake, o gato, a pegou. Uma coisinha doce chamada Lottie, que se comunicava com guinchos e deixava uma trilha constante de cocozinhos em formato de Tic-Tac por tudo quanto é lado.

Havia cachecóis, bolsas e cintos enroscados no pé da cama. Hermione herdara o talento de Ruby para usar acessórios. Nunca estava sem o cinto ou o broche certo para animar uma produção. Sempre teve um bom instinto em relação ao que funcionava com ela. Harriet nunca teve muita noção. Era estranho. Dê-lhe uma amostra de tecido, e ela instantaneamente apresenta uma seleção de amostras de tintas para complementá-lo. Roupas, porém, eram uma história completamente diferente. Ela detestava ter que decidir o que vestir com pressa, e ocasiões especiais lhe causavam dias de preocupação. O que era bastante inconveniente. Era esperada no batizado de seu afilhado na semana seguinte e não fazia a menor idéia do que iria vestir.

No fim, acabou se decidindo por um vestido de seda transpassado. Verde-maçã com detalhes em branco. A estampa lhe dava curvas onde ela era uma tábua e a deixava com uma aparência um pouco mais vistosa do que se sentia realmente. Prendeu os cabelos castanho-claros num rabinho do lado, combinando com o estilo mais chique, e arrumou o rosto com o mínimo de maquiagem. Tinha ainda menos noção em relação a isso. Das duas, Hermione definitivamente era a rainha do batom.

Edie, a senhora que morava no térreo, estava ao pé da escada quando ela desceu. Harriet sempre sentia um pouco de pena de Edie. Vivendo no maior aperto com Jesse e Joe no porão, parecia levar uma espécie de meia-vida à mercê do marido. Harriet via Edie com freqüência, arrastando os pés ladeira acima, com a grande sacola de barbante estourando com latas de presunto e coquetel de frutas. Mas o marido parecia permanecer no apartamento, longe da vista dos vizinhos. Às vezes, dava para escutá-lo — quando ele gritava pedindo chá, por exemplo. Mas normalmente era absolutamente esquivo. Harriet não conseguia lembrar de alguma vez que tivesse realmente posto os olhos nele.

Edie estava diferente naquele dia. Parecia mais alegre. Seus cabelos, normalmente finos como algodão doce, pareciam recémlavados e elegantes. Havia cor em seu rosto pálido. Quando Harriet desceu a escada, ela parou o que estava fazendo e virou a cabeça para o lado, como um pintarroxo.

— E aí?

— Oi, Edie. — Harriet acenou com a cabeça para a vizinha. — Tudo bem?

— Estou boazinha, obrigada, querida — disse Edie. — Acabei de enterrar meu marido.

— Nossa! — A mão de Harriet voou em direção à boca. — Sinto muito. Eu não sabia.

— Não se preocupe — disse Edie despreocupadamente, fazendo um sinal para a imensa caixa de papelão com que estava brigando. — Estou me conectando à internet.

— Ah. Certo.

— Você sabia que dá para conversar com alguém na Austrália com um desses? — Edie endireitou-se, de modo a ficar na altura do queixo de Harriet.

— Pois é.

— E eles têm umas tais de salas de chat — Edie informou. — Você entra e fala com pessoas que nunca viu na vida. Eu posso encontrar um belo menino de 17 anos — riu ela. — Posso dizer que pareço aquela Jordan e ele nem vai saber.

— Posso dar uma mão com isso? — Harriet fez sinal para a caixa. — Parece pesada.

Com muito esforço, Harriet passou a caixa com o novo computador de Edie pela porta do apartamento da vizinha.

— Onde você quer botá-lo?

— Pode ser aqui — Edie abriu a porta do quarto vazio. — Deixe aí. Sobre esse negócio.

Harriet pôs a caixa sobre uma mesa de tampa de fórmica ao lado de um antigo retrato em preto-e-branco. As duas garotas da foto, com olhos sedutores e cabelos ondulados, pareciam estrelas de cinema de Hollywood.

— É você, Edie?

— Esta aqui — Edie apontou para a garota menor, à esquerda. — Esta sou eu.

— Nossa.

— Uma gracinha, né? Era assim que o meu Stan me chamava. Sua gracinha.

— O seu marido?

— Hi, não — riu Edie. — Não o Cyril. Esse era um vagabundo miserável. Mesmo na nossa lua-de-mel. Ficamos três dias em Marlborough — disse ela. — Pegamos a casa do irmão dele emprestada. Claro, era tudo o que podíamos bancar naquele tempo. — Apontou para um retrato na parede oposta: um belo homem num uniforme do exército com os cabelos escuros penteados para trás com gel. — Aquele ali é o Stan. Era um pequeno Bobby Dazzler. Fomos noivos.

— O que aconteceu?

— Ele foi morto na guerra, querida. — Os olhos de Edie se encheram de lágrimas. — Como todos os bons. Claro, ele estava com a Doris quando eu o conheci.

— Doris?

— Minha irmã — Edie apontou para a segunda garota no retrato. — É esta aqui. Claro que ela nunca me perdoou. Foi para a Austrália depois da guerra. Nunca mais ouvi falar nela.

— E você se casou com o Cyril.

— Eu tive que me casar. — Os olhos de Edie brilharam com ar malicioso. — Estava grávida da minha Ann. Claro que ele nunca soube que ela não era dele. Se soube, nunca me disse.

— Foi por isso que você comprou o computador? Para encontrar a sua irmã na Austrália? — Harriet perguntou.

— Não, querida — respondeu Edie. — Tentei encontrá-la antes. Queria dizer que sentia muito. Doideira, né? Deixar um homem ficar entre nós. Mesmo um Bobby Dazzler como o meu Stan.

— O que aconteceu?

— Ela tinha acabado de morrer. Encontrei o filho dela, Graham. Ele me contou que ela teve câncer. Foi consumida pela doença. Havia falecido mais ou menos um mês antes de eu encontrá-la. Era tarde demais.

— Que triste. — Harriet pensou em si mesma e Hermione. Como ela tinha sido idiota de dizer todas aquelas coisas. E de deixá-las apodrecendo por tanto tempo. "Tarde demais." Que expressão terrível. Das piores. Não queria que o que aconteceu com Edie e Doris acontecesse com ela. Sabia que teria que encontrar Hermione mais cedo ou mais tarde.

Por ora, tinha um batizado para ir. Ou, pelo menos, um batizado diferente. Depois de batizarem o segundo filho na igreja, Lizzy e Conrad tinham decidido que fariam apenas uma grande festa para celebrar a chegada de Oscar. Não tinham gostado muito do jeito como a paróquia de Bath havia adotado a modernidade, com hinos de que eles nunca tinham ouvido falar projetados num telão na frente da igreja em vez dos hinos adequados, lembrados dos tempos de congressos escolares, lidos em livros de hinos.

— Você vai ficar bem com isso? — perguntou Edie. — Como você vai montá-lo?

— Ih. — Edie crepitou como uma fogueira. — Tenho meu anjo da guarda para isso.

— Tem? — Harriet perguntou-se se Edie não estava ficando um pouco caduca. Tinha acabado de perder o marido, afinal.

— Lá embaixo — Edie apontou para o chão.

— Jesse?

— Ele mesmo — assentiu Edie. — O que não usa a camiseta que diz FUCK.

— Você quer dizer FCUK — disse Harriet, gentilmente.

— Não — replicou Edie, decidida. — Tenho certeza de que é FUCK. Enfim, ele virá me ajudar amanhã.

Harriet deixou Edie com seu computador e saiu para a rua, onde Vin Rouge, sua antiga van marrom, estava estacionada precariamente numa ladeira. Dan sempre brincava com ela dizendo que a maldita coisa tinha tantos buracos que podia ser usada como um escorredor de macarrão. Mas Harriet não queria vendê-la. A confiável Vin Rouge tinha atravessado com ela os primeiros anos como pintora e decoradora, quando ela e Dan se mudaram para Bath. Era uma velha amiga.

A casa de Lizzy ficava na beira do canal Kenneth & Avon, perto de Avoncliff. Apesar de ser uma londrina de coração, Lizzy havia seguido Harriet até lá algum tempo depois de terminar a universidade. Bath era um pouco assim. Cativava por sua beleza. Atraía as pessoas e as cuspia de volta quando elas percebiam que não havia mesmo empregos que pagassem o suficiente para se viver em uma das grandes casas cor de baunilha que se perfilavam por suas ruas. Era um dos motivos pelos quais Harriet havia se estabelecido por conta própria. Não que Lizzy tivesse que se preocupar. Não agora que havia se casado com Conrad, cirurgião cardíaco num hospital de Bristol. Quando Jemima nasceu, ela deixou o trabalho de paisagista de lado e agora era mãe e esposa em tempo integral. Harriet se perguntava por que ela nunca parecia se entediar. Ultimamente, vinha tendo altos e baixos. Às vezes, era realmente muito vaga. Quando Harriet lhe contou sobre a ida de Dan para a casa de Scott, mal teve qualquer reação, o que foi uma grande surpresa. Depois de mais de dez anos de casamento, espera-se que a melhor amiga faça mais do que simplesmente "Ah, sim", enquanto ia e vinha na cozinha como um arraia gigante atrás de queijinhos e iogurtes para a lancheira de Jemima.

Harriet pensou em Dan enquanto dirigia pelas vielas impregnadas com o aroma de alho-silvestre na direção da casa de Lizzy. Sentia falta dele. Era impossível dividir a vida com a mesma pessoa por tanto tempo e não achar estranho ela não estar mais por perto. E era difícil não se importar quando ficava encontrando lembranças por todos os lugares. Guloseimas que Dan gostava de comer enfiadas no fundo dos armários da cozinha. Salgadinhos. Leite achocolatado. Biscoitos japoneses de gosto esquisito. Geléia de lima com pedacinhos de fruta. Num outro dia, encontrou uma camisa toda embolada embaixo da cama. Instintivamente, pegou-a e cheirou-a. Tinha um cheiro tão intrinsecamente parecido com Dan, que ela explodiu em lágrimas.

Sentia falta também das comidas que ele fazia, embora não ter que se preocupar em limpar as coisas depois fosse um bônus. Quando voltava do Blue Ginger, completamente acabada e coberta de tinta, Dan estava sempre fazendo alguma coisa na cozinha, espremendo limões, picando salsinha e fatiando lula em anéis para uma rápida massa com frutos do mar.

Mas havia outra parte dela que achava que ela não se importava tanto quanto achava que poderia se importar. Descobriu que podia olhar sem arrependimento para as fotografias, que ainda pontilhavam o apartamento em suas diversas molduras. Os dois juntos, bebendo na Tailândia. Dan, de óculos escuros e camisa xadrez, encostado na proa de uma lancha. Ela própria, vestindo short cáqui folgado e camiseta cor-de-rosa claro, parecendo tensa na garupa de um elefante. Os dois cheios de sorrisos no dia do casamento. Infelizmente, a gravata carmesim de Dan havia se chocado com os buquês de gérberas cor-de-rosa e manga que ela havia escolhido para complementar a criação em seda cor-de-rosa de Gabby. Ela tinha simplesmente aceitado o que todo mundo queria. Gabby. Lizzy. A mãe de Dan, que insistiu no que ela chamava de "volley-vons"*, recheados com uma massa de frango e cogumelos indutora de vômito, em vez do bufê oriental que Harriet tinha em mente. Sem Ruby, ou qualquer parente ao seu lado, tinha achado mais fácil simplesmente deixar que todos fizessem o que quisessem.

Talvez fosse um sinal, pensou, assim que a Vin Rouge triturou o cascalho na entrada de carros de Lizzy. Talvez o fato

*Vol-au-vent.

de que ela e Dan não haviam sequer pensado em garantir que pelo menos as cores que usariam estariam combinando fosse o indicativo de alguma outra coisa. Algo muito mais sinistro. Talvez ela e Dan não devessem ficar juntos. Um pouco como Edie e Cyril.

O jardim de Lizzy estava todo enfeitado para a ocasião. A antiga gamela de pedra perto da cerca continha uma massa de peônias flutuantes, e havia potes de geléia cheios de ervilha-de-cheiro sobre as mesas enfeitadas com toalhas brancas dispostas embaixo de três pereiras. Algumas pessoas já haviam chegado e estavam por ali segurando copos altos de drinques com frutas frescas. Crianças pulavam de um lado para o outro como pipocas na panela enquanto Harriet tirava o presente de quase batismo de Oscar, um balde de Lego, da traseira da Vin Rouge e olhava ao redor atrás de um rosto conhecido.

— Harry. — Conrad a avistou a caminho da casa. — Que ótimo ver você.

— Você também. — Harriet beijou-o nas duas bochechas. Gostava de Conrad. Apesar dos cabelos coloridos e seu estranho jeito espalhafatoso, ele era um doce.

— O Dan não veio? — Conrad olhou por cima do ombro dela.

— Bem, não... — disse Harriet, constrangida. — Nós...

— É claro! — Conrad pareceu horrorizado. — Lizzy me contou. Deus, eu sou um imbecil. Desculpe. Como você está?

— Estou bem — respondeu Harriet.

— De verdade?

— Estranhamente, sim. Quer dizer, sinto falta dele...

— Claro que sente.

— Mas não é como se estivesse tudo decidido. E eu tenho estado muito ocupada com tudo no Blue Ginger.

— Arrá! — disse Conrad. — O bar do qual tenho ouvido falar tanto. Quando poderemos beber lá?

— Em breve — respondeu Harriet.

— Excelente. — Conrad esfregou as mãos. — Certo. Bem, é melhor eu me mexer — fez um sinal com a cabeça em direção ao churrasco. — Hordas famintas para alimentar. Você quer alguma coisa? Acabei de assar umas costelas.

— Não, obrigada. — Harriet mostrou sua contribuição para a festa. — É melhor eu ir atrás de Lizzy. Ver se ela quer que eu bote essas coisas em algum lugar.

— Ah — assentiu Conrad. — É claro. Bem. Nos vemos mais tarde.

Lizzy estava em sua enorme cozinha bagunçada, trabalhando em um bolo.

— Harry. Graças a Deus. Olhe para esse bolo solado.

— Não parece tão mau assim. — Harriet pegou uma pilha de roupa e largou-a sobre a mesa da cozinha de Lizzy, onde ela estava, desafiante, em meio a um amontoado de objetos familiares. Um carimbo de batata com manchas em verde-limão e amarelo. Livros de desenhos cheios de orelhas. Uma bolinha de gude. Um pacote aberto de biscoitos. Uma meia, suja e avulsa. Lantejoulas. Massa de modelagem. Uma pena de pavão. Uma única sandalinha cor-de-rosa de plástico, com as solas cheias de brilho.

— Harry — disse Lizzy com firmeza. — Tem um buraco enorme bem no meio. Dá para atirar um gato nele e nunca mais voltar a encontrá-lo.

— Tenho certeza de que ninguém vai se importar — Harriet garantiu.

— *Eu* vou me importar — disse Lizzy.

Ela não parecia estar muito bem desde o nascimento de Oscar. Tinha ficado ótima com Jemima e Lucy, as duas mais velhas, mas, agora, estava extremamente feliz num minuto e, no instante seguinte, seu bom humor desmoronava como um castelo de areia. Às vezes era difícil comparar a Lizzy pós-Oscar com a glamourosa festeira de antigamente. O que tinha acontecido com a garota interessante que sempre se recusara terminantemente a olhar para os dois lados quando atravessava uma rua porque estava a caminho de uma festa importante e não queria que os cabelos grudassem no brilho dos lábios? A encantadora gatinha de saltos altos cujo rímel virava excesso de bagagem quando ela voava na classe econômica? Às vezes, era difícil reconhecê-la.

Harriet tinha ficado um pouco decepcionada quando Lizzy e Conrad se casaram. Lizzy e Dan sempre se deram extremamente bem. Os três haviam feito muitas coisas juntos. Jantares. Piqueniques no parque Victoria. Tinham até mesmo ido juntos de Londres a Brighton de bicicleta num evento beneficente. E então chegou Conrad, e tudo mudou.

Foi uma bela cerimônia de casamento. Lizzy usou um duas peças tomara-que-caia de tecido branco que tinha sido lavado num saco azul para que brilhasse como prata. Conrad estava mega-elegante num terno índigo sob medida com gravata de seda cor-de-rosa. Até mesmo seus cabelos estavam um pouco menos Lego do que o normal. Havia orquídeas muito brancas. Minúsculas daminhas de honra com vestidos bufantes de chiffon ameixa-claro. Ostras foram servidas em cisnes de gelo esculpido. Dom Perignon, em taças de um delicado cristal *vintage*, foi servido durante todo o dia, e Harriet, num vestido verde-mar salpicado de brilhos, entornou a quinta taça e se permitiu a secreta esperança de que nada precisava mudar. Talvez a recém-casada Lizzy Armstrong-Jones acabasse sendo igualzinha à simples Lizzy Bone de sempre, afinal.

Os primeiros sinais não foram exatamente ótimos. Na reta final para o grande dia, a Srta. Bone tinha sido uma chata. Surtava pelas coisas mais insignificantes. Deveria escolher laços ou rosas? Cristais ou pérolas? Canapés ou enroladinhos? Cozinha asiática *fusion* ou francesa? Em mais de uma ocasião, Harriet havia ficado esperando de braços cruzados enquanto ela explodia com os organizadores da festa.

A única parte tranqüila havia sido em relação à roupa do casamento, que tinha ficado a cargo de Gabby. Os vestidos de casamento de Gabby eram realmente fantásticos. O de Harriet estava guardado sob camadas de papel de seda numa caixa de papel especial em cima de seu guarda-roupa. Gabby era uma verdadeira perfeição. Sempre conseguia parecer incrível, mesmo depois de duas horas de sono, quando Luke nasceu. E tinha uma força de vontade de aço. Registrava tudo o que comia numa planilha, garantindo sua forma muito magra.

No dia depois que Dan fez a mala e foi embora, Gabby ligou para ver se Harriet precisava de alguma coisa.

— Eu sinto *muito* — emocionou-se pelo telefone. Scott acabou de me contar. Você quer que eu ligue para aquele idiota do meu irmão? Ver se conseguimos chegar ao fundo desta história?

Ela quase pareceu decepcionada ao ouvir que Harriet não precisava de sua ajuda. Para compensar, tinha começado a mandar coisas. Uma cesta cheia até a borda de deliciosos bolinhos com mirtilo. Harriet havia passado uma tarde agradável consumindo-os no jardim. Ontem, um buquê de lírios, que já tinham começado a empestar a casa, chegara com um bilhete, oferecendo qualquer tipo de ajuda. Quase tinha feito Harriet se sentir culpada por não estar mais miserável pelo fato de Dan ter ido embora.

— Talvez você possa encher o buraco com doces — disse Harriet, olhando para o bolo.

— Ótima idéia. — Lizzy abriu um armário e foi atingida por um dilúvio de pacotes e caixas. Batatas fritas. Passas de uva. Barras de frutas.

— Merda. Ah. Aqui vamos nós. Confeitos. Lucy ganha um toda vez que concorda em usar o pinico. Sabia que tinha mais em algum lugar. Certo.

Esvaziou um saquinho de confeitos na parte oca no meio do bolo de batizado, assim que a porta da cozinha se abriu e Luke entrou com Gabby logo atrás.

— Aqui estão vocês duas. — Ela entrou flutuando numa nuvem de Coco para inundá-las de beijos. — Conrad disse que você estava aqui, Harry. Como você *está*?

— Estou bem. — Harriet sentiu-se culpada de novo. Vinha pensando mais em Hermione do que em Dan. O que Edie lhe dissera sobre a irmã tinha realmente batido fundo.

— Mesmo? — Gabby enrugou o belo nariz. — Ah, Harry, você é corajosa.

— Não sou, não — disse Harriet. — Nós só temos algumas coisas a acertar, só isso. Provavelmente estaremos juntos de novo em um mês.

— Certo. — Gabby não pareceu convencida. — Aqui — disse ela a Lizzy, pondo uma lustrosa caixa verde-água sobre a mesa. — Um presente para você.

— O que é?

— Abra e veja.

Lizzy abriu a tampa, que revelou um bolo de chocolate do tamanho de um guarda-chuva com cobertura de ganache. Gérberas cor-de-rosa escuro decoravam as bordas. Tinha um cheiro delicioso.

— Achei que você não teria tempo de fazer um bolo. — Gabby olhou para a triste criação sobre o balcão e não fez nenhum comentário.

— É maravilhoso — disse Lizzy. — Você *fez* isso?

— Ah, só levou uma hora — disse Gabby, despreocupada. — Não foi problema algum.

— Meu Deus — disse Lizzy, quando Gabby voltou para fora para ajudar Luke a encontrar alguém para brincar. — Por que ela simplesmente não diz o que pensa? Eu sou uma Péssima Mãe. Todo mundo acha isso. Não sei nem cozinhar. Merda! — Deu um salto na direção do forno e tirou de dentro uma bandeja com o que parecia carvão.

— Malditos bolinhos. — Atirou a bandeja dentro da pia, espalhando torrões carbonizados por tudo quanto é lado. — Não servem para nada.

— E daí? — disse Harriet, leal à amiga. — Não acho que você seja uma mãe ruim de jeito nenhum. Você tem três filhos. Gabby só tem um. E você ainda tem todos esses bichos de estimação para cuidar.

— Um a menos, agora. — Lizzy atirou pedaços do próprio bolo no lixo. — Nice Mary se matou. Atirou-se de cima da mesa da cozinha. Não me surpreendeu. Do jeito que Jemima a tratava, acho que ela estava deprimida.

Nice Mary, a porquinha-da-índia de Jemima, não era a única deprimida. Com o passar da tarde, Harriet foi ficando cada vez mais triste ao ser confrontada com uma porção de bebês, cada um mais gorducho e sorridente do que o outro. Soo, que estudara na St. Martin com elas, chegou de táxi da estação de trem com Annabel, sua saltitante bebezinha, enfiada embaixo do braço como um pão.

— Harry. — Soo largou todos os tipos de parafernália, incluindo o que se parecia muito com um espremedor de suco portátil, e beijou Harriet nas duas bochechas. — Sinto muito — disse ela a Lizzy. — Stu está trabalhando. Não pôde vir.

Lizzy apertou Soo.

— Não se preocupe. Conrad está de sobreaviso. Hoje. De todos os dias. Inútil. Esta *não pode* ser Annabel. Ela está tão *grande!*

— Ela não está linda? — sorriu Soo. — Não posso acreditar que ninguém a roubou ainda.

— Ela é maravilhosa. — Harriet pegou Annabel e equilibrou-a no quadril, sentindo o perfume paralisante de talco de bebê e inocência. Era difícil acreditar que ela talvez nunca fosse ter um daqueles.

— E então, Harriet? — disse Soo abrindo um sorriso para Harriet. — Está na hora de vocês começarem, né?

Harriet sentiu a mão de Lizzy apertar seu braço para apoiá-la.

— Ah, Deus — a mão de Soo voou em direção à boca, horrorizada. — Eu dei um fora? Ah, maravilha. Dei, não dei? Sinto muito, Harry. Você e Dan estão tendo problemas?

Jemima veio resgatar Harriet. Enfiada num vestido largo verde-escuro combinando com uma linda meia-calça vermelha, chinelos amarelos cítricos enfeitados com lírios de plástico e boina com violetas bordadas, disse em voz alta, com as mãos na cintura, da vertiginosa altura do muro do jardim:

— Sou a rainha do catélo.

— Você é uma bruxinha — resmungou Lizzy. — SAIA DAÍ ANTES DE EU CONTAR ATÉ TRÊS.

— Senão o quê?

— Senão eu vou mandar você para a adoção. Sim. Isso quer dizer que você será mandada para viver com outra pessoa. Não. Não com o Charles. Ele não vai querer você. Não. Também não acho que Ant e Dec vão querer você. Imagino que você terá de ir morar com alguém horrível. Sim. Como a mãe da Claudia. — Mordeu a ponta de uma salsicha. — Está vendo, Harry? Eles não são uma gracinha o tempo todo. Até mesmo Lucy encontrou seu lado escuro. Descobriu que tem opinião e, aparentemente, não tem medo de usá-la. Às vezes eu adoraria estrangular essas duas.

Harriet saiu com a desculpa de pegar alguma coisa para comer. Na verdade, comida era a última coisa em que estava pensando. Seu estômago parecia uma bola de faixas elásticas. Encontrou o velho banco de madeira, escondido no fundo do jardim de Lizzy. Ali, não seria incomodada. As águas silenciosas e escuras do canal estavam perto demais para garantir tranqüilidade. Nenhuma mãe em sã consciência permitiria que sua cria se aventurasse tão longe. Aqui ela teria espaço para pensar.

Procurou dentro da bolsa e encontrou a foto de Hermione. Vinha andando com ela desde que a encontrara no meio das páginas do diário da irmã.

— Fico me perguntando o que você acharia de tudo isso — sussurrou ela ao espírito livre, enfiada em jeans rasgados e botas de beisebol. — Você ainda acha que toda essa história de bebês é uma perda de tempo?

Hermione sempre afirmara, desde mais ou menos os 10 anos de idade, que nunca iria sucumbir ao casamento e a filhos. Harriet lembrava dela anunciando isso um dia. Ruby as levou à cabana de praia para um piquenique de meninas com sanduíches de siri e bolo recheado. Havia um casal de noivos tirando fotos na praia. A noiva usava um enorme vestido bufante. Envolvidas pelo ar romântico da ocasião, Ruby e Harriet se esticaram para ver melhor. Mas Hermione continuou onde estava, empoleirada na cadeira branca Lloyd Loom, lambendo creme das pontas dos dedos como se fosse uma gata limpando as patas.

— Você não vem ver, querida? — perguntou Ruby.

— Nah. — Hermione cortou mais uma fatia de bolo, fazendo parte do creme escorrer pelas laterais. — Acho que vou ficar só com isso. Na verdade não vejo muito sentido em tudo isso.

— Você não quer se casar algum dia? — perguntou Ruby.

— Nah. — Hermione atirou um pedaço de bolo para uma gaivota de aparência cruel. — Acho que prefiro ficar solteirona.

— E bebês? — perguntou Harriet, chocada.

Hermione pensou um pouco no assunto:

— Prefiro uma chinchila. Helen tem uma chinchila. Elas são legais.

Harriet ficou olhando para a fotografia por tanto tempo que entrou numa espécie de transe. Quando voltou a olhar para as pessoas que andavam de um lado para o outro, viu uma silhueta conhecia atravessando o jardim em direção ao churrasco.

Piscou com força. Claro que não.

Will?

Piscou de novo e olhou para o ponto onde pensou que o havia visto, esperando sinceramente que ele tivesse desaparecido como uma miragem. Mas ele ainda estava lá, caminhando decidido na direção de Lizzy com um enorme buquê de tulipas amarelas na mão. Atrás dele corria uma menininha vestindo um vestido de flanela escarlate, com os cabelos escuros voando atrás de si como algas enquanto ela tentava acompanhar o passo.

O coração de Harriet batia acelerado. *Não podia* ser ele. Devia ser alguém que se parecia muito com ele.

Mas não havia como confundir o seu jeito levemente malandro de andar ou a forma como Lizzy se tornou instantaneamente babona quando ele lhe deu as flores. Ele sempre provocou esse efeito nas mulheres.

Era ele sim.

Que diabos Will Cartwright estava fazendo de volta a Bath? Depois de todo esse tempo...

A compostura de Harriet começou a se desfazer como tricô velho.

A última vez que tinha visto Will, ele estava prestes a embarcar na viagem de toda uma vida com Hermione. E ali estava ele, de volta a Bath, com uma criança pequena correndo atrás dele.

— Sorria — disse uma voz atrás dela. — Pode nunca acontecer.

Harriet levou um susto. Jesse estava perto do arco da trepadeira agarrado a um copo de algo espumante.

— Desculpe — disse ela. — Não estou sendo muito divertida para você? Eu posso pular com grandes sapatos de palhaço com uma buzina, se você quiser.

— Excelente — disse Jesse. — E talvez você pudesse usar um narigão vermelho e uma flor que espirra água na lapela. Acho que seria o suficiente.

— Doido — sorriu Harriet. Apesar do choque que acabara de ter, não conseguia deixar de se sentir ridiculamente contente por ver Jesse. De alguma forma, ele nunca deixava de alegrá-la quando ela estava se sentindo para baixo. Nos últimos tempos, ele tinha se transformado do cara que morava no porão em um belo companheiro. Ele lhe confidenciou muitas coisas. Ela sabia tudo sobre a família maluca dele. Sobre seu irmão, Joe, que o levava à loucura. Joe estava morando com Jesse até viajar. Aparentemente tinha havido alguma espécie de briga em casa. De modo que ele tinha passado a tratar o apartamento de Jesse como um hotel gratuito.

Jesse lhe contara tudo sobre a namorada, Clare, que morava e trabalhava na Itália. Era uma história muito bonita. Ele a conhecia desde os tempos de escola. O pai dela era diretor do colégio interno em que ele estudou, e Clare esteve por perto desde que ele se entendia por gente. A única menina num prédio em que havia testosterona praticamente saltando das paredes. Ela era muito disputada, contou Jesse, mas ele havia conquistado seu coração. Os dois estavam juntos entre idas e vindas desde então. Harriet sabia que a distância o abalava às vezes. Mas, como dizem, longe dos olhos, perto do coração. Quando os dois se viam, dizia Jesse, valia a pena.

— O que você está fazendo aqui? — ela perguntou. — Eu não sabia que você viria.

— Achei que talvez você fosse querer companhia. — Jesse encolheu-se para perto dela. — Depois do que disse outro dia sobre você e Dan, achei que talvez você fosse achar isso aqui um pouco difícil.

— Obrigada. — Harriet abraçou-o, genuinamente emocionada. Quando fez isso, o retrato de Hermione flutuou até o chão. Jesse o apanhou.

— Nossa! — assoviou ele. — Ela é maravilhosa. Quem é?

— Minha irmã — respondeu Harriet. — Um horror, né? Ela era incrível. Um verdadeiro mulherão. Éramos tão diferentes. Como água e vinho.

— Era? — Os olhos de Jesse ficaram sombrios. — Então ela...
Harriet sentiu os olhos se encherem de lágrimas.

— Ei. — Jesse olhou para ela preocupado. — O que houve?

Foi como abrir as comportas de uma represa. Harriet contou tudo. Falou do terrível acidente que matara seus pais. De Hermione e da traição com Will. Do aborto. E então, daquele dia fatídico, algumas semanas depois da morte dos pais, quando desceu para tomar o café-da-manhã e ouviu vozes na sala de estar de Ruby, a que ela reservava para as melhores ocasiões, como os jogos de bridge dos sábados à noite. Coquetéis em taças. Tigelinhas de prata de amendoim salgado e azeitonas recheadas com pimenta. Tinha sido uma manhã ensolarada. As venezianas francesas estavam abertas, e o aroma do tabaco plantado por Ruby no pórtico de entrada vinha flutuando do lado de fora.

Harriet lembra de ter visto uma grande abelha ao redor das salamandras na faixa de terra perto da cerca enquanto Hermione, linda numa blusa preta de alcinhas, dezenas de pulseiras indianas douradas e jeans desbotados logo abaixo da cintura, o que destacava a boa forma de sua barriga, conversava animadamente com Will. Quando Harriet empurrou a porta e entrou, Hermione virou-se e deu a notícia que foi a última gota. As unhas dos pés pintadas cintilavam como dez gelatinas em miniatura sob o sol do começo da manhã quando ela disse a Harriet que ela e Will estavam indo.

— Indo? — gaguejou Harriet, tentando não olhar para Will. — Indo aonde?

— Aonde quer que nos dê vontade — iluminou-se Hermione. — Will comprou passagens para uma viagem de volta ao mundo. Vamos ficar um ano fora. Não é o máximo?

Para Harriet, a notícia tinha sido tudo menos o máximo. Finalmente, alguma coisa dentro dela se partiu. Ela se virou contra a irmã. Xingou-a de tudo quanto foi nome. Disse a ela...

— Eu disse a ela que nunca mais queria vê-la de novo — contou a Jesse. — Não foi horrível?

— Meu Deus — disse Jesse. — Não. Quer dizer, eu diria que foi bem normal, dadas as circunstâncias.

— Mas ela se foi — disse Harriet. — Naquele dia, arrumou o resto de suas coisas e subiu na garupa da moto de Will. Foi a última vez que a vi. E eu não queria dizer aquilo. — Ela agora estava chorando. — Eu não queria.

— Ei — disse Jesse. — Claro que não. Você estava em choque. Está tudo bem.

Harriet secou os olhos.

— Acho que eu a culpei, mais do que qualquer outra coisa, por mudar tudo. Quer dizer, se ela não tivesse ligado, minha mãe e meu pai nunca teriam sofrido o acidente. E, talvez, se eles não tivessem morrido, ela não tivesse ido embora com Will. Eu poderia ter lhe falado sobre o bebê. Ela poderia estar comigo quando eu me livrei dele.

— Sinto muito. — Jesse apertou seu braço. — Sinto muito mesmo.

— Dan acha que eu não consigo me aproximar dele o quanto ele deseja porque ainda não trabalhei a perda dos meus pais. Acho que ele pensa que me casei com ele porque queria alguém para chamar de família. E talvez tenha sido isso mesmo.

— Talvez possa ajudar conversar com a sua irmã. Dan não lhe sugeriu isso?

Harriet sacudiu a cabeça:

— Ele acha que ela está morta.

— Morta? — perguntou Jesse. — Mas por quê?

— Todo mundo simplesmente concluiu isso — disse Harriet. — Na universidade, eles concluíram que eu havia perdido toda a minha família. E foi mais fácil deixar que acreditassem nisso. Assim, ninguém fazia nenhuma pergunta.

— Mas Dan, o seu marido... — disse Jesse.

— Eu sei — disse Harriet. — Maluco, né? O que isso diz a nosso respeito? Eu sequer fui capaz de contar a verdade a ele.

— Pobrezinha. Eu não fazia idéia.

— Eu achava que estava bem — soluçou Harriet. — Mas não estou. Sinto falta da minha irmã.

— Você não faz idéia de onde ela está? — perguntou Jesse.

Harriet sacudiu a cabeça.

— Ela pode estar em Timbuktu, até onde eu sei.

— Certo — disse Jesse decidido. — Então precisamos encontrá-la.

Hermione

Toronto, 2003

Na casa da rua Amelia, Hermione pôs o último MM de Josh sobre a pele branca de sua barriga e a observou gravitar na direção de seu umbigo como água escorrendo pelo ralo. Era difícil acreditar que, se fizesse exatamente a mesma coisa dentro de um ou dois meses, a bolinha de chocolate crocante simplesmente rolaria pelo lado de sua barriga e saltaria das almofadas do sofá para Lady Penelope, a mimada siamesa de Josh, atacar e engolir inteira.

Era um monte de coisa para apreender.

Ela só estava grávida, caramba!

Aparentemente, estava assim havia quase três meses. Há 83 dias, uma vida nova em folha estava se desenvolvendo, como uma anêmona marinha dentro dela. E ela não tinha sentido absolutamente nada!

Era verdade que vinha se sentindo um pouco cansada ultimamente. E que andava comendo mais nas últimas semanas. Mas tinha justificado isso com a época do ano. Os invernos canadenses eram glaciais. Eram apenas seus instintos de hibernação se manifestando.

Sylvie, sua amiga de Londres, passou de um esbelto tamanho 38 para o 44 quando ficou grávida da filha, Daisy. Além disso, havia sentido alguns desejos maravilhosos e bem esquisitos. Um dia fez com que todos fossem expulsos da loja Robert Dyas em Kensington por cheirar maçanetas. Mastigava cubos de gelo sem parar enquanto seu marido Ted tentava assistir ao Superbowl na tevê. E comia as combinações mais nojentas. Batatas fritas mergulhadas em Gatorade. Pepinos mergulhados em bolo de chocolate. Torta de sorvete com ketchup. Rosquinhas de geléia com molho de salada. Muito nojento.

Ela provavelmente devia ter previsto isso. Por algum motivo, era o tipo de pessoa a quem as coisas pareciam acontecer. Sua infância, por exemplo, fora marcada por uma falta de organização singular. Coisas de natação esquecidas. Livros de escola perdidos. Aos 9 anos de idade, quando todo mundo na sua turma estava vestindo fantasias para a peça de Natal, uma versão acidentalmente hilária de *Os Doze Dias de Natal*, Hermione foi pegar o tutu que devia vestir em "Sete Cisnes Nadando" e subitamente viu a imagem das camadas transparentes e delicadas de tule penduradas no pilar da escada de casa. Outra vez, quando ela e Harriet desceram do ônibus escolar, prestando atenção nas rachaduras no asfalto no caminho de volta para casa, teve de repente a distinta sensação de que estava faltando alguma coisa. Quando o ônibus verde de dois andares virou a esquina chacoalhando e guinchando, saindo de seu campo de visão, uma imagem mental de seu violoncelo no compartimento de bagagem saltou diante dela.

— Eu queria que você PENSASSE — disse Ruby, exasperada, depois que ligações em pânico para o escritório de achados e perdidos em Penzance deram como resultado apenas uma luva com uma da fita vermelha com o nome de Hermione costurada nela e uma raquete de tênis com "Hermione Harker" marcado a fogo no cabo.

O problema era, dizia a si mesma agora, examinando a barriga lisa e tentando imaginar como ficaria quando ela tivesse virado um ovo de Páscoa com pernas, que preferia viver o momento e lidar com as conseqüências depois.

Foi esse viver o momento, imaginava, que a fizera fugir com Will logo depois que seus pais morreram. Uma coisa muito idiota de se fazer. Não era de estranhar que Harriet nunca tivesse entrado em contato. Como ela devia ter se sentido, sendo deixada sozinha em Bath, enquanto a irmã partia sem pensar para o outro lado do mundo? Quão estupidamente insensível era isso?

Vale lembrar que ela sempre começava a sentir comichão se ficava no mesmo lugar por muito tempo. Ao contrário de Harriet, que sempre ficava mais do que feliz de ficar em casa, folheando as revistas de decoração de Ruby e sonhando com a casa em que moraria quando crescesse. Aos seis anos, Harriet já tinha os nomes dos quatro filhos perfeitos que teria muito bem anotados na cabeça. Provavelmente estava casada e feliz com uma família a esta altura.

Hermione sorriu, imaginando a irmã caminhando decidida na direção dos portões de uma escola com os filhos seguindo atrás dela como patinhos enquanto ela distribuía as necessidades básicas do dia: lancheiras, mochilas, livros de leitura. Seria uma ótima mãe. Sempre fora uma alma delicada. Muito mais feliz fazendo um bolo de chocolate com Ruby do que paquerando garotos em pubs. Seus filhos seriam realmente uma ninhada de sorte.

Ela e Harriet tinham sido muito próximas numa época. Muitas vezes, uma parecia saber o que a outra ia dizer antes mesmo desta abrir a boca. Completavam as frases uma da outra. Dividiram um quarto até os 13 anos de idade. Gostavam de dormir sabendo que a outra estava ali.

Brigavam, como só irmãos sabem fazer. Mas sempre por coisinhas pequenas. Quem tinha lido a revista *Smash Hits* no banho e a deixado tão encharcada que as páginas haviam se colado umas às outras? Quem tinha usado o ondulador por último e deixado cabelo grudado nele como caramelo queimado? Uma vez, quando Ruby foi ao cabeleireiro, Hermione deixou Harriet tão furiosa, que esta pulou sobre a irmã, que estava deitada de costas no chão, pousando com os dois pés no meio da sua barriga. Ainda podia lembrar o olhar de horror no rosto de Harriet quando ela se levantou e começou a ter ânsias de vômito. Achou que tinha provocado algum dano permanente.

Hermione perguntou-se quando, exatamente, as duas começaram a se afastar. Quando apareceram as primeiras rachaduras? No quarto ano na escola, talvez? No quinto ano? Ela certamente havia atingido a puberdade na velocidade de um trem, enquanto Harriet havia quase que se bloqueado completamente. De repente, as duas pareciam não ter mais nada em comum. Harriet não tinha qualquer interesse nas festas, abastecidas a vinhos Blue Nun e cigarros Bensons, a que Hermione ia nos sábados à noite, preferindo ficar em casa ajudando a mãe a fazer brownies. Hermione teria dado seus caninos para poder fazer confidências a ela como antes, mas, de repente, tinha ficado difícil saber o que dizer.

Ocorreu-lhe tentar, no dia em que perdeu a virgindade. Teria sido bom poder contar tudo a Harriet. Mas não conseguiu. A irmã não aprovaria. E se aquilo a afastasse?

Por um lado, sentia que o que o Sr. Sinclair tinha feito naquele horário de almoço tornara-o fraco e desprezível. Por outro, no entanto, não dava a mínima. Em primeiro lugar, era um alívio pensar que, pelo menos para alguém, ela era irresistível. Em segundo, ela o havia usado como ele a ela. Estava desesperada para perder a virgindade desde que Lisa deixara Tim Vickery trepar com ela no banheiro de uma festa.

Lembrava de voltar para casa naquele dia depois de uma aula dupla de francês e ir correndo até o quarto, subindo dois degraus por vez, em sua ânsia de examinar-se no espelho para ver se estava diferente. Seu quarto estava exatamente igual ao que estava de manhã. O edredom em tom pastel sobre a sua cama ainda tinha a marca de quando ela havia se levantado de manhã. A onipresente coleção de xícaras de café, com dois centímetros de bolor verde peludo, escondida ao lado da cama. A cadeira ao lado da cômoda estava cheia de peças de roupas descartadas. Seu cinto preferido de couro com tachinhas estava pendurado no encosto da cadeira.

Na última vez que usei aquele cinto, disse a si mesma, eu era virgem.

Era decepcionante; não havia qualquer sinal de sua progressão para a vida adulta. Seu rosto, no espelho, estava exatamente como sempre. Seus olhos castanho-escuros, bastante afastados um do outro, fitavam-na de volta, como sempre. Até mesmo Harriet que, como sempre, já havia trocado o uniforme por uma calça Levi's e uma camisa listrada vermelha e azul, não havia notado nada. Quando Hermione entrou girando na cozinha, ela mal ergueu os olhos do cuidadoso sanduíche que estava fazendo, com camadas de bacon crocante e abacate picado, e perguntou "Tá tudo bem?" antes de consumir seu banquete do jeito elegante e ordeiro como só Harriet era capaz de fazer.

De repente, Hermione não estava se sentindo tão segura de si, afinal. A pequena cena doméstica havia se chocado desconfortavelmente com o sórdido incidente da hora do almoço, e ela de repente sentiu-se terrivelmente constrangida. Ficou tentada a desembuchar tudo, para que Harriet pudesse lhe dizer que tudo ficaria bem. Mas, no fundo, estava preocupada com a possibilidade de sua irmã não compreender.

Em Toronto, o olhar de Hermione parou sobre o retrato em cima da lareira. Era uma das poucas fotos de família que possuía. Quando Pip encaixotou todas as coisas da casa em Belmont e deu metade para cada uma, a intenção era que as duas olhassem tudo mais tarde e decidissem quem ficaria com o quê, para que fosse justo. Mas as duas seguiram caminhos separados logo depois. Ela tinha ido para o sudeste da Ásia com Will, e Harriet havia se mudado para Londres. De algum modo, em algum lugar no meio do caminho, as duas conseguiram se perder. Era uma coisa louca.

A foto ficava no consolo da lareira entre um ovo de avestruz e uma foto dela e Josh em alguma festa de premiação da publicidade. Devia ter sido tirada numa manhã de sábado, porque ao fundo dava para ver o interior do café ao qual Isaac sempre as levava depois de nadar. Bolhas cor de laranja, globos de luz pendentes pendurados tão perto das mesas que era difícil ver com quem se estava comendo, ocupavam a maior parte da imagem de fundo. Na frente, Harriet com sua franja castanha lisa sobre os olhos, ria para a camera porque tinha a boca cheia de açúcar da rosquinha que estava comendo. Só olhar para aquele retrato agora trazia de volta a excitação volúvel de sentir uma vez por semana as bolhas de Coca-Cola estourando nas narinas. Era uma lembrança muito feliz.

Ocorreu-lhe que seria bom poder ligar para a irmã como sua amiga Sylvie de Londres ligava para a dela. Como seria bom poder sair com ela para tomar um café e pedir conselhos. Ouvi-la dizer que tudo ia ficar bem, exatamente como ela fizera naqueles primeiros dias angustiantes depois do acidente de Ruby e Isaac.

Ainda ficava chocada ao pensar em como havia ficado arrasada daquele jeito no hospital. Ela deveria ser a forte. Harriet tinha sido o passarinho frágil. A que quase não sobreviveu. A que teve mononucleose e coqueluche. Ainda assim, de algum modo, quando a pressão aumentou, ela soube se virar.

Hermione ainda podia vê-la agora, o queixo empurrado para a frente com uma determinação amarga quando, enfiada numa estranha combinação de pijama de flanela, um blusão velho e esburacado e um par de botas amarelas, ela foi identificar os corpos de seus pais. A imagem estava gravada em sua mente. Se pelo menos pudesse voltar para aquele curto espaço de tempo e de alguma forma reunir a coragem de se levantar e segurar a mão da irmã, para que ela não precisasse ser forte sozinha, talvez as duas ainda pudessem estar compartilhando segredos, como sempre fizeram. Tivera a intenção de manter contato. Mas sempre que pensava nisso, perdia a coragem. Quanto mais tempo passava, mais difícil ficava. Então, um dia ela acordou e se deu conta de que três anos haviam se passado. Harriet teria seguido em frente. Agora não conseguiria entrar em contato com ela nem se quisesse.

Tirou o fio de celofane de uma caixa de Camel Lights e pôs um cigarro proibido na boca. Por que estava pensando em Harriet agora? Depois de todo aquele tempo. Talvez fossem os hormônios.

Sentiu uma bola na garganta quando se lembrou de como havia decepcionado a irmã quando ela precisara de mais apoio como jamais precisaria. Ela a deixara fazer aquela coisa difícil e corajosa completamente sozinha, e então fugiu. Não era forte, afinal. Era frágil como uma folha de alface roxa.

Como, em nome de Deus, ela iria cuidar de um bebê?

Acendeu o Zippo que Josh havia lhe dado no Natal e ficou observando o papel queimar e um caracol de fumaça azulada flutuar em direção ao teto. Ela devia parar. Se não fosse pelo bebê, que fosse por ela mesma. O médico havia explicado todos os efeitos prejudiciais. Mas havia uma abertura. Ele tinha dito que, se o estresse de parar de fumar superasse os benefícios da saúde, era melhor fumar um ou outro eventualmente. E foi assim que, com essa abertura fixa em mente, Hermione tinha fumado o cigarro eventual não menos do que cinco vezes naquela manhã. Estava bastante segura de que, sem a muleta familiar que obtinha com seus Camels, a esta altura ela estaria subindo pelas paredes.

Até agora, sua vida tinha sido um redemoinho hedonista de festas de inauguração, cerimônias de prêmios e casas noturnas. Às vezes, se tinham vontade, ela e Josh tomavam champanhe no café-da-manhã. Durante fins de semanas inteiros por vez, os dois consumiam as calorias necessárias unicamente de álcool. Como, em nome de Deus, ela iria manter um bebê vivo? Teria que impedi-lo de sair correndo para o meio da rua e de enfiar os dedos nas tomadas. Teria que se lembrar de mandá-lo comer salada. Impedi-lo de vagabundear. Teria que lembrá-lo de agradecer às pessoas por recebê-lo nas festas e certificar-se de que fosse para a escola de calças.

Ela não tinha sequer uma pessoa para ajudá-la. Não podia esperar que Josh fosse ficar ao seu lado. O que era uma pena. Depois do final da relação com Greg, tinha chegado à conclusão de que agora, mais do que nunca, Josh era seu homem perfeito. Sendo gay, ele não podia lhe dar uma vida sexual, o que era com certeza um problema pequeno. Mas, também, antes de Greg, ela nunca havia sido muito adepta da monogamia. E Josh estava lá para todo o resto. Os dois tinham um relacionamento completamente funcional em tudo, menos na cama. E mesmo assim, essa estava longe de ser uma zona proibida. Eles se aninhavam na cama nos sábados de manhã para ver desenhos animados como qualquer outro casal. Depois de um dia difícil no trabalho, costumavam se atirar na imensa cama branca de Josh para ficarem beliscando comidinhas juntos como qualquer casal de marido e mulher. A única coisa que os tornava diferentes de um casal casado normal era a falta de sexo.

Ela nunca acreditou realmente no destino. A idéia de que todo mundo tem alguém no mundo sempre pareceu muito água-com-açúcar para o gosto dela. Mas quanto mais Josh ficava presente em sua vida, mas ela duvidava de suas convicções. Talvez o destino pensasse que não tinha problema dar um curinga de vez em quando.

Ela e Josh eram inseparáveis desde o dia em que se conheceram, como iniciantes numa agência de publicidade do Soho. Hermione acabara de voltar a Londres de Lyons, onde tinha morado num apartamento localizado numa maravilhosa quadra perto do rio Saône. Quando a vida sem Marmite realmente começou a lhe perturbar, ela investiu parte do dinheiro que havia herdado dos pais numa encantadora casa vitoriana em Fulham e começou a procurar emprego. Na verdade, não precisava do dinheiro. Os negócios de Isaac estavam prosperando quando ele morreu. Não havia nada certo na vida além da morte, afinal, e as pessoas sempre precisavam de lápides. Além disso, ele havia comprado uma apólice de seguro de vida de um vendedor de porta em porta mais ou menos uma semana antes do acidente. Ainda se lembrava dele falando disso enquanto comiam a primeira tentativa de *goulash* húngaro de Ruby naquela noite. Tinha se irritado consigo mesmo por cair no papo do vendedor porque, depois que finalmente fechasse a porta, teria de admitir para si mesmo que só havia sido engambelado porque o homem parecera estar passando por necessidades, e ele tinha sido mole demais para dizer não.

Acontece que Isaac acabou rindo por último.

Naquela época, Hermione não conhecia ninguém em Londres. A maioria dos seus amigos estava na França, e ela achava que a melhor maneira de conhecer gente era no trabalho. Três meses depois, porém, não tinha nenhuma resposta positiva às dezenas de pedidos de emprego que enviava semanalmente, mas uma parede coberta de cartas de rejeição. Parecia que suas notas ruins, sem falar na falta de um diploma, tinham imensa importância quando havia três milhões de desempregados. Uma noite, desesperada, resolveu assumir as rédeas.

Ela mentiu.

A nova Hermione Harker havia tido quatro boas notas antes de ir estudar línguas modernas em Oxford. Hermione nunca havia estado realmente em Oxford, mas era abençoada com uma imaginação muito fértil. Seis dias mais tarde, seus esforços foram recompensados.

Ela conseguiu uma entrevista na Pritchard Smythe, uma agência de propaganda de sucesso na rua Beak. Para não arriscar, compareceu à entrevista vestindo uma saia curta. Foi imediatamente convidada para uma vaga de redatora júnior. No começo, sentiu-se apreensiva. Não fazia idéia do que queria dizer ser uma redatora. Mas acontece que ela acabou se mostrando muito boa na atividade. Uma promoção levou a outra. Com o tempo, acabou se acostumando tanto com o dinheiro e os excelentes bônus do trabalho que quase se esquecia de se cuidar para o caso de alguém resolver conferir algumas informações e percebesse que ela não era exatamente o cérebro que dizia ser.

Dois anos antes, quando Frank Pritchard a chamou em sua sala para uma "conversa", achou que havia dançado. Talvez alguém finalmente tivesse resolvido se mexer e conferir suas referências.

Em vez disso, Frank lhe disse que todos na Pritchard Smythe Reino Unido estavam impressionados com o trabalho dela. A empresa estaria se expandindo para o Canadá em breve, e adorariam oferecer-lhe o cargo de Diretora de Criação na Pritchard Smythe Canadá — ou PSC, como a agência seria conhecida. Ela aceitaria o convite?

Hermione agarrou a oportunidade. A essa altura, estava cansada de Londres. O clima pesado e as personalidades falsas estavam começando a irritá-la. Ela não tinha família. Nenhum laço. Sentiria saudade de Sylvie. Mas ela estava sempre muito ocupada com Daisy. Além disso, quando ficou sabendo que Josh também tinha sido convidado para integrar a nova equipe, ficou parecendo que aquilo realmente deveria acontecer.

Tinha aprendido a gostar muito de Toronto. Tinha muito mais espaço do que nas calçadas lotadas da rua Oxford. E ela adorava a forma como a cidade parecia glamourosa e simples ao mesmo tempo. Adorava os bairros coloridos, acotovelados lado a lado em aparente harmonia. Chinatown, com seus fartos restaurantes tradicionais e suas frutas, verduras e legumes se derramando pelas calçadas. O bairro de Little India, cheio de especiarias perfumadas e sáris multicoloridos. Little Italy, repleta de cafés enfumaçados e salões de bilhar lotados. As praias, com exóticas lojas de antiguidades e belos chalés de madeira. E as ilhas, que pontilhavam o lago Ontário como pedras preciosas.

No último mês de setembro, ela e Josh compraram uma minúscula cabana bem no norte de Ontário. Fora uma aquisição impulsiva. No fundo, ela sempre fora uma garota urbana. Mas ela e Josh haviam passado um fim de semana lá no verão anterior. Tinha sido muito tranqüilo simplesmente ficar na beira do lago cercado por pinheiros, em silêncio total. Assim, quando ficaram sabendo que um dos chalés, um encantador chalé da montanha com telhado inclinado, estava à venda por um preço muito baixo, os dois sacaram o dinheiro. Eles iriam reformá-lo neste verão para poderem convidar amigos nos fins de semana.

Se tivesse aquele bebê, duvidava muito que ainda pudesse fazer isso. Sua permanência no Canadá dependia de seu emprego. E, naquele ramo, as pessoas costumavam ser tão sérias quanto um pacote de batatas fritas comum. Imagem era tudo. Ninguém queria um Humpty Dumpty ambulante dizendo qual era a melhor maneira de vender seus produtos. Queriam alguém relativamente agradável aos olhos.

Normalmente, quando alguém saía de licença-maternidade, a tendência era não voltar. Elas podiam *pensar* que iriam voltar. Podiam fazer acordos com a área de Recursos Humanos em torno de uma data de retorno assim que tirassem os pontos e se acostumassem a tirar o leite. Mas a propaganda não funcionava exatamente assim. Você é tão bom quanto a sua última campanha. E enquanto você estava em casa, aprendendo os nomes dos Teletubbies e descobrindo que, na verdade, biscoitos de polvilho eram perfeitamente comíveis quando não havia nada na geladeira além de leite, sempre haveria alguém melhor do que você disposto a oferecer aquele meio quilo de carne a mais. O que, considerando sua situação, era risível. A maioria das mulheres lá era magra de dar dó. Até mesmo os homens eram viciados em adrenalina, queimando calorias em todos os horários de almoço na academia da empresa enquanto espancavam as esteiras como hamsters estressados. Na verdade não havia muita carne extra para se oferecer.

Desde que se pensasse nela como o que era — um mundo tão falso como a Fantástica Fábrica de Chocolates de Willy Wonka —, a PSC era um bom lugar para se trabalhar. Tudo era grande, claro e limpo, das portas de vidro polido à moderna parede de tijolos expostos. Os pisos eram todos de pedra calcária lisa, e a mesa da recepção, que era a primeira coisa sobre a qual se pousava os olhos ao entrar, era um bloco de mármore negro, sempre enfeitado com um vaso cheio de flores coloridas. Até mesmo Silke e Marley, que atendiam os telefones, combinavam de alguma forma com a decoração. Não precisava ser gênio para perceber que se Silke fosse do tamanho de uma casa e Marley tivesse a cara amassada, os dois não teriam conseguido empregos ali, independentemente de suas habilidades no PABX.

Naquele ramo, quem entrava para o clube das grávidas deixava de existir. Mal você tivesse saído, envolvendo-se na decoração do quarto e preocupando-se com cupons de desconto de lojas infantis, pelo menos três pessoas estariam rondando o seu porta-lápis, tomando conta do seu Liquid Paper e das canetas que ainda estivessem boas. E isso seria só o começo. Uma semana depois, outra pessoa iria pegar o seu belo lugar perto da janela. Seis meses depois, se alguém perguntasse por que você não tinha voltado ao trabalho, alguém hierarquicamente superior diria que você tinha saído em busca de "novos desafios". O que queria dizer que, até onde lhes dizia respeito, você estava no lixo. Depois disso, se alguém viesse a sequer mencioná-la, ninguém se lembraria do seu nome. Você seria aquela que levava rosquinhas nas sextas-feiras. A que encontrou um pedaço de cartilagem na torta de rim. Ou a que metia o dedo no nariz e comia a meleca.

Perguntou-se o que diriam a respeito dela.

Concluiu que provavelmente seria aquela que passava o horário de almoço cochilando debaixo de mesa. Vinha se sentindo terrivelmente cansada nos últimos tempos. Pelo menos agora sabia por quê.

Ou ela poderia ser a que tinha todos aqueles sapatos. Tinha uma coisa em relação a sapatos desde que Ruby lhe comprara seu primeiro par de sandálias de festa prateadas na Freeman, Hardy e Willis quando ela tinha 6 anos de idade. Ontem, na hora do almoço, tinha comprado um frívolo par de mules em seda pistache clara para usar na festa da empresa à noite. Elas ainda estavam embrulhadas no macio papel branco em que vieram. A notícia do médico a abalou significativamente. Ela só tinha ido à consulta para pedir uns comprimidos de ferro, pois vinha se sentindo um pouco letárgica ultimamente. Certamente não esperava descobrir que, em apenas seis meses, teria uma minúscula criatura dependendo dela para absolutamente tudo. De modo que tinha desistido de ir à festa.

Ter um bebê sozinha não estava mesmo em seus planos. Na verdade, ela nunca tinha pensado em ter filhos, ponto.

Ainda não estava certa sobre o que iria fazer. Se pelo menos pudesse conversar com alguém a respeito, talvez se sentisse um pouco melhor. Mas Josh estava em Belfast no casamento do irmão, e ela estava proibida de ligar. A mãe dele o estaria arrastando a uma missa a cada cinco minutos para compensar seu terrível estilo bacanal, e ele não teria energia para pensar em mais nada.

Ao folhear a agenda de telefones, seu dedo pairou sobre o nome de Harriet, e ela se permitiu uma breve fantasia na qual ligava para a irmã do nada e era recompensada com um grito de alegria, seguido por uma promessa de estar no próximo vôo.

Fechou a agenda num golpe. Idiota! Ela não fazia idéia de onde a irmã estava, muito menos de como entrar em contato com ela. O último telefone que tinha era de um apartamento em Battersea. Ela dificilmente ainda estaria lá 15 anos depois, não é? Podia estar em Timbuktu, pelo que Hermione sabia.

Também podia ligar para o pai da criança. Dizer-lhe que havia se esquecido de algo na última visita.

Deu um sorriso. Greg cruzaria a cidade num instante, caso fosse alguma coisa importante. Seu cachecol de casimira preferido. Um terno Ozwald Boateng que ele achava que ainda estava na lavanderia. Como seria engraçado fazê-lo ir até lá só para lhe dizer que, na realidade, ele a deixara com um feto.

Na verdade, disse a si mesma, Greg não era de todo mau. Sua reputação no ramo era de ser um arrogante filho-da-mãe. Mas era tudo fachada. Durante o caso dos dois, Hermione sempre sentiu que tinha conseguido atravessar o exterior escorregadio para encontrar a parte sentimental dentro dele. E foi uma certa surpresa, dois ou três meses depois, descobrir que era pela parte suave como marshmallow que ela estava se apaixonando, não pelo adônis elegante e impecavelmente bem vestido por que tinha se sentido imensamente atraída inicialmente. Normalmente, não gostava quando os homens se abriam para ela. E depois que passava a sentir qualquer tipo de pena em relação a alguém, achava muito difícil desejá-lo sexualmente.

Sorriu com a ironia. Ela seria um prato cheio para um terapeuta.

Conhecera Greg numa noite gelada de janeiro. A empresa em que ele trabalhava — uma gigante multinacional de refrigerantes — estava ingressando no mercado de bebidas esportivas, e a Pritchard Smythe havia se interessado pelo passe. A Spurt! valia alguns milhões, e todo mundo na agência estava a mil. Hermione teve a brilhante idéia de contratar Brad Martini, do

Toronto Maple Leafs, para promover a bebida no Canadá. Ele era conhecido de Alberta a Nova Escócia. E sua estrela estava em ascensão. Quando a campanha saísse, ele estaria no topo.

Jeff, um arrogante gerente de contas na Pritchard Smythe, resolveu que ele e Hermione deviam fazer um agrado ao cliente. Foi assim que Hermione descobriu-se de pé ao lado de um rinque de gelo, congelando o bumbum e assistindo a um jogo que não tinha a menor esperança de compreender.

Tinha sido um sucesso. Os caras do marketing da Canon Corporation tinham se divertido horrores. Adoraram cada minuto. As pizzas. Os atiradores de cachorro-quente. As canecas de plástico cheias de cerveja. No intervalo, Brad ficou lá, com a bunda gorda transbordando de um par de calças ultra-apertadas assinando discos de hóquei para todo mundo. Jeff a cumprimentara no bar depois de tudo. Parecia que eles estavam dentro.

Depois de algumas cervejas, Greg Finch, o chefão da Canon Corps, sugeriu que todos fossem comer alguma coisa. Empolgada com o sucesso, Hermione propusera Chinatown. Adorava o lugar, com seus legumes se derramando pelas ruas e suas comidas maravilhosas muitas vezes de aparência esquisita em todas as vitrines. Mas, um a um, os asseclas de Greg deram para trás, alegando outros compromissos. Até mesmo Jeff deu no pé, dizendo que precisava acordar cedo no dia seguinte. Hermione ficou roxa de vergonha. Tinha agido com muita ansiedade. E agora simplesmente parecia sem graça.

Mas Greg sorriu e disse:

— Parece que somos só você e eu, então. Você é quem manda.

Hermione levou-o ao seu restaurante preferido. Não era nada sofisticado. A decoração era velha e desbotada. Até mesmo o peixe, que nadava lentamente no aquário atrás da mesa deles, parecia inchado e deprimido. Mas a comida era de outro mundo. Ela e Josh iam lá regularmente para se entupirem de pasteizinhos de porco no vapor e cebola frita.

Greg pediu o vinho sem consultá-la. Isso agradou Hermione. Gostava de homens que eram confiantes o suficiente para assumir o controle. Não suportava aqueles tipos que ficavam enrolando em relação a como agir caso cometessem um erro que pusesse o encontro a perder.

Teve que lembrar a si mesma de que aquilo não era um encontro. Tudo bem, Greg era bonitão. Os olhares interessados que tinha arrancado de Emilie e Marcelle na digitação não lhe passaram despercebidos. E ela havia percebido uma certa química durante a partida de hockey. A proximidade de seu antebraço enquanto os dois estavam ao lado um do outro nos bancos tinha deixado todo o seu lado esquerdo estalando de eletricidade. Mas aquele era um jantar de negócios. Havia certas regras. Confraternização com clientes não era algo estimulado na Pritchard Smythe. Alguns já haviam perdido o emprego por causa disso. Hermione não tinha intenção de virar uma dessas pessoas.

— Meio errado — disse Greg, servindo o vinho.

— Como?

— O seu colega. Sair daquele jeito. Ele deveria estar tentando me impressionar.

— Ele é um cretino — disse Hermione. — Para ser sincera, eu não o suporto.

Greg torceu os lábios.

— Merda! — disse ela, levando a mão à boca. — Eu provavelmente não devia ter dito isso. Não foi muito profissional da minha parte.

— Não se preocupe — sorriu Greg. — Cre-ti-nooo! — disse ele, lentamente. — Muito engraçado.

Hermione tomou um gole do vinho e torceu para não ter estragado tudo.

Não precisava ter se preocupado.

— Para lhe dizer a verdade — sorriu Greg —, eu também não o suporto. É um branquelo arrogante, não?

Hermione explodiu numa gargalhada. Ele realmente tinha um belo sorriso. Todo alegre. Ela sempre tivera uma queda por sorrisos alegres. Um sorriso semidecente desses tinha representado a ruína de Hermione em mais de uma ocasião.

— Eu provavelmente não devia estar dizendo isso também — confidenciou Greg —, mas acho que vou gostar muito de trabalhar com você.

— Calma aí — disse Hermione. — Ainda não fechamos o contrato.

Greg sorriu. Ergueu a taça:

— Proponho que façamos um brinde. A um feliz relacionamento profissional. Santé.

— Saúde. — Hermione deu um gole no vinho. — Ah, meu Deus. Isso é um horror.

— Um horror — concordou Greg. — Vamos pedir mais?

— Certamente.

A comida estava excelente. Quanto mais comiam, mais Greg falava. Hermione não estava muito segura se era efeito do álcool ou o fato de Greg ser tão bonito, mas ela se sentia cada vez mais atraída por ele com o desenrolar da noite. Era inteligente, visto que, ao contrário de muitos homens com quem tinha saído, ele realmente lia livros. E era atraente, é claro. E tinha um senso de humor realmente animador. Não se levava muito a sério.

Quando terminaram a refeição, ele sugeriu uma brincadeira.

— Precisamos de mais do que duas pessoas — protestou Hermione, quando sentiu um relance de possibilidade subir-lhe pela espinha.

— Vamos improvisar. — Greg contou um punhado de moedas e deu seis a ela. — Quem adivinhar o número mais próximo, está bem? Você primeiro.

Hermione perdeu três vezes seguidas e se pegou ficando cada vez mais bêbada.

— De novo?

— Não tem mais vinho — observou Hermione.

— Certo. — Greg examinou a mesa atrás de mais prendas. — Vamos fazer o seguinte. Quem perder desta vez, bebe o molho agridoce. — Apontou para um copinho de isopor cheio até a borda com uma meleca vermelha gelatinosa.

— Você está brincando.

— Estou falando muito sério. Vamos lá. Quantos?

Hermione ficou olhando para a mão dele. O que não era tão fácil como parecia. Ela tinha tomado tanto vinho que estava enxergando tudo em dobro.

— Quatro.

— São dois — disse ele, abrindo a mão. — Minha vez.

Hermione estendeu o punho fechado.

— Quantos?

— Dois.

— Seis — disse Hermione alegremente, pegando o copo de meleca. — Ganhei.

Greg pôs a mão sobre a dela, e seu estômago girou como um *frisbee*.

— Melhor de três?

Para sua alegria, ele perdeu de novo, e Hermione ergueu o copo de molho. Parecia realmente nojento. A cor era virtualmente radiativa.

— Acho que isto é seu.

— Ah, bem. — Greg levantou-se e virou todo o pote de uma vez só, pondo o copo de volta sobre a mesa com um floreio. — Jamais diga que não sou um homem de palavra.

— Eca — riu Hermione. — Que nojo.

— Concordo plenamente.

Sem mais nada para beber, o jogo terminou. O garçom trouxe uma jarra de chá de jasmim, e Hermione tomou-o com satisfação enquanto Greg fazia perguntas sobre ela. Foi estranho. Ela normalmente se fechava quando as pessoas tentavam lhe fazer perguntas pessoais. Com exceção de seus amigos mais próximos, ela não contava a ninguém a respeito do acidente. Por experiência, sabia que depois que contava que os pais tinham morrido num acidente, passava a ser sempre a garota cujos pais haviam morrido. Nunca conseguiam deixar de sentir pena por tempo bastante para chegar a conhecê-la.

Mas havia alguma coisa a respeito de Greg que a deixava à vontade. Ele tinha um rosto nobre. Com nariz longo e aquilino. Sinceros olhos castanhos. E não tinha medo de falar sobre si mesmo. Enquanto tomavam o chá, contou que também havia perdido alguém. O irmão tinha morrido num acidente quando ele tinha 15 anos. O *snowmobile* em que estava andando num Natal no lago perto da casa dos pais no norte tinha atravessado o gelo, e o peso o sugara para baixo, arrastando-o para longe do buraco, de modo que ele não conseguiu voltar. Horrorizada, Hermione soube imediatamente por que sentira uma ligação tão grande com Greg. Ele sabia qual era a sensação de perder alguém próximo em circunstâncias trágicas.

Quando ele perguntou se ela tinha alguém, seu cóccix tremeu com a oportunidade.

Devia fazer cinco minutos que ela havia dito que não tinha ninguém quando ele foi ao banheiro e não voltou. Decepcionada, por estar tão certa de que ele era diferente, Hermione ficou sentada girando os polegares e fumando um cigarro depois do outro até se convencer de que ele tinha fugido pela janela. Ela devia tê-lo deixado morrendo de tédio.

Pegou o celular e pensou em ligar para Josh. Não estava com vontade de ir para casa. Talvez eles pudessem se encontrar no Sneaky Dee's. Pediriam imensas canecas de cerveja, e ela poderia se alegrar e esquecer todo aquele triste episódio.

Estava discando, quando o telefone bipou.

Uma mensagem de texto.

Era de um número que ela não reconheceu. Curiosa, abriu a mensagem. Era curta, mas doce.

"Você realmente sabe deixar um homem esperando."

Sentiu o estômago se contorcer de pânico. O que aquilo queria dizer? Será que ela não o havia visto? Será que ele havia passado pela mesa enquanto ela estava concentrada acendendo o cigarro? Ele estava esperando do lado de fora?

Girou a cabeça para olhar para a porta, mas não havia ninguém lá, além do garçom que contava as contas. E o lugar era tão estreito que realmente era pouco provável que ele pudesse ter passado por ali sem que ela visse.

Sorriu para o garçom e encaminhou-se para os fundos do restaurante. O banheiro masculino ficava escondido nos fundos. Com o coração batendo como um par de castanholas, abriu uma fresta da porta.

— Tem alguém aí?

— Achei que você nunca fosse chegar — disse Greg, sorrindo para ela.

Hermione estava confusa.

— Como você conseguiu o número do meu celular?

— Liguei para a agência — sorriu ele. — Disse ao segurança que eu devia me encontrar com você para falar sobre negócios, mas que estava atrasado. O pateta maluco me deu o número imediatamente. — Pôs as mãos em seus ombros.

— Espere — esquivou-se Hermione. — Eu não paguei a conta.

— Foda-se a conta. — Greg puxou-a para um cubículo e empurrou-a contra a parede, agarrando sua bunda com as duas mãos. — Diga que você não quer fazer isso, e eu paro.

Hermione sentiu um puxão na corda invisível de marionete que ia do umbigo à sua parte mais íntima. Não havia dúvida de que ela se sentia incrivelmente atraída por ele. A química entre os dois era impressionante. E ela realmente tinha gostado de Greg. E uma parte sua — uma parte reconhecidamente chata e sensata — disse que se ela quisesse vê-lo de novo, teria que se segurar.

Além, é claro, do pequeno fato de que o contato abaixo da cintura com clientes era estritamente proibido na Pritchard

Smythe. Afinal, não era possível ter um nome tão evidentemente adequado como Pritchard Smythe e permitir que suas funcionárias se comportassem como prostitutas, era?

Greg chegou ainda mais perto e a beijou. Foi um beijo enfumaçado e adocicado, com gosto de festas da adolescência, quando o simples ato de tocar a língua de alguém e sentir o choque da saliva dele contra a sua era excitante.

A respiração dele estava suavemente áspera quando ele levou as mãos abaixo de sua cintura e enganchou os dedos nas laterais de sua calcinha, erguendo-a levemente, provocando uma suave pressão em seu clitóris, quase fazendo-a sair de órbita.

— Você gosta disso?

Hermione assentiu. Estava em apuros. E sabia disso. Mal conseguiu falar quando Greg movimentou os polegares para a frente e para trás até a calcinha estar completamente molhada e ela implorar que ele a possuísse. Quando fez isso, ele a possuiu tão lentamente, entrando centímetro por centímetro e, quando ela pensou que não agüentaria mais, indo até o final, fazendo faíscas de eletricidade tomarem conta de sua espinha, e ela não conseguiu não gritar. Quando tudo terminou, ela tinha impressão de ter perdido a noção de quem era.

Enquanto ajeitava a saia, perguntou-se quantas pessoas ainda restavam no restaurante. Sabia que não tinha conseguido deixar de gemer de prazer. Não era algo comum a ela. Sempre se controlava. Tinha simplesmente perdido completamente o controle.

Ainda estava tremendo como uma gelatina quando, com o rosto queimando, atravessou o restaurante para pagar a conta. O garçom era educado demais para dizer qualquer coisa, mas ela achou que pôde identificar uma pequena contração no canto da sua boca.

A Pritchard Smythe conquistou a conta. Percebendo que jamais saberia realmente se tinha sido a sua brilhante idéia ou as suas brilhantes habilidades na cama que havia virado os negócios em favor da agência, aceitou um sincero tapinha nas costas e um polpudo aumento de salário com confiança. Não tinha importância. Porque Greg já havia ligado para perguntar se podia levá-la para jantar. A vida, disse a si mesma enquanto fugiu mais tarde naquela manhã para tomar seu café extraquente, era perfeita demais.

Nos meses seguintes, os dois saíram para jantar muitas vezes. Ambos gostavam de comer boa comida em excelentes restaurantes. Greg dizia que havia alguma coisa em assistir a uma mulher apreciando seu prato que o deixava louco de desejo. Uma noite, ele se debruçou sobre a salada Caesar e, passando o pé em sua perna, massageando até a parte interna de sua coxa, sussurrou:

— Em um instante, vou levar você para o hotel mais caro da cidade e trepar com você. Depois vou trepar de novo. Quando sair do quarto, Pequena Senhora Harker, você vai estar andando como John Wayne.

Ele era explosivo na cama. Não havia dúvida quanto a isso. Três meses depois, tudo ainda era novidade. Hermione suspeitava que tinha a ver, em parte, com o fato de que, como trabalhavam juntos, precisavam manter o relacionamento em segredo. Nem mesmo Josh sabia. Levar adiante um relacionamento sexual debaixo do nariz de todos certamente animava as coisas. Ficarem sentados numa sala cheia de gente tendo que fingir que nada estava acontecendo era um jeito infalível de galvanizar as coisas na cama. Não que o sexo fosse sempre do tipo sacana de filme pornô daquela noite no restaurante chinês. Às vezes era. Às vezes ele a queria tanto, que parecia um animal enlouquecido, com os olhos vidrados de desejo. Mas algumas das melhores transas que tiveram foram do tipo calmo e gentil, quando os olhos castanhos de Greg pareciam travar nos seus, e ela tinha a impressão de que poderia ficar daquele jeito para sempre.

Com isso, foi um verdadeiro choque quando, depois de uma reunião particularmente cansativa, na qual a mente de Hermione estivera mais concentrada na perfeita curva do antebraço de Greg do que nas projeções da Canon Corporation para os seis meses seguintes, Rob Smythe, vindo de Londres para uma série de reuniões com clientes, cumprimentara Greg e mandara lembranças à mulher dele.

Hermione não ousou dizer nada. Ficou observando o resto das movimentações através de um véu de humilhação. Depois, pegou seu casaco novo de camurça no saguão e, sem parar para vesti-lo, embora fizesse vinte graus negativos do lado de fora, seguiu em direção ao metrô com os olhos lavados em lágrimas. Como podia ser tão burra? Por que não tinha desconfiado?

Não voltou ao trabalho naquele dia. Tudo o que queria fazer era ficar em casa, em Cabbagetown, com Josh. Queria se encolher e pousar a cabeça no colo dele, para que ele ficasse acariciando seus cabelos, como sempre fazia quando ela estava se sentindo por baixo.

Agora tudo fazia sentido. Embora tivesse conseguido afastar com sucesso a idéia que às vezes lhe atravessava a mente, como uma larva numa maçã, ela às vezes se questionava. Ficava imaginando por que os dois nunca pareciam fazer nada normal juntos. Com Greg, as coisas sempre tinham sido restaurantes da moda e noites em hotéis elegantes. Várias vezes pensou que poderia ser legal ir para a casa dele. Aninhar-se no sofá com uma garrafa de vinho, quem sabe. Ouvir música. Fazer massa. Não o tempo todo. Havia muito tempo para ficar sentada em frente à televisão, quando as veias estivessem se enfraquecendo e a casa tivesse cheiro de pele seca. Mas, só de vez em quando, seria uma boa mudança.

Tinha chegado à segunda quadra quando ouviu passos ligeiros atrás dela na calçada.

— Hermione. Espere.

— Nem vem — virou-se, os olhos brilhando com uma mistura de irritação e raiva. — Nem vem. Tá bom? Não quero ouvir nada.

— Por favor. — Greg parecia tão miserável que até mesmo a sua vistosa gravata amarelo-ouro parecia caída. — Me deixe explicar.

— Acho que tudo está bem claro — a voz de Hermione falhou. — Você é casado. Que tipo de explicação pode haver para isso?

— Não faça isso. — Greg passou pelo lado dela e parou na sua frente. — Olhe aqui. Vamos tomar um café?

— Vou me encontrar com Josh — disse Hermione. — Está na hora de eu passar algum tempo com ele depois de passar os últimos três meses mentindo.

— Por favor... — implorou Greg. Ele parecia tão triste, que Hermione ficou tentada a lhe dar o benefício da dúvida. Talvez tudo tivesse sido um engano. Talvez Rob tivesse entendido tudo errado. Talvez... era um tiro no escuro, mas era possível, talvez Greg estivesse fingindo ser casado porque precisava de uma mulher para certas ocasiões sociais. Talvez...

Ela estava se agarrando a qualquer coisa. E sabia disso.

Estava tão furiosa, que seus joelhos estavam tremendo. Não era tanto com Greg quanto consigo mesma. Estava pasma que tivesse se deixado envolver. Realmente deixou-se se apaixonar por ele. E agora ela teria de deixá-lo.

— É só um café — argumentou Greg. — Por favor?

Ela olhou para os olhos castanhos de cachorro pidão dele e sua determinação se desmanchou como um suflê.

— Um café — disse ela, levantando o indicador. — Só isso.

— Então — disse ela quando parou um pouco de tremer, com um café grande cheio de creme sobre a mesa de tampo de fórmica diante dela —, você tem uma mulher.

— Bem... — Greg parecia envergonhado.

— Você nunca me disse que era casado.

— Para ser justo, eu nunca disse que não era — disse ele.

— Isso é um pouco patético, não? — Hermione tomou um

gole do café e torceu para que a espuma não a tivesse deixado com um bigode. — Tenho certeza de que você consegue pensar em algo melhor.

Ele pousou a xícara sobre a mesa e segurou as mãos dela.

— É difícil. Lena e eu...

— Não. — Levou as mãos ao rosto como que para se proteger do nome. — Não diga o nome dela.

— Nós não nos amamos mais. Já falamos sobre separação.

Hermione ficou olhando para ele. Queria acreditar, ainda que apenas porque se sentia tão absurdamente boba.

— Então por que você não me disse nada? — Sentiu a mão tremer quando pegou a xícara. — Se isso é verdade, essa história de separação, por que não me contar, simplesmente? Eu podia ter entendido.

— Porque nós não nos separamos ainda — disse Greg, baixinho. — Achamos que seria ruim para as crianças.

— Crianças? — repetiu Hermione. — Ah, isso está ficando cada vez melhor.

— O que eu posso dizer? — disse Greg, encolhendo os ombros. — São crianças incríveis. Tenho orgulho delas. Não vou fingir que não existem.

— Você conseguiu fazer isso durante três meses. — Hermione sentiu seu frágil coração, que vinha dançando como uma bola de pingue-pongue equilibrada num jato d'água por três meses, parar aos pouquinhos.

— Olhe aqui — disse Greg. — As coisas não são tão ruins como você pensa.

— Como você chegou a essa conclusão?

— Nós ainda podemos nos ver...

Hermione empurrou o café para o lado. De repente ficou com um gosto amargo. Estava chocada. Greg era o primeiro homem — além de Josh, é claro — por quem realmente *sentia* alguma coisa.

Greg fez uma cara de coitadinho:

— Podemos, não podemos?

Lentamente, Hermione balançou a cabeça. Era tentador. Ela teria adorado poder ignorar a "situação" de Greg e retomar tudo de onde eles haviam parado. Mas não podia. Uma imagem saltou em sua mente. Lembrou de um dia encontrar Ruby coberta de lágrimas enquanto estendia lençóis para secar no jardim da casa na Cornualha. Estava chateada porque o marido de sua amiga Miranda tinha ido embora com outra mulher. Aos 7 anos de idade, Hermione formara uma imagem mental do Sr. Holland e dessa outra mulher de mãos dadas enquanto desciam a rua, juntos, às escondidas. E, embora as sutilezas da situação tivessem fugido da sua compreensão na época, sabia que o ocorrido havia causado muitos problemas. Miranda pareceu ter ficado semanas na cozinha deles, chorando e comendo bolo. Hermione não podia fazer isso com os filhos de alguém. Simplesmente não podia. Podia não ser a pessoa mais moralista do mundo. Mas não era uma destruidora de lares.

— Mas nós somos ótimos juntos — Greg parecia consternado.

— Eu sei — disse Hermione. — Mas a resposta ainda é não.

Na casa da rua Amelia, ela pôs a mão na barriga e abriu uma fresta na janela para deixar sair a fumaça de outro cigarro ilícito. Ainda estava frio. A primavera demorava muito para chegar no Canadá. A neve tinha recém-começado a derreter, deixando lama espalhada por todos os lados. Em breve, porém, os primeiros botões iriam aparecer, surgindo bravamente na terra, como que para lembrar a todos que a vida continuava, independentemente do quão às vezes tudo parecesse ser tão absolutamente difícil.

Harriet

Querida Gigi,
Não acredito! Fui suspensa. Só porque quebrei um ovo na cabeça da Fiona Wallace. Eu não me importaria com isso, mas ela mereceu. Ela riu! Do meu nome. Que desaforo. Fiona é muito pior. Um nome que parece um gemido, uma queixa. Fiii-ôôô-nah! Agora, por causa dela, estou perdendo a peça. A melhor coisa deste semestre. Vou odiar Fiona Wallace para sempre.

O diário de Hermione era uma leitura compulsiva. Era extraordinário ouvir sua voz novamente, tagarelando das páginas com seu senso de humor próprio e especial. Harriet estava achando quase impossível largá-lo. O relato da irmã sobre a suspensão da escola quase lhe provocou gargalhadas. Lembrava bem do incidente. As duas tinham entre 12 e 13 anos e estavam seguindo a receita do bolo de abacaxi na aula de culinária. Hermione cozinhava terrivelmente mal. Não tinha paciência. Pelo que Harriet se lembrava, a irmã na verdade não tinha sido suspensa por quebrar o ovo. Tinha sido por causa de sua cara-de-pau. Quando a Sra. Ellis, a professora de culinária, entrou e perguntou "Quem andou quebrando ovos aqui?", Hermione soltou "Um ovo". Assim seu destino foi selado.

No andar de baixo, Edie aumentou o volume de seu novíssimo e ultramoderno aparelho de CD. Era uma pessoa diferente desde a morte de Cyril. Pacotes contendo itens que conquistara no eBay chegavam quase que diariamente. Havia desenvolvido uma súbita predileção por baladas pesadas. Com Harriet deitada na banheira, com os dedos murchando como passas de uva enquanto ela seguia lendo, uma explosão de Guns N' Roses subia pelas tábuas do assoalho. Se fosse qualquer outra pessoa, ela teria saído do banho e ido até lá embaixo para reclamar. Mas era bom ver Edie vivendo a vida de que tão claramente sentia falta.

Harriet fechou os ouvidos e riu ao ler o relato feito por Hermione da vez em que fumou seu primeiro cigarro. Também se lembrava dessa ocasião. As duas haviam passado a manhã percorrendo o supermercado com Ruby, que estava decidida a fazer uma fritada de legumes para o jantar. Mais tarde, Harriet estava no quarto, trabalhando numa aquarela de Hermione correndo pela praia perto da casa da Cornualha, com os cabelos esvoaçando atrás dela. Na fotografia que estava copiando, o vento havia marcado a areia na borda da água, que formava sulcos com manchas negras. Uma imagem difícil de reproduzir na tela. Estava a ponto de atirar o pincel ao lado exasperada quando a porta se abriu e Hermione entrou com os olhos brilhando de malícia.

— Olhe o que eu consegui.

— O quê?

Hermione tirou uma caixa achatada dourada e verde de dentro da manga de seu blusão cinza.

— Cigarros?

— Alguém os deixou numa mesa do lado de fora do pub. Vem comigo?

— Tá bem — respondeu Harriet, detestando-se por ser tão medrosa, mas sabendo ser completamente incapaz de fazer qualquer coisa a respeito.

Disseram a Ruby, que estava concentrada em sua marinada de xerez e azeite, que iam dar uma caminhada e foram até o parque Hedgemead. Encontraram um banco. Hermione tirou o pequeno cilindro branco do maço e procurou por um fósforo. As mãos de Harriet tremiam.

— Se Ruby descobrir, ela nos mata.

— E daí? — zombou Hermione. — Ela não vai descobrir. A não ser que você dedure.

— Claro que eu não vou dedurar. — O rosto de Harriet queimava. — Mas nós não vamos ficar fedendo a fumaça?

— Eu tenho chiclete.

— Vamos nos viciar.

— Não, não vamos — disse Hermione. — Não depois de uma tragada. Só dizem isso para nos assustar. Temos 14 anos. Já está na hora de aprendermos a fazer isso.

— Por quê?

— Podemos virar estrelas de cinema — disse Hermione — Talvez tenhamos que fumar por causa de um papel. Pareceríamos ridículas se não conseguíssemos nem tragar.

— Não tenho certeza de que quero ser uma estrela de cinema — disse Harriet, baixinho. — Eu não gostaria de tanta atenção.

— Então uma escritora para mim — disse Hermione. — E uma artista torturada para você. — Chupou as bochechas. — Luke Richards disse que eu poderia inclusive ser modelo. O que você acha?

— Acho que sim. — Harriet olhou para o cigarro com medo. Num instante, seria a sua vez. Ela não queria realmente fazer aquilo. Mas sabia que precisava fazer. De outro modo, Hermione não a respeitaria.

— Legal. — A irmã acendeu a ponta e exalou uma perfeita pluma lilás. — De qualquer forma, eu não me importo se ficar viciada. Acho que serei mesmo uma fumante.

Harriet virou para uma nova página e entortou o pescoço para olhar o relógio que ficava sobre a mesa-de-cabeceira.

Puta que pariu! Eram nove e meia. Já estava de molho ali fazia quase uma hora! Precisava trabalhar.

Aquela era a noite — a festa de inauguração do Blue Ginger. As portas se abririam às sete e meia, e ainda havia um monte de coisas por fazer.

Equilibrou o diário na borda da banheira e saiu, bem no instante em que a campainha tocou. Enrolou-se numa toalha cor de noz-moscada e, pingando água por todos os lados, foi abrir a porta para Jesse.

— Tudo pronto? — Ele entrou saltitando na sala como um Tigrão hiperativo e parou de súbito quando notou que ela estava seminua.

— Opa. — Cobriu os olhos exageradamente e recuou. — Merda! Desculpe. Não se preocupe. Não estou olhando.

— Volto num minuto.

Harriet revirou a gaveta da penteadeira atrás do hidratante. Por algum motivo, ela havia se tornado de certa forma desligada de sua normalmente severa organização do apartamento. Seus produtos de beleza, que normalmente ficavam arrumados em fileiras perfeitas e categorizadas conforme marcas e tipos, estavam atirados numa pilha confusa. Tubos e potes de creme gloriosos e gordurosos entupiam a parte de cima de sua cômoda. Era muito difícil encontrar qualquer coisa. Mesmo assim, ela se aprontou o mais rapidamente possível, passando um pente pelos simples cabelos castanhos e vestindo calças jeans e um moletom de capuz e sem mangas.

Tinha passado a maior parte da tarde anterior ligando para aquelas pessoas que obviamente não entendiam muito bem o conceito de RSVP. A maioria delas estava em Londres. O processo estava sendo inacreditavelmente frustrante.

— Sinto muito — disse uma secretária com a voz fanhosa e

um nome que parecia suspeitamente com uma doença sexualmente transmissível numa das ligações. — Você está perguntando se Varsha Kincaid está disponível para participar da inauguração de um bar em Bath?

Harriet respondeu que sim.

— Onde fica Bath? Isso é SW12?

— Não. É Bath, a cidade Bath.

— Uma cidade que não fica em Londres?

— Isso.

Era a mesma coisa todas as vezes. Era como se todo mundo que morava e trabalhava na capital não fizesse absolutamente idéia de qualquer coisa fora da cidade. A situação a fez lembrar de Hermione quando eles se mudaram da Cornualha para Bath.

Eles se mudaram porque uma menina se afogou. Logo depois que as duas fizeram 10 anos, uma turista, uma menina da idade delas, tinha sido varrida para o mar por uma onda imensa. Harriet ainda podia lembrar do horror de toda a história. Os moradores saíram em seus carros na esperança de encontrar algum sinal da pobre criança. A mãe, uma mulher robusta com braços parecidos com troncos e longos cabelos negros que chegavam abaixo da cintura, ficou dia e noite na praia Porthmeor, em vão. Depois de mais ou menos um mês, ela enfrentou a dura realidade de que a filha não iria voltar, e ela retornou para onde quer fosse a sua cidade de origem. Aos poucos, o povo de St. Ives se esqueceu do acontecido e seguiu em frente.

Por algum motivo, Isaac não conseguiu esquecer. A tragédia havia mexido com as lembranças da perda do pai num barco de pesca na costa de Mousehole, anos antes, e ele resolveu, de repente, mudar tanto a família quanto o negócio para o mais distante possível do mar.

Harriet aguardara a mudança com medo. Adorava o lugar onde viviam. Adorava poder caminhar na praia todos os dias. Amava procurar flores silvestres e borboletas nos topos dos penhascos. As cidades eram lugares sujos e poluídos. Achava que não ia gostar nada de Bath.

Hermione ficara exultante. Quando Isaac lhes falou sobre a mudança uma noite, com a família sentada em torno da mesa para devorar um dos experimentos culinários de Ruby, para ela parecia que todos os Natais haviam chegado de uma vez só. Sua irmã sempre adorou as luzes e o brilho das cidades grandes. Em Londres, num passeio ao Museu de História Natural, sentira-se em seu hábitat. Harriet gostou do museu. Tinha ficado fascinada pelo imenso brontossauro, com as costelas arqueadas como o teto de um celeiro elisabetano. Adorou todos os botões que havia para apertar. Mesmo assim, sentiu-se aliviada quando desceram do trem na volta a Penzance.

Ainda achava a vida frenética de Londres um pouco demais. Preferia mil vezes Bath. Em Bath, tinha-se o melhor dos dois mundos. Tinha-se lojas bonitas e bons restaurantes numa escala mais aceitável.

Hermione evidentemente não concordava com isso. Quando o Triumph Herald estacionou em frente à casa de Belmont pela primeira vez, sua decepção foi palpável. Pareceu esvair-se por cada fenda do carro, esgueirando-se para dentro dos cinzeiros e mudando-se para o porta-luvas. Ela estava esperando um lugar maior. Mais rápido. Mais barulhento. Estava esperando táxis pretos e grandes ônibus vermelhos, soltando ondas de fumaça cinzenta. O ritmo lento e tranqüilo de Bath foi quase um choque.

— Você está vestida? — Jesse apareceu na porta do quarto, desviando os olhos do seu jeito exagerado.

— Está tudo bem — sorriu Harriet. — Você pode olhar. Embora eu não diga exatamente que esteja vestida. Essas calças jeans estão um horror. Culpa daquele monte de pintura extra que fiz ontem.

— Os jeans me parecem ótimos. Aqui — deu-lhe uma xícara de café. — Tomei a liberdade de me apresentar à sua cafeteira. E folgo em dizer que ela é muito mais cooperativa do que a Bertha.

Harriet riu. Na semana anterior, a máquina de café high-tech do Blue Ginger foi instalada atrás do bar. Um monstro prateado assoviando com uma quantidade absurda de válvulas e canos e que vinha se recusando a se comportar direito desde o dia em que chegou. No segundo dia, depois de ser cuspido pela milionésima vez, Jesse finalmente batizou a coisa de Bertha, por causa de uma professora de matemática que tivera uma vez.

Harriet pegou a xícara e tomou um gole.

— Eu estava precisando disto. Estou exausta. Não dormi nada na noite passada.

— Eu também não — disse Jesse. — Tive calafrios a noite toda. São os nervos.

— Em parte, sim — disse Harriet. — Mas passei metade da noite acordada lendo aquele maldito diário.

— O da sua irmã?

— É. Não consigo largar aquele troço. Ela devia ser escritora.

— Talvez seja — disse Jesse, virando sua xícara. — Talvez escreva sob um pseudônimo. Você pode ter lido dezenas de livros dela sem saber. Que estranho.

— Muito estranho.

— Você não se sente um pouco culpada? — perguntou Jesse.

— Culpada?

— Quer dizer, por ler coisas que não foram escritas para você?

— Na verdade, não — respondeu Harriet. — Um pouco, talvez. De modo geral, vejo isso como um jeito de voltar a ter contato com a minha irmã.

— Uma pena que você nunca vá conseguir descobrir como termina — disse Jesse, pensativo.

— Eu sei. Estou quase com medo de terminá-lo, porque ela então não estará mais comigo.

— Você sempre pode fazer o que eu disse. — Jesse ergueu uma sobrancelha.

— Procurar por ela?

— Por que não?

— Não sei... — Harriet encolheu os ombros. — E se eu a encontrasse e ela não quisesse me ver?

— Por que ela não iria querer ver você?

— Por causa das coisas terríveis que eu disse antes de ela ir embora.

— Então conserte isso — disse ele. — Encontre-a e diga que sente muito.

Jesse teve que pegar algumas coisas em seu apartamento antes de os dois saírem para o bar. Harriet ficou parada no corredor, entre um cone de trânsito abandonado e uma bicicleta, enquanto ele desapareceu na sala para encontrar a pilha de cardápios de bebidas que havia imprimido na semana anterior. Jesse tinha deixado Harriet escolher o design e, depois de muita indecisão, ela se decidira por uma fonte art déco em branco cintilante contrastando com o verde-anis da logomarca do Blue Ginger.

— Desculpe. — Ele veio até o corredor, acenando com um grande envelope pardo. — Peguei todos.

— Ótimo. — Harriet fez sinal com a cabeça na direção do cone de trânsito. — Cortesia do Joe, imagino.

— Quem mais? — Jesse deu de ombros. — Entrou cambaleando pela porta às três e meia da manhã de hoje, completamente acabado, agarrado a isso e à floreira do número trinta. Ainda está na mesa da cozinha. Eu lhe disse para devolver antes que alguém dê pela falta, mas ele não se preocupou com isso. Nem se levantou ainda, aquele preguiçoso nojento.

— Eu *disse* — a voz de Joe veio da direção do banheiro — que VOU fazer isso.

Jesse baixou o tom de voz.

— Ele tem velas lá dentro, sabe. Velas perfumadas. Laranja e sei lá mais o quê. E está usando condicionador de cabelos. Baita frescura. Daqui a pouco vai estar ouvindo Simply Red. Ou ópera. E você sabe o que eu acho disso.

— Você já foi à ópera?

— Clare me levou uma vez — respondeu Jesse. — Ela tem muita ligação com essas coisas, morando na Itália. Simplesmente absorveu tudo. Não mexeu comigo, para ser sincero. — Torceu o nariz. — Fiquei querendo perguntar se ela estava gostando mesmo ou se era apenas um caso de Novas Roupas do Imperador. Você sabe. — Falou com uma voz aguda de falsete: — "Oh, adorei a sua aparência, Sua Majestade. Belas calças também, por sinal. São da Diesel? Ah, o senhor comprou em liquidação? Que fantástico." Imagino que a maioria das pessoas diga que gosta por achar que deve gostar. O que você acha?

— Acho que é melhor nós irmos. — Harriet olhou para o relógio. — Temos um monte de coisas para fazer até a noite.

O projeto Blue Ginger, em toda a sua glória, não tinha sido algo simples. Nos seis meses que dedicara a ele, Harriet havia superado mais obstáculos do que Colin Jackson* num dia muito animado. Houve o problema com o amianto, cuja descoberta atrapalhou seus planos por pelo menos seis semanas. Logo depois que o trabalho recomeçou, seu pé atravessou uma tábua podre do piso como uma faca no doce de leite, e ela ficou de muletas por mais um mês. Assim que ela melhorou, Bob, seu faz-tudo, resolveu se casar de repente e se mandou para Ibiza em lua-de-mel. O que não teria sido tão ruim não fosse pelo fato de que, quando ele e sua mulher, Annie, chegaram ao aeroporto para tomar o vôo de volta, Annie, que apesar de ter chegado à dourada idade de 51 anos, nunca havia estado no exterior an-

*Famoso velocista inglês. (*N. da E.*)

tes, protestou contra o oficial da alfândega revirar a sua bolsa e atacou-o pelas costas com um Toblerone tamanho gigante. Como resultado, os dois perderam o avião e não conseguiram outro antes de cinco dias, o que atrasou ainda mais o projeto de Harriet.

Na noite passada, porém, ela teve que admitir que todo aquele sangue, suor e lágrimas tinham valido a pena. Quando pensava em como estava tudo há seis meses, quando Jesse levou-a até lá, era difícil acreditar que se tratava do mesmo lugar. Na época, era um lixo. Tinha papel de parede caindo das paredes, como tiras de pele queimada do sol. Partes do teto haviam desmoronado. Estavam espalhadas, como pedaços de uma serra gigante, sobre as tábuas nuas do piso de madeira. Havia vigas espetadas como costelas quebradas, e fios saíam das paredes. O antigo proprietário, que fechou as portas quando a Saúde Pública encontrou a parte traseira de um Jack Russel terrier em seu freezer, tinha arrancado as luminárias de vidro cor de pêssego numa tentativa de conseguir alguns trocados num brechó. Estava um verdadeiro horror.

Qualquer um que tivesse comido alguma vez no Intrepid Chapattu teria que se esforçar para reconhecer aquele como o mesmo lugar de antes. Harriet tinha optado por derrubar as paredes do térreo, para formar um único espaço amplo. Na noite anterior, quando ela e Jesse estavam prestes a fechar tudo e encerrar o expediente, tinha sido difícil ir embora. Ficaram parados de pé por muito tempo, apenas examinando o enorme salão. Numa ponta ficava um bar curvo feito inteiramente de cerejeira e vidro espelhado. Do lado oposto, mesas em nichos, com os assentos forrados de couro cor de chocolate, enfileiravam-se na parede, de modo que os clientes pudessem ter alguma privacidade. Todas as paredes estavam pintadas no belo verde-anis com que tinha cruzado numa estranha loja de tintas em Portobello, e as centenas de minúsculas lampadinhas arrumadas para que o teto brilhasse como uma abóbada de estrelas prateadas.

— Sempre gosto de quando tudo está assim — disse Jesse, baixinho.

— O que você quer dizer?

— Quando está tudo tranqüilo — disse Jesse, indicando o salão com a cabeça. — Quando todo mundo foi embora e o barulho e a conversa desapareceram. Quando estamos só eu e o bar. Ele assume uma personalidade completamente diferente quando está vazio, você não acha? É mais caloroso. Mais gentil. Meio mágico.

Harriet sabia exatamente o que ele queria dizer. Sempre gostava do Blue Ginger de manhã cedo, quando chegava e encontrava a luz do sol entrando pelos janelões da frente e batendo na madeira polida do piso enquanto Jesse, com um lápis enfiado atrás da orelha, ficava tentando convencer a temperamental Bertha a entrar em ação. Havia alguma coisa num bar quase vazio. Enquanto os dois observavam o bebê que haviam feito juntos, sentiu um calor tomar conta dela lentamente. Devia ser esta a sensação que os atores sentem na estréia da peça que ensaiaram por muito tempo. Estava sentindo alguma coisa. Alguma coisa boa. E podia sentir que Jesse também estava. Ele estava resplandecente de orgulho.

Uma voz vinda da cozinha de Jesse a assustou.

— *Por que não subimos? Por que não vestimos alguma coisa mais confortável?*

— O que foi?

Jesse estava mexendo no envelope dos convites, tentando pegar um para mostrar a ela.

— *Não precisamos fazer nada, se você não quiser. Podemos só ficar juntos.*

As pontas das orelhas de Jesse ficaram parecendo ameixas roxas.

— Meu Deus. Desculpe. Não fui eu.

— Eu sei que não foi você! — Harriet absolutamente vermelha com a idéia. — O que foi aquilo?

— Aquilo — sorriu Jesse — foi a nova moradora do nosso apartamento.

— Você está com uma nova moradora no apartamento?

— Claro que sim — riu Jesse. — Quer conhecê-la?

Harriet olhou para o relógio.

— Na verdade não temos tempo.

— Vai ser só um minuto. Venha comigo.

Harriet ficou imaginando que diabos ele estava falando. O apartamento tinha apenas dois quartos. Essa nova garota estava dormindo no sofá? Ou estava se divertindo com Joe? Esta última hipótese parecia improvável. Joe tinha 21 anos. Ele pensava que as mulheres eram como copos de papel da Starbucks. Para usar só uma vez. Dificilmente permitiria que alguma delas se mudasse para lá.

Talvez Clare finalmente tivesse terminado o que havia ido fazer na Itália e voltado para ficar com Jesse. Ele realmente parecia estar muito feliz hoje. Tudo bem, os dois iam e vinham desde os tempos de escola. Mas devia haver alguma coisa ali para ter durado tanto tempo.

Harriet só tinha visto Clare uma vez. Ela tinha ido ao Blue Ginger quando fora passar um fim de semana na cidade. Era um tipo popular com cabelos loiros hiperlimpos e dentes muito brancos. Considerando-se o fato de que Jesse era supostamente seu namorado, ela havia demonstrado pouquíssimo interesse no projeto. Atirou-se no que viria a ser um banco longo, forrado em couro cor de chocolate, e tomou um suco de amora enquanto mexia nas cutículas. Quando Harriet forçou para abrir emocionada uma lata de tinta com uma colher de café para mostrar o verde incrível que havia achado, Clare torceu uma mecha perfeita de cabelos muito loiros e olhou sem muito entusiasmo para o que Harriet estava mostrando.

— Você não pensou em usar o azul Tiffany?

— Não.

— Ah. — Clare deixou a mecha de cabelos se desenrolar. — Só que ele é muito atual. Ainda. Posso imaginar este verde, tipo, num vestido. Um vestido esvoaçante, talvez um frente-única?

— Certo — respondera Harriet insegura, enquanto Clare virava-se para Jesse e perguntava quando ele achava que terminaria tudo, porque ela queria comprar umas botas. Harriet não havia exatamente gostado nem um pouco da mulher. Mas, assim como Emily e Bagpuss*, Jesse obviamente a amava.

Jesse teria dito alguma coisa se ela tivesse se mudado para lá. Pelo que Harriet sabia, Clare chegaria naquela noite, como planejado, para participar da inauguração e passar um tempo com Jesse antes de ir passar um mês em Nova York.

Então quem era esta inquilina misteriosa?

Jesse levou Harriet até a cozinha, onde os restos do jantar de alguém estavam sobre a pia, esperando para serem lavados. Molho Dolmio para massa, pela aparência. Na geladeira, um punhado de letras em néon proclamavam "Jesse é gay", enquanto a mesa estava coberta de embalagens de iogurte e caixas de pizza vazias, que Jesse disse serem uma cortesia de Joe. No meio de tudo isso estava uma enorme arara vermelha com pequenos olhos negros e brilhantes e um bico de aparência cruel.

— Harriet. — Jesse estendeu um dedo para permitir que a ave se empoleirasse. — Conheça a Senhorita Scarlett.

— Foi ela no estúdio com o cano? — brincou Harriet, fazendo uma referência ao jogo Detetive.

— Acho que não. — Jesse pareceu confuso.

— Ela sabe muitas cantadas — disse Harriet. — Joe novamente, suponho.

— Quem mais? — disse Jesse. — Ela o segue por toda parte. Copia tudo o que ele faz. Ela o adora. Não posso imaginar por quê. Sou eu que garanto que ela receba comida e água.

---

*Personagens de uma série da BBC: Bagpuss era um gato de pelúcia, o brinquedo preferido da menina Emily. (*N. da T.*)

— De onde ela veio?

— Aí está a parte engraçada — disse Jesse, franzindo o cenho. — A gente não sabe.

— Vocês não sabem?

— Ela simplesmente chegou na escada da entrada há mais ou menos uma semana. Veio do nada.

— Talvez tenha fugido de algum jardim. Elas valem muito, sabia? A minha tia Pip tinha uma quando eu era pequena.

— Ela não deve ter fugido — disse Jesse. — Ela estava num caixote endereçado a mim. Tive que assinar o recebimento e tudo mais. Aparentemente, veio da Costa Rica. Ou da Colômbia. Um desses lugares. Não me lembro direito. Uma coisa é certa. Ela caga como se não houvesse amanhã. — Apontou para a parte de cima da porta. Havia cocô de ave cobrindo toda ela, como correntes de papel. Harriet sentiu a garganta apertar.

— Isso não é ilegal?

— Acho que é aceitável dentro dos limites da casa da pessoa — disse Jesse, encolhendo os ombros. — Pedi a Joe para limpar, mas você sabe como são os garotos da idade dele... Só consigo tirá-lo da cama com um sanduíche de ovo frito. Ele trata esta casa como se fosse uma droga de hotel.

— Eu estava me referindo a enviar a arara pelo correio. Não existem leis a respeito dessas coisas?

— Não faço idéia. E ela estava muito bem escondida.

— Primeiro pensamos que era um conjunto de móveis de jardim. — Joe entrou na cozinha secando os cabelos arrepiados numa toalha listrada. — Oi, Harriet.

— Olá — respondeu Harriet. — Vocês conhecem alguém na América Central?

— Por quê? — perguntou Joe.

— É onde fica a Costa Rica — explicou Harriet.

— Jack está no Chile — esclareceu Joe.

— Nosso outro irmão — explicou Jesse. — Joe está indo visitá-lo em duas semanas. Será sua primeira escala numa viagem de volta ao mundo. Nós o estamos liberando aos poucos.

— Na verdade — Joe desligou a torradeira e cortou um pedaço de mais de dois centímetros de manteiga —, vou passar quatro dias na Venezuela antes de ir para a casa de Jack. Fico muito bem sozinho.

— Claro que sim — disse Jesse. — Embora pudesse ajudar se você soubesse onde fica o Chile.

— Eu sei.

— Então sabe que não é na América Central — disse Jesse.

— Panaca — replicou Joe. — Você está parecendo o papai.

— Você é adotivo — respondeu Jesse. — Mamãe não contou isso a você?

Para chegar ao Blue Ginger, tinham que passar pela casa de Belmont, onde Harriet havia sido criada. Quando passaram pela calçada em frente, ela parou, como sempre fazia. Não conseguia evitar. Na maior parte das vezes, a casa parecia exatamente igual. Janelas enormes que iam até os fundos do primeiro andar. A porta da frente com aparência de solidez absoluta e duzentos anos de idade. Tinha agora uma cor diferente do belo amarelo-esverdeado com que Ruby a pintara num capricho. O atual proprietário a pintara com um alegre amarelo-canário. Havia loureiros: duas árvores em forma de pirulito em cada lado da entrada. E a cozinha, no porão, estava diferente agora. Tinha passado a pé por ali numa noite e visto uma luz brilhando como um losango de açúcar caramelizado na janela. Uma mulher estava picando legumes sobre uma ampla ilha com tampo de mármore negro cintilante, no meio do ambiente. Não havia sinal das peças de carvalho que Ruby adorava. Até mesmo as paredes estavam com cores diferentes: um simples creme, em contraponto ao maravilhoso azul esbranquiçado que Ruby havia escolhido no ano antes de tudo mudar.

Ruby adorava decorar, embora, ao contrário de Harriet, não fizesse isso de modo metódico. Não eram para ela os dias de planejamento cuidadoso, de reunião de amostras de materiais e recortes de cartelas de cores, nem prender tudo num quadro sobre um cavalete. Ruby era muito mais impulsiva. Podia estar sentada lendo livros de receita num instante e saltando no carro no instante seguinte para ver se a loja de ferragens tinha alguma tinta cor-de-rosa flamingo para o banheiro. Assim como Hermione, tinha impulsos em relação a palavras. Freqüentemente comprava as cores por causa do sentimento que seus nomes lhe evocavam. Silver Jade. Moroccan Velvet. Salsa Melt.

— Por que paramos? — perguntou Jesse. — Vamos visitar alguém?

— Ah — Harriet sacudiu a cabeça. — Não. É só que eu morava aqui. Só isso.

Olhou para a parte de cima, onde as janelas do quarto dela e de Hermione ficavam lado a lado, como olhos atentos, cuidando do resto da casa. Quando Hermione ficou de castigo todo um fim de semana no quinto ano por matar a aula de matemática para beber Pink Lady no edifício-garagem, Harriet havia lealmente criado um complicado sistema de polia entre os dois quartos, usando uma caixa de ovo como uma espécie de bondinho para transportar tudo de que a irmã pudesse precisar. Balas de goma. Mais cigarros, que Hermione fumava com a cabeça para fora da janela, sem se preocupar com o fedor cáustico que se esgueirava para o andar de baixo como um bebê traquinas que não queria ficar na cama. Por sua vez, Hermione passava-lhe bilhetes, nos quais escrevia o que queria, como um garçom anotando pedidos. Queijo quente. Chá com dois torrões de açúcar. Mais cigarros. Um chocolate...

— Você está bem? — perguntou Jesse.

Harriet assentiu.

— Engraçado, né?

— O quê?

— A casa ainda está aí. Apenas tijolos e cimento. Ainda tem gente morando nela, seguindo com a vida cotidiana. Será que chegam a parar para pensar em quem morou ali antes? — Apontou para as janelas de cima. — Ali era o meu quarto. O da direita. Eu o pintei todo de branco. As tábuas do piso. As paredes. O teto. Então pendurei um cristal na janela. Quando fazia sol, inúmeros arco-íris minúsculos ficavam saltando nas paredes. Eu costumava me deitar na cama e ficar olhando para eles durante horas.

Para sua surpresa, Harriet sentiu os olhos se encherem de lágrimas.

— Desculpe — disse ela, envergonhada. — Não sei o que há de errado comigo. Você não quer ficar me ouvindo tagarelar.

— Tudo bem — disse Jesse, gentil. — Isso tem evidentemente ocupado muito a sua mente nos últimos tempos. Talvez seja por Dan ter ido embora. Isso a afetou um pouco.

Harriet assentiu, quando a porta de sua antiga casa se abriu, e uma mulher saiu para a rua. Harriet sentiu-se idiota.

— Vamos lá — disse Jesse. — Vamos para o bar. Vamos ver se conseguimos convencer Bertha a fazer dois cafés com leite.

Enquanto seguiam, o celular de Harriet, enfiado no bolso de trás de seus jeans rasgados, começou a mugir como uma vaca Jersey premiada. Jesse devia ter trocado seu toque de novo quando os dois estavam terminando o trabalho na noite anterior. Fazia isso toda vez que ela deixava o telefone em algum lugar. Na mesma hora da manhã anterior tinha sido a música-tema do programa Balamory. Na manhã antes dessa, o telefone tinha gritado "Ding Dong a bruxa morreu", de *O Mágico de Oz*, quando ela estava tentando pagar as compras em Waitrose. A mulher do caixa olhou como se ela fosse doida varrida.

— Harry, é você?

— Não. É o Dalai Lama.

— Quem? Olhe, estou feliz que tenha conseguido falar com você. É sobre hoje à noite.

— Você vem? — Harriet sentiu um minúsculo ponto de desapontamento formar-se em seu peito.

— Claro que sim — disse Lizzy. — Pretendo ficar incrivelmente bêbada. Inclusive deixei a Babá Maluca de sobreaviso para o caso de o Conrad estar de plantão.

— A Babá Maluca? Tem certeza disso?

— Ah, vai ficar tudo bem. Eles não vão dar nenhum trabalho. Vou derrubá-los com Calpol para que durmam direto. De qualquer maneira, não tem mais ninguém. E Conrad diz que seria errado não dar uma segunda chance a ela. Inocente até prova em contrário e tudo mais.

— Você a apanhou aprontando no seu banheiro — lembrou Harriet.

— Isso foi há séculos. E ela não estava responsável pelas crianças na ocasião — disse Lizzy. — Eu estava em casa. E ela não está mais usando drogas.

— Como você pode ter certeza?

— Parece que ela ficou maior de repente — respondeu Lizzy. — Aquele look heroína chique desapareceu completamente. Seu rosto agora parece estar instalado num bolo de gordura. Ela realmente deu uma caída. Acho que eu ficaria tentada a voltar para as drogas se é isso que acontece quando se deixa tudo. Conrad disse que ela está com uma bunda enorme. Uma pena para ela. Enfim, o que eu queria perguntar era... o que você quis dizer com estar pegando fogo? Fogo de verdade? Ou só fumaça? Tá. Estou indo. Harry, desculpe. Emergência. Tenho que ir. Só queria saber se você pode me buscar. O carro está dando problemas de novo, e não espero estar em condições de dirigir mais tarde.

Harriet olhou para o relógio. Eles já estavam com o tempo apertado. Ainda havia tantas coisas por fazer. E Lizzy era Lizzy. Estava sempre atrasada. Harriet não poderia se atrasar esta noite. Queria estar lá quando as pessoas começassem a chegar para poder avaliar suas reações.

Ainda assim. As duas eram amigas, não eram? Ela não podia deixar de buscá-la.

— Esteja pronta às seis e meia.

— Você é uma fofa.

Harriet e Jesse passaram o resto da manhã no bar, conferindo todos os detalhes de última hora. A certa altura num futuro próximo, Jesse pretendia contratar um chef, para que pudessem acrescentar comida ao mix do Blue Ginger. Para isso, ele havia pedido que Harriet escolhesse louças com um toque asiático. Isso havia chegado na semana anterior e estava encaixotado, pronto e à espera, no estoque nos fundos da cozinha. Usariam tudo naquela noite porque Jesse havia contratado um bufê para a ocasião. Tudo tinha que ser retirado das caixas e lavado. Além disso, um dos homens que havia entregado as mesas tinha arrancado um enorme pedaço da parede, que precisava ser preenchido e pintado.

Por algum milagre, eles tinham conseguido fazer tudo até as três da tarde. Às três e meia, Harriet e a Vin Rouge estavam a caminho da cidade para apanhar as flores.

Teve muita dificuldade para estacionar. O tempo tinha resolvido ficar uma merda. Estava chovendo a cântaros, de modo que o pára-brisa dianteiro estava acumulando poças de água. A enorme balança de peixe denunciava o mar agitado, e a estrada do lado de fora do estrado era uma torrente imensa. Havia água suja por tudo quanto é lado. Todos os estacionamentos estavam abarrotados. Em desespero, ela tentou o centro de lazer.

Percorreu em vão todo o circuito do lotado estacionamento subterrâneo. Ao sair para mais uma tentativa, descobriu a entrada bloqueada por uma mulher dirigindo o que mais parecia ser um prédio de apartamentos, soltando rolos de fumaça preta. Havia uma fila se formando atrás dela. Ninguém podia se mover.

Harriet bufou e soprou como o lobo na história dos *Três Porquinhos*. O que aquela vaca idiota achava que estava fazendo? Se fosse um daqueles motoristas domingueiros lerdos que saíam à toa apenas pelo prazer de dirigir, poderia compreender. Mas aquela mulher não podia ter muito mais do que 35 anos.

Quando o carro à sua frente desistiu e foi embora, Harriet acelerou. Pouco depois, o carro logo atrás do 4x4 desistiu e também deu o fora, de tal modo que só permaneciam Harriet e o carro irritante. De repente, Harriet entendeu o jogo dela. A mulher simplesmente ficaria ali até alguém sair. O que não estava certo. Ela havia chegado ali primeiro. Qualquer espaço que se materializasse, por direito, era dela.

Engatando a primeira marcha na Vin Rouge, ela disparou cantando os pneus na direção da saída e seguiu naquela direção, fazendo mais um circuito do estacionamento e finalmente parando assim que uma mulher num Ford Focus prateado saiu de uma vaga. Com Harriet ali parada, ela não teve alternativa além de dar ré em direção à mulher que estava bloqueando a entrada. Então, com um grito de triunfo, Harriet entrou direto na vaga.

Urru!

Quando desligou a ignição e puxou o freio de mão, tomou consciência de alguém batendo no vidro do lado do motorista.

— Espero que esteja orgulhosa de si mesma.

— Obrigada — disse Harriet, sorrindo para ela. — Normalmente sou absolutamente péssima para estacionar. E aquela curva ali atrás foi muito apertada. Foi legal ter acertado logo de primeira.

A mulher apontou o dedo furiosamente para o Jeep.

— Estou com três crianças lá dentro.

Harriet mordeu o lábio. Ela provavelmente tinha um adesivo de Bebê a Bordo no vidro traseiro também. Nunca conseguiu entender muito bem o sentido desses adesivos. Aparentemente, as pessoas que os colocavam achavam que não havia problemas se o resto das pessoas dirigissem como o Mister Bean.

— Você me ouviu?

Perfeitamente.

Não que estivesse fingindo.

— Eu disse que tenho TRÊS CRIANÇAS no banco traseiro do meu carro.

Harriet sorriu gentilmente e olhou para trás, pela lateral do descanso de cabeça.

— E eu tenho... vamos ver... um litro de leite semidesnatado e um pãozinho no banco traseiro do meu. Você quer trocar ou coisa parecida? Acho que vou ficar com o que tenho, se não fizer diferença para você.

Às seis e meia, ela dirigiu até a casa da Lizzy, desejando ardentemente que a amiga estivesse pronta no horário. Lizzy era tão famosa por se atrasar para tudo que foi uma surpresa para todos quando Oscar chegou com duas semanas de antecedência. O consenso geral era que ele devia ter puxado ao pai.

Jemima atendeu a porta:

— Você está bonita.

— Obrigada — disse Harriet, alisando o vestido. Ela e Jesse haviam concordado em combinarem o que vestir à noite, de modo que, embora não fossem usar um uniforme, pudessem se destacar, para que as pessoas soubessem com quem falar se tivessem alguma dúvida. Harriet decidiu que os dois deveriam usar alguma coisa nas cores do Blue Ginger. Não o verde. Não queria que eles se misturassem ao ambiente. Depois de muito pensar, ela orientou Jesse a usar uma gravata vermelha escura para combinar com os detalhes em vermelho que ela tinha usado como cor de destaque. Ela própria estava usando um jeans cortado com uma chemise escarlate vivo e saltos altos pretos em cima dos quais não seria capaz de caminhar para salvar sua vida. Mantendo o tema asiático, ela prendeu os cabelos no alto com um lindo lírio escarlate, com as delicadas fibras de suas pétalas com matizes em tons cítricos.

— Onde está a mamãe? — perguntou a Jemima.

Jemima tirou o dedo da boca e apontou-o em direção à escada.

Lizzy estava de pé diante do espelho de corpo inteiro de seu quarto, parecendo claramente furiosa.

— Parece que alguém tentou me espremer para fora das meias-calças e desistiu na altura da minha bunda.

— Você está ótima. — Harriet estava agitada. Queria ir. E Lizzy realmente estava ótima. Um pouco maior, depois de três filhos. Mas combinava com ela.

— Harry — disse Lizzy. — Eu estou parecendo um Dorito humano.

Harriet conferiu o relógio. O tempo era de suma importância aqui. Rapidamente, foi até o guarda-roupa e começou a olhar as peças lá dentro. Não foi uma tarefa fácil. Em casa, seu armário era cuidadosamente arrumado. Jeans numa ponta. Depois as calças sociais para o dia. Calças sociais para a noite. Coisas largas (roupas casuais para ficar em casa). Saias, divididas em seções, como lápis, mini ou franzida. Vestidos. Tops. E assim por diante. Cada seção, por sua vez, era dividida em várias subseções de acordo com a cor. Do roxo até o cor-de-rosa mais claro, passando pelo violeta e o lilás. Azul: do marinho mais profundo ao azul-claro e poeirento de um céu de verão. Então o vermelho, passando pelo laranja, até o amarelo. Não que tivesse muitas coisas amarelas. Com sua pele pálida, a cor lhe deixava parecendo abatida. Por último, mas não menos importante, estava o verde. Estava tudo lá, para que soubesse onde estava tudo na hora da pressa. Até mesmo os sapatos ainda estavam nas caixas com uma foto Polaroid de cada par presa na frente dos mais importantes.

— Que tal isso aqui? — Mostrou umas calças de seda rosa-antigo que Lizzy tinha usado no casamento de Gabby e Ed.

— Apertadas demais — disse Lizzy, seca. — Fico toda espremida.

Prosseguindo, ficou claro que tudo, na opinião de Lizzy, estava apertado demais. Enquanto Harriet tirava um cabide depois do outro em vão, Lizzy disse que precisava entrar para os Vigilantes do Peso. Aparentemente, tinha que ficar sentada numa cadeira de plástico cor-de-laranja num saguão de igreja com um monte de gente chamada Carol. Teria que entrar numa fila para ser pesada como um porquinho indo para o mercado. Uma mulher usando batom pêssego cintilante diria que ela precisava ficar longe das tortas e cobraria dela cinco libras pelo privilégio.

— E estas? — Harriet perguntou esperançosa, mostrando umas calças pretas perfeitamente elegantes. Certamente não se pode errar com calças pretas.

— Curtas demais — disse Lizzy, torcendo o nariz. — Acho que eu posso tentar fazer ioga.

— Ioga?

— A Fran jura, mas eu não entendo como ficar deitada respirando pode fazer alguém emagrecer. Você entende?

No fim, acabaram escolhendo o que Lizzy tinha dito que era um roupão, o que, observou Harriet, não era um problema, já que Lizzy era conhecida por ter feito a corrida da escola vestindo pijamas de flanela mais de uma vez. Com muita persuasão, Lizzy finalmente permitiu-se ser envelopada no tecido escorregadio de seda chocolate e verde-água antes de lançar um olhar crítico sobre si mesma no espelho ao lado da lareira.

— E então? — Harriet estava mordendo a ponta do polegar.

— Ficou bom. — Lizzy parecia surpresa.

— Ótimo. — Harriet deu um suspiro de alívio. — Agora, você tem alguma sandália? Sim. Aqui. Use estas.

— Sinto muito. — Lizzy enfiou obedientemente os pés nas sandálias de cetim marrom escuro. — Estou sendo insensível. É o seu grande momento, e eu estou atrasando você.

— Não tem problema — Harriet sorriu. — Agora *vamos lá*.

No instante em que pôs o pé dentro do Blue Ginger, as preocupações que estavam revirando o estômago de Harriet como uma cama de gato se derreteram como balas azedinhas. O lugar já estava fervendo. Dava para discernir um zumbido de aprovação quando os convidados provavam os martínis malucos de Jesse, aromatizados com capim-limão, pimenta e manjericão ou purê de manga. A banda que haviam contratado estava tocando clássicos do jazz num canto para alegrar o ambiente, e o cardume de peixes que Harriet havia pedido para o imenso aquário de vidro, instalado na parede ao lado da escada que levava ao andar superior, havia chegado e estava no local, nadando através de correntes de bolhas prateadas. A vibração do lugar tinha classe e sofisticação, exatamente como ela esperava. Orquídeas brancas se alçavam como pássaros dos vasos de vidro, delicadas como bolhas de sabão, com suaves tons de verde-limão claro, cor-de-rosa açucarado e turquesa. A tigela de pedra quadrada que ficava numa das pontas do bar cintilava com velas boiando e outra enorme quantidade de orquídeas. Até mesmo os pratos quadrados, de cerâmica craquelê turquesa e verde vivo, estava exatamente como ela queria. Tudo estava perfeito.

— Harry! — Jesse veio correndo como um cachorrinho entusiasmado. Harriet olhou para ele espantada. Tudo estava vermelho. Terno vermelho. Camisa vermelha. Gravata vermelha.

— Nossa!

Ele deu uma volta.

— Você falou em vermelho, e eu pensei...

— Eu não quis dizer tudo — sorriu Harriet. — Mas... sabe... na verdade ficou bem em você. Você está muito bem.

— Obrigado — Jesse abaixou-se numa reverência irônica. — Você está muito bonita também, se não se importa que eu diga. Então, o que está achando do lugar? Ficou muito bom, não acha?

— Tudo está fantástico — suspirou Harriet. — Estou me sentindo... — pôs as mãos juntas, impressionada. — Não sei... um pouco...

— Você não precisa dizer — sorriu Jesse. — Sei exatamente como você está se sentindo. É ótimo ter tanta gente aqui. Mas eu quase queria que todos fossem embora para que eu pudesse observar tudo. Estou me sentindo muito protetor. Todas essas pessoas soprando fumaça sobre meu precioso bebê. Não está certo isso.

— Entendo o que você quer dizer — disse Harriet.

— Eu não teria chegado aqui sem você — Jesse curvou-se para beijar-lhe o rosto. — Obrigado. Por tudo. É melhor eu circular. Mais tarde, vamos tomar um drinque juntos para comemorar?

— Tudo bem — sorriu Harriet, enquanto Lizzy se aproximava trazendo coquetéis. — Seria ótimo.

— Nossa. — Lizzy entregou-lhe a bebida e observou Jesse se afastando. — Tem alguma coisa que você não está me contando?

— O quê?

— Você e ele! — fez sinal com a cabeça para Jesse, que estava conversando educadamente com duas mulheres muito magras vestindo preto dos pés a cabeça, o que as deixava parecendo dois insetos acenando os braços longos e magros como antenas. — Vocês dois ficam ótimos juntos. Isso é que é química.

Harriet tomou um gole de sua bebida, recuando quando sentiu a garganta queimar.

— Puta que pariu!

— Bom, né? — sorriu Lizzy. — Mas ele é um gato. — Seus olhos foram atrás de Jesse novamente. — Duvido que muitos homens possam usar aquela roupa.

— Ele é um pouco baixo. — Harriet observou-o rir educadamente de alguma coisa que um dos insetos de preto estava dizendo. — Você não acha?

— É mais alto do que você — disse Lizzy, tomando seu drinque. — E então? O que está acontecendo?

— Nada! — Harriet ficou muito vermelha.

— Ah, qual é? — provocou Lizzy. — Eu não vou contar a Gabby.

— O que Gabby tem a ver com isso?

— Ora — Lizzy deu de ombros. — Você sabe. Com Dan sendo irmão dela e tudo o mais. Eu pensei... Bom, pensei que ela pudesse ficar um pouco chateada.

— Foi Dan que *me* deixou — disse Harriet, na defensiva. — Acho que isso me dá carta branca para fazer o que eu quiser.

— Arrá! — disse Lizzy, triunfante. — Então *tem* alguma coisa acontecendo.

— *Não!*

— Mas você não se importaria se tivesse? — piscou Lizzy. — Estou certa?

— Na verdade — disse Harriet —, você não poderia estar mais errada.

— Eu acho que você tem que ir em frente — disse Lizzy. — Nada melhor do que um novo homem para pôr um pouco de distância entre você e o antigo.

— Eu não quero ir em frente — disse Harriet. — Além disso, ele tem uma namorada.

— E daí?

— Daí que ele é completamente louco por ela. Os dois estão juntos desde os 17 anos ou coisa parecida.

— O azar é dele — Lizzy deu de ombros. — Você nunca esteve tão bonita.

— É mesmo? — Harriet ficou surpresa. Nos últimos tempos, toda vez que se olhava no espelho estava com os olhos inchados pela falta de sono.

— É mesmo — respondeu Lizzy. — Você está com um brilho.

— Bem, eu não sei por quê.

— Se você não gosta dele — disse Lizzy —, por que fica olhando para ele?

— Eu não fico olhando para ele.

— Fica, sim.

— Acho... — Harriet hesitou. — É só... você sabe... é uma sensação de realização. Teve vezes em que achamos que nunca conseguiríamos concluir isso aqui. E agora que conseguimos, é... bom, é muito legal.

— Querida, é legal de verdade — disse Lizzy. — O bar está incrível. Trarei Conrad na primeira chance que tiver. Ah, olhe. — Agitou a taça vazia diante do nariz de Harriet. — Terminei meu drinque. Acho que é a sua vez de ir.

Harriet atravessou com esforço o aperto de corpos perfumados e arrumados para pegar duas taças geladas. Estava prestes a voltar quando Joe apareceu atrás de seu ombro esquerdo.

— Que bom ver que você se arrumou todo para a ocasião — fez um sinal com a cabeça para a camiseta suja e as calças cargo cáqui que ele estava vestindo. — Qual é a moral da escova de dente? — apontou para um bolso, na metade da perna, no qual se entrevia uma cabeça com cerdas.

— Para o caso de eu me dar bem — riu Joe. — E se se arrumar quer dizer ficar parecendo com o meu mano, acho que prefiro ficar assim, se você não se importa. — Fez um sinal em direção ao canto oposto, onde Jesse estava provocando fortes ondas de riso num grupo de morenas luminosas. — Olhe para ele. Está pensando que é o Benny Hill.

— Ele só está sendo educado — disse Harriet.

— É assim que você chama isso? — sorriu Joe.

Harriet se deu conta de que o gelo das bebidas estava derretendo, fazendo água escorrer pelas laterais das taças e molharem as suas mãos.

— Clare não está aqui?

— Não sei — Joe deu de ombros. — Acho que ela devia estar aqui há muito tempo. Ela provavelmente não vai aparecer. Não seria a primeira vez.

— É mesmo?

Joe apontou para onde Jesse estava envolvido numa animada conversa com uma mulher alta e com jeito arrogante que lembrou Harriet dos flamingos que eram usados como tacos em *Alice no País das Maravilhas*.

— Essa patética demonstração de exibicionismo é, sem dúvida, o jeito dele se vingar dela.

— Mas ela nem está aqui.

— Faz com que ele se sinta melhor — fez uma careta. — Eu disse que ele era patético. Aquele ali é dominado demais. Tem mulheres se atirando aos pés dele, e o que faz? Fica aqui parado esperando que Clare finalmente se mexa. Alô-ô-ô! — Viu uma loira bonita sozinha no bar. — Talvez eu tente uma daquelas. — Ergueu a taça. — Saúde! O lugar está ótimo e coisa e tal. Legal. Até.

Harriet abaixou a cabeça e atravessou com esforço a aglomeração de pessoas perto do bar para encontrar Lizzy. Quando chegou à amiga, metade das bebidas tinha escorrido das taças até seus cotovelos, e Lizzy estava piscando alegremente para um homem vestindo um terno cor de berinjela de corte impecável.

— Aqui está. — Harriet entregou uma das bebidas. — Está um pouco esquisito, infelizmente. Mas tome um gole agora, antes que...

— Tarde demais — Lizzy ergueu a taça triunfante. — Já consegui um. — Estava bêbada. Isso era evidente. Seus olhos estavam um pouco brilhantes demais.

— Ah... — Harriet procurou por um lugar onde pudesse largar a taça extra.

— Will me conseguiu um de lá. Tão inteligente da parte dele. Você conhece Will? — ela deu um leve soluço. — O fofo, fofo do Will.

O estômago de Harriet se contorceu.

Não de novo!

— Olá. — Will não aparentou qualquer constrangimento. — Há quanto tempo.

— Vocês dois se conhecem? — perguntou Lizzy, surpresa.

— Sim — disse Harriet, tensa.

— Vim com um amigo — disse Will. — Ele administra o bistrô francês na Queen Square. Pensamos em dar uma espiada. Espero que você não se importe.

Harriet se importava. Ver Will foi um choque. Ele mexera com cada terminação nervosa do corpo dela. Ela se sentia como se tivesse tido a pele arrancada e entrado numa banheira de sal.

— Senti muito pelo que aconteceu com os seus pais — disse Will. — Eles eram legais. Você deve sentir muita falta deles.

— Sim — Harriet sentiu a garganta apertada.

— Lizzy me disse que este bar é seu. Estou impressionado.

— Na verdade é de um amigo meu. — Harriet entortou o pescoço para ver se conseguia encontrar Jesse. — Eu fiz a decoração.

— Você é decoradora?

— Sim.

— Você sempre teve um talento especial para esse tipo de coisa. Mudava o meu quarto naquela época. Sempre ficava melhor depois que você mexia.

Harriet ficou surpresa que ele se lembrasse disso. Esperava estar parecendo mais calma do que se sentia. Seu coração estava batendo tão forte que era capaz de ele escutar.

Ele tinha rugas finas ao redor dos olhos, mas ainda estava maravilhoso. Um presente para os olhos. Se fosse a primeira vez que o visse, se já não o conhecesse, poderia...

Mas ela o *conhecia*.

Havia tantas coisas que ela queria lhe perguntar. Mesmo agora, depois de tudo o que havia acontecido, ela queria saber por que ele a havia largado daquele jeito. Será que algum dia ele imaginou como seria o bebê deles? Será que algum dia olhou para a filha e se perguntou se o meio-irmão ou a meia-irmã que ela poderia ter se parecia com ela? Será que ele havia se perguntado, como Harriet havia feito, qual seria a cor do cabelo dele ou dela? Louro-areia, como o de Will, ou castanho-claro, como o dela?

O filho deles teria 15 anos agora. Mal parecia possível.

Ela tonteou, quase derramando a bebida.

— Ei — Will pareceu preocupado. — Você está bem?

— Estou ótima. — Endireitou-se. — Só um pouco tonta.

— Venha se sentar. — Will segurou o braço dela e levou-a para uma das mesas próximas. — Pronto. Está melhor?

— Obrigada. — Aquilo era tudo muito estranho. Seu coração estava agitado como um passarinho preso numa gaiola. — Estou bem.

— Tem certeza? — Ele a olhou com aparente preocupação, os lábios perigosamente perto dos dela. De repente, ela estava se sentindo terrivelmente confusa. Metade dela ainda odiava Will com paixão. Mas a outra metade estava curiosa para saber como seria beijá-lo de novo. Sentir aquelas mãos enormes alisarem seus quadris, descendo até que, finalmente, os polegares grossos e fortes encontrassem o caminho sob a seda das calcinhas até sua parte mais íntima, partindo-a como duas metades de uma laranja e sua cabeça se inclinasse e sua língua encontrasse a sua...

— Harry!

Dan, parecendo confuso, estava a meio metro de distância, segurando uma bebida. Harriet saltou como se tivesse sido picada por um bicho, e Will, sentindo que não era desejado ali, afastou-se apressadamente.

— Dan. — Harriet fez um esforço para se levantar. — Que bom ver você. Senti sua falta.

— Estou vendo.

— Não — disse ela, desarmada. — Não é o que você...

— Tudo bem, Harry — disse Dan. — Eu entendo.

— Não! — ela insistiu. — Não entende.

Dan ergueu o copo:

— Achei que devia, sabe, vir e trazer o meu apoio. Está lindo.

— Obrigada — ela disse. — Estou feliz que você tenha vindo.

— Bem, é melhor... — disse Dan.

— Tudo bem.

Ficou observando-o enquanto se afastava. Isso é que era timing ruim. Parte dela queria sair correndo atrás dele. Dizer que ele havia interpretado mal a situação. Que ela o estava esperando voltar para casa. Mas outra parte menos certinha dela queria acabar com ele. Tinha sido ele quem tinha abandonado o casamento dos dois, pelo amor de Deus. Ele queria que ela ficasse esperando como uma boba até ele resolver voltar?

Ainda assim, provavelmente havia sido bom que ele tivesse interrompido ela e Will. Por um instante, ela quase havia pirado. No que estava pensando?

— As coisas estão um tanto devagar por aqui. — Lizzy aproximou-se vacilante e se afundou ao seu lado. — Você acha que eu devia começar uma *hola*?

— Quantos desses você tomou? — Harriet fez um sinal com a cabeça para a taça na mão da amiga.

— Sei lá. — Lizzy olhou fixamente para a taça. — Quatro? Cinco? Elas não param de chegar. — Soluçou. — E eu não paro de beber. O que você está olhando agora?

Harriet estava observando Will pegar um grande camarão do prato de cerâmica verde na extremidade do bar. Tudo parecia muito surreal. Ainda se lembrava da última vez que o tinha visto, na sala de estar da mãe em Bath. A imagem se tornara granulada com o tempo. As bordas estavam um pouco difusas, e as cores tinham a característica de uma viagem de ácido, como as fotos dos anos 1970. Mas a maioria dos detalhes ainda era discernível.

Enquanto o observava, imaginava-o enfiado num espeto, com uma maçã enfiada na boca, os olhos fechados e a pele formando bolhas que estouravam e se partiam. Por causa daquele cretino, ela tinha perdido a irmã.

Mas, mesmo enquanto esse pensamento passava por sua mente, ela sabia que isso não era estritamente verdadeiro. Ela tinha feito tudo sozinha. Ninguém a obrigara a dizer aquelas coisas terríveis naquele dia. Ela poderia ter agido de forma adulta. Poderia ter visto Hermione e Will saírem dançando ao pôr-do-sol e desejar-lhes tudo de bom. Poderia até mesmo ter se sentado com Hermione e explicado tudo. Talvez ela tivesse mudado de idéia. Visto Will como a cobra que realmente era.

Mesmo assim, ainda era bastante surreal vê-lo de volta à sua cidade. Agora lhe ocorrera que, gostasse ela ou não, Will integrava a próxima parte do diário de Hermione.

Ele pode até saber onde ela está agora!

— Aquele homem... — disse ela a Lizzy. — Ele estava na festa da Jem, não estava? Eu o vi lá.

— Will? — Lizzy seguiu seu olhar. — E daí se ele estava?

— Como você o conhece?

— Alice está na mesma creche de Lucy — disse Lizzy, quase na defensiva. — É só isso. Nada mais.

— Eu não estava sugerindo que houvesse alguma coisa — disse Harriet. — Você sabe alguma coisa a respeito dele?

— Não — disse Lizzy, sacudindo a cabeça com firmeza. — Ele se mudou de Londres há mais ou menos seis meses.

— Ele tem uma mulher? — Estava se adiantando, agora. Não seria Hermione. Seria muita coincidência. Mas coincidências acontecem, não?

— Olhe, eu não sei das idas e vindas das vidas pessoais de todas as crianças da creche — disse Lizzy, irritada demais, pensou Harriet. Era uma pergunta perfeitamente razoável, afinal.

— Você provavelmente não deveria tentar nada, de qualquer maneira — disse Lizzy. — Dan está aqui.

— Eu não ia tentar nada — disse Harriet. — E, mesmo que fosse, por que deveria me importar com o que Dan pensa?

— Enfim. — Lizzy ficou emburrada, de repente.

— Lizzy? Você está bem?

— Não. — Lizzy sacudiu a cabeça com força. — Estou terrivelmente bêbada. Acho que vou vomitar.

Harriet empurrou-a para fora e a fez respirar fundo o ar puro da noite. Ela própria estava meio enjoada. Tinha sido o choque de ver Will novamente. Aquilo a fizera pensar ainda mais em Hermione. A idéia de que Will provavelmente sabia mais sobre a vida de sua irmã do que ela própria não lhe era confortável. Ocorreu-lhe que ela não sabia nada a respeito de Hermione agora. A Hermione que ela achava que conhecia era o exótico pássaro do paraíso que tinha sido aos 18 anos. Como era ela agora? Tinha um bom emprego? Gostava de onde morava? Era feliz?

Seus pensamentos se enroscavam ao seu redor como fitas em torno de um mastro, e ela estava de pé na calçada, observando garotas com tops frente-única prateados e pernas em minissaias, azuladas com o frio da noite, saírem do bar em frente. Enquanto elas batiam os saltos pela rua, a porta do Blue Ginger se abriu, liberando um golpe de ar quente com cheiro de cerveja e cigarro. Foi tarde demais que percebeu que a pessoa saindo era Will. Antes que pudesse pará-lo, ele parou um táxi e entrou, e Harriet, com uma mão no ombro de Lizzy, que vomitava em seus sapatos, teve de observá-lo se afastando.

— Lizzy?

Lizzy endireitou-se. Parecia confusa. Quase assustada. Apontou para a poça na sarjeta.

— Alguém vomitou.

— Doida — suspirou Harriet. — Foi você.

— Não seja idiota — Lizzy parecia perplexa. — Eu não faria isso. Sou uma mulher casada e com filhos.

— Vamos — Harriet pegou a mão da amiga. — Vou levá-la para casa.

Hermione

Todas as coisas que deveriam ter acontecido com Hermione nos primeiros três meses de gravidez pareceram acontecer todas de uma vez, como se seu corpo tivesse alguma maluca escala de tempo própria. Seus seios de repente assumiram a aparência de melões maduros e começaram a pulsar como motores de submarinos. Ela desenvolveu um desejo louco por rosquinhas, que a fazia parar num fast-food para uma caixa de bolinhos açucarados ou dois doces de maçã pelo menos uma vez por dia. Uma semana depois de descobrir que estava grávida, a sua cintura estava definitivamente se soltando, e ela subiu em balanças para descobrir que tinha ganhado um quilo inteiro no período de cinco dias. Era uma loucura.

Na hora do almoço de sexta-feira, apesar do fato de que sua cabeça ainda estava girando com o choque da coisa toda, ela mergulhou na World's Biggest Bookstore e comprou um grande livro sobre gravidez. Ainda não tinha certeza sobre o que iria fazer a respeito do bebê. Sempre achou que não tinha instinto materal. Mas se fosse levar aquilo adiante, era melhor saber com o que estava lidando.

De volta à agência, pediu que Kevin não passasse nenhuma ligação e concentrou-se no novo livro. Era difícil acreditar, mas parecia que o bebê que ela estava carregando já tinha traços distinguíveis. Nariz. Orelhas. Olhos. Boca.

Pela primeira vez, encheu-se de emoção. Talvez ela *pudesse* fazer aquilo. Afinal, já tinha feito a parte difícil. Havia criado uma vida nova. Estava dentro dela, silenciosamente tratando de adquirir características genéticas únicas enquanto ela seguia tratando de sua própria vida. O que, quando se pensava nisso, era realmente bastante engenhoso.

Não trabalhou naquela tarde. À noite, enfiou o livro sobre bebês na gaveta da mesa para referências futuras e voltou para sua casa na rua Amelia, onde ligou para Sylvie em Londres.

— Hermione? — Sylvie pareceu encantada com o telefonema. — Puxa. Quanta honra. Como *estão* as coisas com você?

— Complicadas — respondeu Hermione.

— É?

— É uma longa história. — Respirou fundo. — Mas me conte de vocês. Como está a Daisy?

— Enorme — riu Sylvie. — Está uma porquinha. Exatamente como o pai. Você a perdeu por um instante, na verdade. Ted a está levando para a casa da irmã dele. Ela vai dormir lá. Imagine. Vai ser a nossa primeira noite longe desde que ela nasceu. Estou dividida entre mal poder esperar para passar um tempo sozinha com o meu adorado marido e me sentir culpada por largar a minha linda bebê na JoJo.

— Tenho certeza de que ela vai ficar bem.

— É disso que eu tenho medo — disse Sylvie. — Idiota que eu sou, né? Ela vai ficar tão encantada com o enorme jardim e o novo filhote de labrador preto da JoJo que provavelmente nem vai notar que não estamos por perto.

— Ela já está andando?

— Ainda não — respondeu Sylvie. — Ela gosta de sentar e de receber as coisas na mão, como uma rainha gorducha comandando seus súditos. Você acredita que ela já fez um ano?

— Não!

— Mês passado — disse Sylvie. — Fizemos uma festinha com champanhe e bolinhos cor-de-rosa com velas faiscantes. A JoJo deu a ela um castelo encantado, e ela se sentou sobre a caixa ronronando de alegria. Só conseguimos desfazer o pacote depois de uma hora e meia. Acho que ela ainda não conseguiu entender o conceito de presentes.

— Um dia ela entende — disse Hermione.

— É o que todo mundo diz. Basta esperar até o ano que vem e ninguém vai poder fazê-la parar.

— Você não sente falta do trabalho? — perguntou Hermione. — Do pessoal? Da movimentação?

— Nem um pouco — disse Sylvie. — Eu sei que não é muito bacana ser uma mãe em tempo integral, mas estou absolutamente extasiada com a Daisy. Ainda não consigo acreditar que ela esteja aqui. É um sentimento incrível. Adoro observar seu desenvolvimento. No momento, está a cara do pai do Ted. Ainda que, na semana passada, quando eu tentei lhe dar ameixas e creme de ovos, ela tenha ficado com uma cara teimosa que era idêntica à do Ted.

Hermione ficou imaginando com quem a minúscula criatura que estava crescendo dentro dela ia se parecer. Seria meio alta e com o jeito amalucado como ela? Ou talvez, pequena e delicada como Harriet. Seria encantador ver um relance de seus pais de vez em quando. Era maluco, quando se parava para pensar. Que o sorriso de alguém que estava morto fazia anos pudesse de repente aparecer no rosto de uma nova pessoa. Na verdade era... bem... era meio... Nossa!

— Você não ficou preocupada? — perguntou Hermione. — Você nunca se preocupou que pudesse não dar conta?

— Claro que sim — respondeu Sylvie. — Nos primeiros meses, simplesmente ir ao supermercado era como planejar uma expedição ao Ártico. Eu estava constantemente preocupada. Ela estava com calor? Frio? Será que eu devia levar uma camisetinha extra, caso ela vomitasse na que estava vestindo? Quantas fraldas ela iria sujar? Ela estava tomando leite suficiente? Será que iria parar de respirar para protestar pelo fato de que suas cenouras amassadas não eram orgânicas? Se eu acordava, e a casa estava em silêncio, supunha que ela havia morrido durante a noite. E a nossa vida sexual era virtualmente inexistente. Mas, sabe, Hermione, nada disso na verdade tem importância.

— Não tem?

— Nem um pouquinho. Depois que você segura o seu bebê nos braços, é como se um interruptor tivesse sido acionado. Você pára de se preocupar consigo mesma, porque existe essa nova pessoa que depende de você para tudo. Não importa que você não possa mais simplesmente sair para jantar à noite. Sabe, eu nem me lembro da última vez que Ted e eu comemos fora.

— Nem mesmo no Blue Elephant?

— *Definitivamente* não no Blue Elephant. É muito caro.

— Parece terrível.

— Parece — reconheceu Sylvie. — Mas não é.

— Não é?

— Daisy trouxe muito mais para o nosso mundo do que a gastronomia tailandesa — riu Sylvie. — Ela é como um gigantesco respingo de cor que ilumina as nossas vidas. No instante em que a segurei no colo, percebi que nada mais tinha importância. Por que você está tão interessada, de repente?

— Estou grávida — disse Hermione, subitamente, antes que tivesse tempo de mudar de idéia.

— Ah, meu Deus! — gritou Sylvie. — Mas isso é fantástico. Meu Deus. Espere até eu contar para Ted. Ele vai ficar encantado. De quanto tempo você está?

— Três meses — respondeu Hermione.

— E você se segurou durante todo esse tempo?

— Eu só descobri ontem.

— Foi uma surpresa, então — disse Sylvie. — Ah, Herm, isso é o máximo. Você... você está contente?

— Ainda estou tentando entender o que está acontecendo.

— E o pai?

— É complicado.

— Com você, sempre é — riu Sylvie. — Tudo bem, não vou fazer perguntas. Mas você vai me ligar se precisar de qualquer coisa. Qualquer coisa mesmo. Promete?

— Prometo — disse Hermione, calorosamente. — E obrigada.

Não era apenas o corpo de Hermione que estava mudando. A manhã do sábado do retorno de Josh encontrou-a vestindo calça de agasalho cinza e uma velha camiseta suja, com os cabelos presos num coque solto enquanto ela esfregava o piso do quarto vazio. Imaginou que se tratava do instinto materno. De acordo com o seu novo livro sobre bebês, era provável que ela passasse a se sentir com mais energia a partir do segundo trimestre. Devia ser o que ela estava sentindo agora. Nunca havia sentido uma necessidade de fazer faxina antes na vida.

Já tinha saído uma vez naquela manhã, para comprar coisas para recepcionar Josh. Seu Gatorade roxo preferido. Sorvete Cookie Dough. Bolinhos de amendoim. E agora estava arrumando caixas do quartinho na base da escada. Não que tivesse realmente tomado alguma decisão, mas queria ver como o quartinho poderia ficar como um verdadeiro quarto.

Algumas das caixas não eram abertas fazia tanto tempo que ela não tinha idéia do que continham. Grande parte poderia ser jogada fora. A lagosta de plástico que havia ganhado de amigo secreto de Natal no trabalho, por exemplo. Por que tinha guardado aquilo? E havia ainda a peça de seda rosa-shocking que havia comprado muitos anos antes na Tailândia. Já fazia 15 anos que tinha a intenção de transformá-la em alguma coisa útil. Se não havia feito isso até agora, jamais iria fazer.

Ainda que...

Pegou-a de volta da pilha de "Descartados" e a pôs na pilha que rotulara mentalmente como "Pendentes". Se o bebê fosse uma menina, poderia fazer todos os tipos de roupinhas bonitinhas com aquilo. Uma bandana, quem sabe, para afastar o sol de sua pele delicada. Um vestido com bordados, como os que Ruby fazia para ela e Harriet quando as duas eram pequenas...

Estava abrindo uma grande caixa de chapéu de couro violeta quando ouviu um barulhão lá embaixo e, com um alto "Putzgrila", a presença de Josh preencheu cada canto escondido da casa da rua Amelia mais uma vez.

— *Josh* — o rosto de Hermione se abriu num sorriso.

— Onde você está?

— Aqui em cima.

— Trago indicadores de muita alegria. — Josh olhou na base da escada, brandindo uma garrafa de espumante. — A Perrier Jouet estava com desconto de quinze por cento no free shop. Puxa. — Fez um sinal para as pilhas de tralha que estavam amontoadas ao redor. — Estamos sendo despejados?

— Não — respondeu Hermione. — Estou fazendo uma limpeza.

— Nossa. — Tocou na testa dela. — Você sabe fazer isso? Pensei que você simplesmente jogasse tudo aí e deixasse que as coisas se ajeitassem.

Hermione riu.

— Não estou conseguindo me livrar de muita coisa. Como estava Dublin?

— Completamente entupida de roupas esportivas de marca. Em algum lugar dos Estados Unidos, um parque de trailers está decididamente com pena de si mesmo neste momento. Todos os moradores estão no McDonald's da rua Grafton. E estão com um enorme cão de caça no número dezessete, sabia? Latindo feito louco. Juro que as pessoas só compram esses cachorros porque têm medo de elas próprias morderem os outros.

Atirou a mala Louis Vuitton num canto e deu um enorme beijo na testa dela.

— Eu senti SAUDADE de você, Hermy One.

Ele a chamava assim porque, até ela lhe dizer como pronunciar seu nome, ele apenas o via escrito e achava que era desse jeito que era pronunciado.

— Como você está?

— Bem. — Hermione espreguiçou-se e sorriu para ele. — Também senti saudade.

— Folgo em saber. Temos planos para esta noite?

— Não que eu saiba.

— Ótimo. Porque estou podre de cansado. E não posso pensar em nada melhor do que uma noite em casa com a minha garota preferida. Posso ficar mexendo no seu cabelo?

— Claro que sim.

— Ótimo. Vamos tricotar. Você seria fofa o bastante para pegar as taças? — Fez um sinal com a cabeça para o champanhe. — Estou seco.

Hermione foi pegar uma taça de cristal na cozinha e, quando voltou, encontrou Josh espiando sob a tampa da caixa de chapéu lilás.

— O que é isso?

— Não faço idéia — respondeu Hermione. — Estou levando isso de um lado para outro há tanto tempo que me esqueci do que contém. Aqui está. — Deu-lhe uma taça cheia de bolhas douradas.

— Você não vai beber? — Ele pareceu desconfiado.

Ela sacudiu a cabeça.

— Por que não?

— Não estou a fim.

— Puxa — disse Josh, sacudindo a cabeça. — Você deve estar com algum problema. Na verdade, está um pouco quente. Não está ficando com gripe asiática, está?

— Eu estou ótima. — Hermione ainda não estava pronta para contar a novidade a Josh. Queria um último momento de normalidade com ele antes que o assunto do bebê surgisse, e a amizade dos dois mudasse para sempre.

— Como foi o casamento do Freddie?

— Matrimonial! — Josh tomou um gole de champanhe. — Um monte de homens de kilt. Uma garota vestindo um terno branco, visivelmente tentando fazer sombra à noiva. Convidados competindo sobre quem teve que gastar mais para ir à cerimônia. Ah, e a minha tia Cissie, de Strabane, foi apanhada no vídeo oficial enchendo sua enorme bolsa com vários salgadinhos.

— E as damas de honra?

— Só uma. — Josh vasculhou a mala. — Um galgo.

— Mais magra até do que a Coco do atendimento ao cliente?

— Não era uma garota magra, Hermy One. — Josh tomou mais um gole de champanhe. — Era um galgo de verdade. Um terrível cão magro cinzento com uma grande coleira de seda em volta do pescoço e uma espécie de saiote.

— Não!

— Sim!

Hermione riu.

— Claro que a melhor parte foi o meu discurso. Todo mundo achou. Fiz um poema. "First I was afraid, I was petrified. To be Best Man at the wedding of a ginger bride..."*

— Aposto que caiu bem.

— Como era de se imaginar — sorriu Josh.

— Então você se divertiu?

— Não tanto quanto teria me divertido se você estivesse lá comigo.

— Puxa-saco.

---

*Brincadeira com a música *I Will* Survive: "Eu fiquei com medo, fiquei petrificado. De ser padrinho no casamento de uma noiva irlandesa." (*N. da T.*)

— É verdade. Passei metade da noite da véspera do casamento navegando na internet, de tanto que estava entediado. Sabia que tem um site em que você pode conversar sobre casamentos a noite toda se quiser? Encontrei o endereço no laptop da Georgina. Tenho login e tudo. Vicky de Bromley — disse ele, orgulhoso. — Vou me casar com Darren numa cerimônia civil em junho, e as minhas damas de honra vestirão cetim *duchesse* em tons pastéis. A dama das flores está reclamando porque os sapatos que eu escolhi apertam seus dedos, mas finquei o pé. Vai ser o MEU dia. — Fez um beiço. — Eu devo ter o que quero. Afinal, vai ser só uma vez na vida.

— Tá bem — disse Hermione. — Você está me assustando.

— Desculpe. Eu sei como me empolgo com as coisas. Meu Deus, eu realmente acreditei que era Vicky por um instante. Sou evidentemente um desperdício na publicidade. Eu devia ir para o cinema. — Secou o copo. — Certo. Agora você está pronta para beber?

— Talvez eu beba um pouco mais tarde. — Hermione ficou observando enquanto ele se servia de mais uma taça de champanhe e mergulhava na caixa de chapéu roxa.

— O que é isto?

— O que é o quê?

Ela olhou por cima do ombro dele para um caderno feito de folhas de papel de rascunho, todas grampeadas e cobertas com um papel de parede espalhafatoso dos anos 1970.

— Parece familiar — disse ela. — Não sei por quê, mas não lembro de ter visto isto antes. Mas devo ter visto.

— Posso abrir?

— Claro.

A página na qual o caderno se abriu estava dividida horizontalmente pela metade com uma grossa linha preta. Acima da linha, alguém havia desenhado uma série de pessoas de pauzinhos. Minúsculas cabecinhas redondas sobre grandes corpos triangulares. Os braços eram magricelos e abertos, enfeitados nas pontas com mãos imensas. Sob o desenho, alguém havia escrito cuidadosamente, a lápis, "Minha Família".

— Ouça isso — riu Josh. — Meu pai se chama Isaac e nós damos tchau para ele quando ele vai embora e ele nos dá vitaminas e quando ele janta ele fica estranho.

— Deixe-me ver. — Hermione pegou o caderno da mão dele. O papel de parede com que o caderno estava encapado tinha uma textura macia e familiar que a fez se sentir um pouco desconfortável.

— É o caderno de notícias de Harriet — disse ela, admirada. — Não sabia que estava comigo.

— O que é isto? — Josh serviu mais champanhe. — Não estou entendendo.

— É da escola primária. Tínhamos que escrever as nossas novidades nesses cadernos nas manhãs de segunda-feira para que todo mundo soubesse o que havíamos feito no fim de semana. Como será que isso foi parar aí? Acho que a Pip deve ter guardado errado.

— A que ajudou você a arrumar a casa. — Josh pegou algumas mechas de seu cabelo entre os dedos e começou a separá-las. — A querida, ao contrário da malvada.

— Isso. — Ela olhou novamente para o caderno de papel de parede e seus olhos se encheram de lágrimas. — Ela desenhou nós quatro. Olhe. Este é o meu pai. Com o martelo e o cinzel. E esta deve ser a Ruby.

— Qual é você?

— Esta aqui — Hermione apontou para a que só poderia ser descrita como um joão-bobo. — Eu acho, pelo menos. Sou a única de cabelos cacheados. Não dá para dizer que ela se tornou uma atriz talentosa, né?

— Ei — Josh acariciou seu rosto. — Não fique chateada.

— Desculpe — disse ela, limpando as lágrimas. — Não sei o que está errado comigo. Tenho andado muito chorona ultimamente.

— Ah, meu Deus — Josh pôs a mão sobre a boca e o nariz. — Eu tinha razão. Você está doente.

— Não — disse Hermione, baixinho. — Não é isso...

— É contagioso? Porque, você sabe, eu sou terrivelmente suscetível. Não é aquele terrível rotavírus, é? Sabe, acho que estava com um pouco de coriza há pouco.

— Não — disse Hermione. — Não. Não é contagioso.

— Então é câncer. — Josh atirou as mãos para o alto. — E eu sou terrível com doentes. Não gosto do cheiro.

— Josh — disse ela, desesperada. — Você quer me ouvir? Eu não estou doente.

— Graças a Deus.

— Eu estou grávida.

Josh engoliu e seco:

— Minha Nossa! E é seu?

— Claro que é meu? De quem mais seria?

— Desculpe. Pergunta idiota. E dói?

— Não?

— Então quem é o pai?

— Aí é que está — disse Hermione. — A questão é um pouco delicada.

— Ah, meu Deus. — Josh atirou as mãos para o alto. — Você não fez isso.

— Fiz o quê?

— Sua raposa dissimulada. Você *fez* aquilo, não fez? Eu sempre soube que era um risco, deixar no lixo do banheiro daquele jeito. Você tirou a idéia daquele programa? Daquele em que a garota simplesmente escolheu um cara aleatório e virou ao contrário.

— Agora espere um pouquinho... — disse Hermione.

— Ah meu Deus. Nós seremos exatamente como o Richard Gere e a Madonna naquele filme. Terei que ir às aulas de parto e ficar vendo mulheres gordas sendo maternais a noite toda. *E* eu sou fresco. Ah, Deus. Ah, merda. Santa guacamole. Eu PRECISO me acalmar. Vou acabar doente.

Hermione o encarou.

— Eu não quero nenhum mal-entendido, aliás. — Levantou a mão como uma guarda de escola parando o trânsito. — Se for um menino, eu VOU jogar futebol com ele, se for para ser assim. Eu posso não saber a regra do desimpedimento...

— Impedimento.

— Mas eu *sei* chutar uma maldita bola. O David Beckham sabe. Que dificuldade deve ter nisso? Com quem você acha que ele vai ser parecido? Quer dizer, de qualquer jeito vai ficar tudo bem, né? — Acrescentou ele, cheio de esperança. — Sei que sou um pouco ruivo, o que não agrada a todo mundo. E tenho os ombros caídos e um queixo meio indefinido. E tive acne nas costas até os 21 anos de idade, o que prejudicou a minha vida sexual, posso garantir. Mas a minha mãe diz que eu tinha um sorriso adorável. E eu sou tranqüilo. E você... — acenou com a mão para Hermione. — Você, você é simplesmente adorável em tudo, não é? É material de primeira qualidade. É um desperdício na publicidade. Então, o que você acha?

— Josh — começou Hermione. — Este bebê não é...

— Ah, Deus. — Josh pôs a mão sobre a boca. — Você está absolutamente certa. Pode não ser meu. Nós dois... você sabe... tivemos...

— Josh...

— De que cor era? Quer dizer, a camisinha. Porque acho que a minha tinha sabor de morango. Você...

— JOSH! — gritou Hermione, exasperada. — Eu não entrei escondida no banheiro na noite em que você transou com o sei lá o nome dele com a intenção de vasculhar o lixo atrás do seu esperma. Se eu quisesse ter um filho com você, eu teria pedido. Certo?

— O que eu tenho de errado? — Josh pareceu ofendido.

— Nada — disse Hermione. — Absolutamente nada. E se

eu fosse *escolher* ter um bebê, não consigo pensar em nenhuma outra pessoa além de você.

— De verdade? — Josh pareceu mais calmo.

— De verdade — respondeu Hermione. — Você é meu melhor amigo. Eu te amo.

— Eu também te amo. — Josh a apertou. — Desculpe. Machuquei você?

— Eu estou grávida, Josh — disse Hermione. — Não sou feita de açúcar. Não vou derreter.

— Então de quem é? — perguntou Josh. — É de alguém que a gente conhece?

Hermione limpou a garganta.

— Ah, meu Deus — disse Josh. — Não é do seu assistente, é? Aquele que senta do lado de fora da sua sala e faz um barulho parecido com um grito de foca com o nariz?

— É um tique nervoso — disse Hermione. — E não. Claro que não é dele.

— De quem é, então?

— De Greg Finch.

Josh cuspiu champanhe para todos os lados:

— O Velho Cara de Bunda da Canon Corps? Diga que você está brincando.

— Não — Hermione sacudiu a cabeça. — Por que Velho Cara de Bunda?

— Ele tem daqueles queixos com furinho — explicou Josh. — Foi coisa de uma noite, ou...

— Foram alguns meses — disse Hermione.

— Caralho — Josh soltou um assovio. — Então era isso que você estava fazendo quando ficava trabalhando até mais tarde. Eu ficava imaginando. Você sabe que ele é um cretino absoluto, não sabe?

— É o que parece — disse Hermione.

— Então você não está mais saindo com ele.

— Não. Terminei tudo quando descobri que ele era casado.

— Ótimo. — Josh pareceu satisfeito. — Dizem que ele estava transando com metade das secretárias da Canon Corps, de qualquer maneira.

Hermione sentiu um arrepio na nuca. Será que Greg era mesmo tão terrível assim? Será que a relação deles tinha sido apenas um numa seqüência de casos sórdidos? Deus. Greg deve tê-la tomado por uma cabeça-de-vento absoluta.

Cretino.

Josh bateu carinhosamente na barriga de Hermione:

— Pobre criancinha. Destinada a pensar com o pinto e a ter um emprego muito chato.

— Não se eu puder evitar — disse Hermione. — De qualquer maneira, decidi que é uma menina.

— Por quê?

— Estou tendo muitas vibrações cor-de-rosinhas. E somos todas meninas na minha família. Ruby. Harriet. Eu. Até mesmo Isaac tinha irmãs.

— Pip e Vinegar — lembrou Josh.

— Elas mesmas. — Hermione folheou novamente o caderno de notícias de Harriet, vendo várias estrelas douradas no caminho. Era Harriet do começo ao fim. Se o caderno fosse dela, estaria coberto de rabiscos em caneta vermelha: "Você se apressou. Tome mais cuidado."

— Você não acha que ela gostaria de saber? — perguntou Josh. — Quer dizer, a sua irmã. Será que ela não gostaria de saber que vai ser titia?

Olhou para a porção de desenhos de palitos que deveriam representar a família de Hermione e, com a ponta do dedo, desenhou uma protuberância imaginária no desenho que era o dela.

— Só para ver se combina com você — explicou ele, em resposta ao olhar questionador dela.

— E combina?

— Sabe, acho que sim — disse ele, apertando a mão dela.

Harriet

Na noite depois da festa de inauguração, Harriet não conseguiu dormir. Seu coração estava parecendo um tambor, e sua mente se recusava terminantemente a descansar. Sempre que tentava fechar os olhos, os pensamentos atravessavam o cérebro, como rolamentos num fliperama. Podia sentir o coração batendo atrás dos globos oculares, como o bater revoltado de um relógio de pêndulo muito barulhento. Era exasperador.

Sua participação no Blue Ginger estava encerrada. Agora não tinha mais desculpa para passar o tempo lá, a menos, é claro, que fosse como cliente, como todo mundo. Da próxima vez que fosse, outra pessoa estaria sentada em sua mesa preferida perto da janela, mergulhando biscoitos de amêndoas no café com leite. Teria que encontrar outra coisa para fazer.

Não havia sentido em sequer tentar dormir agora. Edie acordaria logo, ligando os Utah Saints em seu novo aparelho de CD enquanto andava de um lado para outro fazendo o chá. Ou Joe entraria fazendo muito barulho pela porta da frente e desceria a escada para o apartamento de baixo batendo os pés.

Ocorreu-lhe que terminar o trabalho no projeto do Blue Ginger ia deixar um vazio em sua vida. Tinha se acostumado a toda a rotina. Adorava chegar de manhã imaginando qual seria o humor de Bertha quando Jesse acionasse o grande interruptor prateado da lateral. Estaria ela se comportando bem e fornecendo um fio constante de *espresso* escuro e perfumado? Ou teria decidido se rebelar, recusando-se a funcionar?

Interrompeu os próprios pensamentos. Estava sendo ridícula. O Blue Ginger era só um bar, pelo amor de Deus. Nada mais do que tijolos e cimento. Eram as pessoas que importavam. E ela continuaria vendo Jesse. Dificilmente poderia evitá-lo, já que ele morava no andar de baixo. As coisas só estavam com uma sensação levemente alucinógena porque era madrugada. Só isso. Tudo sempre parece pior neste horário. Deve ter a ver com baixa taxa de açúcar no sangue ou coisa parecida. Ela não estava exatamente funcionando a pleno vapor. A esta altura da próxima semana, já teria encontrado outro trabalho. Tudo ficaria bem.

Fechou os olhos de novo. Mas Will agigantava-se em sua mente. Ele a confundia. Ela não conseguia se esquecer da mão dele em seu braço enquanto a guiava em direção à segurança da mesa do bar. Ainda havia alguma coisa ali. Ela tinha sentido. Um distinto estalo de atração. Ele inclusive tinha o mesmo cheiro de que ela se lembrava. O mesmo aroma de limão. Um sopro daquele cheiro, e ela se sentia com 18 anos novamente, atirada em sua estreita cama de solteiro na parte de cima da casa, o edredom atirado como uma grande lesma branca nas tábuas do piso enquanto, com os pés enroscados nos de Will, ela lia o cartão-postal de Hermione que havia sido deixado sobre o capacho de manhã. Naquele dia, os dois ficaram sozinhos em casa. Ruby e Isaac tinham ido visitar Pip, que estava em Londres para uma peregrinação pelas casas dos parentes. Haviam saído ao nascer do dia e ficariam fora durante horas, o que significava que ela e Will poderiam transar o dia inteiro. Haviam aproveitado ao máximo, é claro. Quando Will foi embora, sua cama cheirava a ostras e borracha. Olhou para ela e sentiu-se um pouco culpada.

A imagem de Will cedeu lugar a uma de Dan com o rosto enrugado de perplexidade quando a viu com Will na noite anterior. Até ali, ela tinha conseguido deixá-lo afastado de seus pensamentos com a esperança de seu provável retorno. Agora, porém, não tinha tanta certeza. Se ele pensasse que ela já estava em outra, não iria voltar. Iria?

Agora não tinha nem certeza se queria que ele voltasse. Há três semanas, essa idéia seria uma impossibilidade. Ela se sentia tão ferida sem ele, que tinha ficado preocupada com o que faria se ele dissesse que queria o divórcio. Mais recentemente, porém, com todo o caos de aprontar o Blue Ginger, vinha pensando nele cada vez menos. De manhã, quando ela e Jesse deram um encontrão na pressa de pôr todas as garrafas atrás do bar a tempo para a noite, uma imensa e luminosa bolha de possibilidade havia surgido. Ela não sabia por que o encontrão com Jesse havia provocado isso. Sequer havia pensado nisso racionalmente. Tinha alguma coisa a ver com o sorriso encantador dele ao se desculpar e esfregar o braço dela no ponto onde ficaria a marca. Pareceu significar que a vida seguia em frente. Que ela podia conhecer outras pessoas. Podia se apaixonar novamente. E não havia sempre um aspecto gloriosamente emocionante em começar alguma coisa nova? Não com Jesse, é claro. Parecia que ele e Clare estavam ligados de maneira insolúvel. Laços que os prendiam desde os tempos de escola não seriam desfeitos facilmente. Além disso, ela não queria rompê-los. Jesse era um amigo. Nada mais.

Mas Dan era seu marido. Ela havia se casado com ele. Para a alegria e a tristeza. Ele tinha ido à inauguração para apoiá-la. Não estava lá por causa de Jesse, não é? Apesar de Jesse estar morando no andar de baixo nos últimos seis meses, eles não tinham muito a ver um com o outro. Quando se encontravam na escada ou no jardim comum nos fundos da casa, resmungavam alguma coisa um para o outro, provavelmente falando da tabela do campeonato de futebol ou do resultado do jogo de rúgbi de Bath no fim de semana. Mas Dan não sabia as idas e vindas da vida particular de Jesse. Ela própria só sabia porque os dois tinham passado muito tempo trabalhando juntos nos últimos meses.

Então Dan estava lá, segurando aquele coquetel ridículo que ela sabia perfeitamente bem que o fazia se sentir constrangido, por causa dela.

Por quê?

Era bem possível que ele tivesse se decidido sobre o futuro deles. E tivesse ido falar com ela sobre isso.

Sentou-se na cama com os pensamentos dando voltas em seu cérebro como folhas ao vento. Todas aquelas mudanças a estavam deixando zonza. Não era só Dan. Não era nem mesmo Will. Nos últimos 15 anos, ela tinha passado a vida presumindo que, um dia, Hermione simplesmente apareceria. Harriet pediria desculpas por ter dito todas aquelas coisas terríveis. Falaria sobre Will, o que faria Hermione erguer as mãos, horrorizada, e dizer que jamais teria ido embora com ele se soubesse o que tinha acontecido. Tudo estava lá, muito bem trancado num dos arquivos de seu cérebro. Todo um incidente futuro, só esperando para acontecer.

Mas e se não fosse assim?

E se ela e Hermione estivessem destinadas a nunca mais se encontrarem?

Pegou o diário da irmã, sentindo o agora familiar couro macio nas pontas dos dedos e inspirando os suaves traços de Paris que ainda permaneciam em suas páginas. Naquela manhã, alguma coisa a impedira de abri-lo. Alguma coisa que Jesse havia dito sobre não saber como tudo terminava.

Ela não queria chegar ao ponto no qual a irmã havia largado a caneta e parado de escrever. Chegar ao final do diário seria como atingir o fim de uma estrada que elas haviam percorrido juntas e depois ter que dizer adeus.

E ela não queria ter que dizer adeus. Não de novo.

Saiu da cama e arrastou os pés pela pelúcia branca do tapete do quarto até a velha escrivaninha de Isaac, encaixada num canto ao lado da lareira. Acendeu a luz e vasculhou a tigela de alabastro em cima da mesa, procurando a chave para abri-la. Ouviu-se um clique baixinho quando a fechadura, sem uso havia anos, se abriu.

Abaixar a tampa de imbuia polida foi como voltar no tempo. O cheiro familiar de fumo de cachimbo atingiu-a como um tapa, enviando ondas de nostalgia cheias de teias de aranha a cada fibra de seu corpo. Engolindo em seco, enfiou a mão sob uma pilha de papéis até alcançar o que estava procurando. Uma caixa oval marrom com uma tampa curva. Tremendo, tirou-a de seu esconderijo e levou-a cuidadosamente até a cama. Entrou sob o aconchegante abrigo de seu edredom, tentando ignorar o coração que parecia estar dançando uma polca enquanto ela abria a caixa e olhava os tesouros contrabandeados do passado.

Havia a sapatilha de balé. Um calçado esfarrapado de seda amarelada, enrolada como uma germinação das horas que Ruby havia passado nas pontas dos pés. Ela sempre quis ser bailarina. Em vez disso, tinha saído de casa e tido as filhas. Quando estava com a idade de Harriet, Ruby tinha duas filhas de 15 anos. Se Ruby e Isaac não tivessem morrido no carro naquela noite, dependendo do conselho que Ruby tivesse lhe dado, Harriet poderia ter uma filha ou um filho da mesma idade a esta altura. Parecia quase impossível.

Será que sua mãe realmente nunca se arrependera de engravidar aos 18 anos desistindo de uma carreira brilhante?

Era o tipo de pergunta que as pessoas tendem a deixar para mais tarde. Quando se está na casa dos trinta, talvez, com seus próprios filhos. Uma fase da vida que o destino lhe havia negado.

Como as coisas seriam diferentes agora se Hermione não tivesse tido uma dor de cabeça naquela noite? Se Ruby e Isaac tivessem ido para a cama cedo e não tivessem ouvido o telefonema que os levou a sair à noite? Será que ela, Harriet, teria se casado tão jovem? Será que teria olhado para Dan uma segunda vez?

Os pais de Ruby, devastados pela morte da filha, haviam supervisionado a limpeza da casa de Belmont. Harriet lembra de observá-los, com os olhos inchados de dor, auxiliados por Pip e Vinegar, guardando tesouros familiares dentro de caixas. Jamais esperaram ter que enterrar a filha única.

Harriet quisera controlar o que seria ou não guardado. Mas todo mundo prometeu que nada de valor sentimental seria jogado fora. Os objetos pessoais de Ruby e Isaac, com exceção da maioria de suas roupas, tinham sido encaixotados. Alguns tinham ido para a casa dos avós para serem passados adiante quando Len morreu de um ataque cardíaco na idade madura de 80 anos. Outros foram cuidadosamente rotulados para que Harriet e Hermione levassem com elas. Coisas de que Len e Grace acharam que elas poderiam gostar. A escova de cabelos e o pente de prata de Ruby. O cachimbo de Isaac. Cartas. Fotografias. E quando Harriet passou pela casa uma semana depois e viu as almofadas de veludo que enfeitavam a *chaise-longue* da sala de estar de Ruby sendo atiradas pela janela pelos funcionários da empresa de mudança, gostou de não ter nada a ver com aquilo, afinal. Podiam ser apenas almofadas, mas tinham sido parte de um lar um dia. A indiferença dos homens da mudança em relação ao que havia sido a vida deles em família apenas piorou a terrível vulnerabilidade que ela já estava sentindo.

Fotografias. Era por isso que estava procurando agora. Retratos dela e de Hermione quando crianças. Ali estavam. Quadrados de celulóide craquelê, com bordas brancas, levemente desbotadas pelo tempo.

Ali estava Hermione, com mais ou menos dois anos, sentada num buraco que Isaac devia ter cavado para ela na praia, com a boca toda suja de chocolate.

Harriet no jardim dos fundos da casa da Cornualha, absolutamente orgulhosa de sua reluzente bicicleta vermelha com rodinhas.

Hermione na praia de novo, segurando orgulhosa uma bola de praia colorida.

Ali estavam Harriet e Hermione ganhando o primeiro prêmio na festa a fantasia do Jubileu de Prata da rainha Elizabeth, graças às roupas de guardas reais que Ruby havia feito com muito trabalho. Nenhuma delas sabia o que fazia um guarda real, mas ambas ficaram satisfeitas com o prêmio. Um brinde de cinco libras da W.H. Smith, que elas gastaram com estojos de lápis de plástico, adesivos e canetas com cheiro de frutas.

Hermione aos 14 anos, cantando com sua banda recém-formada. Havia pintado com spray azul as pontas dos longos cabelos castanhos especialmente para a ocasião.

E ali estavam as duas no aniversário de 4 anos, assoprando velas torcidas no bolo de carrossel que Ruby havia feito.

Havia fotografias de toda a família no zoológico. Harriet viu que estavam todos sorrindo e sentiu o coração acelerar no peito. Cheios de esperanças no futuro. Nenhum deles poderia imaginar que Ruby e Isaac morreriam de um modo tão violento.

Uma lágrima salgada escorreu por seu rosto até os lábios. Aquilo já ia mesmo acontecer? Lá nos anos 1970, quando a mania pela banda pop Bay City Roller tinha dominado a Inglaterra com toda a sua glória escocesa, as cartas de Ruby e Isaac já estavam marcadas?

Pam!

Primeiro, Harriet pensou que o barulho vinha do seu coração, dançando de nostalgia em seu peito. Mas depois ouviu de novo. Um barulho meio abafado. Estava vindo da janela.

Endireitou-se e sentiu o sangue correr para a cabeça. Será que tinha sido sua imaginação? Estaria ela simplesmente pirando do nada?

Era o vento, disse a si mesma. Só isso. Ela estar ali revolvendo o passado não queria dizer que ele tinha realmente voltado para assombrá-la. Não era uma Ruby fantasmagórica que estava batendo na janela. Era um fenômeno absolutamente natural.

Ali, guardado no fundo da caixa, estava o Livro do Ano delas. Ao folheá-lo, notou, não sem ironia, que no questionário que ela havia preenchido pouco antes de todo mundo deixar a segurança do refeitório, espalhando-se como varetas no grande desconhecido, ela havia respondido à pergunta "Do que você mais tem medo?" com um sincero "De perder as pessoas que amo".

Hermione havia respondido "Ficar sem o meu batom".

Acomodou-se novamente no travesseiro para aliviar a tensão no pescoço. Não estava a par da atual situação do batom de Hermione, embora suspeitasse que, a menos que ela tivesse mudado muito, tudo estava mais ou menos sob controle, com um reserva à mão para quaisquer eventualidades.

Apesar de tudo, sorriu. Por um luminoso instante, a irmã tinha estado ali diante dela, vaidosa como um pavão, empertigando-se diante do espelho do quarto vestindo uma saia debruada e um top minúsculo.

Pam!

Era o barulho de novo. Desta vez, inegável. Ficou escutando com o coração batendo forte.

Pam.

Caminhou em direção à janela com o coração batendo como asas de borboletas.

Tinha alguém lá fora!

Tremendo, afastou um pouco as cortinas.

Lá estava. Uma corcunda negra na escuridão. Enquanto observava, um vulto ficou sob a luz de um poste.

Merda!

Abriu a vidraça e inclinou-se para fora:

— Que diabos você pensa que está fazendo?

— Desculpe. — Ainda no terno escarlate, Jesse parecia envergonhado. — Fiquei trancado do lado de fora. Estou jogando pedras na sua janela há meia hora. Acordei você?

— Não.

— Você não está... *ocupada*?

— Até parece — disse Harriet, enquanto seu coração diminuía o ritmo para uma valsa. Sacudiu a cabeça. Por um instante imbecil, realmente pensara que fosse Hermione. Mas não poderia ter sido. A irmã não fazia idéia de onde ela estava.

— Por que você está trancado do lado de fora?

— Esqueci as minhas chaves — disse Jesse, encolhendo os ombros. — E não sei por onde anda o Joe. Acho que aquelas velas de laranja e sei lá mais o quê podem ter tido efeito esta noite. Acho que ele deve ter conseguido pegar alguém. Ou isso — sorriu —, ou ele está desmaiado de roupa de novo. Você sabe como ele é.

— E Clare?

— Ela deve ter perdido o vôo. Ela devia pegar um táxi no aeroporto e ir direto para o bar, mas não apareceu.

— Você ligou para o celular dela?

— Desligado.

Pobre Jesse. Ela sabia o quanto ele estava esperando ver Clare. Apesar disso, havia uma pequena e estranha parte dela que não podia deixar de se sentir um pouco satisfeita pelo fato de que não precisava mais ficar sozinha. Ela e Jesse poderiam fazer um adequado *post mortem* dos acontecimentos da noite e as coisas não seriam tão anticlímax.

— Você está preocupado?

— Não sei — disse Jesse, franzindo o rosto. — Liguei para o aeroporto, e não houve problemas com os vôos. Mas ela é meio... bem... meio maluquinha às vezes. Ela se atrapalha.

— Ela provavelmente perdeu o vôo e voltou para casa — disse Harriet, para tranqüilizá-lo. — Provavelmente sabia que você estaria muito ocupado esta noite. Imagino que vá ligar de manhã.

— Talvez — disse Jesse. — Olhe, posso entrar? Estou congelando aqui fora.

— Meu Deus — Harriet voltou a si. — Desculpe. Claro que pode. Espere um pouco.

Abriu a porta pelo interfone. Segundos depois, ouviu passos na escada e abriu a porta para deixá-lo entrar.

— O que você está fazendo? — perguntou ele. — Por que ainda acordada a esta hora?

Harriet ajustou o roupão branco no corpo e fez sinal com a cabeça para a caixa sobre a cama:

— Estava só olhando algumas coisas.

— Que coisas?

— Nada — disse Harriet, apressadamente, enfiando todas as suas coisas particulares dentro da caixa de novo. Mas foi tarde demais. Jesse viu algumas das fotos e se atirou.

— Eu *adoro* fotografias antigas.

— É mesmo? — Harriet estava surpresa. Não pensou por um minuto que Jesse pudesse ter qualquer interesse numa pilha de história familiar. Principalmente quando sequer se tratava de sua própria família.

— Claro. — Jesse pegou uma foto. — Tem quem não goste disso? Ah, olhe esta aqui. Esta tem que ser você. Você não está um amor?

Harriet olhou para o retrato que ele estava segurando. Uma foto dela no jardim da avó materna em Kent. Reconheceu as roseiras, repletas de botões desordenados à moda antiga. Coisas antigas. Amarelo-limão. Lilás claro. Deve ter sido uma ocasião especial, porque ela estava usando um vestido roxo e cor-de-laranja com bordados e mangas bufantes, e suas pernas estavam envoltas numa meia-calça de renda branca que deixava até mesmo suas perninhas magricelas parecendo duas salsichas. Seus cabelos castanhos lisos haviam sido cortados, estilo tigelinha, por Ruby, porque sua franja estava levantada num ângulo de 45 graus, o que a deixava com um ar surpreso.

— Você parece preocupada — disse Jesse.

— Pareço? — Harriet olhou para a foto. — Acho que estava um pouco. Eu não gostava de tirar fotografia.

— Você era tão bonitinha, de um jeito antigo. Não há sinal da grande e assustadora Harriet que grita comigo quando deixo a bicicleta no corredor.

— Eu não sou assustadora.

— Dá pra dizer que é você a um quilômetro de distância. Olhe para esses olhos castanhos tímidos. E esse rostinho triste. Dá vontade de voltar no tempo para pegá-la no colo e dizer que tudo vai ficar bem.

— Vai? — suspirou Harriet.

— Claro que sim — disse Jesse. — Por que não ficaria? Olhe para você. Linda. Bem-sucedida.

— Menos. Estou completamente quebrada. Se eu não me mexer e conseguir mais trabalho, vou morrer de fome.

— Você não é a única — disse Jesse. — Se o Blue Ginger não for um sucesso, eu estarei na mais absoluta merda. Tudo o que eu tenho está enfiado naquele lugar.

— E o seu apartamento?

— Totalmente hipotecado. Joe deve pagar a metade, mas ele vai sair para conhecer o mundo em alguns dias. E tem 21 anos. Ainda explora os velhos. Pode achar que sabe alguma coisa sobre a vida, mas não tem a mínima noção.

— Vai ser um sucesso — disse Harriet. — Pode esperar.

— Você parece ter muita certeza disso.

— E tenho. — De repente, sentiu-se mais leve. — Eu o decorei, não foi? As pessoas vão fazer fila para admirar o meu trabalho. Vão saber que sou a melhor nesse negócio.

— Todo mundo disse que estava bonito, né? — disse Jesse, contente. — E isso tudo graças a você, sabia? Ninguém poderia ter feito melhor. Você é fantástica.

— Obrigada.

Ela observou enquanto Jesse tirou o casaco e a gravata e recostou-se num amontoado de travesseiros. Era engraçado. Até alguns meses atrás, ela não o conhecia direito. Agora parecia absolutamente natural vê-lo atirado do outro lado da sua cama. Pensou que não havia nada melhor do que um objetivo em comum para unir as pessoas. Era bom simplesmente tê-lo como amigo.

— Desculpe não ter ficado para ajudar a limpar as coisas hoje à noite — disse ela. — Tive que levar Lizzy embora.

— Tudo bem. Você fez a sua parte — sorriu ele. — Ela estava *torta*, não estava?

— Se estava — Harriet riu. — Pobre Lizzy. Não bebe muito desde que teve o bebê. Acho que subiu rápido.

— Para quem você diz isso...

De repente houve um silêncio constrangido, como se nenhum dos dois soubesse o que dizer a seguir. O que, pelo jeito, era uma bobagem. Os dois haviam passado todos os dias juntos nos últimos dois meses.

Ela abriu a boca para perguntar se ele queria alguma coisa. No mesmo instante, ele tremeu e disse:

— Está bem frio aqui dentro.

— Vou fechar a janela.

— Ouça — disse Jesse, quando ela voltou para a cama, ajeitando-se na outra ponta da cama. — Você não se importaria se eu deitasse, né? Estou muito cansado. E vou embora o mais cedo possível. Preciso ir ao supermercado e depois tenho que publicar um anúncio no *Chronic* atrás de um chef.

— Tudo bem — disse Harriet. — Você pode dormir aqui, sem problema.

— Dan não vai se importar?

— Claro que não. — Harriet sentiu um arrepio na nuca. — Por que ele se importaria?

— Eu o vi na noite passada — disse Jesse. — Achei que talvez vocês dois tivessem se acertado.

— Se nos acertamos, ninguém me disse nada — disse Harriet. — Você quer uma camiseta para dormir? Ele deixou várias aqui.

Pegou uma camiseta para ele e ficou observando enquanto ele pendurava o terno vermelho nas costas da poltrona de veludo cor de vinho que ela havia pegado do quarto de Ruby em Belmont. Ele tinha um belo corpo. Perfeito em proporção à altura. Olhando para ele, ocorreu-lhe que Lizzy tinha razão. Ele não era *tão* baixo, na verdade. Era pelo menos vários centímetros mais alto do que ela. Os dois não pareceriam estranhos caminhando de mãos dadas na rua.

Interrompeu os próprios pensamentos. De onde tinha vindo aquilo?

Jesse voltou para a cama. Já estava claro na rua. O coral do amanhecer estava fazendo uma senhora algazarra do lado de fora. Mesmo assim, Harriet sentiu-se mergulhando num rejuvenescedor sono sem sonhos.

Instantes depois, a voz de Jesse a acordou de repente.

— Esta é ela?

Ele estava mexendo nas fotos novamente.

— Desculpe — disse ele, encabulado. — Você não se importa, né? A minha cabeça não parava de funcionar, e fiquei curioso.

Olhou para a foto que Jesse estava segurando. Ela e Hermione brincando numa piscina de pedras na praia perto da casa onde moravam. Tinham mais ou menos sete anos e estavam vestindo maiôs de crochê. Harriet estava abaixada examinando uma concha na mão de Hermione.

Sentiu as pálpebras se encherem de lágrimas.

— Ei — Jesse olhou para ela com ar preocupado. — Sinto muito. Eu não queria...

— Tudo bem — disse ela, com sinceridade. — É só que... quer dizer... fazia muito tempo que eu não via essas fotos.

— E agora que viu, liberou um monte de emoções.

— Exatamente.

— Talvez seja uma coisa boa. — Pegou outra foto. — Quem é esta?

— É Ruby — disse Harriet. — Minha mãe.

Ruby estava toda arrumada. Seus cabelos escuros e sedosos estavam presos com displicência no topo da cabeça, e constelações de rubis cintilavam em suas orelhas e seu pescoço. Usava um vestido decotado de seda vermelho-escura. Ao ver aquela foto de novo, Harriet quase podia sentir o perfume e o cheiro do talco de quando a mãe se abaixava para lhe dar um beijo de boa-noite e dizer que se comportasse com a babá.

Jesse soltou um assovio:

— Ela era maravilhosa.

Ele continuou olhando as fotos, fazendo as lembranças voltarem. Harriet, de cara feia montada num gordo burrico perto da praia. Simon, o maligno gato de olhos vermelhos que foi atropelado quando elas eram pequenas. Foto depois de foto de Hermione. Comendo um suspiro azul recheado de creme no passeio em Margate. No banho, usando uma barba de brincadeira feita de espuma. Aprendendo triunfalmente a surfar na praia de Porthcurno. Vestida como Madonna, com a boca pintada de cor-de-rosa cintilante e uma mistura de cruzes penduradas nas orelhas.

A certa altura, não soube ao certo quando, os pés descalços dele encontraram os dela, pressionando-os por apenas um segundo antes de seus dedos se dobrarem sobre os dela. O gesto foi inconsciente. Era provavelmente alguma coisa que ele fazia com Clare. Não era em absoluto direcionado a ela. Mesmo assim, ela achou reconfortante. Fez com que se sentisse encasulada. Segura.

— Você vai contar a Dan? — perguntou Jesse. — Sobre a sua irmã, quero dizer.

— Não há nada para contar — disse Harriet, encolhendo os ombros. — Não é como se ela tivesse entrado em contato, né?

— Mas ela pode fazer isso.

— Duvido. Eu disse coisas horríveis.

— Você estava perturbada.

— Foram coisas imperdoáveis.

— Você tinha acabado de perder seus pais — disse Jesse. — Estava procurando alguém a quem culpar. Acontece.

— Mesmo assim. Se ela não me procurou em 15 anos, dificilmente vai começar a tentar me encontrar agora.

— Então vá atrás dela. Como eu disse.

— Como?

— Você vai descobrir um jeito. Se quiser. Harry, posso perguntar uma coisa?

— Claro.

— Por que eu?

— Como?

— Aquele dia, no jardim da Lizzy. Por que você contou tudo aquilo para mim?

— Não sei — admitiu Harriet. — Acho que porque você estava lá, e aquelas coisas estavam na minha mente.

— Certo.

Ele ficou em silêncio. Não era uma surpresa. Devia estar exausto, afinal. Tinha sido um longo dia.

A certa altura, Harriet caiu num sono matinal leve e tenso. Acordou na hora do almoço, incapaz de saber onde estava. Então se deu conta. Estava na própria cama. Só que estava do lado errado.

A caixa de fotografias ainda estava no chão. Jesse tinha colocado tudo de volta direitinho e fechado a tampa. Havia um pedaço de papel dobrado em cima como o nome dela escrito.

Obrigado por dividir suas lembranças comigo. E obrigado pelo refúgio. Não sei ao certo onde fica esta caixa, então deixei para você guardar. Não desapareça agora que não estamos mais trabalhando juntos. Deixei um presentinho no seu telefone para demonstrar a minha gratidão. Ah, e devolverei a camiseta depois de lavar.

P.S.: Você ronca!

Encontrou o celular embaixo de uma pilha de roupas sobre o macio sofá cor-de-rosa framboesa que Dan detestava tanto e apertou o botão para ouvir o toque. "Here Comes The Sun", dos Beatles. Sorriu. Era uma das suas preferidas. Sempre adorou aquela música que a deixava com a sensação de que tudo ia ficar bem. E era uma boa mudança dos barulhos rurais de sempre. Porcos roncando. Gado mugindo...

A idéia de que Jesse tinha estado ali na sua cama parecia surreal à luz do dia.

Ainda mais estranha era a idéia de que ela não tinha nada para fazer. O Blue Ginger estava funcionando. Sentiu-se vazia. Devia ser assim que se sentia um ator na última noite de uma temporada, quando a cortina se fecha pela última vez, e a maquiagem era apenas uma mancha numa bola de algodão. Você voltaria a trabalhar. Mas nunca mais seria no mesmo lugar, com o mesmo elenco.

Olhou de novo para o bilhete de Jesse e espreguiçou-se como uma estrela-do-mar sob o edredom. O que afinal ela iria fazer hoje?

O telefone na mesa-de-cabeceira tocou. Assim que seus ossos pararam de se agitar, conseguiu atender.

— *Nunca* mais me deixe tomar vodca.

— Lizzy — sorriu. — Como você está?

— Ressaca completa — respondeu Lizzy. — E acho que posso dizer que muito certamente de castigo, Lucy vomitou à noite. A babá maluca deixou-a comer quatro barras de chocolate seguidas. E adivinhe quem levou a culpa quando Conrad teve de atendê-la porque eu estava no terceiro sono? Posso dizer que o ar estava pesado no café-da-manhã. E você não queira saber a barra que é trocar uma fralda de ressaca. O QUÊ? DIRETO? AH, DEUS. Harry, preciso ir. Ligo mais tarde.

Deixou Harriet encarando, embasbacada, um telefone zumbindo. Pobre Lizzy. Ela realmente não sabia se estava indo ou vindo no momento.

O telefone estremeceu em sua mão.

— Harry?

— Essa foi rápida.

— Você está ocupada?

Harriet olhou para o edredom.

— Nem um pouco...

Ela ouviu um tipo de gole em seco do outro lado da linha.

— Lizzy? — perguntou. — Lizzy? Está tudo bem?

— Não sei — soluçou Lizzy. — Oscar rolou da mesa enquanto eu estava ao telefone com você.

— Certo — Harriet saltou da cama. — Ele se machucou?

— Sim. Não. Não sei. Ele bateu com a cabeça.

— Ele está consciente?

— Está?

— Chorando?

— Não. Mas a Jemima disse que ele caiu direto no chão. Ele parece um pouco zonzo. Ah, Deus. — Ela estava quase sem fôlego. — Conrad disse que eu fui uma mãe incapaz na noite passada. Eu disse que ele não podia falar nada... que nunca estava aqui. Mas ele estava certo, não estava?

— Claro que não. — Harriet sentiu uma explosão de lealdade subir em seu peito. Tinha sido um pouco exagerado Conrad sugerir que Lizzy não era capaz de cuidar dos próprios filhos. Ela trabalhava tanto quanto ele. Até mais, provavelmente. Ela podia não passar os dias consertando corações partidos, mas tinha feito um belo trabalho consertando o de Harriet durante todos aqueles anos. Era uma boa amiga. Não podia suportar ouvi-la tão perturbada.

— O que você acha que eu devo fazer? — Agora Lizzy estava soluçando demais para recuperar o fôlego. — V-v-vamos para o hospital, você acha?

— Não é melhor ligar para Conrad? — sugeriu Harriet. Era terrível ouvir a amiga naquele estado. — Sei que ele está bravo com você, mas ele trabalha no hospital. Ele não saberia o que fazer?

— Não quero que ele descubra — disse Lizzy. — Não se não for nada.

— Acho que você deve levá-lo, sim — disse Harriet. — Só por segurança. Você está bem para dirigir?

— O c-carro est-tá na oficina. — Lizzy assoou o nariz. — Eu ligaria para a minha mãe, mas sei que ela foi a uma mostra agora de manhã. Você sabe como ela é. E ela sempre desliga o celular quando sai, para economizar bateria.

— Eu não estou fazendo nada — disse Harriet. — Estou indo.

— Obrigada, Harry. — A voz de Lizzy estava cheia de gratidão. — Tem certeza que não vai te atrapalhar?

— Claro que tenho — disse Harry. A pobre Lizzy parecia fora de controle. Sabia exatamente como a amiga se sentia. Hospitais eram lugares terríveis. Principalmente esse. O hospital ao qual teriam que levar Oscar era o mesmo no qual ela tinha ficado, anestesiada de choque, naquela sala fria e hostil a olhar para os corpos do pai e da mãe. Não tinha certeza se poderia agüentar.

Hermione

Bath, setembro de 1988

Em seu quarto, bem no alto da casa estreita da rua Russell, Hermione acordou de repente. Tinha alguma coisa errada. Estava com o coração ressoando no peito, como uma sineta escolar. Estava com a cabeça latejando.

Sentou-se lentamente, tentando reorganizar os acontecimentos da noite anterior.

Ela tinha tido uma dor de cabeça! Era isso. Naquela festa com Will. Viu pontos negros flutuando diante dos olhos, e o estômago começou a dar voltas de enjôo. Todo mundo riu e disse que ela tinha tomado muito vinho. Mas ela sabia que não era aquilo. Só tinha tomado dois goles, porque, cinco minutos depois de chegar, parecia que um coelho maluco estava batendo os pés dentro de seu crânio. Com o passar da noite, a sensação só piorou. No fim, teve que ligar para Isaac. Will estava se divertindo demais para ir embora, e ela estava se sentindo muito tonta para ir embora de táxi sozinha. Sabia que o pai sempre apanhava ela ou Harry se elas telefonassem. Não importava o horário da noite. Sempre dizia que estava a apenas um telefonema de distância. Assim, dizia, sempre poderia dormir à noite. Se o telefone tocasse à uma da manhã, ele pelo menos saberia que era uma das meninas querendo uma carona de volta para casa e não um policial ligando para dizer que, graças a algum maldito bêbado idiota, uma de suas filhas estava numa máquina de respiração artificial ou coisa pior.

Na noite anterior, Hermione tinha esperado por ele durante uma hora do lado de fora da festa antes de chamar um táxi. Estava frio e escuro, e ela sentiu muito medo. Queria estar em casa. Mas seu pai não costumava deixá-la esperando. E se ela entrasse num táxi e ele aparecesse. Ele iria se preocupar se ela não estivesse onde havia combinado.

— Sim, querida? — O taxista tinha baixado o vidro. — Para onde?

Hermione hesitou.

— Vamos lá, querida — ele pareceu levemente irritado. — Eu não tenho a noite toda.

— Bath — disse Hermione. — Só que... o meu pai devia ter me apanhado há uma hora — admitiu, sentindo-se subitamente pequena.

— Ele estava vindo de Bath? — A expressão do motorista ficou menos tensa.

— Sim.

— Bom, ele não vai conseguir passar. Houve um acidente terrível na estrada. Tem uma fila de mais de um quilômetro de carros. Se ele foi esperto, deu meia-volta. Vamos lá. Entre. Ele provavelmente está esperando em casa.

Quando finalmente chegou em casa, todo mundo já estava na cama. Tinha um bilhete de Harriet dizendo isso. De certa forma, sentiu-se magoada por eles não a terem esperado para ver se tinha chegado bem. Mas sabia que Ruby nunca dormia até ouvir a porta se fechar. Só então, sabendo que suas duas meninas estavam seguras em casa, ela se permitia cair no sono.

Hermione conferiu o relógio. Eram apenas seis e meia. Sua dor de cabeça ainda martelava atrás das têmporas. O que a fizera acordar tão cedo.

Ouviu a campainha da porta tocar. Deve ter sido o que a acordou. Isaac atenderia em seguida. Ele sempre estava acordado antes de todo mundo. As manhãs brilhantes de outono como aquela, quando havia um travo de pasta de dentes misturado com um distinto resto de fogueira no ar, eram os dias preferidos dele. Gostava de acordar cedo e atravessar o jardim esmagando as folhas sob os pés para se sentar e tomar o chá no fundo do jardim...

A campainha tocou de novo. Era cedo demais para alguém estar perturbando a paz daquele jeito. Talvez Isaac já tivesse ido para a oficina. Ainda assim, estava surpresa que o barulho não tivesse acordado Harry. Puta que pariu.

Pegou o pijama de onde ele tinha passado a noite e desceu. Ainda sentia uma dor insistente nas têmporas. Mais tarde, pediria algum remédio a Ruby. Ia apenas descobrir quem era para em seguida preparar uma boa xícara de chá de ervas e voltar para a cama.

Seus pés descalços afundaram no tapete novo do hall a caminho da porta da frente. O tapete tinha sido um presente de Isaac para Ruby. Ela reclamava fazia tanto tempo do tapete gasto que ela tinha que agüentar desde que haviam se mudado para lá da casa na Cornualha, que ele um dia saiu, escolheu um tapete e o pôs ali de surpresa. Ele estava sempre fazendo essas coisas bobas para ela. No ano anterior, no aniversário dela, tinha enchido duzentos balões vermelhos e os espalhado pelo jardim para que a primeira coisa que Ruby visse ao abrir as cortinas fosse um monte de balões voando pela janela. E todos os anos, no aniversário de Hermione e Harriet, ele dava a ela duas dúzias de rosas antigas de uma cor incrível. O mais perto de cor-de-rosa celeste possível. Uma cor fantasia impossível que não devia mesmo existir. O buquê deste ano ainda estava na mesa do hall, já queimado e enrolado nas pontas, como um maço de velhas fotos sépia, mas ainda com manchas cor-de-rosa aqui e ali. Hermione sabia que Ruby não as jogaria fora antes de estarem marrons e secas como velhos saquinhos de chá.

Sentiu um cheiro fresco típico do período de volta às aulas no hall quando abriu a pesada porta da frente e, antes que tivesse tempo de pensar nas implicações da presença de dois policiais uniformizados nos degraus da entrada, ocorreu-lhe que as aulas deviam estar prestes a recomeçar. Como seria estranho não voltar com todo mundo. Ela teria que fazer alguma coisa em algum momento. Em meados de agosto, seus piores medos haviam se confirmado quando os resultados das notas finais haviam sido divulgados no mural ao lado do ginásio da escola. Ela tinha tirado a nota mínima em tudo, menos em inglês, de que escapou com um D. Mas isso não seria suficiente...

— Srta. Harker?

Espere aí. Policiais na porta da frente de casa nesta hora infernal significava alguma coisa ruim. O mais jovem parecia nervoso, o que fez Hermione ter certeza de que alguma coisa terrível havia acontecido. Seu primeiro instinto foi bater a porta na cara deles e sair correndo para que eles não pudessem lhe dizer o que quer que fosse que tinham ido dizer. Em vez disso, cobriu o rosto, como uma criança que acha que, ao fazer isso, não pode ser vista.

— O que... — sua boca estava seca como giz. — O que foi? O que aconteceu?

— Tem alguém com você aqui, Srta. Harker?

— Os meus... — Hermione estava tendo dificuldade para fazer algum sentido. Queria dizer “Os meus pais”, mas viu que não conseguia dizer as palavras. Seu estômago parecia estar girando em algum lugar perto da garganta. — A minha irmã — disse. — Harry. Ela está dormindo.

— Talvez você queira acordá-la.

O mais velho dos dois gentilmente conduziu Hermione de volta para dentro de casa.

— E talvez pudéssemos nos sentar em algum lugar.

Sentindo que poderia vomitar a qualquer momento, Hermione levou os policiais até a sala de estar de Ruby, onde ainda havia sinais do que os pais haviam bebido à noite. Sobre a mesa de centro, uma delicada tigela de concha estava até a metade com cascas de pistache. O cheiro dos cigarros franceses que o amigo de Isaac, Guillaume, sempre fumava ainda pairava sobre o veludo amarelado das almofadas da chaise longue. Com o coração pesado de pavor, Hermione ofereceu o macio sofá verde-água para o policial se sentar e subiu para acordar Harriet.

Harriet

Depois, Hermione diria que tudo se transformou em um borrão. Que, no instante em que abriu a porta do quarto de Ruby e Isaac, esperando contra todas as possibilidades encontrá-los acomodados na grande extensão da antiga cama dos dois, sua mente começou a se fechar. Envolvendo a si mesma numa cápsula protetora.

Para Harriet, arrancada de um sonho bom no qual Will a amava — e só a ela — afinal, as coisas foram muito diferentes. Enquanto ela e Hermione seguiram sentadas, de mãos dadas, no banco traseiro do carro da polícia, ela notou as coisas mais estranhas com detalhes agudos e ampliados. O cara do número 30 passeando com o cachorro. Os pés de Hermione enfiados em meias verde-menta com furos atrás. Estava com tanta pressa para entrar no carro da polícia e ir para o hospital que tinha se esquecido dos sapatos. O sanduíche de bacon, tomate e alface de alguém, comido pela metade, havia sido enfiado apressadamente na fenda da frente do painel. Aparentemente, hálito de bacon não era considerado adequado para informar parentes de vítimas sobre um acidente de carro.

Era impossível imaginar que na noite passada ela estava tentando encontrar coragem para contar à mãe que estava grávida.

De seu banquinho na mesa da cozinha tinha ficado observando Ruby preparar ovos mexidos para o lanche da noite de Isaac. Por duas vezes, tentou dizer alguma coisa. Mas parecia que a sua boca estava colada com massa de modelar. Então, quando Hermione ligou para dizer que não estava se sentindo bem e precisava de uma carona para casa, tudo havia se ajeitado. Ela esperaria eles voltarem e contaria para todos juntos. Hermione poderia dar o fora em Will, por desprezo. Ruby saberia o que fazer em relação ao bebê. Tudo ficaria bem novamente.

Só que ela não havia lhes contado, não é? No fim, acovardou-se. Eles demoraram muito. Disse a si mesma que Hermione provavelmente havia mudado de idéia e estava se recusando a ir embora da festa. Não seria a primeira vez. Então escreveu um bilhete vago e foi dormir.

Enquanto o carro seguia em direção ao hospital, fez a velha brincadeira das rachaduras no asfalto consigo mesma. Se eu me lembrar de não ficar sobre a placa com as rachaduras no caminho de casa, teremos batatas fritas no chá. Se eu chegar à loja antes de fechar, Will vai me ligar esta noite, e ficará tudo bem. Eu andei me preocupando à toa.

Se o farol não ficar vermelho antes de eu contar até dez, Ruby e Isaac estarão sentados na cama quando chegarmos ao hospital.

Umdoistrêsquatrocincoseisseteoitonove...

O farol ficou amarelo.

Tarde demais!

Segundo os policiais, o Triumph Herald de Isaac foi jogado para fora da estrada por dois idiotas bêbados que estavam num Ford Escort. Pareceu irônico para Harriet, enquanto elas eram levadas através da colméia de luzes brilhantes e da movimentação do saguão do hospital, que foi por temer esse tipo de gente que Isaac vestiu seu estranho casaco xadrez às dez da noite e entrou no carro para atravessar a área rural de Wiltshire para apanhar a filha. Não queria que ninguém de sua família se machucasse. Ainda assim, de alguma forma, aqueles estúpidos sem consideração tinham conseguido machucá-los. Por não prestarem atenção ao carrinho amarelo de Isaac subindo cuidadosamente a colina, haviam machucado Harriet e Hermione mais do que poderiam imaginar.

Ao seu lado, Hermione tremia como uma folha. Seus olhos castanhos estavam arregalados como pratos rasos, olhando para algum ponto indefinido. Era quase como se ela não estivesse realmente ali. Para variar, coube a Harriet ser a forte. Quando os policiais as levaram para a sala de espera, onde uma tevê portátil estava ligada sozinha num canto, ela se preparou para o pior. Um instante depois, um médico vestindo um jaleco branco entrou na sala acompanhado por uma senhora que parecia cuidadosa e discreta, agarrou a mão de Hermione como se sua vida dependesse disso e esperou obedientemente para receber a notícia que mais temia.

— O seu pai... — A garganta do médico pareceu se fechar. Até mesmo ele parecia estar segurando as lágrimas. — O carro do seu pai ficou muito danificado. Ele... — O médico engoliu em seco. — Quando foi jogado para fora da estrada, o carro virou e derrapou através de uma cerca até uma piscina. Eu... eu estou dizendo isso porque precisaremos que você duas sejam muito corajosas e identifiquem os corpos...

Um som terrível rompeu o ar sufocante da sala de espera. Por um segundo, Harriet achou que o barulho estava vindo dela, e então percebeu que Hermione tinha fechado os olhos e gemia enquanto se balançava para a frente e para trás na horrorosa cadeira de plástico.

— Eles... — Harriet sabia que precisava ser forte, muito embora seu mundo tivesse implodido. — Você quer dizer... que eles estão... mortos?

— Sinto muito. — O médico parecia horrorizado. — Eu achei... você quer dizer que não tinham lhes contado? Vocês *não* sabiam?

Um dos policiais que as levou para o hospital limpou a garganta:

— Estávamos esperando pela assistente social. Achamos que seria melhor se fossem informadas por ela.

— O que você quis dizer? — disse Harriet, de repente. — O que você quis dizer quando disse que precisava nos falar a respeito da piscina?

A mulher que, até então, não havia falado, aproximou-se e pôs uma mão sobre seu joelho.

— Eles se afogaram? — Por algum motivo, apesar do fato de que a estava matando, Harriet sentiu-se impelida a saber cada detalhe. Hermione ainda estava se balançando na cadeira ao seu lado. Não iria ajudar muito. — No carro deles? Você quer dizer que eles não conseguiram sair?

— Era um carro muito velho.

— Não era *velho* — disse Harriet. — Era clássico. Era um carro clássico.

— Mesmo assim. Teria se enchido de água muito rapidamente. Não teria havido muito tempo.

Harriet pensou nos rostos dos pais. Eles sabiam o que ia acontecer? Será que permaneceram conscientes depois do impacto e chegaram a sentir alívio ao verem que estavam vivos? Teria sido um sentimento maravilhoso. Depois, com um terror crescente, teriam sentido o carro virar. Teriam escutado a água correndo, entrando pelo teto vulnerável. Teriam eles tentado as maçanetas em vão, batendo e sacudindo a porta em pânico? E então, quando ficou evidente que não iriam sair, teriam os dois se abraçado e confortado um ao outro? Ou as coisas não tinham absolutamente acontecido daquele jeito? Será que um deles estava inconsciente? Teria o outro sido forçado a presenciar, sozinho, os pulmões se enchendo de água?

Por quanto tempo ela dormiu na noite anterior, pairando, como uma mosca fossilizada, entre saber e não saber? Por quanto tempo Ruby e Isaac estiveram mortos enquanto ela continuava dormindo, tranqüilamente inconsciente do horror que estava esperando por ela quando acordasse? E se Hermione não tivesse escutado os dois policiais tocando a campainha da porta? Ela agora estaria provavelmente fazendo o café-da-manhã. Teria imaginado que Isaac havia acordado cedo para ir à oficina e que Ruby tinha ido ao supermercado porque estavam sem ovos em casa. Ruby e Isaac ainda estariam mortos. Não saber disso tornaria as coisas um pouco melhor?

Mas ela sempre acabaria tendo que descobrir, afinal.

Assim que viu Ruby deitada numa mesa mortuária, entendeu por que algumas pessoas acreditavam em almas. Ruby não estava mais ali. Tudo o que fazia de Ruby o que ela era havia desaparecido. Com a exceção de um corte na testa, seu rosto estava completamente desprovido de cor. Parecia feito de cera.

Isaac ficou mais tempo dentro d'água. Seu pobre rosto estava inchado, de modo que quase não parecia ele. Foi tão difícil relacionar o corpo deitado no bloco de mármore com a carinhosa bola de energia que tinha sido seu pai, que a situação foi quase suportável. Mas então, com um golpe, notou alguma coisa em seus cabelos. Algo que tinham deixado passar quando limparam o corpo para a identificação. Escondido nos grossos cabelos pretos de Isaac estava um translúcido broto de feijão da comida chinesa que ele tinha prometido a ela numa tentativa de alegrá-la. O pai não tinha deixado de notar que ela havia passado o dia de mau humor. Mal tocara a mussaca que Ruby havia feito no almoço. Normalmente, era um de seus pratos preferidos. No dia anterior, porém, ela olhara para os discos de batata nadando no molho pontilhado de bolinhas de gordura e ficou enjoada. Estava pensando em como daria a Ruby a notícia de que estava grávida.

E agora nunca poderia fazer isso.

Eles deviam ter apanhado a comida para viagem no Kowk Sing's antes de irem buscar Hermione. A imagem dos dois esperando pacientemente na fila enquanto o homenzinho careca trazia o saco de papel pardo cheio de comida lhe deu vontade de chorar. Os dois deviam estar ansiosos para comer o que compraram. Ansiosos para dividir com as filhas, sem saber que, em menos de uma hora, os dois morreriam de um jeito terrível.

Delicadamente, estendeu a mão e tirou o broto de feijão do cabelo do pai. De algum modo não parecia certo deixá-lo deitado ali, morto, com pedaços de comida no cabelo. Segurou o elemento ofensivo entre o polegar e o indicador e examinou-o cuidadosamente, só para ter certeza de que era o que ela achava que era. Naquele instante, a terrível realidade do que havia acontecido cristalizou-se em sua mente. Seus pais estavam mortos. Estavam mortos e não iriam voltar. Ela, Harriet, nunca mais iria vê-los. Nunca. Jamais. Parecia impossível. Inconcebível.

Hermione

Toronto, 2003

A vida, refletiu Hermione, sabia ser bem incrível quando queria.

Quando atingiu os quatro meses, começou a ganhar cerca de um quilo a cada poucos dias. Era quase como se sua bebê soubesse que agora era esperada e tivesse resolvido fazer sua presença ser bem e verdadeiramente sentida. E quanto maior ficava Hermione, mais lhe ocorria que havia uma minúscula pessoa crescendo dentro dela. Era engraçado pensar que, apenas um mês atrás, mais ou menos, aquele mesmo pensamento a fizera surtar. Agora que tinha feito uma ultra-sonografia e visto o coração de sua bebê bater, estava realmente ansiosa por vê-la.

Só esperava conseguir manter tudo aquilo em segredo por mais um tempinho. Queria ficar na Pritchard Smythe o máximo de tempo possível antes de sair de licença-maternidade. Não iria morrer de fome se perdesse o emprego. Ainda tinha a casinha em Fulham. E tinha o dinheiro do seguro de vida de Isaac na poupança. Ela e a pequenina ficariam bem por um tempo. Mas ela não queria deixar o Canadá. Havia se apaixonado por aquele país imenso. Eles tinham todas as estações. Muita neve no inverno. Cores impressionantes no outono, quando as árvores que cercavam a avenida no caminho para a cabana ganhavam um crepitante calor vermelho forte, carmesim e cor-de-laranja. Verões quentes de verdade. Esperava que pudesse ficar.

Também não queria que Greg ficasse sabendo. Se começassem a comentar que ela estava grávida, ele poderia fazer as contas. A situação ficaria esquisita.

Uma ou duas vezes depois do rompimento ela tinha visto Greg no prédio, onde ele participava de várias reuniões. Seu coração sempre dava uma espécie de pulo toda vez que ela o via rindo com Emilie na digitação ou conversando com um dos engravatados gordos perto do bebedouro. Mas ele nunca enfiava a cabeça pela porta de sua sala para dar oi. Na verdade, não conseguia culpá-lo por isso. Havia deixado bem claro que não queria ter mais nada a ver com ele. Ainda estava irritada com a coisa toda. De algum modo, Greg parecia diferente. Tudo bem, ele era um macho vigoroso. Gostava de comprar para ela peças de lingerie de seda pura cor de framboesa e atacá-la quando ela as estava vestindo. Mas tinha sido tranqüilo e carinhoso às vezes. Ainda lembrava do olhar que flagrara em seus olhos quando ele falou da perda do irmão. Tinha tanta certeza de que os dois se compreendiam. Tinha até se permitido, por um instante de loucura, acreditar que os dois estavam destinados a se conhecerem. Que ele era, de alguma forma, seu destino.

Não conseguia tirá-lo da cabeça. Era como se, a certa altura do breve caso que tiveram, ele tivesse encontrado uma forma de abrir a sua pele e se arrastar para dentro dela, como se ela fosse um saco de dormir humano. Era uma sensação desconfortável. Normalmente, depois de um hiato como aquele, ela simplesmente sacudia a poeira e seguia para o homem seguinte. Desde que chegara em Toronto, tinha vivido alguns romances rápidos. Normalmente, suas ligações eram muito frágeis. Homens com quem saía algumas vezes e de quem se afastava em seguida. Um barman de Vancouver. Um mensageiro de hotel. Há mais ou menos um ano, tinha vivido um breve entendimento com Art, que era seu amigo e advogado. Mas o caso não durou. Os dois decidiram que funcionavam melhor como amigos.

Dessa vez, porém, não estava sendo tão fácil seguir em frente. Ela havia tentado. Logo depois de descobrir que Greg era casado, ela e Josh foram a um bar na rua Queen porque Josh tinha ouvido falar que eles faziam um *dirty martini* especial. Hermione acabou com um homem lindo na cama. Olivier, era o nome dele. Negro como ébano, com a pele tão reluzente que parecia molhada. Um corpo de morrer. Mas Hermione ficara olhando aqueles ombros negro-azulados se mexendo em cima dela e não sentiu nada. Olivier era maravilhoso. Mas não era Greg. E era isso.

Pelo menos ainda tinha Josh, disse a si mesma numa tarde enquanto tirava uma rosquinha com cobertura de chocolate da caixa sobre a mesa e sentia a boca se encher de saliva ao dar uma mordida com satisfação. Não havia conseguido abotoar o paletó do terninho naquela manhã. Seu corpo estava alegremente se deixando crescer, descendo a escorregadia ladeira rumo à desgraça. E, surpreendentemente, ela estava gostando. Era na verdade bastante agradável não ter que se preocupar com o peso para variar.

Josh estava sendo incrível em relação ao bebê. Quando pensava em como estava imaginando que ele iria reagir, sentia-se culpada por subestimá-lo. Ela tinha honestamente achado que ele veria a gravidez como uma intrusão indesejável. Um defeito nas engrenagens do estilo de vida hedonista dos dois. Em vez disso, depois que compreendeu que o caso com Greg estava acabado, começou a falar com empolgação sobre como seria ter um bebê em casa. Tinha inclusive começado a perguntar qual seria o nome.

— Gosto de Tallulah para menina — disse ele. — Jack para menino. E você?

Hermione pensou:

— Se for menina, Lola.

— E se for menino?

Mas Hermione não tinha conseguido pensar em nenhum nome de menino de que gostasse. Eram todos tão simplezinhos. Steve. Mark. Paul. Alan. Este era bom. Quem no mundo olhava para um bebezinho e pensava consigo mesmo: "Já sei. Alan é um bom nome. Vamos chamá-lo de Alan."

Como não conseguiram entrar em acordo, resolveram chamar o bebê de Bean*, por enquanto. A empolgação de Josh tinha sido contagiante. Hermione tentava não botar o carro na frente dos bois. Dizia a si mesma que, embora Josh pudesse querer — e ela realmente acreditava que ele queria mesmo — bancar o pai agora, quando ele conhecesse alguém, as coisas poderiam mudar. Mais claramente, e se *ela* conhecesse alguém? Não era provável, considerando-se seu tamanho e sua forma, mas era possível. E o que aconteceria, então?

Ainda assim, não podia deixar de ficar emocionada. Nas últimas duas semanas, tinha começado a olhar vitrines atrás de roupas de bebê. A primeira gaveta da cômoda do seu quarto na rua Amelia tinha sido esvaziada para abrir espaço para a pequena. Ela sabia que dava azar comprar coisas para o bebê antes de ele ou ela chegar, mas, naquela hora do almoço, não havia conseguido resistir a um minúsculo par de calças de *casimira* verde-limão e um chapeuzinho branco.

Não estava conseguindo se concentrar no trabalho naquela tarde. O ar-condicionado estava desligado, e estava começando a fazer calor na rua. Estava se sentindo gorda e enjoada.

Apertou o botão do telefone para pedir a Kevin que não passasse nenhuma ligação porque estava concentrada em traba-

*Feijão (*N. da T.*)

lhos burocráticos mas, em vez disso, começou a se concentrar no que seu bebê estava fazendo.

— Te peguei!

— Porra. — Hermione girou rapidamente para ver Josh sorrindo para ela. O amigo pôs um brownie de chocolate sobre a mesa. — De onde você apareceu?

— Entrei pela porta — riu Josh. — Você estava concentrada.

— Eu *disse* a Kevin que não deixasse ninguém entrar.

— Sim. — Josh abanou o dedo para ela e se acomodou no que sempre chamava de "Sofá do Diretor". — Mas não sou qualquer um, sou? Sou o pai do seu bebê. Mais ou menos. Então. — Levantou-se novamente e foi espiar por cima do ombro dela. — O que a nossa pequena está aprontando? Ela já consegue chupar o dedo?

— Josh Mulligan, você está muito atrasado. — Hermione fingiu repreendê-lo. — Bean começou a chupar o dedo semanas atrás.

— Ah, é?

— É — disse Hermione, orgulhosa. — É um bebê muito avançado. Puxou à mãe.

— Naturalmente. — Josh pegou uma rosquinha com castanhas da caixa sobre a mesa dela e partiu-a ao meio.

— Você queria alguma coisa? — perguntou Hermione. — Ou está só enrolando?

— Um pouco das duas coisas. — Josh abriu o arquivo que trazia consigo e o pôs sobre a mesa. — Enrolando, é claro. Não precisa dizer. Mas eu só queria repassar isto com você.

— O que é?

— Eu andei pesquisando — disse ele, sério — e fiz uma lista de todas as coisas que você pode comer e as que você não deve comer.

— Certo. — Hermione apertou os lábios. Ele era adorável.

Claro que ela já havia feito sua própria pesquisa. Sabia exatamente o que devia e não devia estar comendo. Mas resolveu agradá-lo. Ele estava se esforçando tanto. No fundo, sabia que ela sentia falta de Greg, e estava tentando compensar isso.

— Você ainda pode comer ovos — disse Josh. — Mas só se eles forem cozidos adequadamente. Você não pode mais comer massa de biscoito.

— Por quê?

— Porque leva ovo cru. Não pode comer Camembert. E vai ter que ficar longe de frutos do mar por enquanto.

— Certo. — Hermione fez uma cara séria. — Manterei tudo isso em mente. Obrigada, Josh.

— Ah. — Josh remexeu o bolso e tirou uma caixinha roxa. — Comprei isto para você.

— Bola. — Hermione pegou a caixa e examinou-a com cuidado. — Coisa da boa?

— Não seja boba — disse John. — Você não pode tomar nada desse tipo agora. Não. É ácido fólico. Você devia estar tomando há meses.

— Para que serve?

— Ajuda a prevenir defeitos de desenvolvimento — disse Josh. — Espinha bífida. Esse tipo de coisa.

— Obrigada, Josh. — Hermione olhou para a caixa de rosquinhas e imaginou se devia atacar a última rosquinha caramelada agora ou deixar para mais tarde.

— E você deveria praticar natação — disse Josh. — O parto será mais fácil se você estiver em forma. E tem também o cigarro — disse ele, fazendo um sinal com a cabeça na direção do maço de Camel Lights sobre a mesa dela.

— O que tem o cigarro?

— Você ainda está fumando.

— E daí?

— E daí que você não devia mesmo estar fumando. É veneno puro, sabia? Está indo direto para a circulação sangüínea de Bean através da placenta. Vamos ter que cortar isso pela raiz, infelizmente.

— Eu fumo só eventualmente. O médico disse...

— Ainda assim — interrompeu Josh. — É da saúde de Bean que estamos falando.

— Está bem. — Ergueu os braços em sinal de derrota. — Vou tentar.

— Ótimo. — Josh parecia aliviado. — E resolvi que quero estar presente na hora do parto. Quer dizer, claro que não vou ficar olhando para a sua coisa. Mas é importante estar lá na hora do nascimento do bebê. Aparentemente, isso fortalece a ligação com a criança. Se eu for a primeira pessoa que Bean vir, ela vai me aceitar como pai imediatamente. — Fez uma pausa para garantir o efeito. — Pesquisei isso na internet. E acho que é uma coisa boa que ela me veja como figura paterna — acrescentou, ansioso. — Você não acha? Vai ser muito mais fácil quando tivermos que discipliná-la mais adiante.

— Puta que pariu. — Hermione estava achando graça. — Eu ainda não cheguei tão longe. Para ser sincera, ainda não consigo acreditar direito que é um bebê que estou carregando. Fico pensando que só vou ficar cada vez maior até explodir. Como o Sr. Creosote, do Monty Python. — Olhou para ele, emocionada com a consideração do amigo. — Você realmente tem pensado nisso, né?

— Eu prometi a você — disse Josh. — Eu disse que estaria ao seu lado e ao lado do bebê, e estarei. Isso quer dizer que eu terei que ir às aulas de preparação para o parto — acrescentou. — Para que eu saiba como ajudá-la a respirar e tudo o mais.

— Pensei que você achasse que era só um bando de mulheres gordas sendo maternal.

— Bem — Josh pareceu sem graça. — Não vão ser *todas* assim, né? Certamente algumas serão como você.

— Espero que sim — ela sorriu. — Mas, obrigada, eu gostaria que você fosse às aulas comigo.

— Então está combinado. — Ele apontou para a gravata que estava usando. — Você acha esta gravata esquisita?

— Não. Por quê?

— Tenho meio que um encontro.

— Ah, tem, é? — Hermione provocou. — Espero que você se comporte bem. Não sei o que Bean teria a dizer sobre isso.

— Você acha que eu devo cancelar? — Josh fez cara de pânico.

— Estou brincando — disse Hermione. — Para ser sincera, Josh, estou grata que você queira continuar morando na mesma casa comigo. Certamente não espero que fique solteiro. Então, vamos lá — esfregou as mãos uma na outra —, quem é ele?

— Um cara chamado Bernie. Ele é um pouco... — Josh enrugou o nariz.

— O quê?

— Um pouco jovem. Mas parece crédulo o bastante para sucumbir às minhas compulsões irlandesas, acho eu.

— Aonde você vai levá-lo?

— Ele vai me levar. Naquele novo lugar islandês. Ptarmigan, né? Alguma coisa assim.

— Sei qual é — disse Hermione. — O marido da Kelly a levou lá no aniversário de casamento. Você tem que comer massas e carne podre de tubarão.

— Isso não me preocupa — disse Josh. — Eu só não queria parecer aquele tipo de doido que tem uma daquelas placas em cima da mesa. Você sabe. Não é preciso ser louco para trabalhar aqui...

— Mas ajuda — completou Hermione.

— Exatamente. E aí? Pareço?

— Não. — Sua linha interna tocou. — Sim?

Era Kevin, fungando como uma foca nervosa entre uma frase e outra.

— Você ainda... —*fungada,* — n-n-não quer ser interrompida?

— Eu disse o contrário?

— Não. Eu só... — *fungada,* — achei que talvez você tivesse esquecido de dizer.

— Kevin, quando você puder passar ligações de novo, eu digo, está bem?

— Então eu digo para ele ir embora?

Hermione revirou os olhos. Às vezes não entendia em que planeta Kevin vivia.

— Dizer para *quem* ir embora?

— Greg Finch. Só que não está na agenda.

— Greg está *aqui*?

— Ele disse que é importante.

— Mande-o subir.

— Então eu, hã, agora posso passar as ligações?

— Não — disse Hermione, com firmeza. — Esta é uma exceção. — Desligou o telefone. — Merda!

— O quê?

— É Greg.

— Greg Finch? — Josh pareceu horrorizado. — Aqui? Agora?

— Acho que sim. — Hermione vestiu o paletó apressadamente. — Como eu estou?

— Que importância tem isso? — disse Josh, fazendo cara feia. — Achei que estivesse tudo acabado entre vocês.

— E está — disse Hermione. — Eu não estava perguntando se estava bonita, estava perguntando se dá para *notar*.

— Ah, sim. — Josh pareceu aliviado. — Não.

— Ótimo.

— Embora...

— O quê?

— Talvez você devesse ficar sentada.

— Certo.

— Quer que eu fique? — ele perguntou. — Caso ele tente alguma coisa?

— Vou ficar bem.

— Porque eu posso, você sabe. Não me importo.

— Não seja bobo — disse Hermione. — Por que ele iria tentar alguma coisa? Ele provavelmente quer falar de negócios. Nada mais.

— Se você tem certeza... — Josh pôs a mão na maçaneta — Ah...

— Sim?

— Tire o paletó. Está um pouco Gucci em *bar mitzvah*.

— Josh?

— O quê?

— Divirta-se com o Barney.

— Bernie.

— Bernie. Agora suma.

No instante em que Josh saiu, Hermione correu de um lado para outro como uma abelha enlouquecida, localizando o rímel, o batom e um tubinho de spray prateado cheio com seu perfume preferido. Sabia que estava tudo acabado entre ela e *Greg*, mas isso não a impedia de gostar dele. E ela especialmente não queria que ele a visse e achasse que ela estava em decadência. Podia estar grávida, mas tinha seu orgulho.

Greg sentou-se, soltando a gravata de seda lilás para que a impecável camisa Thomas Pink se abrisse na cintura, revelando dois centímetros quadrados de uma barriga lisa cor de mogno. Hermione sentiu a corda de marionete de sua barriga se estender de desejo.

— Greg — disse, tentando parecer profissional. — O que posso fazer por você?

— Nós temos um problema. — Sua expressão não dizia nada.

— Temos?

— Com certeza.

Fios de medo envolveram as entranhas de Hermione. Por um instante, ela pensou que o segredo tinha sido revelado. Greg sabia. Sabia que ela estava grávida e tinha ido dizer que não queria ter nada a ver com a criança. O que estava ótimo, é claro. Ela não queria que ele tivesse nada a ver com o bebê, de qualquer maneira. Só não queria ouvi-lo dizendo isso.

— É com a campanha? Alguém não gostou do nosso anúncio?

— Por Deus, Hermione — ironizou Greg. — É claro que não é com o anúncio. Eu não dou a mínima para a porra do anúncio.

— Não?

— Claro que não. — Greg tirou a gravata e enrolou-a num rocambole perfeito. — O problema tem a ver com nós dois.

— Eu disse — Hermione tentou se manter firme, muito embora o conteúdo cheio de carboidratos de sua barriga estivesse se mexendo como uma marionete lobotomizada — que nós dois não existe.

— Este é o meu problema — disse Greg.

— O que você quer dizer?

— Não consigo parar de pensar em você. Em nós dois. — Inclinou-se para a frente, com os olhos presos aos dela. — Eu estava no metrô outro dia e alguém estava usando o seu perfume. A primeira coisa que tive que fazer quando cheguei ao escritório foi bater uma no banheiro.

Hermione cruzou as pernas. Dificilmente aquela era a coisa mais romântica que alguém já havia lhe dito. Ela quase ficou com nojo.

Com nojo e com um tesão incrível.

A gravidez estava enlouquecendo seus hormônios. Ela andava inacreditavelmente cheia de tesão. E a coisa só iria piorar conforme ela fosse ficando maior. Era apenas para mostrar que a Mãe Natureza devia ser um cara disfarçado. Que tipo de mulher decretaria que suas irmãs ficassem malucas de desejo quando, devido ao fato de estarem fisicamente repulsivas, ninguém se aproximaria delas? Era algo completamente sem sentido. Tinha que ter dedo de homem naquela história.

No fim de semana anterior, as coisas chegaram a tal ponto, que ela teve que dar uma volta pela rua Yonge, onde foi a uma sex shop e comprou um vibrador prateado. Usou-o naquela noite sob o edredom, rezando para que Josh não ouvisse o constrangedor zumbido denunciador. Agora estava usando a porra da coisa pelo menos duas vezes por dia.

— Então você sente a minha falta.

— Claro que sinto — disse Hermione. — Mas eu disse que não tenho o costume de dormir com homens casados.

— Mas...

— Doeu — disse ela, bravamente. — Eu achava... que nós éramos bons juntos.

— E éramos. Éramos mais do que bons. Realmente tínhamos alguma coisa.

— Mas você é casado. — Hermione deixou-se vacilar rumo à tentação. — Fim da história.

— E se eu dissesse que não era? — perguntou Greg.

— O quê? — Hermione permitiu-se sentir uma pequena, frágil partícula de esperança. — Você não *está* casado agora?

— Desculpe — disse Greg. — Má escolha de palavras. Claro que sou casado. Mas...

— Você já me disse — disse Hermione. — Vocês precisam ficar juntos pelo bem das crianças.

— É o que estou tentando dizer. Mudei de idéia.

— O que você está querendo dizer com mudou de idéia?

— Nós conversamos sobre isso. Lena e eu. Eu disse a ela... — ele parecia envergonhado. — Eu disse a ela que estou apaixonado por outra pessoa.

Um explosão de esperança explodiu no peito de Hermione.

— Você... você quer dizer...

— Estou apaixonado por você, Hermione. Quero ficar com você.

— Mas por que agora? — perguntou Hermione. — Você parecia estar perfeitamente bem na semana passada.

— Na semana passada? — Greg pareceu perplexo.

— Você esteve aqui. Para uma reunião com Jeff.

— Ah! — A expressão de Greg clareou. — O cretino!

Hermione teve que conter um sorriso.

— Se sabia que estava apaixonado por mim, por que não veio saber como eu estava antes? Nem uma vez.

— Você me largou — disse Greg, simplesmente. — Você acha que foi fácil para mim? Ver você de novo só iria piorar as coisas. Senti sua falta.

Aquilo ainda não estava de acordo com a sua consciência, saber que Greg havia magoado sua família por causa dela. Mas ela estava aliviada e feliz por ter seus sentimentos correspondidos. Pelo menos agora não se sentia tão boba.

— O que fez você se decidir? — perguntou. — Por que mudou de idéia?

— Isso tem importância? — Greg foi até o outro lado da mesa. Segurou a cabeça dela nas mãos e puxou-a para ele, de modo que sua testa pousou em sua barriga firme. Ele tinha um cheiro delicioso de grama recém-cortada e vinho do almoço. Havia alguma coisa no hálito de álcool de um homem que a deixava caidinha. Era algo que a lembrava da descoberta dos garotos. De dar uns amassos atrás do sofá nas festas da adolescência. Mãos ásperas tentando soltar o fecho de seu sutiã. Dedos escorregando para dentro do cetim brilhante de suas melhores calcinhas até encontrarem o ponto macio e úmido que estavam procurando e golpearem grata e desesperadamente em todas as direções.

Greg ajoelhou-se e encostou a testa na dela.

— É com você que eu quero ficar — ele disse. — É o seu

rosto que eu quero ver assim que acordar de manhã e pouco antes de dormir à noite. Quero ficar com você o tempo todo.

— O que você está dizendo?

— Estou dizendo para morarmos juntos. Vamos construir uma vida juntos.

Hermione não sabia muito bem o que dizer.

— E os seus filhos?

— Eles vão entender — disse Greg. — Não serão as únicas crianças com pais separados na escola. E não são burros. Sabem que eu e a mãe deles estamos tendo problemas há um tempo.

— E no trabalho? — disse Hermione. — O que vamos dizer a eles?

A mão de Greg desceu lentamente por sua coluna, provocando-lhe arrepios.

— Só direi à minha empresa que saí de casa. Eles não irão fazer perguntas. Não precisam saber com quem eu estou.

— Josh vai ter que saber — disse Hermione.

— Tudo bem — respondeu Greg. — É justo que nós o avisemos.

— Avisar?

— Ora, é claro que ele vai ter que morar em outro lugar. Ele não quer bancar a vela gay pelo resto da vida, quer?

— Eu não acho... — Hermione começou, mas parou em seguida. Não havia lhe ocorrido que Josh pudesse querer se mudar.

Claro que estava feliz que Greg queria morar com ela. E havia alguma coisa no jeito como ele havia dito "para o resto da vida" que a deixara com a barriga dançando de alegria. Mas... aquilo tudo não estava indo muito rápido?

E Josh estava sendo tão adorável, oferecendo-se para ajudar com o bebê e ir às aulas de preparação para o parto. Realmente tinha se emocionado ao descobrir que ótimo amigo ele era. E a verdade era que ela o queria envolvido com o bebê...

Ah, Deus! O bebê.

Greg ainda sequer sabia disso ainda. Tudo seria um grande choque.

Abriu a boca para contar, mas Greg a interrompeu, aproximando a boca da sua e beijando-a do seu jeito inimitável, fazendo-a perder o ar. Ela tinha se esquecido de como ele sempre segurava seu lábio inferior tão levemente quando se afastava, prolongando o contato até o último momento possível.

— O que você me diz? — perguntou ele, quando finalmente se afastou. — Vamos nessa?

Hermione disse a si mesma que esta era sua única chance de felicidade.

Tudo bem, a situação estava longe de ser a ideal. Os dois não haviam passado bastante tempo juntos para *saber* de verdade. Morar junto era muito diferente de jantar em restaurantes caros e trepar em lençóis de grife em hotéis metidos a besta. Além disso, ela ainda não estava tremendamente confortável com a idéia da mulher e dos filhos de Greg. Eles a faziam se sentir culpada.

Mas Greg tinha sido o primeiro homem por quem ela sentira alguma coisa de verdade. Além de Josh, é claro. E ela nunca poderia ter Josh, poderia? Um dia, ele iria conhecer alguém especial. E daí, como ela ficaria? Sozinha com um bebê.

Essa idéia a apavorou.

Talvez Josh fosse inclusive ficar aliviado com uma cláusula de liberação. Quem sabe? Alguma coisa podia acontecer com esse Bernie. Quem era ela para ficar no caminho se parecia que as coisas estavam seguindo nesse sentido? Se ele perdesse a chance de alguma coisa boa acabaria culpando-a no final.

— Por favor? — Os suaves olhos castanhos de Greg procuraram os dela. — Você acha que nós podemos tentar? Vamos lá. Eu poderia me mudar esta noite. Poderemos finalmente ficar juntos. Do jeito certo.

O rosto de Hermione se desmanchou num sorriso. Não podia evitar. Sabia que era uma loucura. Mas talvez pudesse funcionar de verdade.

— Está bem — disse ela. — Mas com uma condição.

— Qualquer coisa. — Greg a agarrou e a levantou. — Porra. Você engordou?

— Muito obrigada. — Hermione fingiu estar ofendida.

— Qual é a condição? — Greg sorriu para ela.

— É Josh — disse Hermione. — Isso vai ser meio que um choque para ele. Você se importaria... — hesitou — você se importaria de *não* se mudar esta noite? Eu poderia fazer um belo jantar para ele, quem sabe. Contar a notícia com cuidado. Ter um novo colega de apartamento vai demandar um período de adaptação.

— Ele não vai querer *ficar*, certamente — disse Greg. — Ele não vai ficar se sentindo um pouco... sobrando?

— A casa da rua Amelia é o lar dele — disse Hermione, leal ao amigo. — Nós a encontramos juntos quando chegamos à cidade. Não quero que ele sinta que precisa se mudar da própria casa.

— Talvez você descubra que ele quer ir embora de qualquer maneira — disse Greg.

— Tudo bem — disse Hermione. — Se ele quiser, tudo bem. Mas, se não quiser, ele fica.

— Está bem. — Greg levantou as mãos, sinalizando a derrota. — Está bem. Josh fica. Não tenho problema com isso.

Infelizmente, Josh não viu as coisas da mesma maneira.

— Sinto muito — bufou ele quando Hermione serviu seu purê com alho favorito no prato. — Eu simplesmente não acho que um carboidrato complexo vá tornar a situação mais simples de lidar.

— Pode dar certo — argumentou Hermione. — Vocês podem descobrir que se dão superbem depois de conhecerem um ao outro.

— Ah, olhe — Josh olhou pela janela da sala de jantar. — Porcos voadores.

— Por favor, não faça assim — implorou Hermione. — Aqui, tome um pouco de vinho.

— Não posso — Josh estremeceu.

— É Pouilly Fumé.

— Está bem. Talvez uma tacinha.

No final, Josh concordou de má vontade em dar uma chance. Mas, na noite seguinte, enquanto Greg desfazia as malas, ficou de pé na porta, fazendo cara feia à Shirley Temple para o interminável desfile de camisas impecavelmente bem passadas e gravatas de seda pura que faziam o caminho da mala de couro marrom de Greg para o armário de Hermione. Mais tarde, enquanto Greg estava no banho, ele entrou se arrastado na cozinha parecendo tão deprimido que Hermione não pôde deixar de sentir pena do amigo, muito embora ele claramente não parecesse preparado para fazer algum esforço.

— Por que você está fazendo isso?

— Eu gosto dele — Hermione encolheu os ombros.

— Ele é casado.

— Ele deixou a mulher.

— E você se sente responsável por isso. — Josh abriu uma garrafa de água com gás.

— Não. — Hermione sacudiu a cabeça. — Nem um pouco. Quer dizer, claro que eu me sinto um pouco responsável. Se não fosse por mim, ele ainda estaria em casa com a mulher e os filhos agora. Mas eu gosto dele, Josh. Quer dizer, eu gosto dele *de verdade*. Ele faz com que eu me sinta viva. E a química sexual entre nós é de enlouquecer. Realmente acho que isso pode dar certo.

Josh parecia cético.

— O que ele acha do bebê?

— Ainda não contei a ele, na verdade — disse Hermione.

— Você está *louca*? Por que não?

— Parece maluco demais.

— Você quer dizer que não sabe como ele vai reagir.

— Não é isso — Hermione sacudiu a cabeça. — Eu vou contar a ele. Acho que é só uma questão de deixá-lo se acomodar um pouco. Terei que escolher o momento certo.

— Você quer que eu vá embora? — perguntou Josh.

— Não — Hermione bateu em seu braço. — Claro que não. Esta casa é tão sua como minha. E quando o bebê chegar, vou precisar de você mais do que nunca.

— Mesmo?

— Mesmo. Isso não muda nada, Josh. Você ainda vai fazer parte da vida da minha bebê.

— Mas é só isso, né? — Josh pareceu triste. — Ela é sua bebê agora. Sua e do Greg. Ela não é mais nossa.

Na semana seguinte, Josh cercou Greg como uma ave de rapina, implicando com cada coisinha.

— A Spurt! está fazendo barulho — dizia Greg.

— Barulho de mosca varejeira — respondia Josh. — Em volta de merda.

Para fazer justiça a Josh, Greg tinha a infeliz mania de provocá-lo às vezes. Se Josh fazia uma xícara de chá de manhã para ela, Greg levava um bolo da delicatéssen no caminho de casa. Se Josh lhe preparava um banho, Greg lhe fazia uma massagem nos pés. Os dois estavam marcando o território de tal maneira ao redor dela, que Hermione estava esperando o momento em que os dois levantariam a perna e começariam a mijar em cima dela. As provocações de Josh ficavam mais e mais azedas na medida em que ele ficava mais perto de Greg. Numa manhã, Greg perguntou a Hermione se ela achava que ele devia fazer alguma coisa em relação aos cabelos brancos.

— Grisalhos — disse ela, carinhosamente. — Eu não me preocuparia com isso. Gosto muito de cabelos grisalhos. Acho que dão um ar distinto.

— Mesmo assim — Greg olhou-se no espelho do hall. — Deve existir algum produto para disfarçar.

— Que tal fluido de freio? — debochou Josh.

— Pare com isso, Josh — disse Hermione. — Ou eu vou mandar internar você.

— Não é justo — Josh disse mais tarde quando Greg saiu para comprar uma garrafa de vinho na loja de bebidas para tomarem no jantar. — Você não tem mais tempo para mim.

— *Claro* que tenho — disse Hermione.

— Vocês estão sempre fazendo coisas sem mim. Aquela massagem de casal que fizeram outro dia...

— Este é o sentido da coisa — disse Hermione. — Nós somos um casal.

— Eu sei — Josh disse tristemente. — Mas isso não quer dizer que tenha que gostar.

Duas gloriosas semanas se passaram. Apesar dos maus humores de Josh, Hermione achava que nunca tinha sido mais feliz. Ainda tinha seus altos e baixos hormonais. E havia vezes em que olhava para a foto dela própria aos 7 anos comendo rosquinhas com a irmã naquele café engraçado com as luzes cor-de-laranja e imaginava se estaria se sentindo mais completa se tivesse coragem de entrar em contato. Aparentemente, a irmã não havia desaparecido da face da Terra. Alguém devia saber onde ela estava. Ela talvez estivesse até na região de Bath. O único problema seria se, como ela suspeitava, Harriet tivesse se casado e mudado de nome.

Na maior parte do tempo, porém, ela escondia todos os pensamentos a respeito de família no fundo da mente e se concentrava no presente. Nunca havia morado com alguém antes. Tinha ficado preocupada com o fato de que parte da atração inicial de Greg se devia a ele sempre parecer um pouco fora de alcance. Mas morar com ele era mais divertido do que ela imaginara que poderia ser. Adorava acordar com ele, abrir os olhos e vê-lo se espreguiçando como um gato delicioso ao seu lado na cama, e se aconchegando a ele para que pudessem fazer amor antes de saírem para o trabalho.

Era a mesma coisa à noite. Greg a procurava no instante em que ela se deitava na cama e lentamente passava as mãos e a língua por cada centímetro do seu corpo, dando beijos de borboleta na dobra do joelho e na nuca antes de escorregar para dentro dela e se mover junto com ela até o clímax. Com o passar dos dias, os beijos, principalmente na região da barriga, a deixavam mais e mais ansiosa. Ela estava ficando maior. Ainda não parecia exatamente grávida, estava começando a ficar mais cheia no meio do corpo. Numa noite, quando a língua de Greg fazia vagarosamente o caminho de seu mamilo esquerdo até o clitóris passando pela barriga, ele parou na região do umbigo e sorriu para ela.

— Hermione Harker — disse ele. — Eu acho que você está mesmo engordando.

— É de alegria — respondeu Hermione, sorrindo de volta, esperando que o tremor de pânico que sentiu não estivesse transparente.

Ela lhe contaria. Claro que contaria. Só queria encontrar o momento perfeito. Enquanto isso, o sexo era incrível. O vibrador prateado ficou esquecido na gaveta da mesa-de-cabeceira de Hermione até que, numa noite, procurando por um lenço de papel, Greg o encontrou.

— E o que, posso perguntar, é isto? — Acenou-o como se fosse uma bandeira sob o nariz dela.

— Ah, Deus. — Hermione ficou encabulada. — Isso é só...

— Você — acariciou a orelha dela — é uma gatinha safadinha.

— Eu não... — Hermione estava encabulada. — Quer dizer... eu... O que você está fazendo.

Greg havia girado a alça na base, observando o objeto ganhar vida.

— Pegue. — Deu a ela. — Use.

— O quê? — perguntou Hermione. — Agora? Mas nós acabamos...

— Por favor — disse Greg. Notou que ele estava duro de novo. Seu pau saltou como um salmão quando ele olhou para ela. — Eu quero ver.

Hermione estava cansada. Naquela noite, pela primeira vez com Greg, havia fingido um orgasmo. Tinha notado que vinha ficando cada vez mais cansada nos últimos dias. E seria meio estranho, contorcendo-se nua na cama com um pedaço de metal enfiado nela.

— Vamos lá, sua putinha safada — disse Greg, decidido. — Faça o que você costumava fazer sozinha quando eu não estava aqui para ajudá-la.

Levemente envergonhada, Hermione deitou-se nos travesseiros e fez o que ele pediu. E não levou muito tempo para que a sensação do próprio vibrador em combinação com a visão dos olhos de Greg olhando para ela com desejo enquanto tocava a si mesmo fizesse com que ela fosse tomada por ondas de prazer.

— Ele é um punheteiro — disse Josh, diretamente, durante o café-da-manhã do dia seguinte. Hermione tinha resolvido não ir trabalhar. Não podia mais nem pensar em trabalho. Sentia-se enjoada. O que não deveria mais estar acontecendo. Não agora. Estava exausta. E se sentia gorda e feia.

Apesar disso, não conseguiu deixar de sorrir com a ironia da descrição de Josh.

— Sabe o que dizem sobre ele na Canon Corps? — Josh continuou.

— Como você sabe o que acontece na Canon Corps?

— Belinda — disse Josh. — Aquela amiga do Stanley.

— E como *está* o Stanley?

— Irremediavelmente solteiro — disse Josh. — Como sempre. Não tente mudar de assunto. Belinda disse...

— Josh. — Hermione estava cansada. — Não me importa o que Belinda disse. E você não devia estar investigando ele. Nós estamos ótimos.

— Ele vai fazer merda com você — disse Josh. — Você sabe disso. Homens como ele nunca mudam. Eu sei disso muito bem.

— Como assim?

— Eu já saí com homens casados, você sabe. Nem todos os homens casados são tão héteros como gostam de parecer. E eu já conheci homens como Greg. Eles nunca deixam as mulheres. Não para sempre, pelo menos. Não acredito que você esteja correndo esse risco.

— Eu o amo — disse Hermione. — E sei que ele me ama. Enfim, o amor não é exatamente isso? Correr riscos?

— Se você tem tanta certeza de que ele ama você — Josh deu uma colherada na tigela de cereais — por que ainda não contou sobre o bebê? Não acredito que ele não percebeu. Quer dizer, ele realmente *olhou* para você?

— Sim — respondeu Hermione, pensando na noite anterior. Ele tinha olhado para ela muito detalhadamente. Embora ela *tivesse* ficado com a camisolinha de seda azul sobre a barriga. Já vinha fazendo isso havia um bom tempo. Greg reclamava que não conseguia vê-la direito. Gostava de olhar para ela enquanto faziam amor.

— Eu vou contar sobre o bebê — disse ela, na defensiva.

— Quando?

— Hoje à noite.

— Ótimo — beijou-a na testa. — Preciso ir trabalhar. Descanse bem. Bean precisa que você esteja forte.

Hermione ainda estava enjoada quando o telefone tocou às 11 da manhã.

— Hermione? — era Jon Lloyd, seu chefe na Pritchard Smythe.

— Oi. Josh deu o recado?

— Que você está doente. — Ele parecia estranho. — Sim. Espero que não seja nada sério.

— Só uma virose — disse Hermione. — Amanhã devo estar melhor.

— É bom saber. — Jon limpou a garganta.

— Era só isso? — Tinha umas pessoas se divertindo num programa da tevê a cabo. Ela queria ver aquilo.

— Não exatamente. Hermione, você sabe que estou mais do que satisfeito com o seu trabalho. Você tem muito valor para esta empresa. A sua visão é bastante... impressionante.

— Mas...

— Mas... — Jon respirou fundo. — Fiquei sabendo que você tem saído muito com Greg Finch.

— Ah!

— Fiquei sabendo que ele deixou a mulher.

— Sei.

— Isso é verdade?

— Sim — disse Hermione. Não havia sentido em mentir. A verdade ia acabar aparecendo mais cedo ou mais tarde.

— Você sabe que socializar com clientes é uma transgressão passível de demissão.

— Sim — respondeu Hermione. — Eu sei.

— Infelizmente não tenho outra escolha a não ser pedir que você limpe a sua mesa.

— Está bem.

— Sinto muito, Hermione.

— Eu também.

O tapete havia sido puxado de debaixo dos seus pés. O emprego na Pritchard Smythe tinha sido o motivo pelo qual ela viera para o Canadá. Era sua ligação com tudo. Com Josh. Com Greg. Sem a Pritchard Smythe, ela não estaria gerando aquele filho. Ela sequer conhecia alguém fora da companhia. Não mesmo. Sentiria falta da agência. Sempre soube que acabaria tendo que desistir do emprego, mas esperava que levasse um pouco mais de tempo para poder se ajeitar melhor. Pelo menos ficaria bem financeiramente. O generoso salário que a Pritchard Smythe lhe pagava permitiu que ela fizesse uma poupança.

Como Jon Lloyd havia descoberto, afinal? Ninguém mais sabia. Além de Josh. E Josh não iria...

Ou iria?

Não. Ele podia não gostar de Greg, mas ele não faria deliberadamente nada que a fizesse perder o emprego.

Mesmo assim, perguntaria quando ele chegasse em casa.

— Você perdeu o emprego? — Ele ficou espantado. — Ah, Deus, que coisa mais pobre de acontecer.

— *Josh*.

— Desculpe. O que você queria que eu dissesse?

— Estava imaginando se você sabe como Jon descobriu.

— Não faço idéia. — Ele pareceu desconcertado, e então seu rosto clareou. — Espere um minuto. *Você acha que fui eu*.

— Não — protestou Hermione. — Eu não disse isso.

— Não precisou. — Josh se levantou. — Está escrito na sua cara.

— Mas eu não pensei... quer dizer... eu sei que você não faria isso deliberadamente. — Hermione entrou em pânico. Nunca tinha visto Josh daquele jeito. — Por favor, não fique bravo.

— Eu não estou bravo — disse Josh, parecendo bravo. — Estou magoado.

— Mas...

— Como você pode ter pensado que eu faria uma coisa dessas com você? Eu sou o seu melhor amigo.

— Eu sei.

Josh pensou por um instante.

— Acho que é melhor eu me afastar desta situação.

— O que você está querendo dizer?

— Acho que eu devo ir embora. Me mudar.

— Não. — Hermione se sentiu completamente sem fôlego. — Você não pode fazer isso.

— Por que não? Você tem Greg agora. Não precisa mais de mim — disse Josh.

— Preciso, sim — protestou Hermione, delicadamente. — Eu preciso de você.

— Você vai ficar bem. — Josh começou a enfiar calças jeans e camisetas numa mochila. — Se Greg é tão maravilhoso como você parece acreditar, o que pode dar errado?

— Para onde você vai?

— Para a casa do Bernie.

— Achei que você tivesse dito que ele é jovem demais para você.

— E é — disse Josh. — Mas também é forte como um touro e desempenha como um trem. E, infelizmente, eu não posso ficar perto de você neste momento. Gosto muito de você. — Seu lábio tremeu. — Eu realmente queria ser um bom pai para esta pequena. Parece loucura. Mas cheguei a ficar um pouco decepcionado quando me dei conta de que Bean não era meu.

— Você teria sido um ótimo pai — Hermione disse baixinho.

— Bom, não era para ser — disse Josh, pegando a mochila.

— Você ainda pode ser.

— Não posso — disse ele. — Não com Greg por perto. O bebê é dele, não meu. Ele não vai querer que eu fique me metendo a cada cinco minutos. E quem pode culpá-lo? — Fechou o zíper da mochila. — Sabe, eu nunca vou entender o que você vê nele. Acho que vai permanecer como um dos mistérios da vida. Junto com por que as pessoas sempre levam só uma mala quando deixam as novelas de tevê para sempre.

— Josh... Por favor, não vá embora. Vamos resolver isso.

— Eu preciso ir. Isso não vai funcionar. Não posso ficar aqui. Vamos acabar nos odiando.

Hermione entrou em pânico. Não conseguia imaginar uma vida sem Josh. Não queria que seu bebê tivesse uma vida sem Josh também.

— Nós... — soluçou — ainda somos amigos?

— Sempre vamos ser amigos — disse Josh. — As coisas só estão diferentes agora. Só isso.

Hermione o viu partir com um peso no coração. Ele tinha razão, é claro. As coisas *estavam* diferentes agora. Provavelmente tinha sido querer demais esperar que Josh e Greg fossem se transformar obedientemente numa grande família feliz. Quando o bebê nascesse, as coisas mudariam de novo. Sua vida — e a de Greg também — mudaria irrevogavelmente.

Realmente estava na hora de contar a Greg que ele ia ser pai novamente.

Harriet

No fim, o bebê Oscar havia fraturado o crânio quando caiu da mesa da cozinha de Lizzy. Havia uma quantidade considerável de sangue em volta do seu cérebro, e isso estava causando muita preocupação. No hospital, Harriet sentiu-se desajeitada e inútil. A visão do corpinho de Oscar enrolado em bandagens e ligado a uma variedade de monitores bipando era quase mais do que ela era capaz de suportar. Não conseguia nem pensar em como Lizzy devia estar se sentindo.

Lizzy estava se sentindo absolutamente culpada. Se não estivesse fazendo festa na noite anterior do incidente, Oscar estaria agora perfeitamente a salvo na casa de Ivy Cottage. Lucy estaria na creche. Jemima estaria na escolinha. E ela e Oscar estariam aproveitando ao máximo a tranqüilidade, aninhados no sofá, comendo doces e assistindo aos Teletubbies.

— Ele sempre batia palminhas quando aparecia o Noo-Noo — soluçou Lucy naquela primeira manhã quando Harriet lhe entregou um copo do terrível café da máquina do corredor. — Ah, Deus, Harry. E se ele nunca acordar?

— Você ouviu o que o médico disse — Harriet apertou a mão de Lizzy. — Temos todos os motivos para pensarmos positivamente.

Não sabia sequer se Lizzy estava escutando. Com a mão direita, ficava beliscando metodicamente a barra de seu blusão azul-marinho, soltando pedacinhos de lã por todo o chão da sala de espera do hospital.

— Ele estava começando a aprender a se levantar — soluçou a amiga. — Quando entrei no quarto dele hoje de manhã, ele estava de pé no berço, acenando com o ursinho. Estava com uma expressão tão orgulhosa. E agora... — caiu no choro novamente.

— Ele vai ficar bem.

— Como você sabe? — Lizzy olhou para ela com os olhos cheios de lágrimas. — Ninguém disse isso claramente, disse?

— Nunca dizem — respondeu Harriet. — Não podem fazer isso. Precisam se garantir, caso...

— Caso ele morra... — o lábio de Lizzy tremeu.

— Não — Harriet estava com raiva de si mesma. — Quero dizer...

— Não é justo — disse Lizzy. — Ele é tão pequenininho. Ainda não teve nem a chance de aprender a falar.

— Ele vai aprender a falar — sorriu Harriet. — Provavelmente vai esperar você estar tomando chá com a sua sogra para aparecer com um palavrão terrível.

Lizzy conseguiu dar um sorriso fraco:

— A primeira palavra da Lucy foi "porra".

— Não sabia disso.

Lizzy esfregou os olhos com os punhos cerrados:

— É sempre a primeira coisa que eu grito quando algum idiota me corta no trânsito. Estávamos levando a minha mãe ao supermercado quando uma van branca maluca tentou me ultrapassar no semáforo, e ela simplesmente se saiu com essa: "Porra!"

— Com contexto e tudo — disse Harriet. — Estou impressionada.

— A minha mãe ficou encantada. — Lizzy deu um sorriso torto. — Disse que mostrava uma excepcional capacidade de julgamento de caráter em alguém tão jovem. Você conhece a minha mãe. Tem um ódio profundo de caras como este da van branca. — Olhou para Oscar, pequeno e pálido em contraste com os lençóis engomados do hospital, com o ursinho aninhado ao seu lado, para que fosse a primeira coisa que ele visse quando acordasse.

— Ah, Deus — disse Lizzy. — Eu o amo tanto. E se ele não sair dessa? E se ficar com seqüelas?

— Mas nós sabemos que ele não vai ficar — acalmou Harriet. — Já nos disseram isso. E bebês têm boa capacidade de recuperação, você sabe. Lembra de quando levamos Lucy ao parque para dar comida aos patos e aquele menininho desceu do escorregador bem em cima dela? Ela nem piscou. Oscar vai ficar bem. Você vai ver.

— Eu não estava cuidando dele direito — disse Lizzy, abatida. — Conrad tinha razão.

— Você cometeu um erro — disse Harriet. — Acontece.

— Só com idiotas.

— Sabe — confidenciou Harriet —, a minha irmã tropeçou no fio do ferro de passar uma vez em que Ruby nos deixou sozinhas com o nosso pai. Ele tinha esticado o fio pela porta da cozinha para poder ouvir os *Archers*, e Hermione veio correndo para pegar um picolé porque estava com sede e levantou vôo. De algum modo, o ferro acabou caindo em sua nuca.

— Ela se queimou?

— Não, felizmente — sorriu Harriet. — Meu pai não era o que se poderia chamar de deus doméstico. Não havia lhe ocorrido ligar o ferro de verdade.

— Parece Conrad.

— Mas ela levou uma bela pancada. Lembro distintamente de ficar chateada porque todo mundo armou um circo em torno dela. Normalmente era eu quem ficava doente. E ali estava ela, com um simples cortezinho na cabeça, ganhando sorvete

Napolitano com cobertura na cama. Fiquei passada. O que foi? — Lizzy estava olhando para ela com um sorriso de Mona Lisa nos lábios.

— Você nunca fala da sua família.

— Falo sim. Não falo?

— Na verdade, não. Não desse jeito. Quer dizer, sei que você sente falta deles. Na faculdade, você nos falava do acidente e de como se sentia. Mas nunca nos falou sobre como as coisas eram antes.

— Não falei? — Harriet sentiu um nó de culpa no peito. Se o que Lizzy disse era verdade, era uma pena. Ela tivera uma infância feliz. Merecia ser lembrada.

Depois que Lizzy tocou no assunto, ela concluiu que havia evitado pensar nos dias mais felizes. Por experiência sabia que, quando alguém morria, eram freqüentemente as coisas felizes que mais nos atingiam. Por algum motivo estranho, a lembrança dos prazeres inocentes era a pior. No enterro, enquanto ela e Hermione atiravam pétalas de rosa sobre o par de caixões sendo abaixados na terra, ela repentinamente teve uma visão de Isaac, uma semana antes, sentado sobre uma lápide de mármore rosa manchado em sua oficina com o rosto iluminado enquanto comia o sanduíche de sorvete que era seu lanche da tarde. Ele estava aproveitando a vida e agora estava morto. O sanduíche de sorvete o havia levado a uma falsa sensação de felicidade. Ele certamente não estava esperando aquilo. Era quase como se tivesse sido enganado.

— É legal — a voz de Lizzy provocou suas lembranças, canalizando-as, como bolhas de mercúrio, para longe de Isaac e seu sorvete e para um novo caminho. — Conte mais.

— Da minha família? Mas você não vai querer...

— Quero, sim. — Segurando o café quente, a mão de Lizzy tremeu levemente. Harriet, que estava prestes a dizer que a amiga não iria querer ouvi-la desabafando, percebeu de repente que era exatamente isso que Lizzy queria. Precisava de alguma coisa para desviar o pensamento do que estava acontecendo com o pobre Oscar. Não importava exatamente o que fosse. Poderia ficar lendo a previsão do tempo, que Lizzy escutaria atentamente. Então Harriet lhe contou. Contou sobre a infância idílica na Cornualha. Contou sobre as comidas experimentais de Ruby. Sobre as ondas quebrando nos rochedos abaixo da casa. Contou sobre Godiva e Daphne, as duas patas brancas, esquecidas até agora, que viviam no jardim e atacavam o carteiro com regularidade. Big Red, o infeliz galo que teve um fim difícil. Falou sobre o jeito encantador de Hermione. E falou de Ruby e Isaac, cujo eterno gosto pela vida os fazia se arrumarem todos num sábado à noite sem motivo algum. Ruby, de vestido azul, preparava gim-tônica com fatias de lima. Isaac, num terno antigo, punha um disco para tocar. "Pennies From Heaven", "Over the Rainbow", "Smoke Gets In Your Eyes". Contou como ela e Hermione costumavam se arrastar pelo chão com suas pantufas de coelhinho para espiar os pais por entre as grades do corrimão da escada enquanto eles giravam pela sala de estar como namorados adolescentes.

— Isso é a coisa mais fofa que eu já ouvi — disse Lizzy.

— Eu sei — disse Harriet, com carinho na voz. — Era uma coisa de cinema mesmo. Meus pais eram românticos incorrigíveis. Os dois.

— Você acha que você e Dan algum dia tiveram isso? — perguntou Lizzy.

Harriet pensou um pouco.

— Não sei — respondeu sinceramente. — Sempre achei que sim, mas, agora que ele não está mais comigo, às vezes fico pensando nisso. Acho que me casei com ele em parte porque me sentia segura ao seu lado. Tudo mundo dizia que éramos muito jovens.

— Eu lembro — disse Lizzy. — Soo disse que dava um ano, lembra? No Chequers, na véspera do casamento. Ela estava meio bebum. E Gabby ficou furiosa, porque Dan era irmão dela, e achou que aquilo era um desrespeito a ele. Atirou uma bebida em Soo.

— Tinha me esquecido disso — sorriu Harriet. — Gabby era tão estourada naquela época, né?

— Ed a acalmou — disse Lizzy. — E Luke, é claro — sorriu. — Não podemos nos esquecer do Pequeno Príncipe.

Harriet riu.

— Sei que éramos jovens para nos casarmos — disse ela. — Eu só não me importava com o que os outros pensavam.

— Você ainda acha que vocês eram certos um para o outro?

— Acho — respondeu Harriet. — Não. Talvez. Só acho que nos conhecemos muito cedo. Acho que eu meio que me liguei a ele.

— Você tinha perdido toda a sua família — assentiu Lizzy. — Era natural. Queria ter certeza de que ele não iria deixá-la também.

— Você acha que foi isso?

— É possível — disse Lizzy. — Quer dizer, não é assim que a vida segue em frente? Todos sabemos que vamos perder os pais um dia. Pelo menos, de acordo com a ordem natural das coisas. Não quero dizer como você perdeu, é claro — acrescentou apressadamente. — Só quero dizer que é em parte por isso que nós procriamos. Somos programados para amar e ser amados em troca. De modo geral, nós nos sentimos mais seguros em grupos. É por isso que formamos famílias.

— Você e Conrad têm isso? — perguntou Harriet.

— O quê?

— Essa paixão completa. Como Isaac e Ruby tinham.

— Às vezes. As coisas mudaram um pouco, desde o nascimento de Oscar. Mas é a vida. E nem tenho certeza de que ficaria confortável com isso o tempo todo, de qualquer maneira. Acho que as pessoas são diferentes. Não é só porque as coisas não estão sempre um mar de rosas que você está com a pessoa errada.

— Acho que não.

— E ter filhos muda tudo. — Os olhos de Lizzy se desviaram momentaneamente para o filho, deitado na cama do hospital. — As nossas prioridades mudam. Eles precisam. Ah, desculpe, Harry. Sei que você queria...

— Tudo bem — disse Harriet. — Sabe, Hermione costumava dizer que nunca ia querer ter filhos.

— Você acha que ela queria dizer isso mesmo?

— Hermione nunca dizia nada que não quisesse dizer. — Harriet sorriu com a lembrança da irmã exuberante.

— Você acha que ela poderia mudar de idéia? — perguntou Lizzy. — Quero dizer, a Hermione, se estivesse viva. Você acha que ela teria acabado se estabilizando, como nós?

— Não tenho certeza — disse Harriet, cheia de culpa.

— Desculpe. — Lizzy percebeu a tensão em sua voz e ficou quieta. — Você deve sentir muita falta dele. Quero dizer, Charlotte me irrita. Somos muito diferentes. Na maior parte do tempo, estamos querendo nos esganar. Mas não sei o que eu faria se acontecesse alguma coisa com ela.

Harriet mordeu o lábio.

— Posso contar uma coisa? — De repente, cansou de mentir. Parecia tão idiota não reconhecer a irmã. E não parecia certo deixar Lizzy achando que Hermione estava morta.

— Claro.

— Aquele acidente — disse Harriet. — Eu não... quer dizer... a Hermione não... ela não... ela não morreu — terminou, falando baixinho.

— Ela não morreu? — ecoou Lizzy.

— Não. Pelo menos até onde eu sei.

— Mas... — Lizzy abriu e fechou a boca. — Por que você me disse que ela tinha morrido?

— Porque vocês concluíram isso — disse Harriet. — Naquele dia na Semana dos Calouros, quando nos conhecemos. Estávamos sentadas no refeitório, conversando sobre as nossas famílias, lembra? Gabby estava reclamando sobre Dan estar na mesma universidade, queimando o filme dela.

— Hells contou sobre a irmã dela ter conseguido um papel na série *Grange Hill*! — lembrou Lizzy. — E você disse...

— Eu disse que não tinha mais uma irmã. E contei do acidente. E vocês meio que concluíram que Hermione também havia morrido no acidente.

— E ela não morreu?

— Não — disse Harriet, com cuidado. Lizzy parecia magoada. Com razão. Tinha acabado de descobrir que vinha acreditando numa mentira há quase quinze anos.

— Então onde ela está? — Lizzy parecia desnorteada. — Não estou entendendo.

Harriet respirou fundo.

— Você lembra daquele cara com quem eu estava conversando? Aquele que foi ao batizado de Oscar. Perguntei a você sobre ele na festa de ontem à noite.

— Will? — Lizzy parecia confusa. — O que tem ele?

— Eu o conhecia. Há muito tempo, ele foi meu namorado. Pelo menos eu achei que fosse. Nós estávamos dormindo juntos, e eu de certa forma presumi isso.

— Homens! — disse Lizzy. — Então o que aconteceu?

— Foi no verão depois que terminamos o colégio — contou Harriet. — Hermione foi conhecer as ilhas gregas com uma amiga. Eu devia ir — disse, rapidamente —, mas estava trabalhando. Queria guardar dinheiro para a faculdade. E recebi um convite para fazer a minha primeira exposição. Eu tinha meio que inventado uma história. Então, quando me convidaram, eu tive que aparecer com algumas obras-primas muito rápido. Mas era o meu futuro. Pelo menos era o que eu achava na época. Então fiquei em casa.

— E conheceu Will?

— Sim — assentiu. — Eu o achava maravilhoso.

— Ele ainda é — observou Lizzy.

— Eu sei — disse Harriet. — Irritante, né?

— Depende do ponto de vista — disse Lizzy. — Você está livre agora. Não há nada que a impeça de reacender a antiga paixão, né?

— De jeito nenhum — disse Harriet. — Will me magoou. Muito.

— O que aconteceu?

— Tudo foi incrível no começo. Você sabe como é, a primeira vez que transamos. Achamos que é um grande segredo que só nós sabemos. Andamos de um lado para o outro sentindo pena de todo mundo porque achamos que eles não compreendem. É quase como se tivéssemos inventado tudo.

— Steve Lilley numa barraca em Yorkshire Moors — assentiu Lizzy. — Não recomendo. Desconfortável e muito frio. Mas sei exatamente o que você quer dizer. É como ligar uma torneira. Depois da primeira vez não pára mais.

— Exatamente — disse Harriet. — Não conseguíamos nos largar. Aproveitávamos todas as chances. Se Ruby ia ao cabeleireiro, corríamos para o meu quarto com um pacote de camisinhas e colocávamos uma cadeira embaixo da maçaneta para o caso de ela voltar antes. Transávamos no carro velho dele. Até num ônibus nós transamos uma vez. Passamos todos os minutos juntos durante três semanas. E então...

— Então?

— Ele simplesmente parou de me ligar — disse Harriet. — Foi como se eu não existisse mais. Eu não podia acreditar. Num instante, eu era o centro do mundo dele. No instante seguinte, eu não era nada.

— Que sensação terrível — disse Lizzy.

— Foi pior do que isso. Uma semana depois, eu descobri que estava grávida.

— Que merda!

— No começo, quase fiquei contente — admitiu Harriet. — Achei que se eu ligasse para ele e contasse, talvez ele pelo menos me desse alguma atenção. Mas claro que eu nunca consegui falar com ele. Era sempre a mãe dele que atendia ao telefone. Ou a irmã dele. — Encolheu os ombros. — Acho que fui ingênua.

— O que isso tem a ver com Hermione?

Harriet contou tudo o que aconteceu. Falou da festa. De como ela tinha visto Will e Hermione enroscados um no outro no jardim. Da reação dele quando ela contou que estava esperando um bebê. E então contou a Lizzy sobre, depois do acidente, encontrá-lo em sua própria casa e descobrir num choque que era com Will que Hermione estava indo viajar.

— E é por isso que você não a viu mais? — Lizzy sacudiu a cabeça, sem acreditar. — Por causa de um cara?

Harriet sacudiu a cabeça tristemente.

— Eu disse coisas horríveis. Disse que era por culpa dela que Ruby e Isaac estavam mortos. No dia seguinte, ela viajou com Will. Não entrou em contato comigo desde então. Você a culparia?

— Mas a coisa toda parece tão idiota — disse Lizzy. — Perder quinze anos da vida uma da outra. Você não pode procurá-la? Dizer que foi um engano. Tenho certeza que ela vai entender.

— Não faço idéia de onde ela esteja — disse Harriet, melancolicamente.

— Será que Will não sabe?

— Não quero perguntar a ele — disse Harriet.

— Por que não, meu Deus?

— E se ele *souber* onde ela está?

— Isso seria bom — disse Lizzy. — Não seria?

— Não se ele me disser que ela nunca mais quer me ver.

— Pelo menos você vai *saber* — disse Lizzy. — Pode seguir em frente sabendo que tentou.

— Isaac sempre dizia que as coisas das quais mais se arrependia na vida eram as coisas que ele não tinha feito — disse Harriet. — Os riscos que não correu, e não os que ele correu e não tiveram o resultado esperado.

— Está vendo?

— Você acha que eu devia tentar encontrá-la?

— Você não tem nada a perder. — Lizzy fez um sinal para Oscar. — Não sabemos o que nos espera na próxima esquina. E se alguma coisa inesperada acontecer e você perceber que deixou ficar tarde demais?

— Foi isso que Jesse disse. — Harriet mexeu-se na dura cadeira do hospital.

— Você contou a Jesse? — Os olhos de Lizzy estavam cheios de mágoa.

— A coisa meio que escapou — admitiu Harriet.

— Como é que uma coisa dessas simplesmente escapa?

— Foi depois da festa. Eu estava vendo umas fotos antigas no quarto. Não estava conseguindo dormir.

— Eu sabia — disse Jesse, triunfante. — O que Jesse estava fazendo no seu quarto no meio da noite?

Harriet contou.

— Trancado do lado de fora o caramba! — debochou Lizzy. — Ele tem uma queda por você.

— Tem nada — Harriet sentiu o estômago se contorcer. — Ele tem a Clare.

— Você gosta dele? — perguntou Lizzy.

— Claro que não. — Harriet sentiu o rosto queimando.

— Mentirosa.

— *Não* gosto.

— Então por que você ficou vermelha?

— Porque você estava esperando que eu ficasse vermelha.

— Ele passou a noite toda olhando para você.

— Fico surpresa que você estivesse em condições de notar — disse Harriet.

— Você *gosta* dele — disse Lizzy. — É óbvio.

— Por quê?

— Por causa do jeito que você disse "Clare". Você tem ciúmes.

— Não tenho.

— Por que você simplesmente não admite? Você gosta dele, e ele gosta de você.

— Está bem — Harriet levantou as mãos, rendendo-se. — Eu gosto dele. Um pouquinho. Mas não tem importância. Porque nada vai acontecer. Eu sou casada. E ele é comprometido. Essa *coisa*, o que quer que seja, vai passar, está bem?

— Se você diz. — Os olhos de Lizzy brilharam levemente de malícia. Então, de repente, quando o ambiente se encheu com o som irreverente de uma canção-tema de programa infantil, seu rosto se enrugou.

— Lizzy? — Harriet apertou a mão da amiga. — O que houve?

— São os *Teletubies* — Lizzy começou a soluçar de novo. — Oscar adora os *Teletubies*. Gosta de ficar pulando no lugar quando toca a música. E agora está muito doente.

— Ele vai ficar bem. — Harriet prendeu o braço no da amiga. — A esta altura da semana que vem ele vai estar pulando no lugar de novo. Você vai ver.

Dessa vez, ela tinha razão. Oscar realmente melhorou com o tempo. Na visita seguinte de Harriet, em que ela levou um minúsculo polvo de pelúcia que tilintava, estalava ou arrotava, dependendo do tentáculo que se apertava, ele estava sentado na cama, gargarejando alegremente enquanto Lizzy brincava de "Este Porquinho" com seus dedos gorduchos e rosados. A certa altura, ele havia dominado a produção dos sons. O minúsculo cubículo no fim da ala pediátrica reverberava com o barulho de um camarada faceiro gritando alegremente "GÃ" com todo o fôlego.

Harriet suspeitava que as coisas entre Lizzy e Conrad poderiam levar um pouco mais de tempo para melhorar. De sua posição privilegiada ao lado do berço hospitalar de Oscar, pôde sentir que o clima entre os dois estava claramente frio. Era evidente que Conrad culpava Lizzy pelo acidente. O que não era justo. Afinal, acidentes acontecem. Oscar podia ter caído da mesa em qualquer situação.

Numa manhã, enquanto observava Conrad ninar o filho, lembrou-se de quando o conheceu, num churrasco no bagunçado jardim dos fundos da casa de Lizzy. Com uma estranha sensação no estômago, Harriet observara a amiga toda arrumada numa roupa esvoaçante de seda cor de jade. Talvez fosse ciúme, porque o relacionamento de Lizzy era brilhante e reluzente como uma moeda nova, e o dela era, bem, o dela.

Lizzy havia corrido da cozinha até o jardim dos fundos com pratos de salada de batata e montes de cuscuz, acompanhados de legumes mediterrâneos assados. Por algum motivo, estava apavorada que Conrad não aparecesse.

— Ele não vem — disse ela, nervosa, enquanto Harriet mexia a salada. — Vem?

Mas Conrad apareceu. Entrou nervosamente no jardim enquanto todo mundo devorava morangos com chocolate. Carregando uma caixa de Stella e protegendo os olhos do sol, parecia quase cômico com suas bermudas azul-marinho. Até mesmo Lizzy tinha se assustado. Harriet lembra dela apontando para suas perninhas de passarinho, complementadas por joelhos tão salientes que poderiam ganhar um prêmio num acampamento e dizer:

— Essas são as suas pernas?

Agora, sentada à cabeceira de Oscar, vendo-o punir Lizzy com sua falta de confiança, teve vontade de lembrá-lo daquela tarde de sol, quando ele teve que atravessar um jardim cheio de estranhos para fazer feliz a mulher que ele achou que poderia amar.

Então, Lizzy não era perfeita. Mas quem era, afinal?

Hermione

Hermione passou tanto tempo se preocupando em como contar a Greg que estava grávida, que foi quase um choque no fim descobrir que ela não precisava ter se preocupado com isso, afinal.

Ele já sabia!

— Quem contou a você? — Hermione largou a xícara de chá sobre a mesa do café-da-manhã. Estava com as mãos tremendo feito varas verdes.

— Bumble.

— Quem diabos é Bumble?

— A minha secretária.

— Como diabos *ela* sabia?

— Todo mundo sabe. — Greg afrouxou a gravata e se sentou. Parecia cansado.

— Como?

— Hermione — disse Greg —, eu tive um dia horroroso! Os números da Spurt! despencaram. Várias cabeças estão prestes a rolar. Minha mulher me ligou hoje de manhã para me dizer que minha filha de 7 anos está pedindo para botar um piercing no umbigo. Depois recebi uma ligação maldosa da porra da minha secretária para perguntar se eu achava que devíamos mandar flores para você porque ela tinha ficado sabendo por aquela cabeça-de-vento da recepção da PSC que você está grávida. Essas recepcionistas trocam informações, sabia? Saem para beber vinho juntas nas sextas à noite. Como bruxas em torno de um caldeirão.

— Então a sua secretária sabe sobre nós?

— Claro que sabe — disse Greg, imediatamente. — Todo mundo sabe por que você foi demitida.

— Mas como ela soube que eu estou grávida? — Hermione estava confusa. — Ninguém sabe disso.

Greg apertou os olhos com as mãos como se estivesse tentando fazer tudo ir embora.

— Quando limparam a sua mesa, encontraram isto — mostrou o livro de bebê de Hermione. — Imagino que não seja uma coincidência. Quer dizer, talvez fosse apenas um desejo seu. Mas você sabe como as pessoas fazem fofoca. E você deu uma engordada nos últimos tempos.

— Desculpe — disse Hermione. — Eu queria contar. Mas você tinha acabado de deixar a sua mulher.

— Imagino que *seja* meu.

— Claro que é seu — disse Hermione. — Quem você pensa que eu sou?

— Porra, Hermione. — Greg deu um murro tão forte na mesa, que Hermione se encolheu. — Você não pensou em me contar isso? Há quanto tempo você sabe?

— Há alguns meses — disse Hermione, baixinho. Nunca o havia visto sair do sério antes.

— Meses. — Greg atirou os braços para cima. — Ah, isso é ótimo. Então quanto tempo eu tenho para me acostumar à idéia? Melhor ainda, quanto tempo meus filhos têm? Isso não vai ser fácil para eles, sabia? A mãe deles e eu nos separamos, e de repente eles têm esse novo irmão ou irmã com quem se preocupar. — Pegou o casaco.

— Aonde você vai?

— Sair.

— Aonde?

— Vou caminhar. Beber alguma coisa. Não sei. Que droga, Hermione. Você realmente sabe como acabar com o dia de um cara.

Hermione caiu no choro.

— Ah, Deus — disse Greg. — Desculpe. É que foi um choque.

— Eu queria que você ficasse contente — disse Hermione, limpando os olhos. — Sei que é um tiro no escuro. Mas este bebê é nosso. Achei que talvez você pudesse amá-lo.

— Claro que vou amá-lo — disse Greg. — Eu já tenho três filhos. Um a mais não vai fazer tanta diferença. Venha aqui.

Com a cabeça no ombro dele, Hermione tentou disfarçar a decepção. Queria que ele pensasse que este seria diferente. Porque, ao contrário dos outros filhos dele, aquele seria dos dois.

— Sei de um cara que vai ficar nas nuvens com isso — disse Greg.

— É mesmo?

— Spike — disse Greg. — Ele está cansado de ser o caçula. Você fez o ano dele.

Hermione caiu novamente no choro.

— O que foi agora?

— Você não quer que eu conheça os seus filhos.

— Isso não é verdade.

— Você os vê todas as semanas e nunca me pergunta se eu quero ir junto.

— Isso não quer dizer que eu não queira que você vá — disse Greg.

— O que é, então?

— Para ser sincero, eu nunca vi você como uma pessoa ligada em crianças. Você sempre me pareceu tão... independente.

— Então eu posso conhecê-los? — Hermione fungou de novo.

— Claro que pode conhecê-los. — Greg deu-lhe um beijo na testa. — Eles vão adorar você.

Greg passou as semanas seguintes terrivelmente ocupado no trabalho, o que significou que não houve tempo para arrumar nada concreto. Hermione se ofereceu para acompanhá-lo numa ida ao McDonald's numa quarta-feira, mas, na manhã do passeio planejado, a filha mais velha de Greg ligou para dizer que tinha se tornado vegan e que todas as futuras tentativas de fazê-la atravessar os arcos amarelos seriam consideradas um ataque aos seus direitos civis. Greg disse que, sendo assim, eles podiam ir todos ao By The Way, onde faziam falafel, mas os dois pequenos armaram uma confusão tão grande que ele deu à filha 50 dólares para ela gastar em sua adorada Queen Street e levou os pequenos para o cheeseburguer semanal assim mesmo.

No fim das contas, Hermione pensou que seria melhor conhecer todos de uma só vez e foi fazer compras. A lista de coisas de que o bebê precisaria era interminável. Berço. Carrinho. Equipamento de esterilização. Babadores. Estava tudo bem enquanto ela estava comprando casaquinhos bonitinhos de algodão cru e sapatinhos minúsculos. Mas as coisas maiores eram o que a mãe dela chamaria de território azul. Ela não conseguiria tomar uma decisão sozinha. Precisava de Greg para ajudá-la. Infelizmente, o coitado estava fazendo de tudo para manter a cabeça para fora d'água no trabalho. Chegava em casa cansado demais para fazer qualquer coisa além de despencar. Ela teve inclusive que ir sozinha fazer a segunda ultra-sonografia porque Greg precisou ir para Londres de última hora. Ele ficou arrasado por não poder ir, é claro. Mas trabalho é trabalho. Ele não podia se dar ao luxo de ferrar com tudo agora. Não com duas famílias para sustentar.

— Dá para saber se é menino ou menina? — Hermione perguntou enquanto a enfermeira espalhava gel verde-limão em sua barriga.

— Dá — disse a enfermeira, radiante. — Você quer saber?

— Não, obrigada — Hermione sacudiu a cabeça. — Acho que já sei o que é.

Ela ainda sofria por causa da nicotina. Fumar sempre fora algo muito importante em sua vida. Desde aquele dia com Harriet no Parque Hedgemead, Hermione foi uma fumante persistente. Na escola, podia ser sempre encontrada fumando atrás das salas de aula móveis na hora do almoço. Ultimamente, vinha tendo dificuldade para manter a promessa que fizera a si mesma de só fumar um cigarro por dia. Greg a provocava por causa disso. Mas ele a provocava por qualquer coisa. Ele a chamava de maluquinha da limpeza por causa das suas repentinas necessidades de preparar o ninho para o novo morador. Ela terminou de limpar o quarto extra e pintou-o com uma maravilhosa tinta verde-pistache, que lhe pareceu uma cor bastante unissex. Encheu o ambiente de coisas interessantes para o bebê olhar. Um móbile, feito de dezenas de abelhas operárias voando em torno de um pote de mel. Uma centopéia de papel de seda azul-celeste foi pendurada no teto. Um friso multicolorido com o alfabeto enfeitava as paredes. A de avião. B de bola. C de casa. E assim por diante. Ela mesma montou o berço. Inclusive encontrou um velho guarda-roupa no Mercado Kensington e pintou-o de branco. O móvel já estava metade ocupado. Com coletes do tamanho da palma de sua mão. Um minúsculo chapeuzinho de lã. Um gorro muito fofo listrado de laranja e vermelho com uma simpática lesma bordada na frente. Harriet se orgulharia dela.

Mas as coisas não pararam por aí. Nas semanas seguintes, ela fez faxina na casa toda. Com uma dor de arrependimento, arrumou o resto das coisas de Josh numa caixa que guardou no porão para quando ele viesse buscá-las. Pintou o quarto de branco e encheu-o de coisas bonitas. Botou na cabeça, depois de olhar todas as coisas de escola de Harriet, que talvez, algum dia, ela encontraria a irmã e lhe diria que ela seria tia. Pensou em ter um quarto para hospedá-la, caso ela quisesse visitá-la.

Num sábado, resolveu fazer uma faxina no próprio quarto de cima a baixo, arrancando lençóis e fronhas numa explosão de energia e amontoando tudo numa pilha nas tábuas do piso. Percebeu que era outra coisa em que teria que pensar para quando Bean chegasse, ao ver um prego levantado cerca de um centímetro no chão, encolhendo-se ao imaginá-lo rasgando a pele macia e rosada dos pezinhos minúsculos.

Lembrou-se de como a mãe virava o colchão todas as semanas sem exceção, resolveu fazer uma tentativa. Usou todas as forças para erguê-lo de lado e, mesmo assim, ele bateu na parede e caiu sobre suas costas, quase a derrubando.

Foi quando as viu.

Revistas!

Três ou quatro delas. Meio enojada, meio curiosa, Hermione pegou uma delas e começou a folhear as páginas mal impressas. Chamava-se *Blonde Bombshells*. Cumprindo a promessa do nome, era cheia de loiras exuberantes, todas nuas, olhando diretamente para as lentes da câmera com expressão de anseio nos rostos. Loiras fingindo ser lésbicas. Loiras fingindo ser estudantes, com os cabelos presos em rabos-de-cavalo e falsas sardas pintadas no rosto. Uma página trazia uma loira sentada na privada com as pernas abertas, chupando os dedos, que, aparentemente, tinham acabado de sair do ponto cor-de-rosa entre as pernas.

Um lado seu queria rir. Era tão encenado. Tão ridículo. Alguém realmente conseguia se excitar com aquelas coisas?

Então lembrou de Greg com o vibrador. Ele tinha ficado tão excitado naquela noite. Parecia quase um animal selvagem enquanto a via usá-lo em si mesma. Dizem que os homens são mais estimulados visualmente do que as mulheres. Com certeza era perfeitamente normal. As colunas de conselhos nas revistas estão sempre dizendo que é normal que os homens se interessem por material pornográfico. Que eles conseguem dissociar as mulheres das fotos das parceiras de carne e osso. E teria sido quase engraçado imaginar Greg se masturbando com essas imagens ridículas se sua própria libido não tivesse despencado nas últimas semanas.

Ela estava começando a se sentir um balão. Tinha pavor de pensar em como se sentiria quando ficasse mais quente. O verão em Toronto costumava ser extremamente úmido. No mínimo, seria desconfortável.

Queria que Josh estivesse ali. Era o tipo de coisa sobre a qual os dois dariam risada. Podia vê-lo agora, enchendo a cara de salgadinhos e olhando a revista de todos os ângulos.

Sentia saudade dele. Sem Josh, não tinha ninguém com quem fofocar. Ninguém para analisar o significado do que Greg dizia ou deixava de dizer. Ele ainda ligava de vez em quando para ver como ela e Bean estavam. Mas ela não conseguia conversar com ele. Não como antigamente. Por algum motivo, ele ainda não aprovava Greg. Ultimamente, as conversas dos dois pareciam se manter apenas na educação. Um dia, Josh provavelmente desapareceria completamente de sua vida.

Resolveu que não havia por que falar sobre as revistas com Greg. Mesmo que ela perguntasse diretamente se ele preferia essas fantasias de celulóide a ela, de carne e osso, ele provavelmente apenas diria que ela estava maluca.

Levantando um pouco o colchão, recolocou-as exatamente onde as havia encontrado.

Harriet

Fazia semanas que Harriet estava nas nuvens. Tudo o que se falava era que a decoração do Blue Ginger era um sucesso absoluto e, de repente, ela estava cheia de trabalho. Estava sempre ocupada. Num dia, estava pintando uma peônia chinesa no chão de uma butique na cidade, no dia seguinte, estava decidindo entre um delicioso uva opaco e um fresco verde-azulado para as paredes de um salão de beleza na rua Bartlett. Estava sendo ótimo para seu saldo bancário. Mas ela não conseguia deixar de se sentir um pouco preocupada. Sentia falta da estabilidade de trabalhar num só lugar. Tanto era assim que, de vez em quando, quando tinha tempo, aparecia no Blue Ginger para ver como andavam as coisas. Nunca era exatamente como quando eram apenas ela, Bob e Jesse trabalhando juntos para aprontar as coisas. Era tudo sempre muito corrido. Mas às vezes ela passava mais cedo, e Jesse puxava um banquinho estofado de couro até a fatia de sol que dividia o bar e lhe preparava um café para ela enquanto eles conversavam.

Era uma dessas manhãs. Harriet tinha um compromisso num apartamento no Royal Crescent naquela tarde. Uma mulher queria que as colunas falsas de poliestireno de seu banheiro fossem pintadas como mármore. Ela parecia achar que o fato de ter muito dinheiro significava que ela podia se virar com a educação de uma menina de rua. Sentindo necessidade de se fortalecer, Harriet passou no bar e estava encarapitada em seu banquinho de sempre, enquanto Jesse andava de um lado para o outro como um mosquitinho agitado.

— Você está ocupado hoje — observou ela.

— Nem me fale. — Jesse enfiava garrafas de tônica no refrigerador. — Joe devia ter feito o último turno, ontem à noite. Claro que o merdinha não apareceu. Estávamos só eu e a Catriona ontem à noite, e ficamos atolados. Não gostei de fazer Catriona ficar para limpar tudo. Ela só tem 19 anos. Não parece certo.

— Joe está doente? — perguntou Harriet.

Jesse examinou o selo numa caixa de suco de tomate.

— Que nada. Ele estava vagabundeando. Nem voltou para casa. O celular dele estava desligado o tempo inteiro. Acho que a culpa é minha. Ele não está interessado nisso tudo. E quem pode culpá-lo? O Blue Ginger não é responsabilidade dele. Ele quer sair para ver o mundo.

— Ele devia ter ido há semanas.

— Agora já tem a passagem. — Jesse pegou o onipresente lápis detrás da orelha e coçou a cabeça com ele. Parecia estressado.

— Você gostaria que fosse você? — perguntou Harriet. — Indo embora sem nenhuma preocupação no mundo?

— Na verdade, não — disse Jesse, encolhendo os ombros. — Eu não entendo muito bem essa obsessão de ficar longe durante semanas. Acho que faz de mim a ovelha negra da família.

— Como assim?

— Jack está em Santiago. E agora o Joe está prestes a ir atrás da própria sorte no mundo. Isso nunca me fascinou. Acho que no fundo sou um passarinho de gaiola. Gosto de me sentir estável.

— Sei o que você quer dizer — disse Harriet. — Eu sou um pouco assim também. Às vezes me pergunto o que teria acontecido se eu tivesse ido para a Grécia com Hermione. As coisas poderiam ter sido diferentes.

— Em que sentido?

— Eu não teria conhecido Will — disse ela, dando de ombros. — Hermione provavelmente nunca teria ido àquela festa. Meu pai não teria ido buscá-la. Ruby e Isaac ainda estariam vivos. E eu nunca teria ido para Londres e conhecido Dan. Ou Lizzy.

— Então você acha que é assim que tudo acontece? — perguntou Jesse. — Você acha que a vida é aleatória assim?

— Você não?

— Não sei. Muitas vezes me pergunto se já não está tudo planejado para a gente.

— Como você e Clare, você quer dizer?

— O que tem eu e Clare?

— Vocês se conhecerem na escola, não foi? Estarem juntos depois de todo esse tempo. É evidente que tinha que acontecer.

— Tivemos nossos altos e baixos — disse Jesse. — Não é fácil fazer um relacionamento à distância funcionar.

— Mas vocês parecem conseguir — disse Harriet. — Devem estar fazendo alguma coisa certa.

— Hmmm — fez Jesse, pensativo. — Então imagino que você não tenha mais falado com Dan.

— Não desde a inauguração.

— Ele vai voltar atrás — disse Jesse. — Quer dizer, imagino que seja isso que você queira?

— Sabe, na verdade eu não sei mais — admitiu Harriet. — Não consigo deixar de me perguntar se não está na hora de eu fazer alguma coisa completamente diferente.

— Como encontrar Hermione?

— Alguma coisa assim. Talvez até viajar. Fazer tudo o que devia ter feito quando era mais nova.

— E o seu negócio? — Jesse pareceu surpreso. — Você disse que passou anos construindo tudo.

— Passei mesmo. Mas é só um negócio. Sempre posso começar outro.

— Você faria falta — disse Jesse. — Se fosse viajar.

— Para quem?

— Para mim, para começar. Lizzy. Oscar. Você está sendo incrível, ajudando enquanto ele está no hospital.

— Ele está muito melhor agora — sorriu Harriet. — Tentou dizer "ouriço" hoje.

— Que fantástico. Achei que ele estava muito alegre no domingo.

— No domingo?

— Eu passei pelo hospital — explicou Jesse. — Achei que podia parar para dar um alô.

— Você foi ver Oscar?

— Claro — respondeu Jesse. — Por que não?

— Sei lá — disse Harriet. — É só que, sei lá, você não conhece Lizzy muito bem. Foi legal. Muito legal da sua parte.

Jesse encolheu os ombros.

— Para dizer a verdade, eu vi um elefante na Snooks e não pude resistir.

— O que você estava fazendo numa loja de brinquedos?

— Você não sabe? Sou uma criança grande. Lizzy deve estar aliviada — acrescentou ele, pensativo.

— Ela está... — Harriet hesitou.

— O quê?

— Não tenho certeza se as coisas estão bem entre ela e Conrad. Ela parece... não sei. Não parece ela mesma. Liguei ontem à noite, e ela estava bem distraída.

— Você se preocupa demais.

— Você acha?

— Com certeza. — Jesse olhou para o relógio. — Caramba? Já? Disse que levaria as compras da Edie. Que dia é hoje?

— Terça.

— Eu sempre levo M&Ms para ela nas terças — disse Jesse, afetuosamente. — Nas sextas é um sanduíche duplo, quando consigo. E compro um chocolate quando saio para comprar o jornal aos domingos.

— Não sabia que você fazia compras para Edie — disse Harriet.

— Não é trabalho nenhum. Eu normalmente vou de qualquer maneira. E ela poupa as pernas.

— Eu posso fazer isso — disse Harriet. — Quer dizer, se você estiver ocupado. Preciso mesmo fazer compras. Não tenho nada em casa.

— Você não se importa?

— Claro que não.

— Que ótimo. — Jesse deu-lhe uma lista. — Talvez você precise passar na HMV no caminho para casa. Ela está atrás do CD do Eminem. Parece que viu no *Popworld*. Disse que o homem é o máximo.

— Ótimo — resmungou Harriet. — "The Real Slim Shady" a um milhão de decibéis. Mal posso esperar.

— Ela tem 83 anos — disse Jesse, afetuosamente —, acho que deve se divertir enquanto pode, não acha?

— Claro — disse Harriet rapidamente, caso ele pensasse que ela era uma estraga-prazeres. — Não quis dizer que...

O telefone de Jesse tocou.

— Desculpe. É melhor...

Harriet virou-se para examinar as garrafas de vodca aromatizadas, cintilando sob as lâmpadas do espelho atrás do bar.

— Alô? — disse Jesse. — Oi, amor. Desculpe. Hoje? Ah, desculpe, querida, não posso. Vou passar o dia todo no bar.

Olhou para Harriet, que estava fingindo estar concentrada numa das sugestões de cardápio que ele havia feito para a reunião com o chef em potencial. Pôde ouvir a voz de uma mulher furiosa. Clare, aparentemente, dando-lhe uma bronca.

— É uma pena que você sinta isso — disse Jesse —, mas é impossível. Vamos fazer alguma coisa na semana que vem. Prometo.

Harriet acenou a lista de Edie para mostrar que estava indo embora, e ele acenou e sussurrou "Obrigado".

No Sainsbury's, Harriet percorreu meticulosamente a lista de Edie, separando os itens pedidos na parte da frente de seu carrinho. Quatro bananas. Biscoitos torrados. Presunto empanado. Latas de ração para Leroy, o belo e sedoso gato preto de Edie. Para si mesma, pegou galinha fria, tomates e salada de batata. Comida de piquenique. Comida que a fazia lembrar os dias ensolarados passados na cabana de praia quando elas eram pequenas. Ruby havia comprado a cabana de praia com o dinheiro que havia ganhado com seus títulos do governo. Por causa disso, declarara aquele um Território Cor-de-Rosa, o que queria dizer que, em termos de decoração, eram ela, Harriet e Hermione que tomavam todas as decisões. Em relação à cabana, Isaac havia sido declarado um Azul, dispensado de todas as decisões e convidado a aparecer apenas para o piquenique de celebração que fariam quando a cabana estivesse pronta.

Harriet pegou e largou uma caixa de suco de abacaxi, lembrando que Dan não gostava. Então lembrou que o que Dan gostava ou deixava de gostar não tinha a menor importância e pôs duas caixas no carrinho.

Largou as compras de Edie e foi arrumar as suas em casa. Estava guardando o suco de abacaxi, as alcachofras em conserva e o requeijão quando o telefone tocou. Pegou o aparelho e viu o nome de Jesse na tela.

— Tudo bem?

— Sim — disse ela, alegremente. — Levei as compras de Edie.

— Ótimo. Você ainda está em casa?

— Sim.

— Pode me fazer um favor?

— Claro.

— Pode dar um pulo no apartamento e conferir se eu desliguei a água quente hoje de manhã? Não sei se Joe já chegou em casa, e o boiler é um pouco temperamental. Fica parecendo lava derretida se fica ligado muito tempo. A chave está debaixo daquele vaso medonho no chão.

— Sem problemas.

Encontrou a chave e entrou. O tanque de água quente de Jesse estava gorgolejando como um monstro marítimo, e ela desligou o interruptor. Estava prestes a sair quando uma carta, num envelope cor de framboesa endereçado a Clare Pargiter, em Milão, chamou sua atenção.

Cuidadosamente, estendeu um dedo. Não iria abri-la nem nada. Só queria tocá-la. Conferir se era de verdade. Real, e não uma criação de sua imaginação.

— Harry! O que você está fazendo aqui?

Joe estava no topo da escada com uma toalha amarelo-banana enrolada em sua cintura fina de um modo que deixava pouco para a imaginação. Rápida como um raio, Harriet pôs a mão atrás das costas.

— Jesse me pediu para vir desligar a água quente.

— Legal. — Joe desceu envolto numa nuvem de xampu Herbal Essences. — Quer um café?

Harriet conferiu o relógio. Ainda tinha uma hora.

— Quero.

Seguiu-o até a cozinha e ficou observando enquanto ele abria a tampa de um vidro de Nescafé. Ali estava tranqüilo e silencioso, sem o barulho da TV de Edie.

Tranqüilo demais.

Tinha alguma coisa faltando.

— Onde está a Senhorita Scarlett?

— Merda. — Joe olhou em volta enlouquecidamente. — Ah, caralho. — Apontou para a janela aberta. — Estava fervendo aqui hoje de manhã. Eu me esqueci. Simplesmente esqueci. Ele vai me *matar*. Ele se amarra nesse pássaro idiota.

— Não entre em pânico. — Harriet olhou para o pátio dos fundos, onde a trepadeira que ela havia plantado quando assumiu a área em comum estava toda florida. — Tenho certeza de que vamos encontrá-la.

— Como? — perguntou Joe. — Ela deve estar quase em Bristol a esta altura.

— Talvez não. — Harriet apontou para o que parecia um trapo vermelho encolhido sob a profusão de hortelã-pimenta que ela havia plantado no verão anterior.

Joe seguiu-a até lá.

— O que há de errado com ela?

— Acho que Leroy pode tê-la atacado. — Agachou-se. — Ela parece mal. Acho que você devia ligar para Jesse.

Jesse veio direto para casa e despachou Joe para o Blue Ginger. Aparentemente, o bar estava lotado e só havia um funcionário lá. Resmungando "É só a porra de um pássaro", Joe obedeceu.

— Eu sei que é só um pássaro — Jesse disse a Harriet depois que Joe saiu. — Pode até parecer idiota, né? Voltar correndo para casa por causa de um pássaro...

— De jeito nenhum — garantiu Harriet. — Tivemos um monte de bichos de estimação na minha infância. Patos. Gatos. Um galo. Ficávamos histéricos toda vez que algum deles morria. — Fez um sinal com a cabeça para a Senhorita Scarlett. — Você acha que ela vai ficar bem?

A pobre criatura estava mesmo muito mal. As penas tinham perdido o brilho, e o bico estava enfraquecido.

— O que houve, minha velha? — Jesse acariciou delicadamente a asa da arara. — Você está se sentindo mal? Ei. Isso aí. Boa menina. Venha se sentar no meu braço.

A arara fez um barulho baixinho e olhou tristemente para Jesse antes de aninhar a cabeça no braço dele.

— Pobrezinha — disse Harriet. — Você acha que Leroy a pegou?

— Não parece — disse Jesse. — Vamos tentar uma semente de girassol.

Levou o pássaro para dentro e ofereceu uma semente listrada.

— Vamos lá, minha velha — sussurrou Jesse. — Não? — Franziu o rosto. — Ela deve estar enjoada por algum motivo. Acho que devemos levá-la ao veterinário. Você pode perguntar a Edie se ela tem o número de algum? Ela levou Leroy ao veterinário há uns dois meses, mais ou menos, quando ele se meteu numa briga com aquele gato gordo preto e branco da rua.

O consultório do veterinário ficava em Oldfield Park, do outro lado da cidade. Enquanto Harriet ligava para o número que Edie havia lhe dado, Jesse enrolou a Senhorita Scarlett numa toalha velha e a pôs numa caixa de alface.

— Você pode segurá-la no colo? — perguntou. — Se eu for dirigindo?

Harriet devia estar a caminho de Crescent para a sua reunião. Nunca havia deixado de comparecer a uma reunião na vida. Sua reputação dependia da confiabilidade.

Mas Jesse precisava dela também.

Levantou a caixa.

— Claro que sim.

A borbulhante recepcionista loura anotou os nomes deles e pediu que se sentassem. Havia poucas pessoas esperando. Um casal, ambos extremamente baixos e gordos, por algum motivo bizarro lembrou Harriet do homem e da mulher no cata-vento da oficina de Isaac. Quando o tempo ia ser bom, o homem saía da casinha, e quando a previsão era de chuva, ele fazia o caminho de volta para dar passagem à mulher. O casal estava com um dálmata que espirrava e tinha o criativo nome de Mancha. Havia também uma menina com um hamster. Logo chegou a vez da Senhorita Scarlett. Com a caixa nas mãos, Harriet levou-a para dentro do consultório, seguida por Jesse.

— Ah, Deus.

— Se eu não soubesse — Will ergueu os olhos da pia em que estava lavando as mãos com sabonete desinfetante —, diria que você está me perseguindo.

— O que está havendo? — Jesse pareceu confuso.

— Jesse, este é Will.

— Ah — o rosto de Jesse clareou. — Certo. Preciso ir... fazer uma coisa. Vejo você lá fora.

— E a Senhorita Scarlett?

— Confio em você. Vou ficar esperando ali fora.

— Então — disse Will — o seu namorado sabe a nosso respeito.

— O pouco que há para se saber — disse Harriet. — E ele não é meu namorado.

— Enfim — hesitou Will. — Acho que te devo um pedido de desculpas.

— Pelo quê?

— Pelo modo como tratei você.

— Faz muito tempo — disse Harriet.

— Eu sei. Mesmo assim. Foi mau da minha parte levar a sua irmã embora quando você precisava dela. Os pais de vocês tinham acabado de morrer. E depois teve o, você sabe...

— Fim?

— É. — Will limpou a garganta. — Eu provavelmente não agi muito bem naquela situação.

— Não.

Harriet lembrou-se do dia do aborto. A imagem do envelope pardo cheio de notas novinhas de 20 libras que Will lhe dera para que ela pusesse um fim na vida do bebê deles ainda estava marcada em sua mente. Ela o havia procurado assim que descobriu que estava grávida, deixando o nome da irmã com a mãe dele numa tentativa de fazê-lo atender ao telefone. Ele veio imediatamente, escondendo-se enquanto Hermione tocava

"Sunday Bloody Sunday" no último volume no quarto em frente ao dela.

— Aqui — disse ele.

— O que é isso?

— Dinheiro. Para acabar com essa história. É o que você quer, não é?

Harriet não sabia o que queria. Mas guardou o dinheiro mesmo assim. Acabaria sendo útil para alguma coisa. E então, quando Ruby e Isaac morreram poucos dias depois, parecia que ela não tinha alternativa. Por mais que quisesse, sabia que não conseguiria criar um bebê sozinha. Não tinha forças para isso.

— Eu era muito jovem — disse Will. — Eu me apavorei.

— *Você* se apavorou — disse Harriet, num tom seco.

— Sinto muito. Que cretino, hein?

— Você evitou as minhas ligações por uma semana. Mesmo antes que eu falasse do bebê — disse Harriet.

— Não o chame assim.

— Por quê? — Harriet o desafiou. — Faz você se sentir mal?

— Não era um bebê — disse Will. — Não de verdade. Era apenas um minúsculo agrupamento de células.

— Faz com que *eu* me sinta mal. — Os olhos dela encontraram os dele. — Eu queria tê-lo, sabia?

— É mesmo? — Will levantou uma sobrancelha. — Você queria se amarrar com um bebê ainda tão jovem?

— Sei que não é muito bacana. Mas, para mim, sempre foi um bebê. Não um minúsculo agrupamento de células como você tão convenientemente o descreve. Eu ia contar a Ruby naquela noite. Na noite em que você levou a minha irmã para uma festa e não se preocupou em levá-la para casa quando ela começou a passar mal. Na noite em que os meus pais foram mortos quando iam buscá-la na festa para a qual você a levou. — Inconscientemente, ela havia cerrado os punhos.

— Ei — Will ergueu as mãos como um escudo. — Sinto

muito, está bem? Eu sinto muito de verdade. Eu nem sabia que ela era sua irmã. Não no começo.

— O que eu não entendo — disse Harriet — é por que você foi ao meu aniversário. Você evidentemente não queria me ver. Você evitou as minhas ligações durante uma semana.

— Foi a minha irmã — disse Will.

— Alison?

— Sim. Ela me chamou de cretino e covarde. Disse que se eu queria terminar com você, podia pelo menos ter a decência de dizer isso na sua cara. Ela disse que você estava ligando sem parar.

— Não era sem parar — irritou-se Harriet. — Eu não estava tão desesperada. Não fique convencido.

— Isso realmente não tem importância agora — disse Will. — Tem?

— Acho que sim — disse Harriet. — Por sua causa, eu perdi a minha irmã.

— Então vocês não fizeram as pazes?

— Não. — As esperanças de Harriet afundaram como pedras no mar. Se ele estava perguntando isso, era porque provavelmente não via Hermione havia um bom tempo.

— Ela sempre achou estranho — disse Will. — Ela nunca entendeu por que você explodiu daquele jeito quando me viu sentado na sala de estar da sua mãe naquele dia. Achava que era culpa dela. Pensava que você ficou chateada porque ela estava indo embora. Ela se sentia terrivelmente mal. E eu nunca tive coragem de contar a verdade. Sempre me senti mal por isso.

— Então você tem uma consciência.

— Eu mudei — disse Will.

— Isso é fácil de dizer.

— É verdade — disse ele, encolhendo os ombros. — Também perdi minha irmã.

— É mesmo?

— Alison.

— Meu Deus — disse Harriet. — O que aconteceu?

— Ela tomou um comprimido de ecstasy numa festa — disse Will. — Todos tomamos. Eu, inclusive. A idéia foi minha. Mais tarde, naquela noite, Alison sofreu um colapso. Ela morreu no hospital. Tive que contar aos meus pais. Isso acabou com o mundo deles.

— Sinto muito.

— Não tanto quanto o escroto que nos vendeu aqueles comprimidos vai sentir se eu puser as mãos nele — disse Will. — Nós tínhamos o nosso próprio consultório, sabe. Em Londres. Era um negócio da família. Não consegui seguir em frente sem ela. Por isso nós nos mudamos para cá.

— Nós?

— Eu e Aidan.

— Aidan?

— O marido dela — disse Will. — O pai de Alice. Ele trabalha todas as horas do dia para dar conta de tudo. Eu apanho Alice na escola e a trago para cá para que Melissa brinque com ela por uma ou duas horas.

— A sua mulher?

— Deus, não — disse Will. — Melissa é a nossa recepcionista. Eu sou um solteiro convicto. Enfim — disse ele, claramente ansioso por mudar de assunto. — Vamos dar uma olhada nesta arara?

— O que você acha que há de errado com ela?

— Não dá para dizer com certeza — Will levantou uma asa vermelha debilitada. — Não antes de abri-la para ver. Mas eu diria que foi algum tipo de anfetamina. Speed, quem sabe?

— Você quer dizer que ela está...

— Drogada.

— Ela vai morrer?

— Provavelmente.

— Ah, Deus — os olhos de Harriet se encheram de lágrimas. — Jesse vai ficar chateado.

Ela ficou observando Will examinar a Senhorita Scarlett. Será que ele realmente havia mudado para melhor? Era possível.

— Sinto muito pela sua irmã — disse ela.

— Obrigado — os olhos dele encontraram os dela. Havia algo em seu olhar que ela não havia percebido antes. Era como se ele realmente sentisse por toda a dor que a havia feito passar. — Sinto muito pela sua.

— Foi há muito tempo — disse Harriet.

— Se isso serve de consolo, eu tive o que mereci — disse Will. — Ela sabia ser insolente, a sua irmã. Foi uma amolação sem fim.

Harriet lhe contou o que havia lido no diário de Hermione sobre o Sr. Sinclair.

— Isso não me surpreende — riu Will.

— O que aconteceu entre vocês dois?

— Acabamos na França — disse Will. — Ficamos um pouco com meu primo. E então Hermione simplesmente foi embora. Encontrou outro cara.

— Você não sabe aonde ela foi? — Harriet perguntou. — Eu adoraria poder encontrá-la.

Will sacudiu a cabeça.

— Na verdade... — disse ele, lentamente. — Acho que ela dividiu um apartamento com a namorada do meu primo por um tempo. O nome dela era Audrey. É um tiro no escuro. Deve ter sido há uns bons nove ou dez anos. Duvido que alguma delas ainda esteja por lá, mas eu devo ter o endereço em algum lugar.

Ele folheou um caderno de endereços muito velho até encontrar o que estava procurando e então arrancou a página inteira.

— Aqui está — disse ele. — Espero que você a encontre.

— Obrigada. — Harriet procurou por um cartão na bolsa. — Ligue para mim.

— Claro — disse Will. — Podemos tomar um café.

— Eu quis dizer para falar da arara.

— Ah — disse Will. — É claro.

Foi uma minúscula vitória. Mas, mesmo assim, uma vitória. Harriet saiu do consultório se sentindo cinco quilos mais leve.

Hermione

Hermione ficou parada sob o fiozinho de água morna que parecia ser o melhor que os chuveiros da piscina tinham a oferecer e tentou tirar o xampu dos cabelos. Era um dos problemas de se ter os cabelos longos e crespos. Levava horas. Num gotejar inadequado como aquele, era algo quase impossível.

— Com licença.

Ergueu os olhos para ver uma mulher bonita com uma nuvem de cachos cor de âmbar à Elizabeth I olhando para ela.

— Esqueci meu condicionador — disse, apontando para os cabelos. — E preciso muito de um pouco. Se eu não domar isso aqui, vou acabar ficando igual a um poodle.

— Sei como é. — Hermione ofereceu-lhe a garrafa da oleaginosa meleca domadora de cachos com efeito anti-frizz que havia levado pelo mesmo motivo. — Fique à vontade.

— Você é um anjo. Obrigada.

Hermione ficou olhando enquanto a mulher colocava uma porçãozinha educada na palma da mão.

— Pegue o quanto você quiser — disse.

— Está quase acabando.

— Eu estou quase terminando aqui — sorriu Hermione. —

Acaba me economizando espaço na mochila. — Fez um sinal com a cabeça na direção da sua barriga saliente, onde Bean estava alegremente fazendo o que lhe parecia uma versão de Riverdance em estilo danceteria. — Já estou bastante sobrecarregada naturalmente.

— Percebi. — A ruiva terminou de espalhar o condicionador até as pontas dos cabelos e começou a enxaguar sob o patético fiozinho de água. — Que verão infernal, né? Além disso, Toronto tem um clima muito úmido.

— Nem me fale — Hermione revirou os olhos. Nos últimos dias, seus tornozelos estavam inchando como *vol-au-vents*. E o peso do bebê estava deixando suas costas doloridas. Quando começasse a ficar quente de verdade, ela iria desmanchar como um pudim Yorkshire com ovos demais.

— Para quando é o bebê?

— Ainda falta um pouco — bufou Hermione. — Não dá para dizer, né? Se eu ficar maior, não vou conseguir sair da cama.

— Eu fiquei assim no meu terceiro. — A garota riu. — Pesava quatro quilos e meio quando nasceu. Eu olhava para todas aquelas mulheres com suas barriguinhas bonitinhas e me perguntava por que a minha parecia um galeão em velocidade máxima. — Pegou uma toalha de praia listrada e começou a guardar os tubos de xampu, sabonete líquido e hidratante na mochila. — Muito obrigada pelo condicionador. Você simplesmente salvou a minha dignidade. Meus filhos jamais me perdoariam se eu aparecesse para pegá-los na escola com uma bola crespa na cabeça.

— De nada.

— Muita sorte com o bebê.

— Obrigada — sorriu Hermione. Tinha sido uma conversa de apenas dois minutos, mas ela não queria que a mulher fosse embora. Não gostava de admitir, mas vinha se sentindo um pouco solitária nas últimas semanas. Sentia falta da movimentação do trabalho. Era muito estranho não ter nada para fazer enquanto todo mundo estava trabalhando. Greg ainda estava trabalhando direto. Freqüentemente ficava no escritório até as dez da noite. A casa na rua Amelia parecia grande e vazia sem Josh. Ela sentia saudade dele. Sentia falta de ficar atirada no sofá ao seu lado. De entrar no quarto dele nos sábados de manhã para lhe levar chá e rabanadas. Nunca pensou que diria isso, mas sentia falta até mesmo da terrível cantoria que ele fazia no banheiro. Sua péssima interpretação de "Don't Look Back In Anger", do Oasis, que, surpreendentemente, envolvia uma gritaria de "Whoah! Pelican Way" a toda altura, pelo menos a fazia rir. Ultimamente, embora estivesse ansiosa para conhecer o bebê, sentia que não tinha muito do que rir. Greg era adorável. Estava muito feliz com ele. Mas ele era homem. Seria bom ter alguém com quem fofocar.

A ruiva enrolou os cabelos num turbante e apanhou suas coisas. Hermione ficou observando enquanto ela seguia a caminho do vestiário para se trocar. Estava sendo boba. Nunca tinha visto a mulher mais gorda. Por que em nome de Deus ela iria querer trocar confidências?

Pegou a própria toalha e enrolou-a em torno de si mesma e de Bean. Talvez tivesse sido o fato de a mulher ter falado nos filhos. Era difícil estar grávida e não ter alguém com quem se aconselhar. A maioria das mulheres tinha as mães. Ou as irmãs. Hermione tinha apenas Sylvie. E Sylvie parecia estar muito distante agora.

Quando a simpática ruiva chegou ao seu armário, Hermione sorriu melancolicamente para si mesma e começou a secar os dedos dos pés. Tudo parecia levar o dobro do tempo ultimamente.

Estava se abaixando para terminar o serviço quando sentiu um leve tapinha no ombro.

— Oi. Você deixou isso aqui cair ali atrás.

Era a ruiva de novo, mostrando a faixa de cabelos que Hermione havia usado na piscina.

— Ah, obrigada — disse Hermione, endireitando-se.

A mulher fez um sinal para a barriga dela:

— É o seu primeiro?

— Está tão na cara assim, é? — perguntou Hermione. — Não tenho vergonha de admitir que estou apavorada.

— Com o quê?

— Com tudo — confessou Hermione. — Com a possibilidade de ser uma péssima mãe.

— Todo mundo se preocupa com isso.

— E o parto...

— Vai dar tudo certo. Confie em mim.

— Gostaria de ter a sua confiança.

— Você vai ter — sorriu sua nova amiga. — Aliás, meu nome é Celine.

— Hermione — disse Hermione, estendendo a mão.

— Eu já tinha visto você aqui algumas vezes.

— Josh disse que seria bom para mim. — Hermione fez uma careta. — Embora eu tenha que admitir que não estou me sentindo muito bem neste exato momento. Estou absolutamente acabada. — Começou a passar hidratante nas coxas. — Olhe para mim. Tenho potes e mais potes de creme caro em casa e mesmo assim estou ficando com estrias.

— Você devia ver a minha barriga — riu Celine. — Mas ele tem razão, o seu marido. Sobre nadar ser um bom exercício. Josh, é isso?

— Ah — Hermione encolheu os ombros. — Não. Josh não é o meu marido. Ele é um amigo. Estava meio que ajudando.

— Sorte sua — disse Celine. — Ter amigos assim.

— Acho que sim. — Uma flecha sombria atingiu o plexo solar de Hermione. Pensar em Josh fez com que se sentisse desconfortável. Sabia que ele tinha optado por ir embora. Mas não conseguia deixar de ter a impressão de que a partida de Josh tinha diminuído sua felicidade por estar com Greg. As coisas pareciam extremamente esquisitas sem ele por perto.

— Ele vai acompanhar o parto?

— Josh? — Hermione ergueu os olhos, surpresa. — Duvido. Talvez Greg acompanhe. O pai.

— Meu ex se chamava Greg — disse Celine.

— Desculpe — disse Hermione. — Lembranças ruins...

— Tudo bem. Sou grandinha. Sei me cuidar.

— O seu Greg acompanhou o parto? — Hermione esperava não estar sendo muito intrometida. Não conseguiu evitar a curiosidade.

— Fisicamente, sim — sorriu Celine. — Mas não espiritualmente. Ficava sempre pateticamente sensível. Mas esteve presente nos últimos dois, pelo menos — disse Celine. — Eu ainda não o conhecia quando tive a primeira. O pai dela trabalhava no balcão da Chanel da Barneys. — Sorriu. — Gay, é claro. Meu melhor amigo. Posso dizer que nós aprontamos todas em Nova York na nossa época. Então resolvi que queria ter um bebê, e o querido Louis me fez esse favor. Encarou toda a história como uma grande diversão. Saiu-se um belo pai, na verdade.

— E o que aconteceu? — Hermione pensou em Josh.

— O de sempre — disse Celine. — Ele conheceu alguém. Byron, acho que era o nome dele. Byron quis que Louis fosse morar com ele em São Francisco. E quem era eu para impedi-lo? Eles quiseram levar a minha garotinha junto — disse. — Tivemos uma briga horrível. Não nos falamos desde então. Senti muita falta dele. Ainda sinto, na verdade. Mas a vida continua, não é? E tenho certeza que você não quer ficar me ouvindo tagarelar assim. — Ela sorriu. Tinha uma grande falha entre os dois dentes da frente. Esse detalhe fazia um incrível contraste com a pele sedosa e a nuvem de sardas acobreadas em seu nariz. Dava-lhe um ar meio estranho que a fazia parecer ainda mais acessível.

— Dói? O parto, quero dizer.

— Dói — disse Celine. — Dói como o diabo.

— Ótimo!

— Mas você esquece de tudo depois. No instante em que segura o bebê, tudo parece desaparecer.

Celine aspergiu Eau Dynamisante atrás das orelhas e começou a procurar pelo batom na bolsa quando Hermione fazia uma corajosa tentativa de vestir as meias. Percebeu que suas unhas dos pés estavam uma desgraça. Todas lascadas e feias. Antes de Bean, ela sempre cuidou muito de si mesma. Fazia os pés, complementado com parafina, a cada duas semanas. Perguntava-se se Greg havia notado a diferença.

Se notou, não disse nada.

Terminou de calçar as meias e colocou um par de All Stars Converse verde-esmeralda. Não agüentava mais usar salto alto. Não conseguia superar o fato de que eles a deixavam parecida com uma porca indo às compras.

— Sinto muito. — Olhou para Celine. O que ela estava fazendo, revelando todos os seus temores para uma estranha. — É melhor deixar você ir embora.

— Não seja boba. Olhe só. Você vai fazer alguma coisa?

— Quando?

— Agora.

— Ah — Hermione hesitou. — Ahn, eu ia fazer compras no caminho para casa...

Não queria admitir que não tinha nada para fazer caso Celine tivesse uma intenção velada. Ela podia ser uma Myra Hindley maluca em busca de sangue fresco.

Mas será que isso era provável?

— Eu tenho uma hora antes de as crianças saírem da escola — disse Celine. — Você gostaria de tomar um café?

— Tudo bem.

As duas foram ao Second Cup na esquina da Bloor com a Spadina. Hermione pediu um chocolate quente desnatado porque o cheiro de leite integral de repente tinha começado a deixá-la enjoada. Celine pediu um cappuccino completo com extras, na forma de um energético. De pé no balcão, ouvindo Celine, Hermione lembrou de quando a primeira filial do McDonald's foi aberta na Cornualha. Devia ter sido pouco antes de eles se mudarem para Bath. Uma garota da escola havia convencido Harriet de que, se a pessoa pedisse um Big Mac com extras, botavam droga no lanche. Harriet havia acreditado. Durante anos depois disso, ela se recusara a pôr os pés na lanchonete. Se fossem em grupo, ela ficava do lado de fora, e Hermione levava os pepinos de seu cheeseburguer para comer no caminho para casa.

— Você quer um muffin?

Celine estava pairando sobre uma pirâmide de bolinhos com aparência deliciosamente doce.

— Olhe para mim — disse Hermione. — Você sinceramente acha que eu preciso consumir mais algum carboidrato?

— Você me parece perfeitamente bem — disse Celine.

— Talvez...

Era idiota, mas ela não conseguia deixar de pensar nos corpos perfeitamente malhados e tonificados das revistas de mulheres nuas de Greg escondidas embaixo da cama dela durante seu sono. Estava começando a ficar um pouco paranóica.

— Estou do tamanho de um prédio de apartamentos — disse. — Com academia do condomínio em anexo e estacionamento para cem carros...

— Bobagem. — Celine a repreendeu. Você acabou de nadar. Merece uma dose de açúcar.

Hermione mordeu o lábio. Estava morrendo de fome...

— Olhe só — Celine sorriu maliciosamente. — Que tal eu pedir um de banana e um de nozes e nós dividimos. Na verdade não conta quando é outra pessoa que faz o pedido.

— Tudo bem — Hermione sorriu em resposta. — Eu topo.

Na mesa, Celina cortou os muffins ao meio e dividiu os pedaços em dois pratos.

— Você é britânica, né?

— Inglesa.

— De onde?

— De um monte de lugares — admitiu Hermione. — Eu nasci na Cornualha.

— Cornualha. — Celine pareceu encantada. — Nós fomos à Cornualha logo depois que nos casamos.

— Ah, é? — Hermione gostou de saber. As duas tinham algo em comum! — Onde na Cornualha?

Celine enrugou o nariz pintado de sardas.

— Ah, puxa. Agora você me pegou. Faz muito tempo. Tinha um castelo.

— Tintagel?

— É isso. Era muito bonito por lá.

— A minha irmã perdeu o primeiro dente na Caverna de Merlin — lembrou Hermione. — Ah, meu Deus — cobriu os olhos. — A dentição! Mais uma coisa com o que se preocupar.

— Não é tão ruim assim — sorriu Celine. — Depois que a gente se acostuma. Sabe, não dá para acreditar em tudo o que se lê. Veja bem, eu fiz isso com a primeira. Fiz tudo conforme mandavam os livros. Tinha um tipo de bíblia do bebê que seguia rigidamente. Eu achava que se me desviasse um bocadinho que fosse, alguma coisa terrível iria acontecer, e eu seria considerada uma mãe ruim por toda a eternidade.

Hermione ficou vermelha quando pensou em seu brilhante livro de bebê em casa.

— Todas aquelas bobagens caem por terra quando nos vemos subitamente diante de um bichinho todo amassado aos berros. — Celine deu uma mordida no muffin. — Você só precisa pegar as partes que acha que servem para você e partir dali. A minha mãe me ajudou muito, na verdade. Tive sorte. Ela ficou comigo durante um mês depois que eu tive a primeira. Fui mãe solteira. — Cortou o outro muffin em dois e deu metade a

Hermione. — Ela foi uma dádiva dos céus. Imagino que toda a sua família esteja na Inglaterra.

— Meus pais morreram, na verdade — disse Hermione.

— Ah, Deus — Celine pareceu horrorizada. — Sinto muito.

— Tudo bem — disse Hermione. — Foi há muito tempo.

— Foi um acidente? — perguntou Celine. — Desculpe. Você não precisa falar sobre isso se não quiser.

— Eles estavam indo me buscar numa festa idiota — disse Hermione. — Um bêbado bateu no carro deles. Aparentemente, eles não tiveram nenhuma chance.

— Meu Deus. Isso é terrível.

Hermione tomou um gole do chocolate quente.

— Foi bem horrível.

— Você não tem irmãos?

— Uma irmã — disse Hermione. — Harriet.

— Ah, certo — Celine concordou com a cabeça. — A coisa do dente...

— É — disse Hermione. — Éramos gêmeas.

— Eram?

— Nós não nos vemos mais, na verdade.

— Que pena. Você sente falta dela?

— Faz muito tempo, mas, sim, eu sinto falta dela. É engraçado. Faz quinze anos. E eu sinto mais falta dela agora do que nunca.

— Deve ser por causa do bebê — disse Celine, sabiamente. — Eles têm o hábito de reunir as pessoas. Eu fiquei um ano sem falar com a minha mãe. Diferenças idiotas. E então, de repente, a minha menininha nasceu. E nada mais parecia ter importância.

— Sinto muito — disse Hermione. — Nós acabamos de nos conhecer, e eu estou aqui contando toda a história da minha vida.

— Nem tanto — disse Celine, e sorriu carinhosamente. — E eu perguntei.

— Bem — Hermione sentiu-se envergonhada. — Não tem problema. Quer dizer, se você estiver se chateando...

— De jeito nenhum. — Celine lambeu o dedo e juntou algumas migalhas que haviam restado em seu prato. — Adoro ouvir histórias de outras pessoas. A sua irmã mora na Inglaterra?

— Até onde eu sei.

— Você não sabe?

Hermione sacudiu a cabeça tristemente.

— Meio que nos separamos depois do acidente dos nossos pais. Ela me culpou pelo que aconteceu.

— Ah!

— E eu simplesmente fui embora. Não acho que algum dia ela tenha me perdoado. Nunca mais soube dela.

— Você acha que ela ainda guarda rancor? Depois de todo esse tempo?

— Não sei — Hermione sacudiu a cabeça. — Ela provavelmente tem a vida dela agora.

— Você é muito corajosa — disse Celine. — Não sei o que eu faria sem a minha irmã. Louise tem sido incrível com as crianças. Principalmente agora.

Hermione olhou para o próprio prato. Não era exatamente uma questão de ser corajosa. Era uma questão de não ter alternativa, na verdade.

— Eu passei por um período bem ruim recentemente — admitiu Celine.

— Sinto muito por isso.

Celine pegou uma colherada da espuma de seu segundo cappuccino:

— Estou me divorciando.

— O que houve? — Hermione engoliu seu café. — Se você não se importa de eu perguntar.

— O de sempre. Ele estava tendo um caso.

— Sinto muito.

— Não precisa. Além disso... — partiu mais um pedaço de muffin — alguns homens simplesmente não mudam. De certa forma, eu provavelmente fiz por merecer.

— Como assim?

— Ele tinha uma namorada quando nos conhecemos — disse Celine. — Os dois estavam noivos. Faltavam duas semanas para o casamento. — Fez uma careta. — Imagine só. A família se preparando para o grande evento. Amigos comprando aparelhos de fondue e castiçais de prata e essa coisa toda. E então... lá estava eu, no meio de tudo...

— Você sabia? — perguntou Hermione.

— Eu gostaria de poder dizer que não — disse Celine. — Mas, infelizmente, seria uma tremenda mentira. Eu sabia muito bem. E eu me sentia muito mal, mas não podia evitar.

— O que aconteceu?

— Ela descobriu — disse Celine, com amargura. — Cancelou o casamento. E lá estava eu. Esperando para juntar os cacos.

— Não foi culpa sua — disse Hermione gentilmente. — Talvez fosse o destino.

— Foi o que eu pensei — disse Celine. — O que eu não percebi foi que, depois de ser a outra, ficamos sempre atentas. Ficamos esperando outra Outra. Pode não ser hoje. Ou amanhã. Ou mesmo depois de amanhã. Mas um dia, alguém mais magra ou mais inteligente ou mais bonita do que a gente aparece. E não vai haver absolutamente nada que se possa fazer para evitar.

— Como você descobriu sobre o caso dele? — Hermione empurrou o muffin. Não estava mais com vontade de comer.

— Eu o peguei com a babá logo depois do nascimento do meu segundo filho.

— Não!

— Eu disse a mim mesma que era só por causa da gravidez. Eu não me sentia muito sexy quando estava grávida. — Ela riu. — Teoricamente devemos ter os cabelos sedosos e pele de pêssego, né?

— Alguma coisa do gênero.

— Você não parece ter se saído muito mal nesse sentido — disse Celine, olhando para ela. — Você está resplandecente.

— Não parece — disse Hermione, modestamente. — Eu me sinto péssima na maior parte do tempo.

— Ah, você não consegue ficar mais péssima do que eu — disse Celine. — Um dia eu mostro as fotos para você. O meu cabelo parecia palha. Engordei 15 quilos. E fiquei com o rosto meio pegajoso. Como um peixe morto que ninguém quer comprar. Disse a mim mesma que não foi nenhum espanto ele se sentir tentado a olhar para outro lado.

— Você o aceitou de volta?

— Sim. — Celine comeu mais muffin. — Idiota, né?

— Você o amava. Não há nada de errado nisso.

— Acho que não — disse Celine. — E ele de repente ficou muito atencioso depois daquilo. Foi como me apaixonar de novo.

— O que aconteceu depois?

— Você quer mais alguma coisa para beber? — Celine apontou o polegar para a xícara vazia de Hermione.

— Claro.

— Houve um evento — disse Celine depois que o garçom saiu com o pedido. — Do trabalho dele.

— Ah?

— Nós estávamos nos dando muito bem — disse Celine. — A nossa vida sexual estava ótima. Melhor do que ótima. E eu estava esperando ansiosamente por essa festa. Fui ao cabeleireiro. Comprei roupa nova. Você sabe como é.

Hermione concordou com a cabeça.

— Eu estava sentada num canto do bar esperando que ele me trouxesse uma bebida quando percebi que ele estava conversando com um grupo de pessoas que eu reconheci.

— E daí?

— Pensei que devia ir cumprimentá-los. Eu já os conhecia. Pareceu grosseiro ficar ali sentada sem dizer nada. Então me juntei a eles. Antes de eu chegar, uma garota que eu nunca tinha visto antes apareceu do nada. — Ela hesitou um pouco. — Seria ótimo poder dizer que ela parecia o Gollum num dia ruim. Mas, infelizmente, isso seria uma grande mentira.

Hermione riu.

— Ela era bem pequena. Com aparência oriental. Belos olhos amendoados e pele morena. Sabe?

Hermione assentiu.

— Havia várias garrafas de vinho espalhadas — disse Celine. — E tinha uma atrás do meu marido no bar. — Ela hesitou. — Foi engraçado, na verdade. Os dois não se tocaram. Não foi nada disso. Afinal, *eu* estava lá. Eles não podiam deixar as coisas evidentes, não é? Mas teve alguma coisa na forma como ela simplesmente mostrou a taça que estava segurando para ele e fez um sinal para o vinho sobre o bar que fez com que eu suspeitasse. Foi um gesto muito familiar. E então, quando ele se virou e encheu a taça sem fazer qualquer comentário, eu *tive certeza*. Quer dizer, é preciso ser muito íntimo de alguém para não dizer nada quando esse alguém pede uma bebida a você, não acha?

— Acho que sim — concordou Hermione. — O que você fez?

— Esperei até chegarmos em casa e confrontei-o — contou Celine. — Claro que ele caiu no choro. Exatamente como fez quando eu o apanhei com a Julica. Ele jurou que nunca aconteceria novamente. Implorou por perdão. Mas eu já tinha ouvido tudo aquilo antes. Parecia um disco arranhado. Senti como se alguma coisa de repente tivesse estalado dentro de mim. Estava cansada. E foi isso. — Olhou para o relógio. — Droga. Já é tão tarde? Preciso ir buscar as crianças.

— Foi um prazer conhecer você — disse Hermione, em busca de alguma coisa melhor para dizer.

— Prazer... — Celine riu. — Isso é tão inglês.

— Bom, mas foi — disse Hermione. — Eu estava me sentindo meio para baixo hoje de manhã. E você realmente me alegrou.

— Idem. — Celine pôs um cartão de visita sobre a mesa. — Aqui está. Você pode ser a primeira a receber um desses. Acabei de mandar imprimi-los com o meu nome de solteira.

— Celine Jacques — leu Hermione.

— Eu mesma.

— Obrigada.

— Pense no que eu disse, está bem? Sobre a sua irmã. Ela vai querer saber que vai ser titia. — Sorriu. — Casamentos e enterros. É normalmente nessas ocasiões que os clãs se reúnem, não é? Por que não com uma pessoinha nova em folha? Que melhor desculpa pode haver?

Hermione sorriu. Ela tinha razão.

— Enfim — Celine bateu no cartão sobre a mesa com uma unha feita à francesinha. — Ligue para mim. Foi ótimo. Vamos repetir a dose.

— Seria ótimo.

— Quero saber o que acontece com a pequenina. — Celine apanhou a bolsa. — Todos os detalhes sórdidos, por favor. Quanto ela pesa. A que hora ela nasceu. Você vai descobrir que vão lhe perguntar muito isso. — Sorriu. — Idiota, né? As pessoas estão sempre obcecadas com o peso de um bebê. Seria de imaginar que se preocupassem com coisas mais importantes, não é? Como, por exemplo, se o bebê tem uma boa cabeça.

Harriet

Atirado contra a suja parede de tijolos da delegacia de polícia, Jesse parecia um boneco de mola deprimido.

Harriet puxou o freio de mão da Vin Rouge, tocou a velha buzina e acenou freneticamente quando Jesse olhou para ela. O coitado parecia exausto. Qualquer um estaria assim, imaginou, se tivesse passado a noite numa cela de delegacia.

Ela estava no andar de baixo do apartamento de Jesse na noite anterior, quando o esquadrão antidrogas apareceu para levá-lo. Havia prometido ajudá-lo a fazer um curry tailandês para a festa de despedida de Joe na noite seguinte, e os dois passaram uma bela tarde no supermercado oriental em Weston. Voltaram completamente carregados de coisas boas. Punhados de aromático manjericão tailandês. Minúsculas pimentas verdes numa bandeja de isopor, cobertas por papel filme. Um papaia verde do tamanho de um braço. Tijolinhos de creme de coco. Enquanto desempacotavam o que haviam comprado, dispondo tudo sobre a mesa da cozinha, Jesse perguntou a Harriet sobre a caça a Hermione.

— Esse tal de Will — sua voz pareceu cheia de escárnio. — Ele sabia alguma coisa?

— Ele tinha um endereço — contou Harriet. — Em Lyons.

— Na França?

— É. — Harriet encontrou o pedaço de papel, enfiado no bolso de trás de suas calças jeans, e o pôs sobre a mesa.

— Place des Celestins — leu Jesse. — Parece legal.

— Não importa se é legal ou não, né? — disse Harriet. — Ela dificilmente estará morando lá agora, você não acha? Não depois de dez anos.

Jesse picou um galho de capim-limão conforme as instruções.

— Não vale a pena tentar?

— Eu não tenho nem um número de telefone — disse Harriet.

— Vamos pensar em alguma coisa.

— Gostaria de ter a sua confiança.

A prisão aconteceu muito rapidamente. De repente, a cozinha estava cheia de policiais. Edie devia tê-los deixado entrar, e eles arrombaram a porta de Jesse. Deve ter sido meio que uma surpresa encontrar ele e Harriet tranqüilamente picando ervas juntos no que se tratava de uma cozinha relativamente limpa. Provavelmente estavam esperando um bando de malucos sentados e falando merda.

— Posso ajudá-los? — perguntou Jesse, cortando um pedaço de gengibre fresco.

— Você pode soltar essa porra dessa faca para começar.

Foi horrível ver Jesse algemado e arrastado para dentro de um carro da polícia. Ele parecia confuso e assustado. Harriet sabia que não conseguiria dormir naquela noite. Em vez disso, ao ver que Joe havia saído para vagabundear novamente, conferiu se o apartamento estava bem fechado e saiu ela própria para dar uma volta. Gostava de caminhar à noite em Bath. A cidade não cansava de surpreendê-la. Ainda hoje, sempre havia alguma coisa que ela não havia notado antes no confuso labirinto de ruas de pedra calcária. Um pórtico de ferro forjado, assentado na beirada de uma casa alta e estreita. Uma escadaria repentina, torcida como pirulito. Uma abertura num muro, oferecendo uma vista inesperada do resto da cidade cintilando abaixo.

Jesse entrou na Vin Rouge e passou a mão no queixo, que estava com a barba cerrada. Ela nunca o vira daquele jeito.

— Joe está bem?

— Está ótimo — disse Harriet. — Pelo menos estava quando liguei hoje de manhã com croissants. Estava fazendo as malas.

— Croissants! — disse Jesse, delirantemente. — O que eu não daria por um croissant.

— Naquela sacola — disse Harriet. — Croissants e *pains au chocolat*.

— Você é um anjo. — Jesse enfiou os dentes num croissant de amêndoas coberto com açúcar glaçado. Harriet achou que ele parecia assustado.

— Tem certeza de que está bem?

— Estou ótimo. — Jesse atacou um pedaço de marzipã. — Só gostaria de saber quem fez isso. Não fui eu.

— Claro que não foi — disse Harriet. — Eu sei disso.

— Mandar uma arara cheia de drogas — resmungou Jesse.

— Foi isso que aconteceu?

— Foi. — Jesse atirou-se no banco. — Quando o seu Will a abriu, o estômago dela estava cheio de pílulas brancas. Aparentemente, quem quer que as pôs lá havia enrolado as pílulas em pacotes de celofane e a forçado a engoli-las.

— Coitadinha. Por quê?

— Acho que para que pudessem esperar sair pelo outro lado quando ela fizesse cocô. Só que eles não tinham contado com a possibilidade de alguns dos pacotinhos se abrirem. Foi o que a matou.

— Mas quem faria uma coisa dessas?

Jesse encolheu os ombros:

— A pessoa que a enviou, acho.

— O seu irmão no Chile?

Jesse enrugou a testa:

— De jeito nenhum. Jack é absolutamente certinho. E o que ele ganharia com isso? Não conseguiria pôr as mãos nas drogas, não é? E a única outra pessoa que tinha contato com a Senhorita Scarlett era...

— Joe! — disse Harriet, completando a frase por ele.

— Exatamente.

— Mas ele não faria isso — disse Harriet.

— Eu sei — replicou Jesse. — Mas estou ficando sem opções.

— Eles indiciaram você?

Jesse sacudiu a cabeça:

— Não tinham provas suficientes. Mas eles ficaram com o corpo sob custódia. Felizmente, ainda tenho a caixa em que ela chegou para dar a eles. Esperam conseguir localizar o remetente com isso. Até lá, temos que esperar para ver.

— Aposto que foi a Edie — disse Harriet, mais para fazê-lo dar risada do que qualquer outra coisa.

Funcionou. Jesse atirou a cabeça para trás e gargalhou:

— Você é uma figura, Harry. Sabia disso?

— Ah, eu tinha uma certa noção — disse ela.

Ela estacionou a Vin Rouge, e os dois caminharam juntos ao longo da Camden Crescent, apertando os olhos contra o sol.

— Imagino que não possamos culpar Will — concluiu Harriet quando Jesse enfiou a chave na porta da frente.

— Pelo quê?

— Por contar à polícia.

— Não — disse Jesse. — Era o dever dele. Qualquer um teria feito a mesma coisa. E não se esqueça de que ele perdeu a irmã por causa de drogas. E nunca me viu mais gordo.

— Ainda assim — disse Harriet, começando a subir a escada. — É de se pensar que a polícia teria mais noção. Se soubesse que as drogas estavam dentro dela, não teria levado a Senhorita

Scarlett a um veterinário, teria? Simplesmente a teria picado em pedaços e pronto.

Chegaram à porta do apartamento de Jesse.

— Obrigado — Jesse beijou-a na testa.

— Pelo quê? — O coração de Harriet deu um pulo.

— Por ir me pegar — disse Jesse. — Por ser uma boa amiga.

— É verdade — disse Harriet, censurando-o. — Eu sou uma mulher ocupada. Preciso fazer pátina numa mesa às três. Ah, o glamour.

— E, é claro, por me fazer dar risada — disse Jesse. — Você é boa nisso.

— De nada. — Harriet virou-se para subir até o próprio apartamento.

— Harriet...

— O quê?

— Eu estava pensando — disse Jesse, ficando estranhamente vermelho. — Você vem hoje à noite, né?

— Se você quiser que eu venha.

— É claro.

— Então tá.

— Tá.

Houve um silêncio constrangido. Por um instante, nenhum dos dois soube o que dizer. Jesse encostou a ponta do tênis Converse vermelho tomate no rodapé e Harriet ficou olhando para os próprios pés.

— Vejo você à noite, então — Jesse acabou dizendo.

— Tá — respondeu Harriet. — Te vejo à noite.

Hermione

Hermione não fazia idéia do que uma adolescente, uma criança de seis anos e outra de sete gostariam de comer, de modo que comprou um pouco de tudo. *Bagels*, cheios de cream cheese e salmão. Batatas fritas em dois sabores. Maçãs. Cenouras. Tomates-cereja. Doces. Biscoitos amanteigados. Estava uma pilha de nervos. E se os filhos de Greg não gostassem dela?

E se ela não gostasse deles?

Eles chegaram, pontualmente, às dez horas. Segundo Greg, a viagem até as Cataratas do Niágara levava uma hora e meia. Deveriam chegar bem a tempo para o almoço.

Sua barriga girou como um carrossel nervoso quando a campainha tocou. Onde diabos estava Greg? Ele não devia estar ali para fazer as apresentações? Tinha ido à força até o escritório às oito para fazer trabalho burocrático, mas prometeu que estaria de volta a tempo de receber as crianças.

Percorreu o hall batendo os chinelos no chão para atender à porta. Chinelos eram o máximo que ela suportava usar nos pés àquela altura. Conforme junho passou lentamente, como fruta madura demais, dando lugar a julho, a temperatura na cidade subiu bastante. O ar estava quase viscoso de calor, pontuado apenas pelos aguaceiros ocasionais que duravam no máximo dois minutos. Conforme ficava mais quente, Hermione ficava maior. Seus tornozelos começaram a ficar menos parecidos com tornozelos e mais parecidos com os grandes pernis de cordeiro soltando pedaços oleosos nas vitrines dos restaurantes de kebabs por toda Greektown. Estava arrasada.

Conferiu o reflexo no espelho. Pelo menos as maçãs do rosto ainda estavam ali. Era impressionante o quanto de peso se podia ganhar e ainda tê-las segurando o rosto. Só era uma pena que não pudesse dizer o mesmo a respeito do resto do corpo. Qualquer tipo de tonicidade muscular que ela tivesse parecia estar escondido por uma saudável camada de gordura. A natação estava ajudando. Josh estava certo quanto a isso. Mas, considerando-se que suas manhãs de natação, aos sábados, ultimamente costumavam terminar num café comendo muffins de chocolate branco com Celine, que estava se tornando uma boa amiga, ela não estava segura de estar simplesmente desperdiçando todo o esforço que vinha fazendo na piscina.

Seis olhos brilhantes e curiosos a observavam da escada de entrada.

— Olá — disse ela, sem graça. — Só estou esperando pelo pai de vocês.

— Tem alguma coisa errada? — A mais velha, uma garota alta e magra com olhos verde-claros, óculos de Patty Pimentinha e um rosto cheio de sardas, estava visivelmente preparada para uma decepção. — Ele não está?

Hermione não sabia o que dizer. Aquele estava longe de ser o encontro divertido que ela havia esperado para uma primeira vez.

— Sinto muito — disse a eles, blindando-se contra um possível aborrecimento. — O pai de vocês está no trabalho. — Olhou para a rua, curiosa para dar uma olhada na mulher de Greg. — Foi a mãe de vocês que os trouxe até aqui?

— Pegamos um táxi — disse o menininho. — Nosso pai tem uma conta. A Maud sabe a senha.

— Eu ando por tudo quanto é lado. — Maud pareceu orgulhosa. — Principalmente a Queen Street.

— A Maud adora a Queen Street — gritou o garoto. — Ela acha que as lojas são legais. Nós vamos para Niágara agora?

— Iremos quando o pai de vocês chegar — disse Hermione.

— Está bem. — O garoto não pareceu se perturbar. — Você tem bala?

— Você deve ser Spike — sorriu Hermione. — Ouvi falar muito sobre você.

O rosto redondo de Spike se abriu num sorriso. Era um garoto com jeito resoluto.

— Sou eu.

— A gente achou que você fosse mais baixa. — A menina mais nova, que, até então, havia ficado em silêncio, olhou para ela. Tinha um tufo angelical de cachos louros claríssimos e olhos de um incrível tom prateado.

— É mesmo?

— É — assentiu Spike solenemente. — Como é mesmo o seu nome?

— Seu bobo — Maud o censurou. — O nome dela é Bee*, seu burro. Como a mamãe disse. — Ela cutucou a menininha menor. — Diga oi para a Bee, Maisie.

— Oi, Bee.

Hermione ficou confusa. Não fazia idéia de por que os filhos de Greg pensavam que ela tinha o nome de um inseto. Talvez fosse algo que a mãe deles havia dito. Lembrava vagamente de Ruby referir-se a pessoas de quem não gostava como "*Aqueles Bês*". Com B sendo uma abreviatura para bastardos, imaginava ela. Ou bestas. Talvez fosse isso.

---

*Abelha. (*N. da T.*)

De qualquer maneira, não havia por que dizer qualquer coisa. Se eles queriam chamá-la de Bee, que fosse. E agora que estavam ali, ela podia fazer alguma coisa para conhecê-los.

— Olá, Maisie — disse, sorrindo para a menina. — E eu sei que você é a Maud — disse para a menina mais velha.

Maud estendeu a mão educadamente.

— É bom conhecer você, Bee.

— Bom conhecer você também. — Hermione não podia deixar de sentir que tudo aquilo era bastante surreal. — Vocês querem entrar e beber alguma coisa?

— Legal. — Sem precisar de novo convite, Spike saltou pelo hall como uma bola de boliche e correu até a sala de estar. — Nossa. Isso é um ovo de avestruz de verdade? Posso tocar? Vai quebrar? Você gosta de Slipknot? Porque a Maud gosta. Ela ouve Slipknot o tempo todo. Deixa a nossa mãe MALUCA. Você tem *Procurando Nemo*? Porque o nosso ficou trancado no aparelho de DVD e não podemos mais ver. Você viu *Toy Story 2*? Quem é o seu preferido? Eu adoro o Woody. Você é de outro país? Você já foi ao Dairy Queen? Você nos leva lá um dia? Você tem biscoito recheado?

— Desculpe por ele — disse Maud, olhando para ela. — Ele fala MUITO.

— Tudo bem — disse Hermione. — Saindo biscoitos recheados.

Spike seguiu-a até a cozinha.

— O que é aquilo?

Hermione parou de botar os biscoitos num prato e olhou para ver que Spike havia atacado a caixa de salgadinhos que Josh tinha deixado para trás quando se mudou. Ele sempre fazia um estoque de suas porcarias preferidas quando viajava para casa. Tentou ignorar a dor que sentiu ao ver seus potes de Marmite e suas garrafas de molho HP dentro da caixa.

— Aquilo são chips.

— Chips?

— Batatas fritas.

Spike enrugou a testa.

— Não temos dessas.

— São da Inglaterra — disse Hermione. — Da caixa de coisas boas do Josh.

— Quem é Josh?

— É meu amigo.

Deus, como sentia saudade de Josh. Se ele estivesse ali, aquilo estaria sendo muito mais fácil.

— Você é da Inglaterra? — Os olhos de Spike quase saltaram da cabeça. — Ele também é da Inglaterra?

— Isso mesmo.

— E vocês têm coisas diferentes assim lá? Como isso aqui? — Ele abriu a tampa de um pote tamanho gigante de Marmite e cheirou o conteúdo com cautela. — Eca.

— Isso é Marmite — riu Hermione. — É para passar na torrada.

— Tem um cheiro nojento.

— A gente aprende a gostar.

— Vocês têm jujuba Jubes na Inglaterra?

Hermione sacudiu a cabeça.

— Vocês não têm Jubes? — Spike parecia incrédulo.

— Não até onde eu sei.

— Vocês têm congelados Kraft? Têm pipoca de queijo? O meu pai compra pipoca de queijo quando vamos ao cinema às vezes. Vocês têm chocolates O Henry?

— Não.

— Nossa — Spike arregalou os olhos. — Não têm O Henrys? Acho que não vou gostar da Inglaterra.

— Que bom. — Maud entrou na cozinha. — Porque você não vai para lá, idiota. Você nunca nem saiu de Ontário.

— E daí? Você também não.

De todos os três, Maud foi a mais reticente no começo. Não era nada parecida com o pai. Estava usando grandes botas militares sob umas calças-pijama vermelhas e uma camiseta com a inscrição ESTRELA PORNÔ. Enquanto Maisie e Spike gorjeavam como uma dupla de papagaios, Maud atirou-se no sofá e ficou ouvindo seu discman. Embora estivesse gostando do fato de os filhos de Greg parecerem mais do que felizes de passar a manhã com ela, Hermione se preocupava que os três estivessem entediados. Não havia muita coisa para eles fazerem ali. Estava claro que haviam dito que eles iriam passar o dia com o pai, e não lhes ocorrera ir embora. Isso era muito fofo.

Fez um sinal com a cabeça para as inúmeras camadas de roupa de Maud.

— Você não está com um pouco de calor usando tudo isso?

Maud tirou os fones de ouvido:

— O quê?

— Eu estava pensando se você não está morrendo de calor com esse abrigo grosso.

— O quê? — Maud olhou para ela com indiferença.

— Desculpe — corrigiu-se Hermione. — Eu estava falando das suas calças. — Você quer um short emprestado? Tenho alguns que podem servir em você. E você pode ficar com eles, se quiser. Não sei se vou voltar a entrar neles. — Bateu na barriga.

— Estou ótima — respondeu Maud, sacudindo a cabeça.

— Tem certeza?

— Tenho.

— A Maud não mostra as pernas — explicou Spike.

— São gordas demais — acrescentou Maisie, querendo ajudar.

— Ela também tem cabelos no bumbum. — Os olhos de Spike eram tão redondos e brilhantes como botões de metal.

— Nós vimos — disse Maisie. — A mamãe sempre arranca os dela fora, mas a Maud ainda não arrancou. É nojento.

— Cale a *boca*! — O rosto de Maud estava pegando fogo. — Vocês são dois retardados. Não sabem nada de nada.

Hermione não fazia idéia do que devia dizer. Uma coisa era estar esperando um bebê. Mas descobrir-se com duas crianças com menos de dez anos e uma adolescente sob sua asa era outra coisa completamente diferente.

Talvez ela devesse sugerir que ela e Maud passassem um dia juntas num fim de semana. As duas poderiam passar um tempo se arrumando. Ela poderia levá-la para se depilar. E fazer os pés. Garotas de treze anos gostam desse tipo de coisa, não gostam?

Alguma coisa lhe dizia que Maud provavelmente não era uma garota de treze anos como outra qualquer. E se ela levasse Maud para fazer as unhas, teria que pensar em alguma coisa especial para fazer com os outros. Estava a ponto de estragar tudo bem espetacularmente. Não fazia idéia de que tipo de coisa um menino de seis e uma menina de sete gostavam de fazer no tempo livre.

Estava se perguntando qual seria a melhor maneira de tratar do assunto quando seu celular começou a tocar. Deixando Spike e Maisie incomodando a irmã mais velha, ela saiu da sala e foi atendê-lo.

Era Greg.

— Oi. — Ele parecia irritado.

— Oi. — Hermione tentou parecer alegre, muito embora estivesse com o estômago afundando mais do que o *Titanic*.

— As crianças estão aí?

— Estão. Estão todas aqui. Parecem estar bem — disse ela, subitamente ansiosa por agradá-lo. — Dei coisas para eles comerem. Espero que não tenha problema.

— O quê?

— Eu lhes dei coisas para comer. Biscoitos e coisas do tipo.

— Ah, tá — disse Greg, vagamente. — Tudo bem. Olhe só, querida, a coisa está o fim do mundo por aqui. Não vou conseguir escapar hoje de manhã. Você pode dizer às crianças que teremos que ir às cataratas um outro dia?

— Tudo bem — disse Hermione, tensa. — E o que eu faço com elas enquanto isso?

— Converse com elas — disse Greg. — Brinque. Vai ficar tudo bem. Vai ser uma boa prática para você.

Ela tinha acabado de desligar o telefone quando ele tocou de novo, e ela o agarrou com força.

— O que foi agora?

— Que encantador!

— Celine — Hermione sorriu. — Que bom falar com você. Desculpe por isso. Achei que fosse outra pessoa.

— Tudo bem. Como você está? Eu estava pensando se você não queria sair para tomar um café ou coisa parecida. O dia está tão bonito.

— Sinto muito — disse Hermione. — Estou meio atrapalhada agora.

Era uma pena. Desde aquele dia na piscina, ela e Celine pareciam ter engatado uma amizade espontânea. Celine ligava para ela às vezes, quando tinha um momento livre, e vice-versa. Hermione via-se esperando ansiosamente para vê-la. Seus encontros pareciam preencher um pouco o buraco que a partida de Josh havia deixado. Ela não podia contar tudo a Celine, como fazia com Josh. Não a conhecia o bastante ainda. E Celine preferia se ater a certos assuntos, recusando-se a falar sobre o ex ou as crianças, quase como se, ao mencioná-los a Hermione, ela de alguma forma fosse estragar o tempo ocioso que passavam juntas. Pareciam passar um absurdo de tempo falando de Hermione. Os planos de Hermione para o bebê depois do nascimento. O passado de Hermione. Ela adorava ouvi-la falar sobre Harriet. E quanto mais Hermione falava sobre a irmã, mais percebia a falta que sentia dela.

Ainda assim, por melhor que fosse fofocar tomando um *macchiato* com Celine, ela não podia. Não fazia idéia de quanto tempo os filhos de Greg planejavam ficar ali e não queria decepcioná-los. Pareciam ser boas crianças. As coisas não deviam estar fáceis para elas agora.

— Tudo bem — disse Celine. — Vou sozinha à academia. Eles fazem uma deliciosa esfoliação e um tratamento glorioso. E eu posso fazer bom uso disso no momento.

— Está tudo bem?

— Tudo bem. Só o maldito ex, que está dando problemas com a casa. Ele quer vendê-la. Eu quero mantê-la. É a casa das crianças. Não entendo por que elas teriam que morar num apartamento minúsculo em algum lugar horroroso só porque ele não consegue manter o querido dentro das calças.

— Sinto muito.

— Não se preocupe. A coisa vai se resolver. Ligo para você na semana que vem?

— Seria ótimo.

Na sala de estar, a briga a respeito dos recentes pêlos púbicos de Maud parecia ter arrefecido, e ela estava atirada no sofá, enrolando os cabelos nos dedos enquanto ouvia alguma coisa nos fones de ouvido. Spike e Maisie estavam sentados no chão lendo um exemplar da revista *OK* que Josh tinha enviado algum dia. Havia alguma coisa muito boa em tê-los ali. Ela não conseguia definir muito bem o que era. Mas a fazia lembrar de casa. Ela e Harriet costumavam passar muito tempo na companhia uma da outra daquela maneira. Fazendo coisas diferentes uma da outra, mas optando por ficar no mesmo ambiente. Separadas, mas juntas.

— Eu sinto muito — disse Hermione —, mas o pai de vocês está retido no trabalho.

— E quando ele não está? — Maud não se deu ao trabalho de olhar para ela.

— Mas nós ainda podemos fazer alguma coisa legal — disse Hermione. — Podemos ir ao parque, se vocês quiserem.

— Está tudo bem. — Maisie estava olhando a fotografia de uma celebridade. — Essa é a moça de *Vida de Inseto?*

— Não — disse Spike, olhando por cima do ombro dela. — Ela estava naquele filme que vimos com a Mamãe, o *E.T.*

— Tem certeza?

— É claro. — Spike saiu da posição de joelhos até as pernas se estenderem à sua frente. — Dá para ver que é ela. A cabeça dela é grande demais para o resto. — Ele olhou para os sapatos. — Estou com aquela coisa.

— Que coisa? — perguntou Hermione.

— Tem estrelas andando nos meus pés.

— Formigamento — explicou Maisie. — Os pés dele dormiram.

— Pronto. — Hermione agarrou o pé dele de brincadeira e o sacudiu. — Melhorou?

— Muito. — Spike sorriu para ela. — Você é boa.

— Ora, obrigada. — Hermione sorriu também. — Você acha que a Maud está bem?

— Tá. Ela sempre fica só deitada ouvindo música. Mesmo quando vamos a lugares muito divertidos. Mesmo — seus olhinhos ficaram imensos novamente — quando vamos ao Lago Bernard.

— O Lago Bernard é muito legal — disse Maisie. — O amigo da mamãe tem um chalé lá. — Sua expressão ficou séria. — É o maior lago de água doce sem ilha.

— Mas nós encontramos uma ilha — disse Spike, com os olhos brilhando. — Quando a mamãe e a Maud foram esquiar e nós ficamos sentados no barco.

— Só que era bem pequenininha — contou Maisie.

— E daí? — Spike replicou. — *Nós* a encontramos. É nossa.

— E é grande o bastante para montar uma fogueira. Você precisa ir conosco da próxima vez — Maisie disse gentilmente. — Você pode até levar o seu bebê, se quiser. Se ele não chorar muito. O Spike chorava um monte quando era bebê. O tempo todo. Menos quando estava mamando na mamãe.

— Não seja tão idiota — Maud tirou os fones de ouvido e pareceu constrangida. — Você sabe que a Bee não pode sair de férias conosco. Mamãe ficaria furiosa.

— Porque ela é piranha? — Spike perguntou inocentemente. — Bee, você tem biscoitos de amendoim?

— *Spike*! — Maud parecia envergonhada.

— Tudo bem — disse Spike. — Não precisa ser biscoito de amendoim. Pode ser bolinha de chocolate.

— Você não devia *pedir*. — O lábio de Maud estremeceu. Hermione percebeu que aquilo estava sendo uma tortura. Ela realmente compreendia a complexidade de tudo aquilo, enquanto o irmão e a irmã só compreendiam até onde a idade deles lhes permitia compreender. Estava tudo bem para Maisie, ainda grudada às faiscantes celebridades da *OK*. A maior parte daquilo tudo parecia ter passado por cima dela. E Spike. Adorável Spike. A vida era simples para ele. Ele não parecia se importar com onde estava, desde que houvesse um fornecimento constante de biscoitos. Mas para Maud...

Não foi a primeira vez que ela sentiu um bolo de culpa no estômago.

Piscou para Maud no que esperava ser um jeito conspiratório para mostrar que elas eram as que compreendiam o que estava acontecendo. As adultas.

No mesmo instante, o rosto de Maud relaxou.

— Está tudo bem — disse Maisie. — Nós não achamos que você seja piranha. E você não precisa se preocupar em nos levar ao parque, ou coisa parecida. Nós podemos nos divertir sozinhos. Na verdade, somos crianças muito tranqüilas.

Harriet

Harriet rolou de barriga para baixo e abraçou o travesseiro, batendo os pés sobre o colchão em paroxismos de deleite sem precedentes.

Que doideira!

Doideira, doideira, doideira!

Quem em sã consciência imaginaria aquilo?

Ela e Jesse!

Nem uma. Nem duas. Três vezes em uma noite. E muitas outras vezes desde então.

Tudo havia começado na noite da festa para Joe. Ela e Jesse haviam trabalhado feito mouros para aprontar tudo a tempo. Harriet havia espalhado lampadinhas de várias cores ao redor do jardim. Elas brilharam lindamente a noite toda. Verde-claro. Amarelo suave. Lilás. Rosa-claro. Ela se sentira à vontade, fazendo a comida. Salada de batata macia, generosamente enfeitada com hortelã e coberta com uma linda maionese feita em casa. Torta de cebolas roxas. Um omelete espanhol cheio de queijo e brócolis. Uma salada de tomate simples.

Foi uma noite muito divertida.

Ela se sentiu um pouco perturbada no começo. Lizzy não havia aparecido, apesar de ter prometido passar para tomar alguma coisa. Quando Harriet ligou para Conrad, às nove e meia, para perguntar se estava tudo bem, ele ficou igualmente surpreso, porque ela havia saído de casa às sete horas.

— Está bem. — Harriet se sentiu mal por deixá-lo preocupado. — Tenho certeza de que ela vai aparecer.

— Claro que vai — disse Conrad. — E quando aparecer, fique de olho nela, por favor? Ela tem se comportado de um jeito meio estranho ultimamente.

Lizzy não apareceu. Mas, apesar disso, a festa foi perfeita. A comida estava excelente. O clima, relaxante. Um jardim cheio de gente feliz tomando cerveja e dando risada. Edie fez uma entrada grandiosa às oito e meia vestindo uma roupa intrigante que consistia em uma imensa saia dos anos 1950 com renda cor de morango, uma blusa prateada, leggings e saltos muito altos. Ela evidentemente andava vendo muito *Sex and the City*. Às dez, estava visivelmente exausta, mas se recusou terminantemente a ir embora e perder toda a diversão. Jesse teve que levá-la para o apartamento dele, onde a acomodou no sofá com um filme sangrento. Uma hora, quando Harriet entrou para usar o banheiro, viu a imagem de um dos personagens segurando uma cabeça cortada e ouviu Edie dizer claramente, com desdém inalterado:

— Não é nem uma cabeça de verdade!

Quando a maioria das pessoas já havia ido embora, restando apenas parte dos amigos de Joe, Harriet ajudou a limpar tudo.

— Você realmente não precisa fazer isso. — A cabeça de Jesse apareceu por cima do ombro dela. — Você tem feito muito por mim ultimamente.

— Tudo bem — disse Harriet, enquanto Leroy se esfregava em seus tornozelos, na esperança de ganhar um camarão. — Se eu não ajudar, vou acabar só indo para a cama.

— De verdade — disse Jesse, pegando os pratos da mão dela e pondo tudo sobre o banco de piquenique. — Está na hora de eu fazer alguma coisa por você.

— Tipo o quê?

— Arrá! — fez ele, batendo no lado do próprio nariz. — Isso é para eu saber e você descobrir.

— Não é justo!

— Você quer mesmo saber o que é?

— Quero.

— Está lá dentro. — Fez sinal com a cabeça para o apartamento. — Vamos entrar e tomar um café, que eu conto.

No apartamento de Jesse, ela esperou que ele fechasse a porta e atacou.

— E aí? Eu vou ganhar agora?

— Calma! — Ele fingiu empurrá-la. — Você vai ter a mim.

Maliciosamente, Harriet disse a si mesma que aquilo podia não ser uma má idéia. Ele estava bem encantador naquela noite.

Parou de pensar nisso.

— E então? Onde está?

— Aqui. — Ele enfiou a mão no bolso das calças jeans e tirou um pedaço de papel dobrado.

— *Isto* é o meu presente?

— Por quê? — riu Jesse. — Você estava esperando uma caixinha de frutas cristalizadas?

— Não. — Harriet virou o pedaço de papel amassado na mão.

— Sabonetes, quem sabe? — ele riu. — Sempre dizem que não há erro com perfumes.

— O que é isso?

— Puxa vida — disse Jesse. — Você parece decepcionada. Isso aqui vai ser como da vez em que dei uma frigideira de aniversário para a minha mãe quando ela estava esperando uma coisa fútil, não é?

— É um número — disse Harriet, olhando para o papel.

— Um número de *telefone* — corrigiu Jesse. Pegou um pote de maionese e começou a procurar pela tampa.

— Telefone de quem?

— Bem — Jesse abandonou o pote de maionese e começou

a encher a máquina de lavar louça, — eu sei que você quer muito encontrar a sua irmã.

— Hermione? — Harriet engoliu em seco. — Mas...

— Você deixou aquele endereço sobre a mesa — disse Jesse. — Eu liguei para o serviço internacional de informações, e eles tinham um número.

— Mas este número é de Londres.

— Eu sei — disse Jesse. — Eu liguei para o número na França.

— Era da Audrey?

— Não. Mas de alguém que a conhecia. Ela entrou em contato com Audrey e me ligou de volta. Este número é de uma mulher chamada Sylvie, que ainda mantém contato com a sua irmã.

Harriet ficou olhando fixamente para o pedaço de papel.

— Então basta eu ligar para este número para conseguir o telefone da minha irmã?

— Este é o plano.

— Obrigada. — Harriet o abraçou. — Muito, muito obrigada.

Ela tentou se afastar. Como Jesse não a soltou, ela enterrou o nariz no calor do agasalho dele. Ele estava com cheiro de churrasco e pimenta. Os dois ficaram ali, abraçando-se como ursinhos até Joe entrar correndo na cozinha atrás de sua mochila.

— Arranjem um quarto, vocês dois. Acabem com o nosso sofrimento.

Jesse afastou-se de Harriet, e os olhos dele examinaram o rosto dela.

— O que você acha?

— Será que devemos?

— E se...

— Porra, por favor. — Joe pegou um agasalho azul e cheirou. — Claro que sim.

O sexo com Jesse foi diferente de tudo o que ela já havia sentido antes. Com os dois deitados de lado, as pernas dela enroscadas na cintura dele; ele olhando fixamente em seus olhos e se movimentando lentamente para dentro e para fora dela, Harriet percebeu que o que considerava bom sexo no passado na verdade não era nada do gênero. Com Jesse, o sexo sequer parecia ter a ver com sexo. Tinha a ver com proximidade. Foi uma espécie de revelação.

Ela pensou que poderia se sentir culpada. Como se estivesse de alguma forma sendo infiel a Dan. Mas fazia tanto tempo que ele não a procurava. Ele evidentemente havia decidido não voltar e não tinha coragem de dizer. E ficar com Jesse pareceu tão certo. Na primeira vez, quando finalmente se permitiu gozar, ele caiu sobre ela com um gemido que ela nunca havia ouvido antes. Depois, deitada no braço dele, teve vontade de abrir sua pele e entrar nele.

Era difícil acreditar que aquilo tinha acontecido havia duas semanas. Desde então, ela passara mais tempo no apartamento dele do que no dela. Finalmente entendia o que as pessoas queriam dizer quando falavam do período de lua-de-mel. Não conseguia parar de pensar em Jesse. Podia estar lixando um pedaço de madeira ou pintando uma viga, e uma imagem do rosto dele, contorcida de êxtase, tomava conta de sua mente e simplesmente se recusava a ir embora. A idéia de que o delicioso olhar no rosto dele se devia a ela dava-lhe arrepios na espinha. Ela estava no sétimo céu.

Ela nunca havia sentido nada daquilo com Dan. Com ele, tudo tinha a ver com garantir um futuro. Em Dan, ela encontrara alguém que estava disposto a construir uma vida com ela, e era grata por isso. Se fosse sincera consigo mesma, precisava admitir que sempre suspeitara que os dois não eram as almas gêmeas que Isaac e Ruby haviam sido. Mas o havia calmamente aceitado como seu destino mesmo assim.

E agora isso.

Essa coisa com Jesse não podia durar. Sabia disso. Para começar, havia Clare em Milão. Harriet tinha certeza de que Jesse tinha assuntos inacabados ali, independentemente do que ele dissesse sobre terminar com Clare. Mas, de alguma forma, Harriet descobriu que na verdade não se importava. Pelo menos ela estava ciente de tudo. E, de algum modo, isso tornava as coisas mais excitantes.

Da cama, viu por uma fresta das cortinas um impecável céu azul. O dia seria lindo. E ela ia almoçar com Lizzy no Blue Ginger. Poderia botar as fofocas em dia enquanto ficava de olho em Jesse. O que podia ser melhor?

Espreguiçou-se como um gato e saiu da cama para tomar um banho de espuma de estrela de cinema que aproveitou completamente, acompanhada pelos tons suaves de Edie cantando junto com seu mais recente CD do Fatboy Slim.

— *Fatboy Slim is fucking in heaven.*

A imagem da vizinha, sentada em seu apartamento extravagante, batendo o pé no ritmo da música, a fez rir. Ela riu durante todo o caminho até o Blue Ginger, onde Jesse, vestindo camiseta, jeans e um pequeno avental branco, deu-lhe um beijo no nariz e guiou-a até a melhor mesa.

— Nossa! — disse Lizzy quando ela se sentou, sorrindo como um gato de Cheshire. — Você deve estar fazendo alguma coisa certa. Você está fantástica.

— Você também não está nada mal — disse Harriet. — Vamos pedir uma garrafa de vinho? Estou a fim de ficar um pouco alta.

— Por mim, tudo bem. — O rosto de Lizzy ficou sério de repente. — Escute aqui, Harriet, tem uma coisa que você precisa saber.

— Que tipo de coisa?

— Eu vi a Gabby outro dia. Nós jantamos juntas.

— Não vou usar isso contra você. — Harriet ficou observando Jesse tirar uma caneca de cerveja Gem, mexendo na bomba com suas mãos competentes e macias. As mesmas mãos que conheciam cada centímetro do corpo dela.

— Ela me contou uma coisa. Sobre Dan.

— Tipo o quê? — Harriet ainda não tinha conseguido desviar os olhos de Jesse.

— Parece que ele está saindo com alguém — disse Lizzy.

Harriet começou a prestar atenção.

— É mesmo? Dan? Tem certeza?

— Só estou dizendo o que a Gabby me contou.

— Ótimo. — Harriet levantou a mão. — Não me diga mais nada. Na verdade eu não quero saber.

— Moças! — Jesse apareceu com o bloco em punho. — O que vocês vão querer?

— Ah. — Harriet ficou vermelha, completamente esquecida de Dan. — O que você nos recomenda?

— O chef disse que os rolinhos de arroz vietnamitas estão muito bons.

— Então eu vou querer isso — disse Harriet alegremente. — Lizzy?

— Eu também. — Lizzy fechou o cardápio e ficou observando Jesse ir até a cozinha.

— Muito bem — disse ela, quando Jesse estava fora de vista. — Pode ir contando.

— O quê? — blefou Harriet.

— Eu não sou burra — disse Lizzy. — Eu sei quando tem alguma coisa acontecendo. Está evidente.

— Está bem — disse Harriet. — Nós estamos tendo um rolo.

— Um rolo? — gritou Lizzy. — Eu *sabia*!

— Psiu. — Harriet olhou ao redor. — Não quero que todo mundo fique sabendo. Até onde eu sei, sou só uma escapada.

— De jeito nenhum — disse Lizzy. — De jeito nenhum mesmo. Eu nunca o vi tão feliz. O que aconteceu com Clare?

— Ele me disse que terminou tudo. — Harriet não pareceu muito convencida.

— E você não acredita nele?

— Não sei — disse Harriet. — Ela está tão longe. E ele escreveu para ela. Recentemente. Eu vi a carta sobre a mesinha do hall de entrada.

— Como você sabe que ele não escreveu para terminar tudo?

— Você acha que eu estou sendo idiota, né?

— Um pouco.

— Desculpe. Eu só não estou acostumada com tudo isso. Dan e eu ficamos juntos por tanto tempo, que eu tinha me esquecido como era me sentir nova de novo — disse Harriet, ficando vermelha.

— Ahhhh — sorriu Lizzy. — Ele está fazendo você feliz de verdade, não é? Fico muito contente.

— Estou me sentindo uma adolescente — admitiu Harriel. — Olhe só — acrescentou rapidamente, quando a garçonete Catriona passou deixando uma farta nuvem de Eternity no ar. — Podemos não falar disso agora? Tudo é ainda tão...

— Novo? — Lizzy tomou um gole de vinho. — Está bem. Só me conte quando foi. Vamos lá. Estou morrendo de curiosidade.

— Na festa do Joe — disse Harriet. — Aquela à qual você deveria ter ido. Lembra?

— Desculpe — disse Lizzy. — Eu queria ligar. A Babá Maluca estava doente, e eu não consegui mais ninguém em cima da hora.

— Que engraçado — disse Harriet. — Porque eu liguei para Conrad. E ele me disse que você tinha saído.

— Eu devo ter saído para dar uma caminhada ou coisa parecida — disse Lizzy. — Eu me deprimo, às vezes, ficando em casa com as crianças o dia todo e depois a noite toda também.

— Como elas estão? — perguntou Harriet quando uma garçonete que ela não conhecia aproximou-se bruscamente e soltou os rolinhos de arroz diante das duas. Não podia parecer menos interessada na comida nem se tentasse. O que era uma pena. Os rolinhos pareciam absolutamente deliciosos.

— Estão ótimas. — Lizzy mergulhou o primeiro rolinho no molho de tamarindo. — Oscar disse "babaca" outro dia.

— Que menino delicioso. Você deve estar muito orgulhosa.

— Ah, sim, estou — riu Lizzy. — Nós dois estamos.

— E como estão as meninas? — perguntou Harriet.

— Nada mal. Lucy andou meio resfriada. E Jemima mordeu uma pobre criança na creche outro dia porque ela estragou seu boneco de massa de modelar. Tive que ouvir a mãe me dar uma bronca pelo telefone. Não entendo muito bem o que ela espera que eu faça. Fiquei encantada que a minha filha sabe se defender sozinha.

— Ela parece Hermione — riu Harriet.

— E como estão as coisas nesse sentido? — perguntou Lizzy. — Você conferiu aquele endereço?

— Endereço? — Harriet ficou confusa. Ela não tinha contado a Lizzy sobre o endereço na França. Não tinha tido oportunidade para isso.

— O endereço na França — disse Lizzy. — Will me disse que te deu...

— Como assim? — perguntou Harriet. — Will disse...

— Está bem. — Lizzy levantou as mãos. — É melhor você saber. Eu e Will temos nos visto um pouco.

— O que você quer dizer com "um pouco"? — perguntou Harriet. — Quanto, exatamente?

— Muito, na verdade — disse Lizzy.

— É um caso? — Harriet estava chocada.

Lizzy assentiu.

— Mas...

— Por favor, não me passe um sermão — implorou Lizzy. — Eu sei o que deve parecer. Quer dizer, ele foi seu...

— Logo com Will — disse Harriet. — Ele é uma cascavel, Lizzy. Ele é venenoso. Ele me deu dinheiro para fazer um aborto e saiu do país com a minha irmã quando eu mais precisei dela. Isso não lhe diz alguma coisa?

— Foi há muito tempo — disse Lizzy. — As pessoas mudam.

— Não Will — replicou Harriet.

— Como você sabe?

— Eu sei — disse Harriet. — Além disso, você é *casada*.

— Eu sei — disse Lizzy. — Eu sei que é errado. Mas não posso evitar. Tem alguma coisa com ele...

Embora detestasse admitir, Harriet sabia o que ela queria dizer. Tinha alguma coisa com Will. Ele era o tipo de pessoa que fazia com que nos sentíssemos bem simplesmente nos dando atenção. Quando nos olhava, era como se estivéssemos nos banhando com o calor de uma luz dourada. Não dava para resistir. Éramos como mariposas atraídas pela luz. E então, quando ele voltava a atenção para outra pessoa, ficávamos tremendo sozinhas na escuridão.

— Há quanto tempo isso está rolando? — perguntou, calmamente. Agora Lizzy estava chorando.

— Há um t-tempo — gaguejou Lizzy. — Ele foi ao dia de esporte com Alice. Jemima ganhou a brincadeira do ovo na colher, e eu não p-percebi, porque estava absolutamente envolvida no que ele estava dizendo. Ele me convidou para jantar...

— E?

— E eu fui — disse Lizzy. — Eu sabia que era uma burrice. Mas Conrad estava sendo tão frio por causa do acidente com Oscar. Fiquei lisonjeada com a atenção. Pensei que merecia me dar um presente.

— Mas isso é adultério — disse Harriet. — Não é um passeio no shopping.

— Eu sei — disse Lizzy. — Fico dizendo a mim mesma que a próxima será a última vez. Mas eu não consigo parar. E agora Conrad está sendo todo gentil. E eu queria que ele não estivesse, porque isso faz com que eu me sinta muito culpada. E...

— Ei. — Harriet pôs a mão sobre a de Lizzy. — Fique calma. Não seja tão dura com você mesma. Eu entendo você.

— Entende? — Os olhos grandes e cheios de lágrimas de Lizzy encontraram os seus.

— Claro que sim — disse Harriet. — Eu passei por isso, não passei?

— Acho que sim — estremeceu Lizzy.

— No mínimo, isso me faz perceber por que a minha irmã foi embora com ele daquele jeito — disse Harriet. — Ele tem essa característica magnética. Sabe, eu mesma quase fiquei tentada. Quando o vi na inauguração do Blue Ginger. Achei que ele ia me beijar e por um minuto pensei: e daí? E então Dan nos interrompeu, graças a Deus.

— Pobre Dan — disse Lizzy. — Não é de espantar que ele esteja saindo com outra.

— Como assim?

— Você não acha que ele foi à inauguração para tentar voltar com você? — perguntou Lizzy.

— Ah, Deus. Você acha...?

— Não tenho certeza. Mas é provável. Gabby disse que ele estava feito um cachorrinho perdido sem você.

— Daí ele apareceu e me viu com Will — disse Harriet. — Que merda.

— O que você teria dito? Se ele tivesse pedido para voltar?

— Não sei — Harriet respondeu honestamente. — Para ser sincera, eu ainda estou confusa. Há uns dois meses, eu achava que Dan era o meu destino nesta vida, sabe? E estava perfeitamente feliz com isso. Pelo menos era o que eu achava. Só que agora é como se eu tivesse percebido que tenho escolhas. Tem Jesse, para começar. E eu quero encontrar minha irmã.

— Claro que sim.

— Ainda tenho pavor de ela não querer me ver. Depois de tudo o que eu disse.

— Tenho certeza de que isso não vai acontecer — disse Lizzy. — Nunca se sabe. Talvez ela esteja tentando encontrar você.

— Duvido. Não sou tão difícil de encontrar. Moro em Bath quase toda a minha vida. Não mudei o nome quando me casei com Dan. Tudo o que ela teria que fazer seria me procurar na lista telefônica.

— Mesmo assim. Acho que você deveria dar uma chance. Você não vai saber se não tentar, não é?

— Acho que não — disse Harriet. — Lizzy? Você pára com essa coisa com Will? Quer dizer, antes que termine com o seu casamento.

— É claro — respondeu Lizzy, assim que Jesse, ainda usando seu sexy avental de garçom francês, viesse ver se elas queriam mais alguma coisa.

— Só a conta, por favor — disse Harriet.

— É por minha conta — sorriu Jesse.

— Legal. — Harriet se levantou. — Devemos vir aqui mais vezes.

— Espere aí — disse Jesse. — Tem uma condição.

— Qual é?

— Esta! — Ele a beijou com força na boca. Na frente de Lizzy e tudo.

— Nossa — disse Lizzy depois que ele terminou. — Nós precisamos mesmo vir aqui mais vezes.

— Fico feliz de ouvir isso. — Parecendo ridiculamente feliz, Jesse sorriu para Lizzy.

— Até mais, então.

— Até mais.

Hermione

Os filhos de Greg começaram a passar muito mais tempo na rua Amelia. Pareciam se sentir em casa lá e não pareciam se importar se Greg estava ou não por perto. Hermione gostou disso. Devia estar fazendo alguma coisa certa.

Se Greg estava por perto, era legal vê-lo com os filhos. Parecia loucura. Mas ela tinha se preocupado se ia achar difícil vê-lo dando tanta atenção a outros. Mas aconteceu o contrário. Observá-lo levantar Spike e Maisie no colo quando chegava, girando-os até que ficassem tontos e saíssem zonzos como cavalinhos recém-nascidos, era uma delícia. Um fim de semana sim e outro não, os cinco iam ao Dairy Queen, onde os princípios *vegan* de Maud pareciam sair voando pela janela toda vez que ela se via diante de um sundae com cobertura quente de chocolate. Era impressionante o que uma porção de sorvete, banana fatiada e algumas castanhas picadas eram capazes de fazer para ganhar um lugar no coração de uma menina de 13 anos de idade.

De modo geral, a vida vinha melhorando recentemente. Exceto pela ausência de Josh, Hermione estava feliz. Gostaria que Greg não tivesse que trabalhar tanto. Mas ela já havia passado por isso. Compreendia. Ter Celine em sua vida ajudava. Pelo menos era outro adulto com quem podia conversar. Elas agora se encontravam para tomar café duas vezes por semana. Celine adorava ouvir histórias de Greg e das crianças. Queria saber tudo sobre eles. Sempre perguntava o que eles andavam aprontando. Uma vez, depois que Hermione havia levado Spike e Maisie ao Eaton Centre para comer no New York Fries, Hermione achou que ela ligou parecendo meio em pânico. Quis saber todos os mínimos detalhes, até a cor dos olhos de Maisie. Pareceu meio estranho na ocasião. Principalmente considerando-se o fato de que ela nunca falava dos próprios filhos. Mas Hermione logo se esqueceu disso. Quando se encontravam, as duas se davam tão bem que parecia não haver sentido em trazer isso à tona.

Era encantador ter as crianças por perto. Elas diziam as coisas mais engraçadas. Numa manhã, quando todos dormiram depois de um churrasco, Maisie havia se virado e perguntado se ela e Greg teriam mais filhos depois que esse nascesse. Hermione disse que achava que não. Que um seria provavelmente suficiente.

— Então — Spike enfiou a longa colher no sorvete — você e a Bee só vão precisar namorar uma vez por mês.

Hermione e Greg caíram na gargalhada.

— Por que vocês a chamam de Bee? — perguntou Greg depois de se recuperar.

— Porque é o nome dela — disse Spike, muito sério.

Todos ainda a chamavam de Bee, muito embora Greg a chamasse pelo nome de verdade diante deles dúzias de vezes por dia. E, muito embora ela não entendesse realmente por quê, acabou gostando bastante de ter seu próprio apelido. Formou especialmente uma ligação especial com Maud, que freqüentemente dava uma passada em sua casa na volta da escola para conversar, independentemente de Greg estar lá ou não. Ela usava Hermione como uma caixa de ressonância para seus problemas. Ela havia brigado com a amiga Grace. Tinha um menino na escola chamado Chandler. Como ela podia saber se gostava dele ou não? A gente precisa fechar os olhos durante o beijo? Ou dá para ficar de olhos abertos? Numa sexta-feira, uma ou duas semanas antes do aniversário de Hermione, ela reclamou como era difícil fazer a lição de matemática com Maisie e Spike fazendo barulho subindo e descendo as escadas o tempo todo quando de repente perguntou a Hermione se ela tinha irmãos.

— Eu tenho uma irmã — disse Hermione. — Gêmea.

— É mesmo? E ela mora na Inglaterra?

— Eu não sei.

— Você não sabe? Então como você faz para mandar um cartão de aniversário para ela?

— Eu não mando.

As crianças estavam bastante empolgadas com o aniversário de Hermione. Greg havia conseguido tirar um tempo de folga e combinou com a ex de levar as crianças de barco para passar o dia nas ilhas Toronto. Hermione tinha certeza de que havia outros planos a caminho, a julgar pelos cochichos empolgados que pareciam parar sempre que ela aparecia.

Enquanto trançava as pontas dos cabelos de Maud, ficou imaginando como Harriet comemoraria o aniversário delas este ano. De algum modo maluco, ela ainda a via como a garota de 18 anos que ficava docemente emocionada com panquecas de banana e chocolate. Como seria ela hoje?

Provavelmente estava se preparando para os aniversários dos filhos. Hermione podia imaginá-la, muito contente na cozinha de uma casa de fazenda em algum lugar, dando os últimos toques em um espetacular castelo de contos de fadas, todo construído com bolo de baunilha e cobertura.

Sentiu um aperto na garganta.

— Você não vai mandar um cartão de aniversário para a sua própria irmã? — Maud estava horrorizada. — Mamãe iria me *matar* se eu não mandasse um cartão para a Maisie. E você sabe que pé no saco *ela* sabe ser.

Era emocionante ver Maud, balançando-se à beira da vida adulta, mas ainda dando uma ênfase infantil a toda a questão dos aniversários. De várias maneiras, ela lembrava Hermione de Harriet na mesma idade.

— Ela não vai nem ter bolo? — perguntou Maud.

— Acho que sim.

— Espero que sim.

— Sabe do que mais? — Hermione sorriu. — Eu também.

— O que papai vai dar de aniversário para você? — quis saber Maud.

— Não sei — respondeu Hermione, encolhendo os ombros.

— Eu sei — disse Maud em tom misterioso.

— E eu vou gostar?

— Vai. Pelo menos eu espero que você goste — disse Maud fazendo barulho ao chupar pelo canudo o resto de seu refrigerante preferido de uva do copo. — Ele pensou sozinho no presente.

Hermione ficou tocada. Greg andava tão ocupado ultimamente, que ela ficou surpresa que ele tivesse tido tempo para comprar alguma coisa. Numa noite da semana anterior ele simplesmente não voltou do trabalho. Hermione ficou andando de um lado para outro até às quatro da manhã, com as palavras de Celine martelando na cabeça como um trem desgovernado. Não lembrava exatamente o que ela havia dito, mas tinha alguma coisa a ver com ser a outra. Com ter sempre que ficar atenta. Alguma coisa assim.

Mas de manhã, Greg telefonou. Tinha estado numa reunião que não terminava nunca. Quando terminou, tinha ficado tarde demais para ligar e ele tinha cochilado no sofá da sala mesmo para começar logo cedo.

— Espero que você não tenha ficado muito preocupada — disse ele. — Eu só não queria acordá-la.

— Não — mentiu Hermione. — Eu sabia que devia ser alguma coisa assim.

— Ele trabalha muito, o seu pai. — Hermione tirou o papel de um picolé de laranja, que enfiou na boca.

— Ele dizia que estava trabalhando o tempo todo quando ainda morava conosco. Mas ele não estava trabalhando. — Ela se virou para Hermione. — Ele estava com você, não era?

— Estava — disse Hermione. — Sinto muito. Eu jamais o teria afastado de vocês de propósito.

— Eu sei — sorriu Maud.

— De verdade?

— De verdade. — Os dedos de Maud, grudentos por causa do refrigerante de uva, apertaram os dela. — Nós gostamos de você. Você é legal.

— Vocês também.

— Eles brigavam o tempo todo, mesmo. É melhor agora que só vemos papai nos finais de semana. E mamãe está mais feliz. — Fez uma pausa para caçar um cubo de gelo no fundo do copo com o canudo. Hermione não a conhecia há muito tempo, mas já a conhecia o bastante para saber quando havia alguma coisa em sua cabeça.

— Qual é o problema?

— *Você* não vai botá-lo para fora, vai? — Maud perguntou, nervosa.

— Claro que não. — Hermione acariciou sua trança carinhosamente. — Por que eu faria isso?

— Porque ele está sempre trabalhando até tarde. — Maud arrancou um pedacinho de pele do canto da unha. — Você pode pensar que ele está fazendo alguma coisa errada de novo e botá-lo para fora. Daí nós não a veríamos mais.

— Claro que veriam — disse Hermione, sentindo um arrepio na espinha. — De qualquer maneira, isso não vai acontecer.

— Como você sabe? — Maud perguntou.

— Porque eu amo o seu pai — respondeu Hermione, simplesmente. — E o seu pai me ama.

— E se um de vocês mudar de idéia? — quis saber Maud.

— Por que faríamos isso?

— O Chandler muda de idéia a cada cinco minutos — disse Maud, com tristeza. — Ele agora gosta da Calypso. Ela é muito mais bonita que eu. E muito mais inteligente.

— Bobagem. Tenho certeza de que você é tão bonita quanto a Calypso. E muito mais inteligente.

— Você acha?

— É claro.

— Sabe — disse Maud —, nós realmente achamos que poderíamos odiar você. Ficamos tão aliviados quando vimos que você era legal.

— Eu também.

Maud foi embora feliz. Mas o que ela disse sobre Greg usar o trabalho como desculpa para ter um caso deixou Hermione com uma sensação ruim, como se houvesse girinos nadando em sua barriga.

Era verdade que ele estava ocupado no trabalho. Ela sabia que quando se lançava um produto novo por todos os Estados Unidos era preciso se envolver até o pescoço na história. Haveria reuniões. Teleconferências. Viagens rápidas através de continentes inteiros.

Mas o simples fato de que ela e Greg pareciam não fazer mais sexo nunca a incomodava. Ela sabia que o sexo não era o fim e o motivo de qualquer relacionamento, mas não conseguia tirar as louras exuberantes da cabeça. Aquelas que ele achava que ela desconhecia. Lindy, com sua cintura de cinqüenta centímetros, de quatro, virada de costas para a câmera, lambendo musse de chocolate dos seios atrevidos e empinados da pequena e alegre Suki.

Perguntava-se se Greg havia percebido a minúscula espinha no bumbum de Lindy. Era quase tentador fazer um círculo com caneta preta ao redor para referência futura.

Por mais pueril que parecesse, ela estava preparada para suportar a infidelidade de celulóide de Greg. Desde que ela não se estendesse a mulheres de verdade, ela não se importava. Eram fantasias, afinal. Puras e simplesmente fantasias. Não havia por que ficar toda tensa por causa disso.

Mas e se uma loura exuberante de verdade cruzasse o caminho dele? Uma jovenzinha pronta para o casamento com barriga lisinha em vez da melancia em que se tranformara a de Hermione. O que ele faria?

Da janela do andar de cima, viu Maud percorrendo a rua Amelia. Uma Olívia Palito ruiva, com rabinho de cavalo e pés grandes. Ela caminhava como se ainda não tivesse se acostumado muito bem com as pernas. Era um doce. E muito observadora também.

"Você pode pensar que ele está fazendo alguma coisa errada de novo e botá-lo para fora. Daí nós não a veríamos mais."

No instante em que Maud virou a esquina e saiu de vista, Hermione começou a virar a casa de cabeça para baixo.

Ela não sabia exatamente o que estava procurando. Notas de restaurantes. Contas de telefone. Qualquer coisa que provasse que Greg não estava onde disse que estava alguma vez. Conferiu os bolsos dos ternos dele. A maleta de trabalho. Toda e qualquer gaveta que ele algum dia tivesse usado. Conferiu até mesmo embaixo do colchão, lembrando de dar um alô rápido a Lindy e Suki.

Nada.

Aliviada, atirou-se no sofá da sala de estar para recuperar o fôlego. Graças a Deus.

Mas, espere. Ela tinha deixado passar alguma coisa. O casaco de Greg, pendurado no corrimão da escada.

Droga!

Com o coração batendo como um par de castanholas, levantou-se do sofá e enfiou a mão dentro do bolso forrado de seda cor de alfazema.

Bingo!

Segundos depois, mergulhada na culpa de ter pensamentos tão suspeitos e distorcidos, estava de volta ao sofá, sorrindo de orelha a orelha.

Numa pequena caixinha cinza e cor-de-rosa em sua mão estava um par dos mais lindos brincos que ela já tinha visto. Pingentes de ouro branco cravejados de diamantes.

Seu presente de aniversário!

Harriet

Harriet encontrou a chave de Jesse sob o vaso de flor e enfiou-a na porta da frente. A tevê estava ligada sozinha. Jesse devia tê-la esquecido ligada de manhã. No andar de baixo, podia ouvir a música de Edie. Ela estava passando por uma fase de boy bands.

Harriet ainda estava vivendo nas alturas. Sua vida parecia estar finalmente tomando jeito. Jesse era maravilhoso. Ela podia lhe contar tudo. Pensou naquela vez na casa da Lizzy, quando Jesse perguntou por que ela o havia escolhido para falar sobre a irmã. Na época, havia atribuído a atitude ao fato de que ele estava por perto quando ela estava pronta para falar sobre o assunto. Agora, não tinha tanta certeza disso. Era tão fácil conversar com ele. Ele nunca parecia julgar nada. E estava pagando para que decorasse o apartamento dele, que certamente precisava de um trato. E seria uma boa um acréscimo à conta dela no banco, que estava absolutamente anoréxica.

— Que cores você quer? — ela perguntou quando ele sugeriu a decoração.

— Surpreenda-me — respondeu ele, beijando-lhe a testa. — Pinte da cor que quiser.

— De verdade?

— De verdade.

— Azul-rosa celeste?

— Se você quiser.

Claro que ela estava brincando. Mas, na loja de tintas da rua Walcot, viu uma amostra de tinta cor-de-rosa pirulito que ficaria linda no banheiro. Aquele ambiente precisava de um tratamento urgente. O papel de parede estava caindo aos pedaços. Partes dele estavam pretas de mofo. Tinha medo de pensar no que se escondia embaixo.

Hoje ela havia passado uma manhã feliz escolhendo esquemas de cores para os outros ambientes. Uma cor uva para a cozinha. Amarelo claro para o hall. Um cinza suave, contranstando com um tom mais claro e cheio de classe para o antigo quarto de Joe. O apartamento era uma tela em branco, só esperando que alguém soprasse alguma cor nele. Mal podia esperar para começar.

Quando entrou no hall, já o estava visualizando pintado no belo tom amanteigado que havia escolhido na loja de tintas.

Havia alguma coisa na escada. Alguma coisa desconhecida. Uma bolsa de maquiagem, listrada de lilás e branco, coberta de desenhos de mulheres com vestidos caribenhos. Saindo da bolsa, uma incrível confusão de parafernália feminina. Potes e tubos. Uma echarpe cor-de-laranja clara. Dezenas de pulseiras indianas douradas. Um par de brincos verdes brilhantes.

Teve uma sensação ruim em relação àquilo tudo.

Respirando fundo, entrou na sala de estar em que a tevê estava ligada a toda altura. Ali, atirada no sofá, vestindo um minúsculo top preto e um short cor-de-rosa inspirado nos anos 1950 que deixava pouco ou nada para a imaginação, estava uma garota. Uma garota com as pernas de um filhote de lhama e um rosto suave e absolutamente sem rugas. Um rosto que ainda estava ali de manhã. Quando Harriet entrou, ela mal se preocupou em tirar os olhos da tevê.

Harriet tentou não ficar boquiaberta. Por dentro, estava tremendo como vara verde. Só tinha ficado duas noites longe de Jesse desde que os dois ficaram juntos pela primeira vez. Na noite antes de seu almoço com Lizzy, quando tinha sentido vontade de dormir sozinha, e na noite anterior, quando Jesse sugeriu que ela aproveitasse seu sono de beleza porque ele tinha que trabalhar no estoque e só chegaria às três da manhã e acabaria a acordando.

Obrigou-se a reagir. Devia haver uma explicação perfeitamente inocente para aquilo. Jesse era um cara do bem. Ele não iria decepcioná-la. Ou iria?

A garota saiu do sofá e desligou a tevê com indiferença.

— Você queria falar com Jesse?

— Na verdade, não — disse Harriet, determinada a não deixar aquela garota, quem quer que ela fosse, perceber o quanto ela estava chateada. — Estou aqui para decorar o apartamento.

— Você é Harriet?

— Sou.

— Achei que fosse — disse ela, dando um sorriso afetado.

Harriet ficou irritada. O que ela quis dizer com aquilo?

— E você é?

— Delilah. — Delilah estendeu a mão. — Fico aqui às vezes.

— Às vezes?

— Você sabe — disse Delilah, piscando um olho.

— Então... — Harriet não conseguiu se conter. — Então, você e Jesse...

— Eu e Jesse o quê?

— Vocês...

Delilah apontou para seu estado de seminudez:

— O que você acha?

— Certo. — Harriet tentou ignorar a pontada de dor que sentiu na garganta. — Você vai estar aqui quando ele voltar?

— Depende.

— Do quê?

— De quanto tempo eu quiser ficar. — A garota examinou as próprias unhas, que estavam sem esmalte e roídas até a ponta dos dedos. Ela era muito jovem, o que Harriet percebeu com certo sofrimento. Não podia ter mais do que 19 anos. Suas pernas ainda tinham a flexibilidade da juventude, sem qualquer gordura localizada. Nenhuma veia estourada ao redor dos joelhos.

— Você quer que eu dê algum recado para ele?

— Quero. — Harriet queria que Jesse soubesse que ela o havia apanhado. — Quero, sim. Diga a ele que eu mudei de idéia, por favor? Diga que não tenho mais certeza quanto a pintar o apartamento. Diga... — revirou os olhos. — Sei lá. Diga o que você quiser.

— Algum motivo em particular? — perguntou a garota. — Quer dizer, em relação ao apartamento.

— Só diga que é por ele ser um bunda-mole — disse Harriet. — Ele vai entender.

Hermione

— "As ilhas Toronto não foram sempre ilhas" — leu Greg do livro que tinha na mão. — "Elas na verdade eram uma série de bancos de areia que tiveram origem nos Penhascos de Scarborough. Foram levadas para oeste pelas correntes." — Você sabia disso, Spike? E você, Maisie?

— Não acho que eles estejam escutando — riu Hermione, enquanto Spike e Maisie pulavam como dois filhotinhos de cocker spaniel em direção à beira do lago. — Estão excitados demais.

Ela adorava se sentir parte de uma família novamente. Tudo bem, era uma família desconjuntada. Ela e Greg precisavam dividir as crianças com a ex dele. E, em algumas ocasiões ela se sentia culpada por isso. Mas naquele instante, ela simplesmente se permitiu ser banhada por ondas de felicidade enquanto Maud e Greg descarregavam a cesta de piquenique do porta-malas do Dodge e seguiu os pequenos até a praia.

Era engraçado pensar que, há um ano, ela não teria se comprometido com nada daquilo. Sempre pensou que Josh bastava.

Ele havia telefonado outro dia para dizer que tinha ouvido um boato sobre Greg estar comendo alguém na Canon Corporation.

— Detesto ser o mensageiro de más notícias — disse ele. — Mas ouvi isso de várias fontes. Você sabe que eu não diria nada se não acreditasse que há algo de verdadeiro nisso.

— É legal você me dizer. — Hermione pensou em seus brincos de diamantes, escondidos no bolso de Greg. — Mas você sabe o caldeirão de fofocas que é aquele lugar. As coisas entre nós dois nunca estiveram melhores. De verdade.

Gostaria que Josh não insistisse em ser o anunciador da tragédia e da tristeza em relação a Greg. Se ele o visse agora, correndo com Spike e Maisie pela areia que levava ao lago, podia pensar diferente. Josh só conhecia um lado de Greg. O lado corporativo. O homem casado que havia abandonado a mulher e a família para ir viver com a amante.

Tinha uma carta de Josh no correio naquela manhã. Uma fotografia dos dois em tempos mais felizes. Ela lembrava bem da ocasião. O retrato havia sido tirado numa viagem a Brighton. Eles haviam ido de trem de Victoria até lá num verão, quando a temperatura decolou, e a idéia de passar o dia na poluída Londres parecera mais do que eles poderiam suportar. Na fotos, os dois estavam rindo e comendo algodão doce. Ainda podia lembrar de Josh pedindo que uma estranha tirasse a foto dos dois. Disse a ela que os dois tinham acabado de se casar, e a mulher riu e disse que dava para perceber, porque os dois pareciam muito felizes juntos.

Maud, ainda vestindo as calças-pijama de flanela e as botas Doctor Marten que eram a base de seu guarda-roupa, parou de repente numa faixa de areia.

— Aqui é um bom lugar. Vamos parar aqui.

Hermione ajudou-a a estender a toalha de piquenique. Gostou de parar. Andava se cansando com facilidade ultimamente. Os tornozelos estavam inchados durante quase o tempo todo. A pele da barriga parecia estar esticada até o limite. O umbigo, normalmente um ponto do tamanho de uma moedinha, como o de um bonequinho de pão, parecia a ponta amarrada de um balão de borracha. Todo o seu corpo estava coberto, como um mapa de estrada, de veias finas e verde-azuladas. Além de tudo, movimentar-se estava se tornando uma luta.

Enquanto comiam o piquenique, as crianças lhe deram os presentes que elas próprias haviam feito. De Maud, ganhou uma pulseira de contas de vidro que pareciam balas. Ficou olhando ansiosa enquanto Hermione a enfiava no braço.

— É uma pulseira da amizade — disse Maud. — Caso fiquemos longe uma da outra, ela vai fazer você se lembrar de mim. Você achou bonita?

— Muito bonita — disse Hermione. Maud se preocupava demais. — Sabe, você me lembra uma pessoa.

— Ah, é? — Os olhos de Maud faiscaram. — Alguém legal?

— A minha irmã — disse Hermione.

— Harriet?

— É.

— Você já a encontrou? — quis saber Spike.

— Ainda não — disse Hermione.

— Você devia tentar — disse Greg, mascando um pedaço de grama.

— Olhe para você — disse Hermione, brincando afetuosamente com ele. — Um verdadeiro caipira, não é?

Maisie deu a ela um porta-retrato pintado de preto e cercado por conchas de massa pintadas em cores alegres e cobertas por bolas de purpurina.

— Você pode botar uma foto nossa nele — disse Maisie. — Daí estaremos sempre com você, mesmo quando estivermos com a mamãe.

— Vou fazer isso — disse Hermione, emocionada. — Obrigada, Maisie.

— E eu peguei isso aqui para você. — Spike abriu a mão suada. — É um ovo de passarinho.

— Seu idiota — disse Greg, pegando o ovo da mão dele. — Você não pode tirar ovos de ninhos. É ilegal. Seu menino burro. Não sabe disso?

— Ei — disse Hermione, pondo a mão no braço de Greg. — Calma. Ele só tem 6 anos.

— Eu não peguei de nenhum ninho — disse Spike, com o lábio inferior tremendo. — Eu comprei numa loja. Eles fazem buraquinhos nele, olha, para tirar a gema fora. Precisa tomar muito cuidado para não quebrar.

— É um amor. — Hermione deu um olhar furioso para Greg. — Vou guardá-lo com carinho, Spike. Obrigada.

Depois do almoço, percebeu que Spike ainda estava sofrendo com a explosão do pai. Ela própria ficou bastante chocada. De onde tinha vindo aquele lampejo de mau humor? Não gostou nada daquilo. Teria dito alguma coisa, mas não quis estragar o dia. Então sugeriu que os dois saíssem para uma caminhada, enquanto ela e as meninas ficavam cuidando das coisas do piquenique.

— Vão lá — disse ela, mandando-os sair. — Vão explorar a área. Ficaremos bem aqui, não é, meninas?

Greg não pareceu seguro quanto a isso.

— Eu preciso fazer umas ligações.

— Azar o seu — disse Hermione. — É meu aniversário. Você precisa fazer o que eu digo.

— Porra, Hermione — disse ele, quase batendo o pé na areia. — Não tem problema para você. Você não precisa...

— O quê? — Hermione desafiou-o a mencionar sua situação de desemprego. — O que eu não preciso fazer?

— Nada — disse ele, parecendo envergonhado. — Esqueça. Estou sendo injusto.

— Pode ter certeza de que está.

— Vamos lá, então, guri — disse Greg, segurando a mão de Spike. — Vamos ver o que encontramos.

— Legal. — Facilmente perdoando o que havia acontecido, Spike saiu trotando atrás do pai. — Você acha que vamos encontrar alguma cobra? Seria tão legal...

Hermione deitou-se de costas na areia quente enquanto Maisie tentava, sem muito sucesso, trançar seus cabelos como Josh sempre fazia quando ela precisava se acalmar.

— O que você acha que Harriet está fazendo hoje? — perguntou Maud, apoiada nos cotovelos com a pele nua reluzindo, muito branca, sob a luz do sol.

— Não sei — respondeu Hermione. — Você passou filtro solar?

— Fator trinta — disse Maud, orgulhosa. — Eu mesma passei. Na Maisie também, então você não precisa se preocupar. Todos passamos antes de sair, não é, Maisie?

Maisie fez que sim com a cabeça.

— Você acha que a sua irmã tem filhos para comprar os presentes dela? — perguntou, com os olhos prateados arregalados de curiosidade.

— Espero que sim — sorriu Hermione, imaginando quatro crianças saudáveis com bochechas rosadas vestindo coletes de tricô brincando num jardim cheio de vasos e flores. Talvez houvesse um varal cheio de roupinhas minúsculas. Dentro, a casa de Harriet seria uma versão mais arrumada da casa da mãe delas. Ruby adorava coisas bonitas, mas nunca foi muito estressada com a casa. Sempre ridicularizava as pessoas que eram assim. Um dia, quando foram tomar chá na casa da tia Vinegar, Hermione deixou cair dois grãos de salada de arroz no tapete, e Vinegar foi direto para o aspirador de pó. Ruby riu disso durante todo o caminho de volta para casa. Harriet sempre foi uma pessoa muito organizada.

— Então eles seriam meio que nossos primos — disse Maud.

— Quem?

— Os filhos dela — disse Maud com simplicidade. — Os

filhos que estão dando presentes à sua irmã. Eles seriam nossos primos postiços, não?

— Seriam — disse Hermione. — Acho que, de certa forma, sim.

— Será que vamos poder brincar com eles um dia? — Maisie parou de trançar seus cabelos.

— Bom... — disse Hermione. — Acho que depende.

— De quê?

— De eu conseguir encontrar a minha irmã.

— Você precisa — disse Maisie, fechando os olhinhos. — Quer dizer, a Maud nem é minha irmã inteira. Mas eu sempre vou saber dela. Vou falar com ela todos os dias de toda a minha vida. Mesmo se eu for uma exploradora importante e tiver que ir para o meio da selva numa missão secreta. Vou usar um celular.

— Obrigada, Maize — sorriu Maud.

Hermione fez força para se sentar, o que não foi fácil, considerando que sua barriga estava parecendo um queijo Edam.

— O que você quer dizer com isso? — perguntou. — Maud não é sua irmã inteira?

— Nós somos meias-irmãs — disse Maud. — Papai não é meu pai de verdade.

— Não bi-o-lo-gi-ca-mente — disse Maisie, pronunciando a palavra com cuidado. — Mas sempre seremos amigas, não é, Maud?

— É claro.

Hermione sacudiu a cabeça como se tivesse água nos ouvidos. Tinha uma vaga sensação de que o fato de Maud não ser filha biológica de Greg devia querer dizer alguma coisa para ela. Mas não conseguia saber o que era.

— Não faz diferença nenhuma — disse Maisie — que a gente só seja meia-irmã. Você acha que os nossos novos primos vão se importar de serem postiços?

— Não sei — disse Hermione.

— Você não pode perguntar para eles? — A respiração de Maisie estava quente em sua nuca, com a língua cor-de-rosa apontando no lado da boca enquanto ela se concentrava tentando mexer na trança à qual estava se dedicando fazia muito tempo.

— Bem... — começou Hermione. — A coisa não é tão simples como...

— Eu podia ensiná-los a brincar de ferradura — Maisie disse alegremente. — Você acha que eles iriam gostar disso?

— Não tem como você entrar em contato com Harriet? — Maud ficou mexendo na ponta desfiada de seu cadarço. — Pense em como seria legal se você simplesmente ligasse, do nada, no dia do aniversário dela.

— Ela provavelmente também está pensando em você — disse Maisie com firmeza. — Sei que eu estaria pensando em Maud se fosse aniversário dela e eu estivesse longe. Eu também faria um bolo para ela.

— Que bom, querida.

— Eu podia fazer aqueles biscoitos que nós fizemos com você uma vez — disse Maisie. — Aqueles com bolinhas de chocolate dentro. Você acha que a sua irmã faz biscoitos com os filhos dela?

— Ah, sim. — Hermione imaginou Harriet diante de uma fileira de rostos cobertos de chocolate. — Tenho certeza que sim.

— Deve ter alguém — insistiu Maud. — Não pode ser que ninguém no planeta saiba onde a sua irmã está.

— Você tem razão — disse Hermione. — Maud, você é um gênio. Eu sei exatamente como descobrir onde está a minha irmã.

Vasculhou sua imensa bolsa até encontrar o que estava procurando. Uma velha agenda de endereços prateada. De Ruby. Pegou-a quando saiu da casa de Belmont, por garantia.

Ainda não podia acreditar que havia deixado Harriet sozinha daquele jeito. Não era de surpreender que nunca houvesse se dado ao trabalho de procurá-la. Ela deve ter se sentido muito sozinha. Muito abandonada.

O número de Pip estava anotado em tinta cor de alfazema no canto superior da contracapa. Ruby sempre escreveu com canetas de cores vibrantes. Cor-de-rosa. Carmim. Verde. Foi o que deu a Hermione a idéia de escrever em azul-piscina. Dava para dizer que era sua cor característica. Era uma mania que ela ainda tinha que vencer.

Segurando a página aberta com uma mão, olhou de novo dentro da bolsa.

— Droga.

— O que houve? — perguntou Maud.

— Deixei meu celular em casa.

— Não tem problema — disse Maud. — Eu tenho o meu.

— Não sei — disse Hermione. — Vai custar caro. Vou ligar para Ibiza.

— Mamãe pôs um monte de crédito nele — explicou Maud, com os olhos brilhando. — Ela gosta de nos dar segurança. Vamos lá.

— Tem certeza?

— Claro. — Maud riu, enrugando o nariz de modo que todas as suas sardas se juntaram num montinho cor de ferrugem.

— É um tiro no escuro — confessou Hermione. — Essa pessoa pode nem estar mais lá.

— Que pessoa? — quis saber Maisie.

— A minha Tia Pip — disse Hermione. — Eu preciso entrar em contato com ela uma vez por ano para dizer que estou bem. Harriet também. Ela nos fez prometer.

— ENTÃO LIGUE PARA ELA! — gritaram Maud e Maisie em uníssono.

— Está bem.

Hermione ligou para o número de Pip em Ibiza. Se — e este era um grande se — ela ainda estava lá, gostaria de ficar sabendo dela depois de tanto tempo. Pip sempre disse que Hermione era a pessoa mais parecida com ela na família. As duas tinham o mesmo bicho carpinteiro no corpo. A mesma necessidade de viajar. Hermione lembrava dela voltando da Índia uma vez, quando ela e a irmã não deviam ter mais do que 7 ou 8 anos. Mas ainda conseguia ver Pip como da vez em que ela ficara com eles. Vestia sáris muito coloridos. Com muita cor-de-laranja, roxo e verde com detalhes em dourado. Os braços finos e morenos tiniam com pulseiras, e ela tinha um pequeno diamante enfiado no nariz.

Imaginou como Pip estaria agora.

— Alô?

A voz a assustou.

— Pip?

— Sim. — A voz inconfundível de Pip crepitou como uma fogueira sobre dois mil quilômetros de éter. — Quem é?

— É Hermione — disse Hermione. — Sua sobrinha.

— Também já não era sem tempo — respondeu Pip. — Você é uma garota má. Eu disse todos os anos. A sua pobre mãe deve estar se revirando no túmulo. Deixe na geladeira.

— O quê?

— Desculpe — disse Pip. — Era o Antonio. Ele estava tirando leite da cabra. Ainda vai me transformar numa mulher honesta. — Estourou numa gargalhada.

— Você está com alguém? — Hermione estava surpresa.

— Estou — respondeu Pip. — Mas chega de falar de mim. E você? Onde você está? Como você está?

— Estou ótima — disse Hermione. — Grávida.

— Não você!

— Estou — disse Hermione. — Quase de oito meses.

— Bom, cuide-se, então — disse Pip. — E dê um jeito de me manter informada no futuro. Quero foto, viu?

— Está bem?

— Promete?

— Prometo.

— Boa menina. — Pip inspirou fundo, provavelmente fumando um cigarro. Era outra coisa que ela e Hermione sempre tiveram em comum. — Agora, o que eu posso fazer por você?

— Eu estava pensando... — Hermione hesitou. — Você ainda fala com Harriet?

— Claro que sim — disse Pip. — Ela sempre foi uma boa menina. Manda cartões todos os anos, com o número do telefone atrás. Você sabe como ela é. Espere um pouco. Aqui está. — Leu um número precedido pelo código de área de Bath.

— Ela pergunta por mim?

— Então vocês duas ainda não fizeram as pazes — disse Pip. — Você sabe que o pai de vocês não ficaria feliz com isso. Os dois ficariam tristes de saber que vocês duas estão brigadas esse tempo todo. Eles amavam vocês duas demais.

— Vou ligar para ela — disse Hermione.

— Boa menina — disse Pip. — A vida é muito curta. Nunca sabemos o que está nos esperando logo adiante. Vocês, mais do que ninguém, deveriam saber disso.

— Eu sei — disse Hermione. — Nos falamos em breve, Pip.

— Sempre que você quiser — disse Pip carinhosamente. — E não se esqueça de me mandar aquelas fotos. É o mesmo endereço. Se você me ligar dizendo que mandou, vou cuidar para as cabras não as comerem.

Hermione desligou o telefone de Maud e se virou para as meninas, que estavam olhando para ela com a respiração suspensa.

— Você conseguiu? — Os olhos de Maud cintilaram.

— Sim — respondeu Hermione.

— Você vai ligar para ela?

— Sim. — Ela olhou para Maud. — É um pouco... Será que vocês poderiam...

— É claro. — Maud ficou de pé num salto. — Vamos lá, Maisie. Vamos procurar castores.

— Mas nós nunca vimos um castor no Lago Ontário — protestou Maisie.

— Sorvete, então. — Maud piscou para Hermione. — Vou lhe dar um sorvete.

— Um Turtles?

— Combinado.

Era agora ou nunca.

Hermione ficou olhando fixamente para o telefone de Maud, coberto de adesivos brilhantes e cheio de enfeites pendurados, e, com as mãos trêmulas, digitou o número que Pip havia lhe dado.

Estava tocando.

Tocou três vezes.

Quatro.

Imaginou a irmã parando de fazer o que quer que estivesse fazendo e indo atender ao telefone. Quem sabe limpando as mãos sujas de farinha no avental. Tirando uma criança do banho, para garantir.

O telefone tocou e tocou.

Sempre havia a possibilidade de Harriet estar trabalhando.

No fim, a linha passou para um correio de voz automático, e uma arrogante voz feminina anunciou o serviço.

Hermione hesitou. Deixava um recado e corria o risco de ser ouvida pela pessoa errada? Se fizesse isso, e nunca recebesse um retorno, jamais saberia por quê.

Mas também, se não deixasse um recado...

Em algum lugar, dentro dela, o bebê deu-lhe um chute, como que dizendo para deixar o recado de uma vez.

— Ahn. Oi — disse, de repente, antes de voltar atrás. — Estou tentando falar com Harriet Harker. Aqui é Hermione Harker.

Hesitou. Aquilo pareceu patético.

O rosto de Maud, sério e sardento, agigantou-se em sua mente, e ela seguiu em frente.

— Estou ligando para desejar um feliz aniversário. E para dizer que você vai ser titia em breve. Pelo menos... eu espero que seja em breve. Estou absolutamente imensa. Se eu ficar um pouco maior, não vou conseguir sair da cama...

Percebeu que parecia doida de pedra. Quando Harriet ouvisse aquilo, provavelmente concluiria que a irmã finalmente tinha ficado maluca e manteria distância. E quem poderia culpá-la por isso?

— Enfim — disse —, não espero que você me procure, mas, caso queira entrar em contato, então... bom... isso seria legal.

Agora ela estava parecendo a Bridget Jones. Mesmo assim, como já havia começado, era melhor ir até o fim.

— No momento estou morando no Canadá. Em Toronto. Sei que você nunca gostou de cidades grandes, mas acho que poderia gostar daqui. E seria legal... — hesitou. — Se você viesse me visitar. Seria bom vê-la. Todos gostaríamos de ver você.

Tinha acabado de desligar quando Greg voltou com as três crianças. Ele parecia muito bonito, caminhando na praia. Desejou ter a energia dele. Seria um alívio quando o bebê nascesse e ela pudesse voltar ao normal.

— Tem mais presentes. — Os olhos de Spike estavam brilhando.

— Sim — disse Greg. — Mas tem um presente que eu quero dar a Hermione sozinho, se vocês três não se importarem de ir brincar nos pneus um pouco. Tudo bem?

— Tudo bem — disse Maud, concordando com a cabeça. — Eu fico de olho neles.

— Boa menina — disse Greg, dando tapinhas na cabeça dela.

Enquanto observavam as crianças correrem na direção dos balanços de pneu na beira do lago, Greg passou o braço em torno dela e beijou-a na bochecha. Estava cheirando a pão de gengibre por ficar no sol com Spike. Hermione pensou nos brincos e se deu conta de que fazia eras que não se sentia tão feliz. Finalmente havia tido coragem de fazer algo que devia ter feito muitos anos atrás. Além disso, estava esperando um filho do homem que a amava. Tinha três enteados maravilhosos. Até mesmo Josh, a única nuvem cinzenta que atravessava seu céu azul, tinha se lembrado do aniversário dela.

— E então? — disse Greg, batendo carinhosamente em sua barriga. — Você quer o seu presente agora?

— Sim, por favor — disse Hermione, juntando as mãos.

— Está bem — disse Greg. — Feche os olhos e estenda as mãos.

Hermione obedeceu, lembrando, por algum estranho motivo, de uma vez que tinha dito para Harriet fazer a mesma coisa. Pobre Harriet, achando que ia ganhar alguma coisa, estendeu os braços ansiosamente, e Hermione largou uma aranha viva nas mãos dela. Harriet havia ficado apavorada.

Deus. Que vaca!

Perguntou-se se a irmã havia recebido o recado. Se sim, o que estaria pensando?

— Pronto.

— Posso abrir agora?

— Claro.

A caixa era muito maior do que ela lembrava. Espertinho. Ele evidentemente havia usado aquela caixa para fazer uma brincadeira. Isaac fizera isso uma vez, quando lhe comprou um relógio de presente de Natal e ficou aproveitando a decepção passageira em seu rosto quando ela viu o presente imenso e a óbvia alegria quando ela abriu camada por camada para descobrir o delicado relógio prateado lá dentro.

— Abro agora?

— É claro.

Rasgou o papel dourado, surpresa ao encontrar uma caixa longa e achatada abaixo de uma única camada.

— Abra.

Ela levantou a tampa e mergulhou nas camadas de papel vermelho, com o rosto perturbado de confusão quando tirou uma calcinha sem fundilho vermelha e preta, com sutiã e cinta-liga combinando. A calcinha em particular era parecida com a que uma das louras exuberantes dele usava. De náilon preto fino, com uma vulgar franja vermelha em volta da virilha aberta.

— Lingerie! — Mal pôde esconder a decepção.

Ele devia ter mudado de idéia. Devia ter devolvido os brincos.

— Você gostou? — Greg parecia satisfeito consigo mesmo.

— É... encantadora.

— Eu sabia que tinha a sua cara — disse Greg. — No momento em que vi.

— É muito pequena.

— Aí é que está. — Greg deslizou o indicador sobre a sua coxa. — É para depois de o bebê nascer. Achei que pudesse dar uma apimentada nas coisas.

— Ah.

— Você gostou, não gostou?

— É claro — respondeu Hermione. — Adorei. É muito sexy.

— Sexy! — disse Greg. — Foi o que eu pensei. — Lentamente, subiu os dedos por suas coxas até tocar na seda de sua calcinha.

— Greg! — Hermione não pôde deixar de se sentir satisfeita.

— O quê? — Com a respiração arfante, Greg abriu o zíper das calças.

— As crianças — disse ela. — Alguém pode ver.

— Eles estão a quilômetros daqui — resmungou ele. — E ninguém mais está olhando.

— Mas...

— Eu quero você — murmurou Greg. — Por favor, Hermione.

Seus dedos afastaram a calcinha que ela estava usando para o lado e — muito gentilmente — tocou o botão de seu clitóris, fazendo-a se contorcer de desejo. Ela também o queria. Muito. Era um alívio imenso saber que ele ainda a achava atraente. De repente, a lingerie vulgar não tinha mais importância. Ela nem se importava que ele tivesse comprado vários tamanhos menores de propósito. Só queria senti-lo dentro dela.

— Sente em cima de mim — ordenou Greg. — Puxe a sua saia para baixo para que... Ah. Ah, Deus. É isso mesmo.

Tudo acabou em segundos, mas foi o bastante. Hermione gozou tanto que ficou tremendo como uma folha. Os dois tinham acabado de terminar de se arrumar quando Spike apareceu trovejando pela praia.

— Ei, papai — ele girou como uma gaivota. — Podemos dar o nosso presente agora?

— O seu presente? — perguntou Hermione. — Você já me deu o meu presente. O meu ovo.

— Nós compramos um presente especial — arquejou Spike. — De todos nós. Podemos, Papai? Podemos?

O ânimo de Hermione melhorou. Mesmo durante o sexo, aqueles brincos ficaram em sua mente. Ela não tinha conseguido deixar de pensar que eles podiam ser para outra pessoa. Alguém secreto. Afinal, ela já tinha sido a pessoa secreta.

— É claro — sorriu Greg. — Você achou que aquilo era tudo o que você ia ganhar?

Hermione sorriu de alívio. Ele a estava provocando. A lingerie era uma brincadeira. Ela devia ter percebido. Nem mesmo Greg compraria algo tão... bem... *óbvio*.

— Eu não lhe daria só lingerie sexy! — Greg sorriu.

— Não? — *Graças a Deus*.

— Claro que não. Não com você esperando um filho meu.

O coração de Hermione levantou vôo como um gavião.

— Spike — disse Greg, quando Maud e Maisie apareceram do nada. — Faça as honras.

— Feche os olhos — disse Spike.

Hermione fez o que ele pediu. Tinha certeza de que ainda devia estar com o rosto vermelho por causa do intenso orgasmo que tinha acabado de ter. De alguma forma, não parecia muito certo ter feito aquilo com as crianças tão por perto. Principalmente Maud. Mas...

— Aí está.

Fechou os dedos em torno de uma caixinha pequena, mais ou menos do mesmo tamanho da que ela havia encontrado no bolso do casaco dele.

— Abra — guinchou Maisie.

Em suas mãos estava uma caixinha cinza e cor-de-rosa escuro. Hermione hesitou por um instante. Queria ter certeza de que pareceria adequadamente surpresa. Estragaria o momento de todos saber que ela tinha andado espiando. Greg iria querer saber o que ela andava fazendo vasculhando os bolsos dele, antes de qualquer coisa. E não seria legal admitir que, mesmo pelos mais malucos cinco minutos, ela não havia confiado nele.

— Abra.

Foi o que Hermione fez, tirando uma camada de papel para revelar o chocalho de prata dentro da caixa.

— Ah.

— Olhe. — Spike pegou o chocalho e balançou. — Faz barulho. Não é o máximo?

— É fantástico.

— Sabíamos que você iria adorar — disse Maud.

— Você acha que o Homem-Aranha também vai adorar? — perguntou Spike.

— É assim que queremos chamar o novo bebê, quando ele chegar — acrescentou Maisie, para explicar.

— Ah — fez Hermione, com o coração afundando de decepção por causa dos brincos perdidos. — Sim, tenho certeza que o Homem-Aranha vai adorar.

Gêmeas

Harriet passou o aniversário sozinha. O pedaço de papel com o número de Sylvie esquecido no bolso da calça jeans enquanto ela ficava deitada, como um rolo de salsicha no edredom, só com a cabeça para fora. O fato de Jesse ter se revelado outro Will, absolutamente incapaz de encontrar uma garota bonita sem fazer algo a respeito, fez seu sangue ferver. Ela não queria mais nada com ele.

O que acabou deixando-a sem ninguém.

Até mesmo Lizzy esquecera do seu aniversário. Na verdade, ela não vinha falando com Lizzy. Pelo menos não desde aquele dia no Blue Ginger, quando a amiga contou que estava saindo com Will.

Valia como lição. Não dava para contar com ninguém além de si mesma.

Fazia dias que ela estava vivendo com o tipo de fragilidade que a fazia tropeçar nas coisas e cair no choro por haver tropeçado. Só saía de casa para dar comida a Leroy. Com o recém-descoberto controle sobre a própria vida, Edie tinha ido em uma excursão para a Rússia e a deixara responsável pelo gato. Hoje não dera nada ao gato para comer. Chegou a tentar. Mas ouviu Jesse e a garota na escada quando estava prestes a sair. Não conseguiu encará-los.

Devia saber que aquilo ia acabar acontecendo, é claro. Jesse era bonito demais para ser confiável. Pensou que estava segura. Como estava com Dan. Talvez, com Dan ela realmente estivesse. Talvez Lizzy tivesse razão. Talvez ele tivesse ido ao Blue Ginger naquela noite para dizer que queria voltar. Os dois po deriam estar juntos agora se não fosse pelo maldito Will.

E o maldito Jesse.

Ela detestava estar sozinha em seu aniversário. Em casa, quando crianças, a família sempre dava uma grande importância aos aniversários. Havia cafés-da-manhã especiais e caças ao tesouro. Quando eram muito pequenas, havia festas com mágicos e piscina de bolinhas. Aquele devia ser o pior aniversário desde o de 19 anos, quando ela tinha flagrado Will num amasso com Hermione no fundo do jardim. Este ano, não teve qualquer alegria. Aparentemente, Lizzy havia esquecido completamente da data. Dan estava claramente ocupado demais com seu novo amor. A única pessoa que ao menos tentou entrar em contato com ela fora Jesse. Como vinha tentando falar com ela a cada hora dos últimos sete dias, ele não contava.

Ela havia inclusive desistido de ouvir seus recados. Estava cansada de ouvi-lo tentando "explicar". O que havia para explicar? Ela tinha investido toda a sua confiança e a sua crença em Jesse, e ele tinha jogado tudo fora. Ela o detestava por ser tão fraco.

Esperou até a porta da frente bater e espiou pela cortina para vê-lo a caminho do Blue Ginger. Então se esquivou até o andar de baixo para alimentar Leroy, aproveitando, por um breve instante, o contato físico do rabo dele batendo em seus joelhos numa demonstração de evidente prazer por ver sua tigela cheia de pedaços de carne brilhando. Assim que ele se abaixou para comer, ainda ronronando como uma motocicleta, ela deu um tapinha em sua cabeça egípcia e voltou para o apartamento para afundar novamente na sua autocomiseração.

A luz vermelha da secretária eletrônica estava piscando.

Seu dedo pairou sobre o botão de apagar. Não queria mais ouvir as desculpas chantagistas de Jesse.

Mas e se não fosse o Jesse? E se fosse alguém ligando para lhe desejar feliz aniversário? Dan, por exemplo. Lizzy podia não ter entendido direito quando disse que ele estava com alguém. E mesmo que estivesse, ainda assim poderia querer lhe desejar feliz aniversário. Ele era legal assim.

Desejou que ele estivesse ali agora. Podia não ser sua alma gêmea, mas pelo menos sempre estivera ao seu lado.

Apertou o botão play.

— Oi.

A voz estava insegura no começo. Mas não havia como confundi-la. O coração de Harriet balançou como uma bóia ao ouvir a voz que ainda lhe era tão familiar como a própria respiração. Pôde ouvi-la, pairando bem alto, acima dos outros no playground numa mistura de rimas há muito esquecidas. "Uni, duni, tê, salamê minguê, um sorvete colorê, o escolhido foi vo-cê."

E agora. Hermione, aos 33.

— Estou ligando para desejar um feliz aniversário. E para dizer que você vai ser titia em breve. Pelo menos... eu espero que seja em breve. Estou absolutamente imensa. Se eu ficar um pouco maior, não vou conseguir sair da cama...

Ouviu o final do recado, então rebobinou e ouviu de novo, com lágrimas escorrendo pelo rosto. De algum modo, apesar de tudo, sua irmã havia conseguido telefonar quando ela mais precisava. Ela estava no fundo do poço naquela manhã. Nunca havia se sentido tão sozinha.

Chorou durante dez minutos, e então deu uma boa assoada no nariz. Era óbvio o que precisava fazer. Precisava ligar para a irmã de volta. Precisava dizer que também andava pensando nela. Imaginou que deveria confessar que havia lido o diário também. Era o mínimo.

Mas pelo menos — e ela sentiu seu ânimo voar como uma

pipa com isso — agora ela sabia. Podia parar de se preocupar. Hermione ainda queria vê-la. Depois de tudo o que ela havia dito.

Estava prestes a pegar o telefone para ligar para o número que a irmã havia deixado quando ele tocou. Instintivamente, atendeu, para em seguida desejar que não tivesse.

— Está bem — disse Jesse. — Eu não fui completamente sincero...

— Eu não quero ouvir, Jesse.

— Mas não é o que você está pensando — disse ele. — Honestamente. Se você pelo menos me deixasse...

— Agora você está começando a parecer um disco arranhado — disse Harriet.

— Mas...

— Porra, Jesse. Por favor, desocupe a linha, por favor? Eu tenho coisa melhor a fazer do que ficar ouvindo você.

A mais de 1.500 quilômetros de distância, em Toronto, Hermione estava sonhando que tinha dado à luz um porco. Um Gloucester Old Spot, pela aparência, pintado de cor-de-rosa e chocolate, com um rabinho enrolado. No sonho, aquilo não pareceu nada sério. O médico, de máscara e com um camisão de uma cor que ela descreveria como azul prussiano, pareceu achar tudo muito normal ao enrolar o leitãozinho e entregá-lo em seu colo. Então, quando Hermione achou que as coisas não poderiam piorar, Maisie, vestindo sua roupa de baliza, e Spike, num uniforme de soldado com boné de pêlo preto, entraram marchando, tocando chocalhos e soprando apitos.

— Parem! — gritou Hermione. — Parem. Vocês não estão vendo? O meu porquinho está tentando dormir.

Acordou de repente, coberta por uma fina camada de suor, só para se ver sozinha, a salvo na rua Amelia, e ainda grávida, se Deus quisesse, esperando um bebê humano. E o barulho que ela estava ouvindo não era de um apito, afinal. Era o telefone.

Gemendo, levantou-se para atender. Era provavelmente Greg, ligando para dizer que estava a caminho de casa depois de deixar as crianças. Esperava que estivesse tudo bem. Estava preocupada que Spike tivesse se queimado um pouco demais. Tentou mantê-lo coberto, mas ele ficava fugindo o tempo todo.

Não era Greg. Era Celine. Ela estava um pouco esquisita.

— E aí? — disse Hermione, ciente de que estava com a voz grogue de sono. Havia capotado assim que chegara em casa. O dia a deixara exausta. E a história dos brincos ainda estava zunindo em sua cabeça. As sementes do medo, plantadas por Celine e depois por Maud, haviam fincado raízes. Talvez ele estivesse sendo infiel. Talvez...

— Desculpe — disse Celine. — Acordei você?

— Tudo bem — disse Hermione. — Estou acordada. Como você está?

— Nada mal. Fiz uma entrevista para um emprego.

— Que ótimo. Eu não sabia que você queria voltar a trabalhar.

— Foi uma decisão impulsiva — disse Celine. — Ando desenhando muito ultimamente. Pensei que pudesse usar esse trabalho de alguma maneira. É para fazer capas de livros, no centro da cidade.

— Parabéns. Fico muito feliz por você.

— Obrigada. Enfim, não foi por isso que eu liguei.

— Ah, não?

— Não. Queria lhe desejar um feliz aniversário.

— Obrigada. — Hermione não lembrava de ter dito a Celine que faria aniversário. Afinal, não estava na idade em que se espera bolos e velinhas dos amigos. Talvez tivesse sido na semana anterior, quando Harriet não saía de sua cabeça. Ela devia ter dito alguma coisa. — Que amor. Obrigada.

— De nada. O café é por minha conta da próxima vez, está bem?

— Ótimo — disse Hermione. — Boa sorte na entrevista.

— Obrigada.

Tinha acabado de desligar quando o telefone tocou em sua mão, fazendo-a dar um pulo.

Quase ignorou a ligação. A questão dos brincos ainda a estava incomodando. Não estava a fim de conversar. Mas alguma coisa a fez atender ao telefone mesmo assim.

— Pronto.

— Alô? — Era uma voz tímida. — Hermione?

— Ah, meu Deus — disse Hermione. — Harry? É você?

— Sim. — A voz de Harriet estava engasgada. — Sou eu.

Hermione descobriu subitamente que não conseguia falar. Estava com uma imensa dor na garganta. Sentia lágrimas queimando-lhe os olhos. As palavras não saíam.

— H-h-miney? — Harriet parecia estar chorando também. — É você de verdade?

— Sim. — Hermione respirou fundo. — Sou eu de verdade.

— Graças a Deus. — Harriet caiu no choro. — Eu realmente...

— Pode continuar — disse Hermione. — Está tudo bem.

— Eu só precisava ouvir a sua voz — disse Harriet.

— Idem — respondeu Hermione.

— Você estava falando sério? Sobre eu ir visitá-la?

— Sim. — O coração de Hermione elevou-se numa aleluia silenciosa. — Estava, sim.

— E eu vou mesmo ser titia em breve?

— Espero que sim — disse Hermione. — Neste momento, não consigo imaginar isso chegando a um fim. Estou do tamanho de uma casa.

— Mas... nossa.

— Eu sei. É uma loucura. Eu mesma ainda não consigo acreditar direito.

— Então quando eu posso ir?

— Quando quiser. Venha amanhã. Ou depois de amanhã. Venha quando puder. Mas venha.

Harriet

O nariz prateado do Boeing 747 apontou para o céu e o avião voou para dentro das nuvens, deixando Harriet com um frio na barriga na pista de decolagem abaixo.

Agora era tarde demais para desistir.

Ela estava a caminho!

Depois de falar com Hermione — uma experiência surreal e emocionante —, ela ligou para Soo, cujo marido tinha uma pequena agência de viagens em Guildford, e pediu que ela fizesse uma reserva no primeiro vôo para Toronto.

Havia gastado uma fortuna no free shop. Fazer compras no ambiente claro e bem iluminado a ajudara a parar de pensar no vôo. Sempre detestara voar, desde a primeira vez, durante uma viagem da família à Escócia. Na época, Pip estava morando num apartamento em Edimburgo, e Isaac achou que seria divertido visitá-la durante o festival. Quando o avião decolou, ela ficou assoviando para disfarçar o nervosismo. Hermione, que estava desesperadamente excitada com a idéia de voar, pôs a mão em seu braço e disse:

— Será que você pode, por favor, ficar quieta, Harry? Este é o meu primeiro vôo.

O avião inclinou para oeste, fazendo as sacolas aos seus pés se espalharem em todas as direções. Uma perdeu todos os itens, que escorregaram para debaixo de várias poltronas ao seu redor. Caixas de perfume e hidratante embaladas em celofane. Revistas para a viagem. Uma caixa de chocolate com amêndoas do Brasil saiu rolando em direção à cabine, e o casaquinho que ela havia comprado em Monsoon para o bebezinho ficou preso no terno de aparência cara do homem ao seu lado.

— Aqui — disse ele, entregando-lhe o casaquinho e dobrando-se para juntar uma caixa vermelha e branca do corredor, enquanto várias pessoas ao seu redor surgiam como bonecos de mola segurando vários produtos da Body Shop.

— Gel firmador de seios Clarins — leu ele. — Interessante.

— É para a minha irmã. — Harriet apanhou o produto de volta, encabulada.

Hermione havia lhe dado uma lista tão grande de coisas para levar da Inglaterra, que Harriet ficou se perguntando do que a irmã tinha mais saudade: de Marmite ou dela?

Quando a luz de apertar os cintos sobre suas cabeças apagou, Harriet descobriu-se preocupada novamente. Estava se tornando sua especialidade. Apesar disso, ela havia parcelado um vôo ao custo de pouco menos de 700 libras no cartão de crédito, muito embora não tivesse nada de dinheiro no banco para pagar esse valor, principalmente agora que Jesse não iria lhe pagar para pintar o apartamento dele.

Também não fazia idéia do que a esperava ao fim daquele vôo. Será que haveria uma reunião ao estilo dos Waltons? Ou seria mais como os Simpsons? A tendência era que a situação fosse um pouco artificial. Ela teria muita explicação a dar.

Além disso, tinha havido aquele telefonema. Mais uma coisa com que se preocupar. Ocorreu vinte minutos antes de seu vôo ser chamado, enquanto ela pagava por uma garrafa de água Evian e um protetor de lábios na Boots. Xingando, entregou uma nota de dez à mulher do caixa, ignorando o olhar carrancudo que recebeu por atender ao celular no meio da transação.

— Alô?

A ligação era do celular de Lizzy, mas não foi a voz de Lizzy que perguntou se ela era Harriet Harker.

— Aqui é Chloe — disse a voz do outro lado da linha.

— Chloe? — Ela não conhecia nenhuma Chloe.

Uma imagem da garota no sofá de Jesse saltou em sua mente. Era ela? Ela era Chloe? Se era, que diabos ela pensava que estava fazendo?

— Aconteceu alguma coisa com Jesse? — perguntou Harriet, sem pensar. Controle-se, pensou consigo mesma. Por que aquela garota estaria usando o celular de Lizzy? E por que ela estava se preocupando com Jesse? Ele estava fora de sua vida agora.

— Jesse? — A voz estava confusa. — Quem é Jesse?

— Esqueça. Eu pensei... — Estava sendo boba. A franguinha de Jesse era Delilah. Ela mesma havia dito isso.

— Você deve me conhecer como Babá Maluca. — A voz do outro lado parecia preocupada. — Mas eu juro que não estou mais usando drogas.

— Sinto muito — disse Harriet. — Eu não sabia que o seu nome era Chloe. Está tudo bem?

— Não tenho certeza. A Sra. Armstrong Jones está com você?

— Não. Por quê?

— Ela não voltou para casa.

— Desde quando? — Harriet achou que ouviu seu vôo sendo chamado pelo sistema de alto-falantes.

— Desde que saiu para almoçar e disse que estaria de volta às quatro.

Harriet olhou para o relógio.

— Mas são seis horas. Onde está Conrad?

— Ele está em Leeds — disse Chloe. — Num curso, ou coisa parecida.

— E a mãe de Conrad? Você poderia tentar falar com ela.

— Não acho que a Sra. Armstrong Jones vá gostar disso — disse Chloe.

Harriet percebeu que era verdade. A última coisa que Lizzy iria querer era ser declarada uma Mãe Ruim diante dos sogros.

— Ela provavelmente deverá voltar logo — disse Harriet, gentilmente. — Tente não se preocupar.

— Eu normalmente não me preocuparia — disse Chloe. — Ela tem feito esse tipo de coisa com uma certa freqüência. Teve uma noite em que só voltou às cinco da manhã. Mas tem alguma coisa errada com a Lucy.

— O que você quer dizer? — O coração de Harriet deu um pulo.

— Ela está ardendo em febre. E acabou de vomitar. Tipo, de verdade. E está toda mole.

— Está certo. — Harriet tentou pensar rápido.

— Você pode vir? — perguntou Chloe desesperadamente.

— Na verdade, não — disse Harriet. — Estou no aeroporto. Devo embarcar num avião para o Canadá em dez minutos.

— Ah, Deus — disse Chloe, começando a entrar em pânico. — O que eu vou fazer?

— Onde estão as outras crianças?

— Lá em cima — disse Chloe. — Elas estão chateadas. Querem a mãe.

— Você sabe dirigir? — perguntou Harriet. — O carro de Lizzy está aí?

— Sim e sim. Mas tomei três cervejas. Você não vai contar, vai? — perguntou ela, ansiosa. — Eu não devo beber enquanto estou com as crianças.

— Acho que este é o menor dos seus problemas agora — disse Harriet. A pobre menina tinha só 18 anos. Não podia acreditar que Lizzy tivesse saído e a deixado com seus adorados filhos.

Maldito Will. Isso tinha a assinatura dele. Lizzy havia desconsiderado seu conselho completamente. Ainda estava escapando para vê-lo enquanto Conrad estava no trabalho.

— O que eu devo fazer? — Chloe parecia à beira das lágrimas.

Harriet pensou. Havia apenas uma coisa que ela podia fazer. E só tinha mais uma barrinha de bateria no telefone. Precisava agir rapidamente.

— Espere um pouco. — Correu até o telefone público no corredor e discou para o consultório de Dan. Não tinha certeza de como ele iria reagir ao ouvir sua voz. Mas ele era Dan. A única pessoa com quem sabia que podia contar. Tinha sido maluca de deixá-lo escapar por entre os dedos tão facilmente. Sabia disso agora.

— Clínica St. Catherine, pois não?

— Dan Collyer, por favor.

— Ele está com um paciente no momento. Posso ajudar?

— Eu realmente preciso falar com ele.

— Infelizmente, isso é impossível.

— Tente — implorou Harriet. — Por favor. Diga que é a mulher dele. E é uma emergência.

— Você ainda está aí, Chloe? — disse ela, ao celular.

— Estou aqui.

No instante seguinte, a ligação foi transferida.

— Harry! — Dan pareceu preocupado. — Você está bem?

— Estou ótima — disse Harriet.

— Graças a Deus — disse Dan. — Fiquei preocupado. Achei... bom, não interessa o que eu achei. Desculpe por não ter ligado — começou ele. — As coisas andaram um pouco...

— Tudo bem. — Harriet explicou a situação o mais rápido que pôde, agradecida por ouvir a voz de Dan mudar para o tom de médico eficiente. Não havia tempo para arrependimentos. Não com a vida de Lucy provavelmente correndo risco. Lizzy jamais se perdoaria se alguma coisa acontecesse com sua filha. E

Conrad jamais perdoaria Lizzy. Eles podiam não sobreviver a isso. E precisavam sobreviver. Simplesmente precisavam. Nem que fosse apenas para dar uma lição ao maldito Will Cartwright.

— Ela está com a pele avermelhada?

— Chloe? Ela está com a pele avermelhada?

— Não sei.

— Ela não sabe.

— Diga para ela olhar no peito.

— Olhe no peito de Lucy, Chloe.

— Espere um pouco. — Houve um barulho farfalhante enquanto Chloe largou o telefone, e então a voz dela voltou do outro lado da linha.

— Sim, está.

— Está.

— Diga para ela passar um copo sobre a vermelhidão.

— Você pode passar um copo sobre a vermelhidão, Chloe?

— Só tenho um martelinho — disse Chloe. — Pode ser?

— Acho que qualquer um serve.

— Pronto.

— Pronto.

— Desapareceu?

— Desapareceu?

— Não.

— Não.

— Certo — disse Dan, rapidamente. — Diga para ela não esperar uma ambulância. Diga para ir direto a um hospital.

— Ela não pode dirigir.

— Então diga... Ah, MERDA — disse ele. — Diga que eu vou chamar uma ambulância. E, para garantir, irei até lá.

— Tem certeza? Você vai chegar lá a tempo?

— Não é muito longe — disse Dan. — Não vou levar mais tempo do que uma ambulância. Talvez chegue até mais rápido.

— Obrigada, Dan. — Harriet estava aliviada. — Fico te devendo uma. — Ouviu a última chamada para seu vôo no sistema de alto-falantes.

— De nada — disse ele. — E... Harry?

— O quê?

— Cuide-se.

Quando o avião nivelou a trinta mil pés, Harriet tentou deixar o pensamento de que estava se movendo no ar numa caixa de metal pressurizada. O que foi mais fácil do que parecia. Principalmente quando imagens terríveis de Lucy deitada morta numa cama de hospital não saíam de sua cabeça. E se alguma coisa acontecesse enquanto ela, Harriet, estava cruzando o Atlântico alegremente em busca de... do quê, exatamente? Lizzy não conseguiria encontrá-la. Ficaria desesperada.

Fechou os olhos e rezou em silêncio por Lucy.

Harriet na verdade tinha medo de voar. Não era tanto o fato de estar no ar quanto a idéia de que não tinha controle sobre o avião.

Talvez ajudasse se ela tentasse imaginar ter esse controle.

Já havia observado ao redor atrás de possíveis terroristas. Sentiu-se mal por fazer isso. Mas havia um homem de aparência estranha perto da saída de emergência sobre o qual não tinha muita certeza. Embora ele carregasse nas mãos um exemplar de *Rivals*, de Jilly Cooper. Nada parecido com o Corão.

Concentrou-se em fazer o avião seguir em frente mentalmente. Se pelo menos conseguisse imaginar que o estava pilotando através do mar, tudo ficaria bem. Tudo o que precisava fazer era manter o pensamento firme no...

Antes que se desse conta, o zumbido dos motores do avião fizeram-na cair num sono profundo. O sol estava nascendo quando enfim acordou. Pelas minúsculas janelinhas, viu o céu azul-marinho, cheio de raios de luz ofuscantes. Dourado. Vermelho. Laranja-claro. Tangerina profundo. Estava a salvo. O avião não havia caído do céu como um pombo de argila, afinal. Ela iria sobreviver àquilo.

Já deviam estar quase chegando.

Sentiu a mente vacilar quando pensou em Lucy. Se Deus quisesse, a esta altura já teriam conseguido entrar em contato com Lizzy. Estariam todos no hospital recebendo a notícia de que havia sido um alarme falso.

Lembrou-se de Lizzy, quando Jemima nasceu, dizendo que segurá-la pela primeira vez havia sido uma sensação única.

— Você está sentindo? — perguntou, quando Harriet pegou-a no colo desajeitadamente. — Cuidado com a cabecinha dela.

Na época, tudo o que Harriet sentiu foi uma dormência no braço por tentar desesperadamente evitar que a cabeça de Jemima balançasse. Agora, porém, agora que sabia que a família teria um bebê, não conseguia deixar de imaginar se o sentimento a que Lizzy se referiu podia se aplicar a outros membros da família. Ou seria reservado apenas às mães. Algo que ela jamais seria.

A voz do piloto crepitou no sistema de alto-falantes para dizer aos passageiros que o avião havia começado os procedimentos de descida no aeroporto Toronto Pearson. Conforme o avião descia, os ouvidos de Harriet entupiram, e seu estômago começou a se contorcer de nervosismo. Percebeu que estava tão apreensiva, que suas juntas estavam se contraindo. Sentia os punhos se contorcendo.

E se Hermione estivesse completamente irreconhecível? E se ela, Harriet, não soubesse mais o que a agradava. Não sabia mais nada sobre a irmã. Não sabia em que tipo de casa ela morava. Qual era o cheiro da rua dela? Seria cheia de fumaça de trânsito, como as ruelas estreitas de Bath? Teria o travo de pasta de dentes e fogueira no ar quando as noites chegavam e o outono se aproximava? Ou será que Toronto era totalmente diferente?

Não sabia nem mesmo se a irmã era casada. Provavelmente havia um companheiro, por causa do bebê. Mas nem lhe passou pela cabeça perguntar o nome dele.

O avião sacolejou e mergulhou através das almofadas de nuvens. Quando voltaram para o ar parado e limpo, o sol apareceu, banhando todo o céu numa luz cítrica.

Viraram para oeste. De repente, Harriet o viu. Uma enorme extensão de água, estendendo-se até onde a vista alcançava.

Era o Lago Ontário, reluzindo ao sol da manhã.

Lá estava a CN Tower. Ao lado, o estádio Skydome, parecendo um tatu enrolado na beira da praia. E em algum lugar lá embaixo, naquela vasta cidade à beira do lago, estava a sua irmã.

Harriet espreguiçou-se na poltrona, arqueando as costas como um gato. Foi tomada por um frisson de expectativa do tipo que acompanha novos começos e novos lugares. E se não desse certo? E se ela e Hermione não tivessem mais nada em comum? As duas poderiam estar arrancando os cabelos uma da outra no fim do dia. Hermione poderia muito bem beliscá-la, como fazia durante o banho quando as duas eram pequenas, deixando uma cicatriz na forma de uma lua-crescente na bochecha de Harriet. Mas teria isso alguma importância? Pelo menos as duas haviam tentado.

Tentou lembrar de quando as duas estiveram mais próximas. Provavelmente tinha sido nas férias de verão de quando eram muito jovens. Depois que se mudaram para Bath, todos os meses de agosto, a família toda entrava no Cortina azul-piscina e partia para algum lugar. Para a Cornualha, onde elas haviam crescido. Devon. Norfolk Broads. Uma vez, pegaram um ferry para a França. Harriet lembrava de uma piscina: um imenso losango muito azul. De garrafas de cerveja pequenas. De enormes pêssegos destilando seu suco dourado. De crianças francesas girando nos carrosséis do parquinho, vestindo tamancos empoeirados nos pés.

O avião finalizou a aproximação ao aeroporto, e Harriet descansou a cabeça no assento e relaxou.

Na esteira, pegou a mala, que estava arredondada nas laterais como uma banana, e jogou-a num carrinho. Seu celular tocou. Olhou a tela para ver quem era, e o nome de Jesse apareceu.

Deixou a ligação cair e empurrou o carrinho através das portas de vidro no saguão de desembarque, piscando como uma toupeira com a luz forte enquanto procurava pela irmã que não via fazia 15 anos.

Hermione

Só depois que se começa a limpar, concluiu Hermione enquanto esfregava os rodapés com uma escova de dente velha, é que se percebe exatamente o quão desagradavelmente sujo pode ficar um lugar. Ela podia ter passado os últimos meses fazendo limpeza, mas havia partes que tinha deixado passar. Ao sol da manhã, a grande janela da sala de estar parecia terrivelmente suja. Os interruptores de luz estavam imundos. Havia partículas de poeira dançando nas faixas coloridas de luz que atravessavam os painéis de vidro colorido da porta da frente. Ela teria que passar o aspirador de novo.

Enquanto esfregava, Greg desceu, arrastando uma porção de gravatas com ele.

— Você acha que esta fica bem? — Mostrou uma verde-clara de seda crua. — Ou a Paul Smith? Não estou conseguindo decidir.

— Tem alguma importância?

— Claro que sim — disse ele, irritado. — É o primeiro dia do congresso de vendas. Eu sou o diretor de marketing. Você quer que eu pareça ter saído de um caminhão de lixo?

Ela não sabia se só vinha notando mais aquilo desde que ele gritou com o pobre Spike por causa do ovo do passarinho, mas

Greg definitivamente parecia mais irritado nos últimos dias. Hermione não tinha muita certeza de como ele fazia isso, mas ele conseguia deixá-la se sentindo como se estivesse interferindo em sua privacidade sempre que lhe fazia alguma pergunta. Não importava sequer qual era a pergunta. Podia ser qualquer coisa. O que ele queria para o jantar? A que horas ele voltaria? Quanto tempo ele ficaria em São Francisco para o congresso de vendas, porque Harriet estava vindo da Inglaterra, e ela queria que os dois se conhecessem?

Greg vestiu o casaco. O mesmo casaco no qual, mais ou menos uma semana antes, Hermione havia encontrado os brincos de diamantes que imaginara serem para ela. Teve vontade de se aproximar para ver se a caixinha cor-de-rosa e cinza, amarrada com um laço, ainda estava lá. Se não era para outra pessoa, por que levá-la até São Francisco?

Greg estava pronto. Quando Hermione entregou-lhe a mala, ele beijou de leve seu rosto e deu um tapinha na gigantesca melancia que era sua barriga.

— Cuidem-se.

— Pode deixar.

Hermione desejou que ele a puxasse em sua direção num abraço desesperado e apaixonado, como havia feito dois dias antes, à beira do lago. Mas ele não fez nada disso. Pegou a mala e saiu ao sol, com os sapatos lustrosos fazendo barulho na calçada a caminho do táxi, que estava esperando.

Quando o carro partiu, ela ficou na porta da frente no quimono de seda chinês que sempre a lembrava de Josh, porque ele o invejava. Talvez Josh tivesse razão. Talvez Greg não fosse o homem certo para ela, afinal.

Ela não queria pensar muito no significado dos brincos. Talvez, quando o bebê nascesse, as coisas mudassem de novo para melhor. Dizem que os recém-nascidos se parecem com os pais nos primeiros anos de vida. Ela havia lido isso num livro. Seria o jeito que a natureza tinha de garantir a presença do pai, ou coisa parecida. O quê, goste ou não, dava uma pista da predileção masculina por variedade.

Talvez fosse inevitável. Talvez fosse só uma questão de tempo até que Greg saísse da linha. Talvez todos fizessem isso.

O ar prometia um dia lindo. Embora ainda fosse cedo, e o orvalho cintilasse como gotas de chuva no arbusto de lilás na frente da casa, ela podia sentir o potencial maduro, de calor, só esperando para explodir no instante em que o sol nascesse. Fechou os olhos para aproveitar a sensação e os abriu novamente para ver um vulto familiar subindo a rua. Uma criatura magricela com pés enormes e uma imensa mochila atirada nas costas.

— Você perdeu seu pai por pouco. Ele foi para São Francisco.

— Eu não vim para ver papai. — Maud beijou-a no rosto e atirou a mochila no hall de entrada. — Vim ver você. Vim desejar boa sorte. Com Harriet.

— Obrigada. — Hermione ficou emocionada. — Você é um amor.

Todas as crianças estavam muito emocionadas com a chegada iminente de Harriet. Spike, em especial, estava ansioso em garantir que a visita tivesse bastante o que comer.

— Que tal umas batatinhas fritas? — perguntou ele, esperançoso, enquanto Hermione fazia uma lista na noite anterior. — Vamos comprar mais?

— Acho que não precisa — sorriu Hermione.

— Vamos fazer uma faixa, então. — Os olhos de Spike brilharam como os de um bichinho. — Uma faixa de bem-vinda de volta.

— Ela não está voltando, na verdade — disse Hermione. — Ela nunca morou aqui.

— Mas ela pode querer morar — disse Spike. — Quer dizer, quando ela chegar aqui. Não consigo imaginar nenhum lugar melhor do que o Canadá para morar. Você consegue? Eu gosto de ser canadense.

— Só porque você nunca saiu de Ontário — debochou Maisie. — Eu preferia ser africana.

— Tem certeza? — Spike pareceu não acreditar. — Não acho que o Papai Noel consiga ir até à África. Eles não ganham muitos presentes por lá.

— Eu não me importaria com isso — disse Maisie, alegremente. — Eu teria zebras, não teria?

— Você já tomou café-da-manhã? — Hermione perguntou a Maud.

— Comi um *bagel*. — Maud seguiu-a até a cozinha. — Caramba. Como está limpo aqui.

— Que bom — disse Hermione, pensando no quarto da infância de Harriet, com suas fileiras imaculadas de tintas, todas organizadas por cor. — Quer um refrigerante?

— De café-da-manhã? — Maud pareceu desconfiada. — Mamãe não costuma...

— De uva?

— Tem algum outro tipo?

Hermione encheu a máquina de lavar louça enquanto Maud tomava faceira o refrigerante direto da lata, com um bigode cor de uva se espalhando gradualmente acima do lábio superior. Era uma menina incrível. Algumas vezes, sabia ser encantadoramente inocente. Outras, era impressionantemente perspicaz.

— Você está preocupada? — perguntou.

— Preocupada? — Hermione secou as mãos num pano de prato. — Com Harriet?

— Com papai. — Maud virou a lata para tomar as últimas gotas. — Por estar em São Francisco sem você.

— Ele vai ficar bem. — Hermione mexeu carinhosamente nos cabelos dela. — Já é bem grandinho.

— Não quis dizer isso. — Maud enfiou a língua no buraco triangular em cima da lata. — Só quis dizer que... bem... mamãe sempre ficava muito chateada quando ele viajava. Ela costumava ficar preocupada. Estava sempre ligando para o hotel e coisas assim. Às vezes, ele não estava onde dizia que estaria.

Hermione sentiu a cor desaparecer de seu rosto. Sentiu o estômago revirar como uma galinha num espeto. Bolhas de náusea subiram-lhe pelo esôfago.

— Você está bem? — O rosto sardento de Maud se enrugou de preocupação.

— Vou ficar bem — respondeu Hermione. — Foi só uma tontura. Só isso.

— Eu deixei você preocupada — disse Maud. — Desculpe.

— Não. É só que eu estou muito grávida. E às vezes tenho indigestão.

— De verdade? Porque tenho certeza que papai não faria isso com você.

— De verdade. — Hermione olhou para o relógio. — Nossa. Olhe que horas são. É melhor você ir para a escola.

— Está bem. — Maud desceu do banquinho e foi beijar Hermione. — Divirta-se com a sua irmã. Você vai me mandar uma mensagem mais tarde, né? Para me contar como estão as coisas.

— É claro.

— Legal. — Maud deu um tapinha na barriga de Hermione. — Tchau, maninho.

— Você ainda tem certeza de que é ele?

— Ô, se tenho — sorriu Maud. — Você não?

— Estou bem dividida — riu Hermione. — Agora vá embora. Você vai se atrasar.

Quando Maud saiu, Hermione ligou para o escritório de Greg. Não queria falar com ele, em especial. Só queria garantir que ele estava onde disse que estaria. As coisas entre eles nem sempre foram perfeitas. Ele estourava às vezes. E tinha provado isso. Mas era o pai do bebê dela. Além disso, não era mais apenas ele, né? Eram Maud, Maisie e Spike. O pequeno Spike, que tinha um coração tão inocente que ela às vezes tinha vontade de chorar.

— Canon Corporation — disse uma voz entediada e metálica.

— Você pode, por favor, me passar para Greg Finch?

— Claro. Só um instante.

O coração de Hermione parecia uma cavalgada durante a espera. Afinal, a ligação passou para o serviço de voz de Greg. Estalando a língua, irritada, discou novamente.

— Eu queria falar com Greg Finch.

— Sinto muito — disse a voz entediada. — Greg Finch está a caminho de São Francisco neste momento. Temos um congresso de vendas lá. Posso lhe passar para outra pessoa?

— Não, obrigada. — O coração de Hermione cantou de alívio. — Eu ligo outra hora.

Gêmeas

Avaliando melhor a situação, Hermione decidiu que a plaquinha com o nome de Harriet poderia ser um exagero. Podia estar sem ver a irmã havia 15 anos, mas as duas eram gêmeas. Haviam dividido o mesmo útero durante nove meses. Ela certamente a reconheceria em qualquer lugar.

O que em nome de Deus iria dizer a ela?

Quando as portas de vidro automáticas expeliram outra leva de passageiros de olhos vermelhos no saguão de desembarque, ocorreu-lhe que ainda sabia relativamente pouca coisa sobre a vida da irmã agora. Aquele primeiro telefonema tinha sido tão carregado de emoção que os detalhes de suas vidas não haviam parecido relevantes. A não ser pelo bebê, é claro. Harriet pareceu contente com isso.

A comunicação subseqüente foi uma breve troca de números de vôos e horários de chegada, como muito pouca luz lançada sobre a situação de ambas. De certa maneira, isso provavelmente era bom. Elas teriam muito sobre o que conversar.

O saguão de desembarque estava cheio de gente. Tinha gente tomando grandes copos de café. Mães. Avós. Irmãos. Irmãs. Realmente, pensou, vendo uma família de judeus hassídicos passando tranqüilamente através da multidão, aeroportos eram iguais em todo o mundo. A pessoa podia estar cercada de galinhas vivas e mangas na Índia ou de demonstrações de opulência patriótica em Dubai, mas, na essência, eram todos iguais. Pessoas esperando. Aguardando. Encontrando e cumprimentando.

Seu coração se apertava de expectativa toda vez que as portas se abriam para deixar mais passageiros pisarem em solo canadense. Em várias das vezes, acabou decepcionada. Era uma senhora mais velha retornando ao seio da família. Uma loura elegante. Um bêbado. Duas pessoas, talvez marido e mulher, conversando em linguagem de sinais. Teve que esperar por tanto tempo, que começou a pensar que aquilo podia se tratar de uma grande piada. Que Harriet não estava indo para lá.

Quando Harriet afinal saiu, Hermione quase não a viu. Mas quando afinal a encontrou, balançando-se timidamente no meio da multidão, percebeu que estivera procurando pela Harriet que conhecia aos 18 anos. Com uma calça Levi's 501 desbotada e uma blusa branca casual. Ombros ossudos. Cílios compridos, como uma lhama tímida.

Aquela Harriet era diferente. Ainda a reconheceria em qualquer lugar. Mas ela exalava uma confiança que não existia antes. E estava com os cabelos mais escuros.

Mas era ela. Não podia ser ninguém mais.

Antes que pudesse impedir, um soluço imenso surgiu do nada. E, enquanto Harriet empurrava o carrinho em sua direção, as lágrimas começaram a escorrer em seu rosto.

O sol estava entrando pelas janelas atrás de Hermione quando Harriet saiu para o saguão de desembarque, de modo que sua irmã estava contra a luz. Isso lhe deu a impressão de que ela estava cercada por uma auréola de luz, o que, por um motivo ou outro, parecia de acordo com a enorme barriga que continha a preciosa carga da irmã.

Aquilo foi muito surreal. Sentia a própria barriga girando de nervosismo. Estava se sentindo boba por trazer presentes. Roupas de bebê para um bebê que ainda nem havia nascido. Um frasco de perfume Paris numa lustrosa caixa cor-de-rosa para uma irmã que ela não via fazia 15 anos. Hermione não devia mais usar o mesmo perfume. Era ridículo imaginar o contrário. Mas ele saltou-lhe aos olhos quando ela passou pelo free shop, cheio de gente enchendo cestinhos com coisas de que não precisavam. Em meio à orgia de consumismo, a glamourosa caixa cor-de-rosa pareceu de algum modo encapsular Hermione. O cheiro que saiu do frasco provador que ela passou no pulso havia trazido à tona apenas lembranças felizes.

Hermione estava chorando abertamente quando Harriet chegou até ela. Enquanto Harriet estacionava o carrinho, Hermione secou os olhos e a encarou.

— Desculpe — disse ela. — Não acredito que seja você. Depois de todo esse tempo. Minha irmã.

— Eu sei. — Agora Harriet também estava chorando. — E olhe para você. Não acredito que você vai ter um bebê.

— Nem eu. — Hermione olhou para a própria barriga. — Estou enorme há tanto tempo que quase me esqueci de que não estou sempre assim. O bebê quase parece incidental.

— Você está linda — disse Harriet. E estava mesmo. Durante toda a viagem, ela havia tentado, sem conseguir, imaginar como Hermione estaria grávida. Ela nunca pareceu o tipo de mulher que engravida. Sempre foi glamourosa demais. Mas, agora, olhando para a irmã, podia ver uma suavidade que não estava lá antes. Combinava com ela.

— Não tanto quanto você — disse Hermione. — Você está incrível.

— Isso me surpreende — disse Harriet. — Passei toda a última semana chorando. Malditos homens!

— É mesmo? — Hermione estava chocada. Imaginou Harriet como uma mãe de quatro filhos bem casada por tanto tempo que, em sua cabeça, era isso que ela havia se tornado. É verdade que em seu dedo anular havia uma fina aliança de ouro. Então ela pelo menos estava casada.

— Ah. — Harriet seguiu seu olhar, girando o anel com nervosismo. — Infelizmente, não é tão simples como parece.

— Nada é — disse Hermione. Estava morrendo de vontade de perguntar mais. Mas dava para ver que Harriet estava cansada.

— Você fez uma longa viagem — disse, suavemente. — Vamos lá. Vamos tomar um café. Podemos conversar no carro.

Harriet

— Engraçado — disse Hermione enquanto guiava o carro pelas faixas de trânsito da rodovia —, de certo modo, você e eu sabemos mais uma da outra do que qualquer um dos nossos amigos sabe sobre nós.

Harriet apertou o cinto de segurança enquanto Hermione trocava de pista. Ainda estava se acostumando a ver a irmã dirigindo um enorme Dodge do lado errado da estrada. Não. Esqueça isso. Ainda estava se acostumando a ver a irmã dirigindo, ponto. Ela havia sido reprovada três vezes no teste de direção por dirigir sem o devido cuidado e atenção.

— Quer dizer, eu sei que você tinha aquele negócio de cobertor quando era pequena. Como se chamava?

— Wolleydodd — respondeu Harriet. — Daquela história de Ponder e William.

— É claro. — Hermione pareceu se emocionar de novo. — Ponder e William. Será que ainda são publicados? Preciso comprar uma cópia para Bean.

— Bean?

Hermione deu um tapinha na barriga:

— Foi o nome que Josh deu a ela.

— O pai?

Hermione sacudiu a cabeça.

— Josh é o meu melhor amigo. Ou pelo menos era — disse ela, franzindo a testa. — Nós nos separamos um pouco recentemente. Ele não aprova Greg.

— Greg é o pai?

— É.

Harriet descansou as pálpebras. Estava exausta. Mas não podia simplesmente dormir. Não agora. Tinha muita coisa para descobrir. Precisava voltar a conhecer a irmã.

— Greg era casado quando eu o conheci — Hermione disse logo.

— Ah, puxa.

— Quer dizer, eu não sabia — acrescentou Hermione rapidamente. — Não até ser tarde demais. Mas Josh parece achar que isso significa que ele é um desperdício de tempo.

— Vocês são almas gêmeas? — perguntou Harriet.

— Achei que fôssemos — disse Hermione. — Quer dizer, nós temos uma boa ligação. Ou pelo menos tínhamos. Mas sinto falta de Josh.

Ela sorriu.

— Eu costumava achar que Josh era minha alma gêmea. Nós sempre fazíamos tudo juntos. Íamos a festas. Saíamos para dançar. Víamos tevê. Só que Josh é gay. Então nós nunca pudemos... você sabe.

— Parece complicado. — Harriet pôs a mão no braço da irmã. Era estranho. Ela estava se sentindo muito calma. Tinha imaginado que estaria uma pilha de nervos. Mas, de alguma forma, estar com Hermione parecia bastante normal. As duas ainda combinavam.

— Desculpe — disse Hermione. — Eu não parei de falar. A minha vida não é a bagunça que eu fiz parecer. Eu tenho três quase enteados maravilhosos. E um filho a caminho.

— Eu ainda não acredito nisso — disse Harriet. — Você sempre foi tão inflexível quanto a não querer ter filhos.

— Eu sei. E você teria uma dúzia. Já tinha até os nomes escolhidos.

— Eles mudavam sempre — disse Harriet, sorrindo melancolicamente. — Nunca consegui ficar com um só. É provavelmente por isso que eu nunca tive filhos.

— Não teve? — Hermione pareceu chocada.

— Não — disse Harriet, sacudindo a cabeça. — Não deu certo

— Ah, meu Deus. — Hermione desviou para não bater num Chevy. — Que triste isso. Mas você está casada, né?

— Não mais. Pelo menos, acho que não. Estamos separados — explicou. — Já faz alguns meses.

— Ele era sua alma gêmea?

— Eu achava que sim — disse Harriet. — Nós nos conhecemos na faculdade. Ele era um estudante de medicina tranqüilo e organizado, e eu, um caos. Ele fazia com que eu me sentisse segura. Acho que me pôs de volta nos eixos, se é que você me entende.

Hermione fez que sim com a cabeça.

— Eu quis ter filho logo em seguida. Mas ele me fez esperar. Disse que éramos muito jovens. Que eu estava tentando substituir a família que havia perdido. E ele tinha razão, de certa maneira.

— Ele fazia você feliz?

— Ele fazia com que eu me sentisse segura — respondeu Harriet. — Isso serve?

— Não sei. A vida não funciona exatamente como nós esperamos, né?

— Não. — Harriet sacudiu a cabeça. Estava pensando em Lucy novamente. A imagem da pobre menininha sozinha numa cama de hospital, como Oscar havia ficado, a estava perseguindo desde que ela havia saído da Inglaterra. Precisava ligar para Lizzy. Descansar a mente.

— Olhe só — disse ela a Hermione —, você se importa se eu fizer uma ligação? É meio urgente.

— Tudo bem — disse Hermione. — Vou parar no Tim Horton's de qualquer maneira. Para comprar alguma coisa para o café-da-manhã. Aqui. — Parou o carro num acesso. — Vou saltar para comprar o café. Para deixar você sozinha.

Harriet conseguiu falar com Lizzy ao primeiro toque. Ela lhe pareceu horrível.

— Harry? — Estava com a voz trêmula. — Graças a Deus. Você pode vir aqui em casa?

— Ah, Deus. — Harriet sentiu o estômago apertado. — Estou no Canadá. Lizzy, por favor, não chore. O que houve? Estou morrendo de preocupação. Tentei ligar do avião, mas a comissária de bordo disse que eu não podia usar o celular. Parece que ele interfere com os equipamentos ou coisa parecida. Ela está bem?

— Quem? — Lizzy pareceu distante.

— Lucy — disse Harriet, franzindo a testa. — Chloe estava preocupada. Tive que pedir que Dan a levasse ao hospital.

— Ah — fungou Lizzy. — Sim. É claro. Obrigada.

— Ela está bem?

— Ela está ótima.

— Graças a Deus. O que era?

— Uma virose. — Lizzy fungou de novo. — Uma infecção de 24 horas. Mas era algo incerto no começo. Você fez a coisa certa.

— Então o que foi? — perguntou Harriet. — O que há de errado?

— Conrad me deixou.

— *O quê?*

Claro que não. Se o leal Conrad havia deixado Lizzy, então sua crença nos homens tinha ido por água abaixo. Tinha dado meia-volta e jamais voltaria.

— Conrad me deixou. — Lizzy soluçou.

— Ah, Deus. Ele descobriu.

— Sim.

— Ah, *Lizzy*.

— Eu sei. — Lizzy estava chorando. — Você me avisou. Você disse que isso iria acontecer. E o que eu fiz? Pensei que soubesse o que estava fazendo. Tentei parar, mas não consegui. Achei que nunca iria ser descoberta. Achei que era invencível. Era como Will fazia eu me sentir.

Harriet queria dar um grande abraço em Lizzy. Tudo bem, ela estava errada. Mas podia compreender como aquilo havia acontecido. Will era um daqueles homens perigosos que fazem mulheres perfeitamente racionais perderem o controle. E Lizzy não estava sendo exatamente uma mulher perfeitamente racional. Vinha instável desde o nascimento de Oscar. Ele não devia ter vindo tão logo depois de Lucy. Talvez Lizzy tenha tido um pouco de depressão pós-parto.

— Como Conrad descobriu?

— Ele estava no hospital quando eu cheguei. — A voz de Lucy falhou. — Perdi a noção do tempo. A Babá Maluca não conseguia me encontrar. Quando conseguiu, estavam todos enlouquecidos. Ela teve que dizer que eu estivera fora a noite toda. Ele ficou furioso por eu ter deixado as crianças sozinhas.

— Talvez você precise explicar. — Harriet viu Hermione saindo da loja carregando dois sacos de papel pardo com a parte de cima enrolada. — Ele pode entender.

— Duvido — soluçou Lizzy. — Ah, Harry. Ele fez a mala e foi embora. O que eu vou fazer?

Hermione entrou de novo no Dodge.

— Sinto muito por não estar aí — disse Harriet.

— O q-que você está f-fazendo no Canadá?

— Eu encontrei a minha irmã! — Harriet sorriu para Hermione.

— Ah, é? — Lizzy parecia estar trêmula. — Isso é f-fantástico. Está tudo indo bem?

— Acho que sim. Eu ligo de novo amanhã. A Babá Maluca ainda está aí?

— Ela tinha uma consulta na c-clínica.

— Certo. Acho que você deve ligar para a sua mãe.

— Ela vai me matar.

— A Charlotte?

— Ela está na Itália. Foi para lá com o novo namorado. Parece que os dois descobriram um amor em comum pelo lugar. Chega a dar enjôo.

— Então ligue para Gabby — disse Harriet. — Ligue para ela. Não acho que você deva passar esta noite sozinha.

— Está bem.

— Promete?

— Prometo.

— Está bem. — Harriet sentiu a boca se encher d'água quando sentiu o delicioso aroma de café nas narinas. — Ligo amanhã para saber como você está. Está bem?

— Está bem. Tchau.

— Rosquinhas e café — disse Hermione, entregando-lhe um dos sacos. — A dieta básica canadense. Comprei para você o que eu sempre compro para mim. Um *macchiato*...

— Extraquente — completou Harriet.

— Como você sabe?

— Porque é o que eu peço sempre.

— Não! Sério?

Harriet fez que sim com a cabeça.

— Que estranho.

— Nem tanto — disse Harriet. — Nós sempre tivemos gostos parecidos.

— Acho que sim.

As duas ficaram em silêncio enquanto Hermione seguia pelas

ruas de Toronto, um feito relativamente impressionante, considerando-se os bondes que pareciam passar atropelando, aparentemente com pouca consideração por qualquer coisa menor do que eles. Harriet não percebeu como estava faminta até dar a primeira mordida no doce de maçã, uma deliciosa combinação de massa doce e recheio ácido de fruta que fez suas glândulas salivares formigarem de prazer. Não conseguiu falar durante pelo menos dez minutos porque estava ocupada demais se empanturrando.

Mas havia outra coisa. Ela pensou que provavelmente as duas estavam com medo de falar demais. Agora que o estoque de amenidades havia acabado, o assunto da ruptura de 15 anos pairava como um berrante enfeite de árvore de Natal entre as duas. Ambas estavam felizes, desde que a conversa seguisse deslizando tranqüilamente, deixando o problema acima da superfície da gentileza. Mas ambas sabiam que, a certa altura, elas teriam que mergulhar mais fundo. Era inevitável.

— Chegamos. — Hermione parou diante de uma bela varanda vitoriana numa fileira de casas com *bay-windows*. — Lar doce lar.

— É legal.

— Você gostou?

— Muito. Não é como eu imaginei.

— O que você imaginou? — Hermione enfiou a chave na porta de entrada.

— Eu sempre imaginei você morando num loft moderno — disse Harriet. — Todo com paredes brancas. Esse tipo de coisa. Isso aqui é muito britânico.

Hermione explicou que aquela parte da cidade tinha sido um enclave de imigrantes irlandeses. Ela e Josh haviam escolhido a vizinhança por ter tantos parques e jardins.

— Por causa do bebê? — perguntou Harriet.

— Deus, não. — Hermione deu uma gargalhada. — Isso foi há muito tempo. — Ela piscou. — Só queríamos ter onde passar o tempo e nos divertir. — Atirou as chaves na mesa do hall de entrada. — Optei pelo estilo simples chique, como você pode ver. Mais simples do que chique, na verdade. Nunca fui boa como você nesse tipo de coisa. Mas funcionou, você não acha?

Harriet fez que sim com a cabeça.

— Eu adorei.

— Você vai se sentir em casa enquanto estiver aqui? — perguntou Hermione. — Greg está viajando, num congresso de vendas que vai durar pelo menos uma semana.

— Que pena. — Harriet sentiu-se calmamente aliviada. Conhecer o companheiro de Hermione imediatamente provavelmente seria um pouco demais.

— Ele vai voltar — disse Hermione. — Enquanto isso, temos muitas coisas divertidas planejadas. A minha amiga Celine quer conhecer você. Eu liguei para ela na noite passada. E os filhos de Greg mal podem esperar para conhecer você. Desculpe — disse ela. — Assim parece que você está em exibição num zoológico.

— Tudo bem — sorriu Harriet. — Quantos anos eles têm?

— Seis, sete e treze — respondeu Hermione. — Você já é uma lenda aos olhos deles. Eles passaram os últimos dois dias preocupados com termos bastante comida especial em casa. Quem via de fora podia pensar que você era a J-Lo. E eles planejaram toda a sua visita. Maud quer levar você à Peach Berserk, a loja preferida dela — disse para uma Harriet sem fala. — E Maisie está decidida a levá-la ao DQ.

— DQ?

— Dairy Queen. Uma sorveteria. Maisie tem obsessão por sorvete. Aquela menininha é capaz de comer sorvete e nozes picadas até sair pelos ouvidos. E tem o Spike. Bom, Spike provavelmente vai ficar satisfeito se você comprar batatas fritas para ele. Desculpe — disse ela, afobadamente. — Estou falando demais.

— Tudo bem. — Harriet olhou ao redor. — Onde eu posso me refrescar um pouco?

— Ah, claro. Eu aprontei o antigo quarto de Josh para você. Por aqui.

Levou Harriet para um quarto branco cheio de belos tecidos Cath Kidston.

— Espero que você goste — disse ela, encabulada.

— É um amor — disse Harriet.

— O banheiro é no corredor — apontou Hermione. — Vou deixá-la descansar. Durma um pouco, se quiser. Fiz almoço.

— Você fez?

— Não fique toda empolgada — alertou Hermione. — Você se lembra dos meus lendários bolinhos de feijão?

Harriet fez que sim com a cabeça.

— E dos seus bolos — disse. — Você fez aquele bolo de limão para a Pip uma vez.

— Aquele que mais parecia um biscoito?

— Não — Harriet sacudiu a cabeça. — Aquele em que você botou todo o fermento em pó. Um monte de gente foi à nossa casa em Bath para a festa de Pip e você se saiu com aquele bolo enorme. Todo mundo estava dizendo como estava delicioso, e alguém então disse...

— Ninguém toma água enquanto estiver comendo este bolo. — Hermione deu uma gargalhada. — Quem foi que disse isso?

— Acho que foi a Vinegar — riu Harriet.

— Bom, digamos que as coisas não progrediram muito desde então. Por sorte, temos lojas de comidas maravilhosas em Toronto. A maior parte das coisas vem pré-pronta. Desça quando estiver com fome.

— Está bem.

— Harry?

— Hã?

— É mesmo muito bom ver você.

Harriet sorriu.

— É bom ver você também.

Já estava escuro quando Harriet acordou. Por um instante, não soube dizer onde estava. Então, conforme os olhos se acostumaram à luz suave do quarto, ela lembrou. Claro. Estava na casa de Hermione.

Devia ter dormido horas. Tomou uma ducha rápida e vestiu roupas limpas antes de ir atrás da irmã. De certa forma, não parecia certo ter encontrado Hermione depois de tanto tempo e acabar capotando durante horas sem parar.

Passeou pela casa, surpresa com o quanto era simples. A cozinha era maravilhosa, com cerâmica preta e branca em todo o piso, uma mesa tamanho família e várias cadeiras de tipos diferentes. Parte do teto era de vidro, o que devia deixar o ambiente encantador e iluminado durante o dia.

— Hermione? — chamou ela, hesitante.

— Aqui fora.

Harriet enfiou a cabeça para fora pela porta dos fundos para um minúsculo jardim. Hermione estava sentada numa espreguiçadeira, fumando um cigarro.

— Olá, Bela Adormecida. Você perdeu o almoço.

— Desculpe — disse Harriet, espreguiçando-se com culpa. — Eu não queria ter dormido tanto. Acho que foi o trajeto de carro. Eu sempre fico com sono andando de carro.

— Ruby e Isaac costumavam botar você dentro do carro e dar a volta no quarteirão quando você era pequena — disse Hermione. — Diziam que era o único jeito de fazer você dormir. Você lembra disso?

Harriet sacudiu a cabeça.

— Você ainda sente falta deles? — Puxou uma cadeira.

— Todos os dias. — Hermione exalou uma coluna de fumaça azulada.

— Eu também — disse Harriet. — Posso estar correndo feliz com a minha vida e, de repente... BAM. — Estremeceu no moletom de algodão fino que havia vestido com a calça jeans.

— Está com frio? — Hermione levantou-se com esforço da cadeira e entrou na cozinha, de onde voltou com um grande casaco de lã. — Vista isto aqui. Eu devia ter avisado a você que aqui fica muito frio à noite. A temperatura é capaz de simplesmente despencar. Mesmo se fizer um calor absurdo durante o dia, sempre vamos precisar de um casaco à noite.

— Obrigada. — Harriet aninhou-se no casaco. Tinha um cheiro familiar. Ela sorriu.

— O que foi?

— É engraçado — disse Harriet. — Depois de todo esse tempo, as suas roupas ainda têm o mesmo cheiro.

Harriet

Durante vários dias, Harriet e Hermione se rodearam como gatas em teto de zinco quente. Harriet não tinha muita certeza do que estava esperando. Uma grande briga, talvez? Qualquer coisa, mas não aquilo. Ela estava se sentindo como uma hóspede bem-educada.

Não se fez qualquer menção ao acidente ou à última vez que as duas se viram. Ambas evitavam o assunto como se fosse uma praga. Hermione não a pressionou por informações. Não exigiu um pedido de desculpas pelo terrível ataque daquele dia na sala de estar de Ruby. E embora fosse um pouco decepcionante, Harriet também se sentia levemente aliviada. Não tinha certeza se estava muito pronta para explicar sobre Will. Por ora, tinha que se contentar com ela e Hermione simplesmente estarem ali. As duas haviam mudado, afinal. Precisavam de tempo para se adaptarem. Para juntas se acertarem quanto à morte dos pais, como não conseguiram fazer antes. Não com Pip e Vinegar se metendo a cada cinco minutos.

Vinegar, em especial, tinha sido insuportável nos dias que antecederam o funeral. Enquanto Harriet e Hermione vagavam feito fantasmas pela casa em Belmont, chocadas demais até para conversarem uma com a outra, muito menos com as tias, Vinegar fez grandes preparativos para o funeral. Houve uma grande quantidade de conversas sussurradas a respeito do chá. Harriet lembrava de passar por portas fechadas e ouvir Vinegar perguntar a Pip:

— E depois? Vão voltar para cá?

Harriet não tinha conseguido entender. Tanta conversa por causa de alguns sanduíches de pasta de peixe. Qual era a importância daquilo? Ruby e Isaac estavam mortos. Apodrecendo em caixões. Ela sabia o que acontecia quando uma pessoa morria. Bactérias que já estavam ali começavam a comer o caminho para fora do corpo. Logo, a face gentil de Isaac e o rosto bonito de Ruby seriam pouco mais do que crânios cheios de dentes. No funeral, quando ela e Hermione jogaram pétalas de rosa sobre o par de caixões, Harriet quis se atirar no túmulo e implorar que não os cobrissem com terra. Fazer isso significaria nunca mais ver os rostos deles novamente. Mas ela sabia que precisavam fazer isso.

E mais cedo ou mais tarde, ela e Hermione teriam que encarar uma à outra sobre a causa do abismo de 15 anos entre as duas.

Enquanto isso, ela estava adorando ficar na casa de Hermione. Era alugada, conforme dissera Hermione. Mas era iluminada e arejada. E Hermione havia acumulado muitas coisas incríveis ao longo dos anos. Harriet gostou particularmente da coleção de copos coloridos. Ela tinha várias taças de vinho verde-esmeralda que deviam valer centenas de libras. Seu antigo emprego devia ter sido muito lucrativo, para dizer o mínimo.

De vez em quando, cruzava com alguma coisa que lhe provocava uma sensação de familiaridade. Um retrato da infância. Um ouriço de cerâmica. Um lindo anjo entalhado, sobre a lareira do quarto de Hermione.

— Ah, meu Deus — suspirou ela, acariciando as suaves penas de alabastro das asas da criatura. — Eu não sabia que você ainda tinha isto aqui.

— O anjo de Pearl? — disse Hermione. — Eu peguei da oficina quando a casa foi vendida. Não sei exatamente por quê. Acho que era uma parte de Isaac. Não suportei deixá-lo para trás.

— Pearl — disse Harriet, baixinho. — É isso mesmo.

Isaac havia feito o anjo para um homem chamado Bert Lack, que tinha acabado de perder a mulher, Pearl, para o câncer. Ele queria um exército de anjos guardando seu túmulo. Depois que Isaac terminou o primeiro, Bert mudou de idéia. Ele não precisaria deles, afinal. Nunca ficaram sabendo por quê. O anjo ficou guardando a entrada da oficina de Isaac em Bath durante anos. Harriet havia esquecido completamente dele.

O que Harriet achou muito estranho foi a grande colagem de fotografias que Hermione havia prendido na parede da cozinha. Estava cheio de fotos de uma Hermione que ela não conheceu. Uma Hermione de cuja vida ela não tinha feito parte. Hermione erguendo uma taça num brinde sorridente na festa de aniversário de alguém. Hermione e um rapaz sorridente de cabelos claros num barco, os dois usando bonés verdes que, por algum motivo, tinham a inscrição Fogle's Irish Peat estampada na frente. Hermione usando um chapeuzinho de papelão numa festa de Natal. Teria ela, como Harriet costumava fazer, imaginado o que a irmã estava fazendo durante as festas? Ou teria ela simplesmente bloqueado o passado na memória?

As duas não passavam o tempo todo em casa. Harriet gostou do que conheceu de Toronto. Era uma cidade incrível. Amistosa e não muito superlotada. Como Hermione, gostou da rica mistura cultural do lugar. E gostou dos filhos de Greg. Maud passava todas as manhãs para um bate-papo antes das aulas, e Spike freqüentemente aparecia para um segundo café-da-manhã. Harriet descobriu-se esperando pelas visitas deles. Maud era um doce de menina. O tipo de filha que ela gostaria de ter tido, se as coisas tivessem sido diferentes. E Spike a fazia rir, com seus olhos verdes vidrados que ameaçavam saltar da cabeça sempre que ele se empolgava com alguma coisa.

No sábado, Hermione levou Harriet e as três crianças ao Second Cup da rua Bloor para comer muffins e tomar mais café. Pelo que Harriet podia ver, todo o Canadá devia ser movido a isso. Havia cafés por todo lado.

Também fizeram outras coisas. Maud levou-a à Peach Berserk, que ficava escondida numa rua cheia de lojas esquisitas que vendiam roupas e discos antigos e uma eclética mistura de outras coisas.

— Esta é a minha loja preferida — disse ela, alegremente. — Tem as coisas mais fofas do mundo.

Spike e Maisie ainda a estavam tratando como uma criatura exótica. Adoravam ouvi-la falar sobre a Inglaterra. Para eles, era um lugar tão misterioso como qualquer topo de árvore mágica de livro infantil. Um dia, enquanto tomavam sundaes de morango no adorado Dairy Queen de Maisie, eles a questionaram sobre os zoológicos britânicos.

— Tem zebras lá? — perguntou Maisie, lambendo a ponta da colher.

— Maisie tem mania de zebra — disse Spike, tentando ajudar, com o rosto todo sujo de calda de morango.

— Não tenho, não — respondeu Maisie. — Só acho que elas são muito bonitas. Só isso. Tem zebras no seu zoológico, Harry?

— Na verdade, nós não temos um zoológico.

— Vocês não têm zoológico? — Spike arregalou os olhos. — Vocês não têm zoológicos na Inglaterra? Não têm zoológico? Não têm O Henry's? Nem balas Jubes?

— Claro que temos zoológicos na Inglaterra — riu Hermione. — Harry quis dizer que não há um zoológico em Bath.

— Tem um em Bristol — disse Harriet.

— E é bom?

— Tem zebras?

— Não sei — respondeu Harriet, sinceramente. — Nunca fui lá.

— Você nunca foi lá? — ecoou Maisie. — Puxa vida! Se eu fosse grande, iria ao zoológico com o meu dinheiro todos os dias.

— Na verdade, você foi, sim — disse Hermione.

— Fui?

— Nós fomos quando éramos pequenas — disse Hermione. — Você não lembra? Demos peixinhos e batatinha frita aos pingüins. Acho que tínhamos uns 9 anos. Vinegar nos levou.

Harriet lembrou vagamente. Foi uma surpresa para ela que Hermione se lembrasse de certos acontecimentos da infância das duas melhor do que ela. Sempre achou que Hermione não se importava tanto com essas coisas.

O fim de semana acabou. Maud, Maisie e Spike foram embora, distribuindo abraços e beijos grudentos de morango ao saírem. Naquela noite, as duas eram esperadas para um jantar na casa de Celine. No dia seguinte, Hermione pensou que podiam ir todos para a cabana. Celine talvez tivesse que levar os filhos, mas isso não seria um problema. Eles pareciam ser todos muito bem-comportados.

— Cabana? — Harriet ficou intrigada.

— É, minha e do Josh. — Hermione pegou um casaco vermelho para se proteger do frio da noite. — Compramos no verão passado.

— Onde fica?

— No norte de Ontário, a três horas daqui — disse Hermione. — Como só dá para chegar lá de barco, teremos que pegar a canoa do posto de gasolina no caminho. Mas é maravilhosa. Você vai adorar. O que foi? — perguntou, ao ver Harriet olhando fixamente para ela.

— Você mudou — comentou Harriet. — Você costumava ser tão rata de cidade.

— Eu sei — riu Hermione. — Ainda sou. Fico maluca se passar muito tempo lá. Preciso voltar para estar perto de uma loja. Josh acha isso hilário.

— Ele vai estar lá?

— Não — disse Hermione, tristemente. — As coisas ainda estão meio difíceis entre nós dois.

A casa de Celine ficava numa avenida longa cercada de árvores, um pouco a oeste da vizinhança de Hermione. Para chegar lá, Harriet e Hermione pegaram o metrô e depois caminharam por uma rua cheia de boas lojas. Aveda. Roots. Banana Republic. Harriet, que havia passado a tarde toda dormindo, estava se sentindo rejuvenescida e levemente apreensiva quando chegaram à casa. Hermione, por sua vez, parecia completamente exausta da caminhada.

Celine era encantadora. Hermione tinha razão quanto a isso. Recebeu as duas em sua grande casa de tijolos vermelhos e serviu-lhes camarões assados e brownies de *zucchini*. Sua cozinha era incrivelmente glamourosa. Vários módulos do chão ao teto com superfícies de trabalho de vidro azul-turquesa, todos iluminados de baixo de modo que as elegantes taças de cristal de Celine cintilavam quando ela lhes servia vinho.

— Isso é uma maravilha. — Harriet tomou um gole de vinho, grata por poder disfarçar o nervosismo, e fez um sinal com a cabeça para a cozinha.

— Não é? — concordou Hermione. — O seu ex não está mais tentando tirar você daqui, está?

— Ele pode tentar o que quiser — disse Celine, dando uma risada. — Eu não vou sair daqui.

— Adoro essas linhas retas — observou Harriet, ainda olhando para os módulos da cozinha. — São muito ergonômicas.

— Harriet também é designer — disse Hermione, orgulhosa.

— Ah, é? — Celine pareceu satisfeita. — Então acho que nós duas vamos nos dar muito bem juntas. Com que tipo de design você trabalha?

— De interiores, principalmente — disse Harriet, encabulada. — Acabei de decorar um novo bar em Bath. Acho que ainda estou tateando um pouco. Que tipo de coisa você faz?

— Capas de livros — respondeu Celine.

— Você conseguiu o emprego? — Hermione pareceu emocionada.

— Sim. Começo na segunda.

— Que maravilha.

— Eu sei. — Celine ergueu a taça e sorriu. — Saúde.

Harriet notou que, ao sorrir, ela mostrou a falha entre os dentes que dava personalidade ao seu rosto. Era a diferença entre ser simplesmente bela e belamente simples.

— Venham. — Celine guiou as duas até uma sala de estar pintada em tons de cinza e creme. Toda a casa era decorada num estilo que Harriet teria escolhido para o próprio apartamento. Só que, em seu apartamento, não haveria os simpáticos complementos que havia ali. Não haveria livros, nem pilhas de jogos de computador, nem um interruptor de dinossauro no banheiro. Na geladeira de Celine, havia uma garota de têmpera com um vestido triangular cor-de-laranja, imensas mãos de couve-flor e pés com formato de taco de golfe entre uma faixa de grama verde-limão e um sol muito azul.

— Você tem fotos? — perguntou, subitamente.

— Como? — disse Celine.

— Fotos — repetiu Harriet. — Dos seus filhos. — Pareceu-lhe estranho. Aquele era o tipo de casa que normalmente estaria cheia de retratos de família. Mas ela não conseguia lembrar de ver qualquer foto nos ambientes em que estivera.

— Centenas — respondeu Celine, com leveza. — Todas perfeitamente catalogadas em álbuns. Vamos vê-las mais tarde. E então... — deu um tapinha na barriga de Hermione — como está a princesinha? Ainda tem certeza de que é uma menina?

— Acho que sim, embora Maud tenha certeza de que é um menino.

— E como está Maud? — perguntou Celine.

— Mais encantadora do que nunca — disse Hermione. — Não é, Harry?

— Ela é uma graça — concordou Harriet.

Harriet bebeu vinho demais. Não pôde evitar. Antes de qualquer coisa, ainda estava preocupada com Lizzy. Desde que chegara ao Canadá, havia falado com ela todos os dias. Ela parecia estar desmoronando. Gabby estava tão preocupada que havia mandado Dan vê-la.

Abençoado Dan. Ela sentia sua falta. Ele podia não ser exatamente certo para ela. Ela podia até ter se casado com ele pelos motivos errados. Mas será que isso realmente importava, no fim das contas?

Hermione e Celine ainda estavam falando sobre filhos.

— Deve ser bom — disse Harriet — ter uma família toda sua. — Estava bêbada. Sequer sabia ao certo aonde estava querendo chegar. Não tinha nenhum desejo particular de magoar Hermione. Mas queria que tudo ficasse claro.

— E é — disse Celine. — Mas dá muito trabalho. Principalmente quando eles têm cólica e se recusam a dormir a noite toda.

— Três filhos — disse Harriet. — Não deve ser fácil.

— É. Basta eu olhar para um homem para ficar grávida.

— E você, Hermione? — perguntou Harriet. — Você ficou grávida sem querer, não foi? Foi o que você disse, né?

— Bom, foi. — Hermione pareceu desconcertada. — Mas agora estou contente, é claro.

Harriet repousou o queixo na mão, recuando levemente quando o cotovelo escapou da mesa.

— Só pergunto — disse ela, engolindo letras — porque ter filhos é algo que eu não poderei fazer nesta vida.

— Sinto muito — Celine pareceu chateada. — Isso é uma pena.

— A culpa é minha — disse Harriet.

— Não seja boba — disse Celine. — Como poderia ser?

— Eu fiz um aborto e peguei uma infecção. Quando tinha 18 anos.

— Você o quê? — Hermione pareceu horrorizada. — Quando?

— Pouco depois de você viajar — disse Harriet. — Você não me deu muita escolha, não foi? Eu estava sozinha.

— Ah, Deus — Hermione pôs as mãos na boca. — E o pai? Ele não lhe deu nenhum apoio?

— Hermione — começou Harriet —, você nunca se perguntou por que eu disse todas aquelas coisas terríveis para você? No dia em que eu desci a escada e você me disse que iria embora?

— Claro que sim — disse Hermione. — Mas acho que eu sempre soube.

— Soube?

— É claro. Foi terrível da minha parte ir embora daquele jeito. Eu sempre tive medo de ligar para você. Achava que você nunca iria me perdoar.

— Você achava que eu disse tudo aquilo porque você estava indo embora? — Harriet estava chocada. — Você achava que eu culparia você só por causa disso?

— Bom, sim. — Hermione parecia chateada. — Isso e o choque.

Harriet sacudiu a cabeça.

— Você realmente não entendeu nada.

— O que foi, então? — Hermione perguntou. — O que foi que aconteceu?

Harriet limpou a garganta.

— Eu fiquei com Will — disse ela, simplesmente.

— Com Will? — repetiu Hermione. — Will Cartwright?

Harriet fez que sim com a cabeça.

— Foi antes de você voltar da Grécia. Ele me deu o fora. Pelo menos — disse, em tom amargo — era o que ele achava. Ele não teve exatamente a decência de me dizer isso. Eu estava esperando que ele aparecesse. Naquela noite, na nossa festa. E então eu o vi com você.

— Ah, Deus — disse Hermione. — Eu não sabia. Por favor, acredite em mim, Harry. Eu não sabia.

— Eu sei que você não sabia — disse Harriet. — Só que tive um choque, naquele dia, na sala de estar da Ruby. Eu tinha conseguido me convencer de que ele havia ido embora. Ele foi até lá, sabe. Quando vocês dois estavam saindo. Eu pedi que ele fosse. Ele me deu dinheiro para fazer um aborto.

— Filho-da-puta — disse Hermione.

— Eu sabia que estava grávida naquele dia em que fomos ao hospital — contou Harriet. — Eu ia contar a Ruby na noite anterior. Sabia que ela iria entender a história toda.

— Sim. — Hermione estava com lágrimas rolando pelo rosto. — Ela iria mesmo.

— Mas daí eles tiveram que ir buscar você. E nunca voltaram para casa. — O rosto de Harriet se franziu.

— Ah, Deus. — Hermione se balançou. — Foi culpa minha. Se eu não tivesse ido àquela festa...

— Não — soluçou Harriet. — Essas coisas acontecem.

— Tinha esparadrapo — chorou Hermione — nos óculos de Isaac quando nós os pegamos no hospital, lembra?

— Lembro. — Harriet visualizou o triste saco plástico cheio com o que a polícia havia conseguido recuperar das ferragens do Triumph Herald de Isaac. — Eu penso nisso o tempo todo.

O rosto de Hermione estava todo franzido:

— Eu sinto tanta falta deles.

— Eu também — soluçou Harriet.

Hermione

Hermione guiou o carro aos solavancos pelo cascalho e estacionou no posto de gasolina, onde ela e Celine haviam combinado de se encontrar para pegar o barco de alumínio que o velho proprietário havia emprestado a ela e Josh no verão anterior.

A noite da véspera havia sido uma revelação. Pobre Harriet. Ter que passar por tudo aquilo sozinha. Ela não suportava nem pensar no assunto.

Pelo menos agora as coisas estavam claras. Na noite do dia anterior, na casa da Celine, as duas se abraçaram e choraram durante quase uma hora antes de perceber que Celine havia escapado a certa altura. Depois, ambas admitiram que estavam se sentindo muito melhor. Naquela manhã, ambas desceram para tomar café-da-manhã usando óculos escuros para esconder os olhos inchados e começaram a rir. Pelo menos aquele terrível verniz de educação que havia disfarçado tudo nos últimos dias não existia mais. As duas podiam voltar a ser irmãs normalmente.

— Chegamos — disse Hermione. — Você está bem?

— Estou ótima. — Harriet olhou para o lago, que era quase cor de esmeralda, cercado por palmeiras. — Aqui é muito bonito.

— Não é?

Hermione saiu do carro e começou a levar várias coisas do porta-malas para perto do barco do posto. Harriet a ajudou. Puxou uma caixa de isopor pelo cascalho e pegou dois sacos de dormir. Elas haviam trazido de tudo, até meias térmicas. Podia ficar muito frio no meio do nada, à noite. Sem querer dispensar o conforto da casa, Hermione havia levado cinco pares para três dias. Só para garantir.

Harriet tirou sua mochila do carro e foi levá-la até o barco. Hermione viu quando ela tirou o celular do bolso e conferiu as mensagens de texto, apagando furiosamente o que quer que tenha lido ali.

— Está tudo bem?

— Tudo ótimo. — Harriet sorriu para ela. Já estava ficando com um pouco de cor no rosto. Estava muito bonita.

— Olhe — disse ela. — Eles chegaram.

O jipe de Celine, cheio de crianças e bagagem, sacolejou e rangeu na estradinha esburacada. Havia uma canoa amarrada em cima do carro e, antes que Celine tivesse a chance de parar o carro direito, as portas se abriram e duas figurinhas se atiraram para fora e começaram a saltar como bolas de pingue-pongue. Com um certo choque, Hermione olhou para a cabeça loura encaracolada e a outra castanha-clara e percebeu que elas eram muito familiares.

Muito familiares mesmo.

Sentiu o estômago se contorcer como um sapateado quando se deu conta do significado do que ela estava vendo.

— Bee? — Os olhos verdes de Spike quase saltaram de sua cabeça. — O que você está fazendo aqui? A gente achava que ia conhecer a amiga da mamãe.

— Esta é a amiga da mamãe. — De chapéu de palha e grandes óculos escuros, Celine saiu do jipe seguida de perto por Maud, que estava usando um chapéu de pesca cáqui com um adesivo cor-de-laranja berrante colado na frente dizendo "Obrigada". — E o nome dela não é Bee. É Hermione.

— Nós sabemos disso. — Spike esticou os braços para os lados e começou a correr em círculos ao redor do jipe. — Vrrrruuuuummmm.

Hermione não conseguia falar. Nem explicar nada para Harriet, que estava visivelmente desconcertada. Celine, por outro lado, parecia incrivelmente tranqüila.

— Hermione não pode ser sua amiga. — Maisie parecia chocada. — Ela é a namorada do papai.

— Eu sei. — Celine puxou as tiras elásticas para soltar a canoa.

— Você sabia? — perguntou Hermione.

— Já sei há algum tempo — respondeu Celine. — Maud, você pode pegar os pequenos e pegar a caixa de comida, por favor?

— Claro. — Maud afastou-se usando os tênis All Star Converse que Harriet havia lhe dado quando elas saíram para fazer compras.

— Mas... — gaguejou Hermione. — Você c-continuou a f-falar comigo. Nós éramos amigas.

— Exatamente — disse Celine. — E eu não podia ter certeza. Quer dizer, eu achei que tinha sido uma coincidência naquele primeiro dia. Nós duas estávamos envolvidas com homens chamados Greg. Mas depois as crianças voltaram da sua casa, e Spike se referiu a você pelo seu nome. E eu somei dois mais dois.

— Mas por que você não disse nada?

— Não sei. — Celine deu de ombros. — Não tinha certeza de como você iria reagir. Queria que as coisas continuassem iguais — disse, sorrindo com amargura. — Então evitei chamar as crianças pelos nomes. Cheguei até a esconder as fotos quando você e Harriet foram jantar. Eu vivia esperando por nossas manhãs de sábado. Estava tão solitária desde que Greg foi embora. Por que deveria desistir da sua amizade?

— Eu também estava solitária — admitiu Hermione. — E ainda tinha Greg na minha vida. Acho que isso na verdade diz muita coisa, não é?

— Não sei — disse Celine. — Todo mundo se sente solitário às vezes.

— Eu achei que tínhamos tanta coisa em comum, no começo — disse Hermione. — Eu havia perdido os meus pais. A minha irmã também estava perdida para mim. Greg foi a primeira pessoa que eu conheci que sabia como era perder alguém próximo.

— E quem seria, exatamente?

— O irmão dele — disse Hermione. — O que morreu andando de snowboard.

— O quê? — Celine pareceu horrorizada. — Ele disse isso para você?

— Não é verdade?

— Claro que não — criticou Celine. — A última vez que eu soube, o irmão de Greg estava vivo e bem, morando em Wolverhampton. O homem é um mentiroso patológico. É capaz de dizer qualquer coisa se acha que isso pode lhe garantir um pouco de atenção.

— Mas Greg disse que deixou a mulher. — O lábio de Hermione tremeu. — E você disse...

— Eu botei ele para fora — disse Celine, com firmeza. — Eu disse, o sujeito não reconheceria a verdade se ela lhe desse uma mordida na bunda.

— Mas não foi por minha causa, foi? — perguntou Hermione.

— Como?

— Você disse que botou seu marido para fora de casa porque o viu num bar com uma mulher. Não era eu. Não podia ter sido. Eu não estava lá. E você saberia.

— Não. Não era você.

— Então quem era?

— Aparentemente, a secretária dele — disse Celine. — A Bumble.

— A Bumble? — repetiu Hermione. — Então por isso as crianças sempre me chamaram de Bee.* Eles deviam achar que eu era a mesma pessoa.

— Deviam achar — disse Celine. — Pelo menos foi o que imaginei quando soube quem você era. Não que eu tenha dito algo para a eles, é claro. Eu preferia que eles mantivessem algum respeito pelo pai. Pelo menos Spike e Maisie. Maud já tem idade suficiente para pensar o que quiser.

— Então por que ele me procurou? — perguntou Hermione. — Por que ele não foi viver com a Bumble?

— Imagino que ele a visse como sua gatinha — disse Celine. — Ele sempre gostou de diferenciar a mulher de casa e a gatinha da diversão. Agia feito um corvo quando se tratava de qualquer coisa nova e reluzente. Na verdade, é uma coisa muito patética. Sinto muito — acrescentou, notando a palidez de Hermione. — Talvez eu não devesse ter dito tudo desse jeito.

— Está tudo bem — disse Hermione.

— Tem certeza? — Celine e Harriet perguntaram ao mesmo tempo.

— Sim. — Hermione estava surpresa. Não estava nem com raiva. Estava mais era aliviada. Não estava ficando louca, afinal. Seus instintos estavam certos.

— O que você vai fazer? — perguntou Celine.

— Primeiro, vou levar o barco até a cabana. Depois, vou voltar a Toronto para conversar com Josh. Pode ser tarde demais, mas eu posso tentar.

— Será que você pode dirigir sozinha? — perguntou Celine. — No estado em que está?

— Posso dar uma sugestão? — perguntou Harriet.

— Claro?

**Bumble bee* significa abelhão, em inglês. (*N. da T.*)

— Por que não vamos até a cabana agora? Arrumamos tudo. Comemos alguma coisa. As crianças devem estar morrendo de fome. Você pode voltar a Toronto de manhã. Já está ficando bem tarde.

Com a deixa, Spike veio correndo detrás do jipe.

— Harry — disse ele. — Temos um monte de coisas no porta-malas. Espere para ver. Temos chocolates. E hambúrgueres. E salsichas para assar. Você já comeu salsicha assada? Fica bom com queijo em cima. Eu sempre ponho queijo. Ei, você gosta de picolé? Mamãe disse que tem um lugar aqui perto onde a gente pode comprar picolé. Podemos comprar picolé?

No fim da manhã seguinte, Hermione atravessou as portas deslizantes para dentro do saguão anti-séptico da Canon Corporation e seguiu diretamente para o elevador.

— Ei! — A recepcionista de cabelos bufantes parou de lixar suas longas unhas roxas. — Você não pode subir. Não sem crachá.

— Foda-se o crachá. — Hermione enfiou o dedo no botão do terceiro andar adorando a expressão no rosto da recepcionista enquanto as portas se fechavam na cara dela.

Ela havia cronometrado tudo perfeitamente. Quando entrou no departamento de marketing, viu para seu deleite que Greg parecia estar comandando uma reunião em sua sala pretensiosamente grande. Enquanto ele girava com ar importante na cadeira, Hermione invadiu o ambiente, trazendo o grande envelope marrom que havia levado de casa.

— Hermione! — Greg pareceu chocado. — O que você está fazendo aqui? Pensei que estivesse na cabana.

— Fiz uma viagem especial — disse Hermione, numa voz doce. — Senti sua falta.

— Está certo. — Greg parecia envergonhado. — Bom, eu estou no meio de uma reunião agora. Mas se você me der vinte minutos, podemos almoçar juntos.

— Tudo bem. — Hermione levantou o envelope e o sacudiu sobre a grande mesa de reuniões da sala de Greg, deixando cair uma cascata de revistas coloridas sobre ela. Várias pessoas soltaram exclamações de espanto ao verem o conteúdo das revistas. Um exemplar de *Slut Slits* havia caído aberto, revelando uma garota morena completamente nua, de quatro, afastando as nádegas o máximo possível. — Achei que você poderia usar um pouco de inspiração — disse ela, enquanto Greg ficava vermelho. — Trouxe isto de casa.

Vários dos presentes abafavam o riso enquanto Greg ficava mais e mais vermelho. Ele se levantou e saiu da sala, levando Hermione junto.

— Que porra você pensa que está fazendo?

— Eu sei — respondeu Hermione.

— O quê? — perguntou Greg. — O que você sabe.

— Sei sobre Celine — disse Hermione. — Sei que ela botou você para fora porque você estava traçando a sua secretária. E eu sei que você ainda está saindo com ela. Você comprou brincos para ela. Eu os encontrei.

— Não — disse Greg. — Você entendeu tudo errado. Você está reagindo aos seus hormônios.

— Acho que não — disse Hermione. — Você pode tirar as suas coisas da minha casa antes de eu voltar da cabana. Se elas ainda estiverem lá quando eu voltar, vou queimar tudo. *Capisce*?

— Ei — Greg levantou as mãos para proteger-se da raiva dela. — Isso é um pouco cruel demais, não?

— Cruel? — disse Hermione. — Você tem sorte de eu não ter rasgado as cortinas da sua sala. E se você pensa que vai ter alguma coisa a ver com este bebê quando ela nascer, você está muito enganado. Não quero a minha filha crescendo com uma atitude amarga em relação aos homens. Quero que ela saiba que há homens bons no mundo. Que alguns homens são bons e verdadeiros. Como Josh. — Olhou para Greg com desprezo. — Ele tinha razão. Você é um desperdício de tempo. Eu devia tê-lo escutado há muito tempo.

Com isso, ela voltou para o elevador e deixou o edifício.

Sentou-se ao lado da fonte na Praça Nathan Phillips, reunindo coragem para ligar para Josh. O que era ridículo, considerando que ele era a pessoa que melhor a conhecia no mundo. Ela estava nervosa. Nervosa de as coisas não estarem bem com ele. Precisava que tudo ficasse bem. Precisava desesperadamente disso. Ela estava certa. Josh era sua alma gêmea. Seu espírito irmão. Não importava que os dois não transassem. Isso não era parte da equação. Não mais.

Josh levou apenas dez minutos para encontrá-la. Chegou caminhando a passos largos enquanto Hermione conferia a maquiagem. Por algum motivo, parecia fundamental que ela estivesse ótima. Na verdade, era uma idiotice. Josh já a vira agarrada à privada depois de tomar margueritas demais. Ele a vira na manhã seguinte, quando as bolsas sob seus olhos estavam gigantes. Por que ele se importaria com a aparência dela?

— Oi — disse ele, timidamente, sentando-se na fonte, ao lado dela. — Quanto tempo. Você está ótima — disse ele, fazendo sinal para a barriga dela com a cabeça. — Como está se sentindo?

— Emocionada — corou Hermione. — Assustada.

— Aposto que sim.

— Você tinha razão — disse Hermione. — Sobre Greg. Eu sinto muito.

— Ei — disse Josh. — Eu sinto muito. Não queria que você se magoasse.

— Sei disso agora — respondeu Hermione. — Eu fui teimosa. Queria que Greg e eu déssemos certo por causa do bebê. Queria uma família.

— Eu teria sido a sua família.

— Eu sei — disse Hermione. — Eu sinto muito. Você pode me perdoar?

— Sempre — disse Josh. — Você pode me perdoar?

— Pelo quê?

— Eu tive ciúme — disse Josh.

— Ciúme?

— De você e Greg.

— Por causa de Bean?

— Não — disse Josh, sacudindo a cabeça. — Não foi só por causa de Bean. Eu sinto alguma coisa por você, Hermy One.

— Como assim?

— É só isso — Josh parecia perplexo. — Eu não sei. Quer dizer, eu gosto de homens. Eu sei que gosto. Sou gay. Mas, às vezes, eu me pego tendo vontade de...

— De quê? — perguntou Hermione.

— Eu tenho vontade de fazer isso.

Josh aproximou-se lentamente dela e a beijou, um beijo longo e intenso nos lábios. Foi um lindo beijo. Um beijo que era puro Josh. Um beijo que fez com que ela se sentisse amada.

— Desculpe — disse Josh. — Eu queria fazer isso há muito tempo.

— Foi legal — disse Hermione.

— Foi mais do que legal — disse Josh. — E quero fazer de novo. Mas não entendo.

— Talvez você não precise entender — disse Hermione. — Talvez seja uma dessas coisas que acontecem. Talvez às vezes seja a pessoa por quem você se apaixona, e não a sexualidade.

— E eu amo você, Hermy One — disse Josh. — Você sabe disso, não sabe?

— Sei — disse Hermione, alegremente. — E eu amo você.

— Legal.

— Josh.

— Sim?

— Você volta para casa? Quando o bebê nascer?

— Claro que sim.

— Não precisamos nos preocupar com a coisa do sexo nem nada — disse Hermione. — E podemos esquecer o beijo.

— Está bem.

— Quando eu voltar da cabana, vamos para casa e pronto — disse ela.

Josh sorriu.

— Combinado.

Harriet

Depois, Harriet sempre se lembraria do período que passou no lago como uma semana de perfeita felicidade. Todos os seis entraram facilmente numa rotina alegre de nadar e tomar sol ao redor da cabana, que era um chalé de contos de fadas na beira do lago em meio a uma floresta de pinheiros. O lugar era um paraíso. Tão afastado de seu mundo em Bath, que ela logo esqueceu de Jesse. Ali, ela sequer saberia se ele havia tentado ligar. Não havia sinal de celular em lugar nenhum.

Ela ainda ia até a cidade mais próxima, a cinco quilômetros de distância, todos os dias para ligar para Lizzy. A amiga estava melhorando. Dan havia lhe receitado Valium, e ela e Conrad pelo menos estavam se falando novamente.

Ainda assim, o lugar era tão tranqüilo que era difícil ficar preocupada por muito tempo. Ela não se importava com as instalações hidráulicas espartanas. Não se importava nem mesmo com a falta de lençóis de algodão bem passados ou com as louças que não combinavam entre si. Sempre gostou muito do campo. E o lago Proudfoot, como o lugar se chamava, segundo Celine, era o paraíso. Com exceção do barulho de Spike e Maisie rindo e atirando água enquanto empurravam um ao outro do cais ou gritando quando seus pés tocavam as algas no fundo, os únicos sons que se ouvia eram o tchit-tchit dos fones de ouvido de Maud e das risadas no lago. À noite, dava para ouvir os castores entrando e saindo da vegetação na beira da água ou o barulho das batatas enroladas em papel alumínio que Celine botara no fogo. E, exceto pelo primeiro dia, quando Hermione insistiu que, grávida ou não, iria fazer a viagem de seis horas de ida e volta para Toronto, todos passavam a maior parte do tempo juntos.

Passaram os dias no barco no lago. Um dia, Celine levou todos a um lago maior, onde puderam ter aulas de esqui aquático. Maud ficou emocionada por conseguir ficar de pé logo na primeira vez. Harriet, por outro lado, ficou sentada tremendo na parte rasa, absolutamente apavorada de segurar a corda até que Hermione entrou na água completamente vestida.

— Ei — disse ela, baixinho. — Está tudo bem. Estou segurando você. Você está segura agora.

Isso fez Harriet lembrar de muito tempo atrás, quando ela tinha medo de fazer o salto com vara na escola. Hermione sempre estava lá, tranqüila e leal, ao seu lado. Teve vontade de chorar.

As duas choraram muito. Choraram pelos pais. Hermione chorou porque estava com medo de ser mãe. Harriet chorou por causa de Dan e depois por causa de Jesse. Até mesmo Celine chorou. Disse que não tinha muita certeza do porquê. Só sentiu vontade de chorar.

Na última noite, todos se sentaram ao redor do fogo e ficaram assando marshmallows. Com galhos estalando ao fundo, enquanto esquilos atiravam coisas neles de cima das árvores, Spike, com os olhos ainda maiores, contou sobre a última vez que haviam ido até lá e Celine deu uma aula de direção a Maud. Aparentemente, Maud dera ré dentro de uma vala, e o carro virou de lado. Eles tiveram de pedir ajuda de um homem que morava numa das fazendas próximas, e ele os havia levado de trator até o local para tentar tirar o carro da vala.

— Tinha batatas com ketchup no chão do trator — interrompeu Maisie.

— Eu sei — disse Spike. — Eu estou contando a história.

— Deixe-o contar, Maisie — disse Celine, suavemente.

— Ele tentou puxar, mas o carro ficou preso em alguma coisa e o pára-choque saiu inteirinho do carro. — Seus olhos brilhavam feito estrelas.

— Ele não é muito bom contando histórias — disse Maisie. — Enfim, Spike, você contou errado, Nos estávamos no parque do lago Bernard daquela vez. O lago Bernard é muito melhor do que aqui — explicou a Harriet e Hermione.

— Eles só acham isso porque lá tem sorvete e batata frita para vender — observou Celine.

Harriet fugiu do grupo ao redor do fogo e foi se sentar sozinha perto da água. A noite estava inacreditavelmente clara. Parecia que uma criança havia espalhado um pote inteiro de purpurina no céu.

Perguntou-se se os pais estavam lá em cima, em algum lugar, olhando para elas.

— Tem lugar para alguém grande?

Harriet ajeitou-se para que Hermione pudesse se acomodar entre ela e um toco de árvore.

— Você acha que eles estão satisfeitos?

— Quem?

— Mamãe e papai — respondeu Hermione. — Era em quem você estava pensando, não era?

— Era — disse Harriet. — Uma bobagem, né?

— De jeito nenhum. Eu também penso neles. Mais agora, com o bebê a caminho. Eu estava muito preocupada comigo mesma antes. Era muito egoísta.

— Eles gostariam de ter um neto — disse Harriet.

— Mesmo sob as circunstâncias duvidosas de sua concepção? — riu Hermione.

— É claro. — Harriet olhou ao redor, para o lago iluminado pela lua. — Este lugar é tão encantador. Estou feliz que você tenha me trazido aqui.

— Eu também gosto. Embora eu esteja ansiosa por estar perto de alguma loja de novo.

— O que você vai fazer agora? — perguntou Harriet. — Vai ficar aqui?

— Na cabana?

— Em Toronto — disse Harriet. — Você tem bons amigos. Celine é um amor.

— É — sorriu Hermione. — É. Ela é um amor, né? Mas eu estava pensando. Talvez volte para casa.

— Para casa?

— Para Bath.

— É mesmo?

— Você se importaria? — perguntou Hermione. — Poderíamos ficar um pouco com você?

— Claro que sim — respondeu Harriet, encantada. — Estou tão feliz que você entrou em contato — disse ela, timidamente.

— Eu também — disse Hermione. — Ai.

— O quê? — Harriet entrou em pânico. — Ah, Deus. Você não vai ter o bebê, vai? Não aqui.

— Foi só um chute — respondeu Hermione. — O pequenino está dizendo que concorda conosco.

Arthur

O último dia de Arthur Blewitt começou bem, levando tudo em consideração.

Pelo menos, se houve alguma coisa diferente, não dava para perceber. Não houve nenhuma sensação de desastre iminente. Nenhum sentimento nebuloso de maldição. Absolutamente nada do tipo. Até então, o único sinal do violento ataque cardíaco que estava prestes a tirar sua vida enquanto ele dirigia até a escola de Toronto em que trabalhava como porteiro era a estranha crise de azia, que ele pensou que combateria com uma dose de Pepto Bismol.

O dia havia começado como sempre. Tudo tinha sido agradavelmente normal. Seu café-da-manhã, servido na mesa perto da janela. Tinha sido inclusive com a toalha certa. A sua toalha preferida de chenile verde-esmeralda. Ele gostava de como mudava de cor, dependendo de como se passava o dedo sobre ela. Recentemente, sua mãe vinha usando mais a de feltro vermelho escuro. Ele não gostava daquela. De modo que gostou de ver a verde de volta ao seu lugar de direito.

O café-da-manhã tinha sido o mesmo de sempre. Ovos fritos servidos com batatas fritas e uma pitada de sal. Exatamente como ele gostava.

Comeu fazendo barulho, com as bochechas marcadas cheias de comida enquanto ele mastigava tudo de forma constante. Sem que ele soubesse, sua mãe sempre dizia às amigas que as bochechas de Arthur eram o motivo pelo qual ele nunca teve uma namorada. Ele teve muita acne quando menino. Era uma pena para ele.

O que sua mãe não sabia era que tinha havido uma pessoa uma vez. O nome dela era Gloria, e ela trabalhava no café do outro lado da rua. Ele havia saído com ela algumas vezes, quando devia estar se exercitando. Não que tenha contado à mãe, é claro. Ela diria que Gloria era um nome vulgar. A garota provavelmente não seria melhor do que deveria ser. Uma interesseira, sem dúvida. E então a mãe ficaria cheia de razão dizendo "eu avisei" quando tudo desse errado.

Ainda assim, Gloria lhe deu um fora quando ele pediu que ela lhe pagasse uma xícara de chá. Disse que foi a última gota. O fato de que houve gotas era uma novidade para Arthur. Ele sempre foi justo. Sempre cuidava para que dividissem tudo pela metade. Cachorros-quentes do carrinho perto do parque. As bebidas nos bares. Uma cerveja para ele e um suco de toranja para Gloria. Ele nunca a fez pagar por nada que ela não tivesse consumido. Nenhuma vez. Quando a viu se afastando, com a bunda grande balançando sedutoramente sob a colorida saia de algodão, ele sentiu uma movimentação familiar no baixo ventre e agradeceu ao bom Deus pela cueca de algodão apertado que estava vestindo. Não era nem o lugar nem a hora para uma ereção constrangedora. Ele pensava na imagem de Gloria e seu glorioso traseiro balançante quando estava sozinho no escuro na companhia de sua mão direita e de uma caixa de lenços de papel.

Naquela manhã, comeu os ovos e pôs os óculos para dirigir o Cadillac velho, que tinha sido de seu falecido pai, na curta distância de casa até o trabalho. Era a única coisa que ele não gostava desse emprego. Tinha um pouco de medo dos outros veículos. Principalmente dos caminhões. E dos bondes, que andavam rápido.

Quando virou a chave na ignição, o motor ganhou vida e, soltando o freio de mão cuidadosamente, Arthur entrou com nervosismo no cruel fluxo de trânsito.

Foi assim que virou na esquina da avenida Madison que aconteceu. Sentiu um golpe de dor subir pelo braço esquerdo, provocando um anel de fogo no peito. Não conseguia respirar. Agarrando o colarinho do uniforme marrom, teve vaga consciência de que o carro estava ziguezagueando, mas estava impossibilitado — absolutamente impossibilitado — para fazer qualquer coisa a respeito.

Harriet

Harriet e Celine ouviram o cantar de pneus na rua e correram para o lado de fora para ver o geriátrico Cadillac de Arthur Blewitt atingir Hermione de lado, fazendo-a girar no ar. Aconteceu tão rapidamente, que Harriet mal conseguiu registrar que a pessoa vestida de verde estirada no meio da rua era sua irmã antes de a rua virar uma confusão, e todo mundo correr até onde o carro de Arthur, batido e amassado em vários lugares, buzinava sem parar no meio da rua.

Celine gritou para Maud entrar e ligar para a emergência enquanto Harriet abria caminho cegamente em meio à multidão crescente de curiosos para chegar até a irmã. Deus. Por favor, permita que ela e o bebê estejam bem.

— Este cara está morto — gritou um homem inclinado sobre o corpo atirado sobre a direção do carro.

— E a moça?

Harriet correu para onde Hermione estava deitada no meio da rua, cercada por um número absurdo de itens pessoais. Sua bolsa tinha se aberto, e suas coisas estava espalhadas pela superfície do asfalto da rua. Um batom. Um pacote de chicletes. Uma calcinha extra.

Sentiu o coração apertar de compreensão e reconhecimento. Hermione levava uma calcinha extra consigo desde que, aos seis ou sete anos, fez uma mala com uvas e sete pares de calças Mr. Men para cada uma e anunciou que ela e Harriet iriam fugir. Chegaram até o poste de luz da esquina antes de Isaac aparecer no Triumph Herald e convencê-las a voltar para casa oferecendo peixe e batatas fritas.

— Ela está bem? — perguntou um homem que surgiu do meio dos curiosos. — Sou médico.

Harriet fez que sim com a cabeça. Hermione parecia perfeitamente bem. Não havia uma marca nela. Nenhum corte ou ferimento. Nenhum arranhão.

A ambulância chamada por Maud parou, e dois paramédicos abriram caminho em meio à multidão.

— O que aconteceu?

— Nós tínhamos acabado de comer um brunch — disse Harriet, inexpressivamente.

Tinha sido idéia de Hermione sair para tomar champanhe.

Todos estavam na casa de Celine, comendo rosquinhas e tomando café. Desde que voltaram a Toronto, bronzeadas e relaxadas, Harriet e Hermione vinham passando muito tempo na casa de Celine. Ela tinha um jardim lindo, cheio de plantas perfumadas e ervas. Uma charmosa cerca de alecrim ocupava todo um lado do pátio. Também havia um pé de tomilho, cheio de florzinhas lilases minúsculas. E sálvia.

Naquela manhã, enquanto Maisie e Spike implicavam um com o outro, brigando sobre quem ficava com a rosquinha de maçã e quem comia a de creme, a tal ponto que Celine ameaçou castigar os dois se eles não ficassem quietos, Hermione ergueu seu copo de suco de laranja.

— Acho que devíamos fazer um brinde.

— Está bem — disseram Celine, Harriet e Maud, em coro. — A que vamos brindar?

— À amizade — sorriu Hermione. — A novos começos.

— Novos começos — disse Harriet. — Eu com certeza vou beber a isso.

— Sabe do que mais? — Hermione pôs o copo de suco sobre a mesa. — Isso não está muito certo, né? Acho que precisamos de champanhe.

— Ótimo. — Os olhos de Maud brilharam. — Posso tomar um pouco?

— Você pode tomar meia taça — Celine e Hermione disseram exatamente ao mesmo tempo, antes de se desmancharem em risos.

— Eu posso ir à loja de bebidas — disse Hermione, levantando-se. — Vocês acham que uma garrafa chega?

— Você tem certeza? — perguntou Harriet. — Estamos bem assim. De verdade. E você não devia...

— Não devia coisa nenhuma. — Hermione olhou para a barriga. — O pequenino está pronto. Quem sabe, pode até ajudálo a sair. Vamos lá. Vamos viver um pouco. É só uma taça de champanhe. Não vai me matar, vai?

Harriet olhou para um monte de cacos de vidro e uma espuma efervescendo, numa comemoração sem sentido, sobre o asfalto.

Ficou olhando, desamparada, enquanto Hermione era amarrada numa maca e levada para dentro da ambulância.

— Posso ir junto?

— Você é da família?

— Sou — disse Harriet, desesperadamente. — Sou irmã dela.

O caminho até o hospital pareceu interminável. A ambulância fazia um barulho muito fraco, em comparação com as da Inglaterra. Não parecia nem um pouco urgente. Ela não sabia se isso era bom ou ruim.

— Como ela está? — perguntou ao homem inclinado sobre a irmã.

Ele fez uma careta.

— O que isso quer dizer? — Ela voou para o lado dele. — Ela está bem. Precisa estar. Acabei de recuperá-la.

— Sente-se, moça — disse ele. — Estamos fazendo todo o possível.

— Mas ela estava bem — protestou Harriet. — Eu a vi. Ela não tinha um arranhão.

— Já vamos chegar — disse ele, sorrindo. — Daí, acho que saberemos mais.

— Essa ambulância não anda mais rápido?

No hospital, Hermione foi levada diretamente para a emergência, e Harriet foi deixada com uma sensação nauseante no estômago enquanto esperava que Celine e os outros chegassem. Celine teve que pedir que a irmã fosse cuidar de Spike e Maisie porque Maud havia insistido em vir para o hospital.

— Como ela está? — Celine, seguida rapidamente por uma Maud determinada, entrou correndo pelas portas deslizantes.

— Eu não sei. — Harriet ficava puxando incontrolavelmente o punho do agasalho branco que estava vestindo. — Eles não me dizem nada. Tudo o que dizem é que ela não está bem. O que não pode estar certo, pode? Você a viu. Não tinha nem sangue. Isso tem que ser bom, né?

— Eu não sei. — Celine sacudiu a cabeça inutilmente. — Sinceramente, não sei.

Ficaram sentadas na sala de espera pelo que pareceram dias. Semanas. Harriet enfiou a mão pequena e fria na mão levemente maior e mais quente de Celine enquanto o relógio marcava as horas. Afinal, a porta se abriu, e um médico entrou, esfregando as mãos nervosamente.

Harriet e Celine saltaram juntas, como se tivessem levado uma picada.

— Srta. Harker?

— Sim. — Harriet deu um passo à frente. — Como ela está?

— Srta. Harker. — O rosto do médico estava sério. — Não há um modo fácil de dizer isto.

Não!

— Sua irmã sofreu ferimentos graves na cabeça.

— Mas ela vai ficar bem — disse Harriet. — Não vai?

O médico limpou a garganta.

— Há alguns exames que podemos fazer para determinar atividade craniana — disse ele. — Mas infelizmente o quadro não é muito bom. Gostaríamos de operá-la o quanto antes.

— Operar? — disse Harriet, entorpecida. — Para quê?

— Todos os sinais são de que o bebê está bem. — O médico conferiu o relógio. — O rapazinho está bem, considerando as circunstâncias. Mas há alguns riscos.

— Riscos? Que riscos?

— Há uma possibilidade de ele sofrer privação de oxigênio se nós o deixarmos lá por muito tempo. Talvez seja melhor tirarmos o quanto antes. Isso está bem para a senhora?

— Por que você está perguntando isso a mim? — quis saber Harriet.

— Como parente mais próxima...

Parente mais próxima.

Ela havia passado os últimos 15 anos se perguntando sobre sua parente mais próxima. Agora ali estava, num hospital estranho, num país estrangeiro, tomando decisões por ela.

Era maluco.

Conforme o tempo passava, Harriet sentia-se completamente anestesiada. Teve vaga consciência da chegada de Josh, com o rosto pálido e tenso de choque. Depois de tudo, achava que lembrava de Josh e Celine tendo uma conversa amena, mas não fazia idéia do que os dois estavam dizendo um ao outro, muito embora estivessem bem ali, ao seu lado. Soavam como a professora dos desenhos de Charlie Brown. Uá Uá Uá Uáááááá!

A qualquer instante, ela acordaria em sua cama branca e limpa em Bath e descobriria que tudo aquilo tinha sido um sonho.

Depois do que pareceu uma eternidade, o cirurgião de Hermione entrou na sala de espera.

— O bebê? — perguntou Harriet.

— Ele está na unidade de terapia intensiva — disse o cirurgião. — É só por precaução, já que ele é prematuro.

— E Hermione?

— Infelizmente, recebemos os resultados dos exames da sua irmã.

— E?

— Infelizmente, não estão bem. Não há sinal de atividade cerebral.

— Não — disse Hermione, num suspiro. — Tem que haver.

O cirurgião estava sério.

— Infelizmente, sua irmã teve morte cerebral, Srta. Harker.

— Por favor — disse Harriet. — Ela não pode. Ela não me deixaria. Não de novo. Não agora. Deve haver alguma coisa que o senhor possa fazer. — Harriet soluçava. — O senhor não pode fazer os exames de novo?

— Eles terão os mesmos resultados, Srta. Harker.

— Posso vê-la? — gaguejou Harriet.

— Venha comigo.

Harriet foi levada a uma sala fechada dominada pelo horrível barulho do ventilador que levantava e descia. Hermione estava deitada sob um lençol, mortalmente pálida, mas ainda absolutamente perfeita.

— Ela ainda está respirando — disse Harriet. — E isso é bom, certo?

— As máquinas a estão mantendo viva, Srta. Harker.

— As máquinas?

— Ela não está respirando sozinha.

— O que isso quer dizer?

O cirurgião coçou a cabeça. Ele parecia angustiado.

— Infelizmente, quer dizer que a certa altura teremos que pedir a sua permissão para desligar os aparelhos que mantêm sua irmã respirando.

— Matá-la? — disse Hermione. — De jeito nenhum.

— Você não precisa decidir hoje — disse o cirurgião. — Pode levar o tempo que for preciso.

— Não importa o tempo que leve — disse Harriet. — A resposta ainda será não. Eu acabei de recuperá-la. Não posso deixá-la ir embora agora. Ela prometeu — chorou. — Ela prometeu que não me deixaria de novo.

— Só estou pedindo para que pense no assunto.

— Ela parece ótima. — Harriet olhou para a irmã, tão tranqüila sobre o travesseiro branco engomado do hospital. — Como o senhor sabe que ela não vai acordar? Ela pode acordar a qualquer momento. E o senhor está me pedindo para deixá-la morrer?

— Ela não vai acordar. — A voz do cirurgião era calma e paciente. — Fizemos todos os exames. Sua irmã sofreu ferimentos muito graves na cabeça. Não há qualquer atividade cerebral. Sinto muito. Quer que eu chame os seus amigos?

— Sim — disse Harriet. — Por favor.

Celine e Josh entraram como um par de fantasmas. O rosto de Josh parecia estar completamente desprovido de sangue. Harriet imaginou que devia estar com a mesma aparência.

— Mandei Maud para casa — disse Celine. — Ela não estava lidando bem com a história toda. O que eles disseram?

— Eles dizem... — Harriet esforçou-se para fazer as palavras saírem. — Dizem que eu preciso deixá-la ir.

Um som terrível e estrangulado tomou conta do ambiente. Era Josh. Ele havia caído de joelhos e estava cobrindo o rosto e a cabeça com os braços, como que para se proteger da notícia. Harriet viu através de um véu de tristeza Celine abaixando-se e segurando-o nos braços.

— Eu a amo — disse Josh. — Eu a amo como à minha vida. Eu perdi tanto tempo.

— Você fez o que achava ser o mais certo — disse Celine. — Você lhe deu espaço para ela descobrir o que você já sabia. Ela o respeitava por isso.

— Está tudo bem — disse Harriet, numa voz inexpressiva que não parecia nem um pouco com ela. — Eu não vou deixá-los levá-la, Josh. Continuarei dizendo não até que eles entendam que nós vamos lutar contra isto.

Celine aproximou-se de Hermione e, muito carinhosamente, pôs a palma da mão em sua testa.

— Não parece ela — disse, tristemente. — Parece?

— Ela vai melhorar — disse Harriet. — Talvez eu traga um pouco da maquiagem dela amanhã. Vamos tentar alegrá-la um pouco.

— Eu vou trazer o quimono dela — disse Josh. — Ela adora aquele quimono. Isso deve fazê-la se sentir melhor.

— Queridos! — disse Celine, suavemente.

— Podemos trazer algumas flores — disse Harriet. — Rosas. Rosas azul-rosa celeste. Sempre foram as preferidas dela.

— Boa idéia.

— Queridos — disse Celine. — Você acham que é isso mesmo que ela iria querer?

— Claro — disse Harriet. — Ela adora rosas.

— Quer dizer — continuou Celine —, vocês acham que ela iria querer que nós a deixássemos continuar vivendo assim?

— É uma vida — disse Harriet, com firmeza. — Certamente é melhor do que nenhuma vida.

— Como você pensava... — perguntou Celine —, durante todo aquele tempo em que estava esperando para ver Hermione de novo... como você pensava nela?

Harriet fechou os olhos.

— O que você vê?

— Eu vejo Hermione descendo a escada — disse Harriet, lentamente. — Ela acabou de se arrumar para a nossa festa de 18 anos e quer exibir a roupa nova.

— E como ela está?

— Incrível — disse Harriet.

— O que ela está fazendo?

— Está sorrindo — disse Harriet. — Rindo. Ela sabe que está incrível e que está atraindo todas as atenções.

— Você acha que ela gostaria de saber que teria que passar os últimos anos da vida dela deitada numa cama de hospital? — perguntou Celine calmamente. — Você acha que ela estaria tão feliz se soubesse que teria que ser alimentada de mingau por um tubo? Ou você acha que ela preferiria que a deixássemos ir?

Ela tinha razão. Harriet sabia que tinha. Sabia o tempo todo. Mas, mesmo assim, aquilo parecia absurdo. Naquela manhã, Hermione estava rindo e comendo com todos os outros no jardim ensolarado de Celine. Como as coisas haviam chegado tão rapidamente àquele ponto?

Será que era isso que Jesse queria dizer quando falou em destino? Será que isso sempre estivera marcado para acontecer? Quando Hermione escolheu a rosquinha que ia comer naquela manhã, suas cartas já estavam marcadas? Havia alguém lá em cima secretamente estimulando-a a escolher bem, porque aquela seria a última rosquinha que ela comeria? Ou as coisas não funcionavam assim? Seria tudo apenas uma grande brincadeira de "Uni, duni, tê", afinal?

— Não estou dizendo que você deva decidir agora — disse Celine. — Só estou dizendo para pensar no que Hermione iria querer.

— Eu sei — soluçou Harriet. — Eu só preciso de tempo.

Hermione morreu dois dias depois, às sete horas da noite. Uma hora em que, quando adolescente, ela estaria se arrumando para sair, maquiando-se animadamente no quarto com o som ligado no último volume. Foi uma boa hora para ela partir. Uma hora em que sempre estivera pronta para tudo, desde que tivesse batom e cigarro com ela. Harriet e Josh precisaram de dois dias para reunir coragem para fazer isso. Quando Josh, Celine e Harriet se reuniram em volta da cama, Harriet pôs um buquê de rosas azul-rosa celeste no peito de Hermione e segurou a mão da irmã.

— Espero que eu esteja fazendo a coisa certa — disse ela, com a voz trêmula. — Não acredito nem que estou tendo que fazer isso. Mas acho que você iria querer que eu a deixasse partir. Eu... — levantou-se. — Estou tão feliz que nos reencontramos. Foi um privilégio tê-la como irmã. — Sua voz falhava tanto que ela mal conseguia continuar. Mas sabia que precisava continuar. Não haveria outra segunda chance. — E você estará no meu coração onde eu estiver. Sempre esteve. Nunca nos deixamos. Não de verdade. Eu espero... — respirou fundo — espero que em algum lugar lá em cima alguém esteja organizando uma grande festa para você.

Fez um sinal com a cabeça para a enfermeira que se inclinou calmamente e desligou o interruptor do ventilador.

— Tchau, Hermione — disse ela, quando a máquina parou de fazer barulho. — Eu te amo.

Toronto

Todo mundo ia dizer alguma coisa no funeral.

Foi idéia de Josh. Com olhos vermelhos e inchados de tristeza, ele explicou que os dois haviam decidido entre eles como fariam seus discursos fúnebres.

— Você não se importa? — Ele engoliu em seco. — Quer dizer, ela era a minha melhor amiga. Eu gostaria de...

— Diga o que você quiser — disse Harriet, num tom inexpressivo. Sentia como se nada daquilo estivesse realmente acontecendo. Vinha andando de um lado para outro atordoadamente. Por algum motivo, a única pessoa com quem tinha conseguido falar tinha sido Dan. Ela havia ligado para ele na noite da morte de Hermione. Precisava fazer isso. Precisava falar com alguém que a conhecesse bem. Melhor do que Josh e Celine.

— Harry — ele pareceu feliz de ouvir sua voz. — Como estão as coisas por aí? Como está sendo conviver com a sua irmã de novo? Lizzy me contou tudo. Acho que você vai gostar de saber que ela voltou ao mundo dos vivos.

Harriet hesitou.

— Ela e Conrad estão se acertando — disse ele. — Imagino que seja o melhor para eles. Os dois evidentemente se amam muito. E ele é um homem razoável. Sabe que ela passou por um período difícil.

— Houve um acidente — disse Harriet, numa voz monótona.

— Um acidente? — Dan pareceu preocupado. — Você está bem?

— Estou ótima — respondeu Harriet. — O acidente foi com Hermione.

— E ela está bem? — perguntou Dan. — Nenhum osso quebrado, espero.

— Ela está morta.

Foi horrível no crematório. Enquanto ela, Josh e Celine estavam reunidos do lado de fora, a atenção de Harriet foi atraída para um aviso preso à porta. Era uma lista das pessoas que deveriam ser cremadas naquele dia. O nome de Hermione era o terceiro da lista. Às onze horas.

Parecia meio ridículo, ver aquilo preto no branco daquela maneira. Parecia tão inócuo. Como se não passasse de uma lista de chamada da escola ou da agenda de horários de um dentista. Mas não era. Era uma lista de pessoas mortas. Todas esperando para serem queimadas.

Era horrível. Não podia ser verdadeiro.

— Ela não devia estar ali — disse Harriet. — Está tudo errado. Alguém deve ter cometido um erro.

— Shh. — Celine segurou sua mão. Harriet aceitou o gesto agradecida. Não tinha certeza de como estaria sem Celine nos últimos dias. Ela vinha sendo um rochedo. Um pilar. Mandou Maud e Spike ficarem com o pai, que havia alugado um apartamento novo numa parte bastante feia da cidade. Era melhor assim. Ela dizia que não queria que houvesse nenhum mau sentimento entre ele e as crianças. Assim, eles o veriam como alguém em quem até se podia confiar em tempo de crise, em vez do galanteador que ele costumava ser. Em sua própria casa, ela vinha tomando conta de Josh e Harriet, fazendo-lhes sopas que eles não conseguiam tomar e arrumando-lhes camas nas quais era impossível eles conseguirem dormir uma boa noite de sono. Mas, principalmente, ela os escutava.

— Eu tinha acabado de reencontrá-la — murmurou Harriet. — Eu tinha acabado de reencontrá-la.

— Eu sei.

O caixão de Hermione estava na base da frente, cheio de lindas flores de verão. Enquanto Harriet prendia os dentes para não gritar com a injustiça daquilo tudo, Josh viu Greg sentar num banco no outro lado do salão e ficou tenso.

— Shh. — Celine pousou a mão em seu braço, como um alerta. — Você não quer que este seja lembrado como o dia em que tudo começou, quer? Ela não iria querer isso.

Quando chegou a hora, Celine, com o rosto triste, levantou-se e fez uma homenagem à amiga a quem não conhecia havia muito tempo, mas que a tocara de diversas maneiras. Ela a chamou de engraçada e maravilhosa. Josh contou uma história divertida sobre compra de roupas, com a intenção de demonstrar seu indomável gosto pela vida.

Harriet temeu o instante em que teria que subir e dizer a sua parte. Ela não devia ter que fazer aquilo. Não era justo. O crematório estava completamente lotado por amigos de sua irmã, mas ela nunca havia se sentido tão sozinha. Celine era encantadora. E Josh, uma jóia. Mas não era de Celine e Josh que ela precisava. Era de Hermione.

Queria voltar para casa para ver Lizzy. Ela havia telefonado no dia depois do acontecido. Dan havia lhe contado do acidente, e ela ligou aos prantos. Disse que queria lhe dar um grande abraço. Mas não podia. Porque estava na Inglaterra.

Logo chegou a vez de Harriet falar. Quando ela se levantou e seguiu para o microfone, um respeitoso silêncio tomou conta da congregação. Havia escolhido o poema que melhor representava o que queria dizer. Uma imensa dor apertou sua garganta e seus lábios tremeram quando ela começou a falar, enquanto as lágrimas brilhavam em seus olhos. Mas ela as segurou pelo tempo suficiente para prestar a homenagem à irmã.

— Estou de pé na beira do mar
Uma embarcação parte para o oceano velejando à brisa da manhã
É um objeto de beleza, e fico a observá-la
Até que ela finalmente desaparece no horizonte, e alguém ao meu lado diz "Ela partiu"

Partiu! Para onde?
Para longe da minha vista — só isso
Segue com os mastros e o casco tão grandes como quando a vi
E tão capaz de transportar sua carga viva ao seu destino como antes
A diminuição de tamanho e a perda de vista estão em mim, não nela

E no instante exato em que alguém ao meu lado diz "Ela partiu"
Há outros que a estão vendo chegar, e outras vozes dando um grito imenso
"Ela está chegando"
e isso é morrer.

As lágrimas escorriam em seu rosto, manchando a tinta no papel em que ela havia escrito o poema. Pela primeira vez, percebeu que a tinta era azul-piscina. Foi a primeira caneta que caiu em sua mão quando ela procurou na insuportavelmente silenciosa casa de Hermione por algo em que copiá-lo.

Depois de tudo, voltaram para casa. Harriet lembrou dos sanduíches de pasta de peixe e do chá que Vinegar havia preparado para os pais enquanto via amigos e colegas da irmã que ela mal conhecia comendo canapés de salmão e bebendo champanhe. Josh havia insistido no champanhe. Era a única coisa que devia ter, disse ele, quando fizeram a lista para o serviço de bufê. Hermione nunca ia a lugar algum sem champanhe. Ela iria querer sair com o estourar das bolhas. De certo modo, era bom saber que a irmã tinha tido tantos amigos. Uma mulher, uma bonita loura chamada Sylvie, veio de Londres quando soube da notícia. Apresentou-se a Harriet com o rosto coberto de lágrimas. Disse coisas bonitas a respeito de Hermione. Todos disseram.

Harriet foi até a janela para respirar um pouco. O dia estava muito quente. Muito úmido. Ela precisava de ar.

— Harriet?

Harriet virou-se e viu alguém conhecido encostado no batente da porta.

— Dan! O que você está fazendo aqui?

— Achei que talvez precisasse de um ombro amigo.

Harriet sentiu-se tomada por uma onda de gratidão.

— Sinto muito, Dan.

— Sente muito? — O rosto dele se franziu, confuso. — Sente muito por quê?

— Por tudo — disse Harriet. — Por não ter sido sincera com você. Deixei você achar que a minha irmã estava morta esse tempo todo.

— Shh — fez Dan. — Isso não tem importância agora.

— Não tem?

— Claro que não — disse Dan. — O que importa é que você precisa dos amigos ao seu lado agora. E eu estou aqui.

— Você é um homem bom, Dan — disse Harriet, tristemente. — Eu não devia tê-lo deixado ir embora daquela maneira. Eu devia ter lutado mais por você.

— Não — disse Dan. — Você não devia.

— O quê?

— Nós não estávamos muito bem — disse Dan. — Eu sei disso agora. Nós nos casamos por todos os motivos errados. Éramos muito jovens.

— Mas fomos felizes.

— Fomos — concordou Dan. — Tivemos momentos ótimos. Mas é bom que possamos terminar tudo dessa maneira. Assim, sempre teremos um ao outro nas nossas vidas.

— Teremos. — A voz de Harriet vacilou. — Sempre, né?

— Claro que sim. Na verdade — disse ele, esfregando o queixo —, tem uma coisa que você pode fazer por mim.

— Claro — disse Harriet. — Qualquer coisa.

— Você pode ir até o hall pegar as minhas coisas — disse Dan. — Eu deixei tudo ali fora. Preciso ir ao banheiro. É só uma mala. Você se importa?

— Claro que não.

Harriet foi até o hall e quase desmaiou com o choque.

— Jesse!

— Lizzy mandou pedir desculpas — disse ele. — Está meio ocupada com o casamento dela no momento. E Joe mandou carinho e solidariedade. Ele ligou ontem à noite. Está no México, fazendo sei lá o quê.

Harriet virou-se para ir embora. Depois do que viu Hermione passar com Greg, nunca mais deixaria nenhum homem ficar com o melhor dela de novo.

Jesse agarrou sua mão, forçando-a a se virar e encará-lo.

— Harriet?

— O quê?

— Eu sinto muito. Pela sua irmã.

— Obrigada. — Harriet sentiu o lábio inferior tremer.

— É muito trágico — disse Jesse. — Você já teve tantas perdas na sua vida. Eu gostaria de poder te ajudar a melhorar.

— Minha irmã está morta — disse Harriet, lentamente. — Nada pode melhorar.

— Você não pode me deixar ficar ao seu lado, pelo menos? — Os olhos de Jesse estavam marejados. — Eu achei... que a gente era especial. Que a gente tinha alguma coisa. Que a gente combinava.

— Eu também — disse Harriet.

— Então por quê? — Jesse parecia confuso. — Por que ir embora sem dizer nada? Eu voltei do trabalho e encontrei um monte de latas de tinta no hall. Tentei ligar para você...

— Eu sei.

— O que foi que eu fiz de errado, Harry? — Jesse parecia muito perturbado. — Pelo menos me diga.

— Você sabe o que fez, Jesse.

— O quê?

— Você me enganou.

— Eu *o quê*?

— Eu fui ao apartamento. — Harriet engoliu em seco. — E ela estava lá. Eu a vi com os meus próprios olhos.

— Viu quem?

— A sua franguinha — disse Harriet. — Loura. Estava usando a sua camiseta.

Jesse cobriu o rosto com as mãos.

— Então eu tenho razão — Harriet sentiu o coração afundar. Por um instante fugaz, esperou que pudesse haver outra explicação. Claro que não havia. Jesse estava dormindo com a garota. Não havia sequer se incomodado em negar.

— Não — disse Jesse. — Você não podia estar mais errada.

— É nojento — disse Harriet. — Ela deve ter 16 anos.

— Quinze — disse Jesse. — E é velha demais para a idade que tem.

— O quê?

— Harriet. — Jesse segurou seu queixo entre o polegar e o indicador e beijou seu nariz. — Delilah é minha filha.

— Você não tem uma filha.

— Tenho — disse Jesse. — Nós éramos jovens, a mãe dela e eu. E burros. Ela engravidou quando tínhamos 18 anos e estava decidida a ficar com o bebê de qualquer jeito. Nós nos separamos. Mas eu tento ver Delilah sempre que posso. O que não é fácil. Ela é uma pequena atrevida e mal-humorada.

— Mas — Harriet estava boquiaberta. — Eu perguntei se vocês dois estavam juntos. Ela me deixou acreditar que...

— Exatamente — disse Jesse, tirando carinhosamente seu cabelo da testa. — Ela deixou você pensar. Delilah está passando por um período difícil. A mãe e o padrasto dela acabaram de se separar, e ela está com raiva. Está pensando que, se ela não pode ser feliz, ninguém mais pode ser. Principalmente eu. Foi ela que aprontou a história da arara, sabia? Consegui arrancar isso dela. Não era de estranhar que ela tenha tentado me visitar todos os dias desde a chegada do animal. Ela ligava todos os dias dizendo que estava entediada em casa, pedindo para me ver.

Harriet se lembrou do telefonema no bar. A voz feminina irritada que ela achou que fosse Clare do outro lado da linha do celular de Jesse.

— Então foi ela que deu aquelas pílulas à pobre Senhorita Scarlett?

— Não — disse Jesse, sacudindo a cabeça. — Graças a Deus. Foi um garoto mais velho que ela estava tentando impressionar. O cretino convenceu-a a deixá-lo mandar o pássaro para o meu endereço, e ela queria tanto que ele gostasse dela, que concordou — contou ele, sorrindo melancolicamente. — Vou ser muito mais firme no futuro, prometo.

— É bom ouvir isso.

— Então nós temos um futuro? — Jesse puxou-a em sua direção e encheu a cabeça dela de beijos. — Você acha? Você vai ficar bem?

Pela primeira vez nos últimos dias, Harriet sentiu-se relaxar.

— Vou chegar lá.

*

Dan voltou para a Inglaterra logo depois do funeral, onde, aparentemente, uma lourinha encantadora estava esperando por ele. Harriet estava feliz por ele. Jesse ficou para ajudar Harriet e Josh a arrumar a casa de Hermione. Harriet estava passando muito tempo no hospital com o bebê de Hermione. Ele era tão pequeno. Tão vulnerável. E ninguém mais parecia se preocupar com ele.

Na primeira vez, tocando o vidro com os dedos enquanto olhava para a cabecinha dele, menor do que uma maçã murcha, coberta por uma touquinha de lã, ela se sentiu estupidamente tímida. Ele podia ser minúsculo, mas seus olhos eram profundos como piscinas. Era quase como se ele já a conhecesse. Ficava se perguntando se ele a identificava como uma impostora. Longe de ser sua mãe.

— Aqui é a sua tia Harriet falando — disse ela, baixinho. — E eu quero que você saiba que tudo vai ficar bem. A sua situação não é a ideal. Você perdeu a sua mamãe. E o seu pai não é dos melhores. Mas ninguém é perfeito. E ele não é um mau pai. E, claro — disse, timidamente —, você sempre vai ter a mim. Prometo ser uma boa titia. Você pode ficar comigo na Inglaterra sempre que quiser.

No começo, pareceu uma bobagem conversar com aquela criaturinha minúscula com pele fininha. Mas seus grandes olhos castanhos eram tão inteligentes. Como tinha certeza de que ele conseguia entender parte do que ela estava dizendo, continuou. Conversou. Cantou. Leu histórias e balançou chocalhos. Depois de um tempo, as enfermeiras disseram que ele sempre parecia mais calmo depois de suas visitas.

Numa tarde, enquanto ela lia *O tigre que veio para o chá*, a porta se abriu, e alguém espiou para dentro.

— Greg. — Harriet sentiu-se constrangida. Os dois não haviam sido apresentados. Não adequadamente.

Ele parecia péssimo. Realmente miserável. Estava com o cabelo duro de sujeira e os olhos injetados e tinha um fedor desagradável de bebida no hálito.

— Celine pegou os meus filhos de volta. — Greg atirou-se numa cadeira. — Disse que não tenho condições. Me chamou de bêbado. — Fez um sinal com a cabeça na direção do sobrinho de Harriet. — Ele é tudo o que eu tenho agora.

Harriet pegou suas coisas. Greg a estava deixando desconfortável. Pareceu-lhe verdadeiramente terrível que aquele homem fosse responsável pelo bem-estar de seu sobrinho. Mas ela não sabia o que fazer quanto a isso. Ele era o pai da criança, não era?

Mesmo assim, tinha pavor do dia em que tivesse que voltar para a Inglaterra, deixando seu querido sobrinho aos cuidados de Greg. Pareceria que ela estava decepcionando Hermione.

Estava pegando o metrô de volta para casa quando sentiu-se tonta de repente. Quando se deu conta, perdeu o controle das pernas.

Acordou na cama, na casa de Hermione.

— O que aconteceu?

— Você desmaiou — disse Jesse. — No metrô. Ficamos muito assustados. Mas não se preocupe — acrescentou. — O médico disse que é só um resfriado. E estresse. Você precisa descansar.

— Quanto tempo eu dormi?

— Vinte e quatro horas — respondeu Jesse. — Talvez mais.

Harriet esforçou-se para sair da cama.

— Aonde você pensa que vai?

— Preciso ir ao hospital. Ver se o bebê está bem.

— Você não vai a lugar algum — disse Jesse. — Não neste estado.

Harriet tentou sair da cama, mas suas pernas estavam fracas demais para ficarem de pé.

— Agora talvez você acredite em mim — disse Jesse. — Faz dias que você não come. Por favor. Deixe as preocupações todas comigo. Só descanse um pouco. Feche os olhos. Vou trazer um pouco de sopa.

Harriet seguiu nesse estado durante dias. Às vezes, sua mente queria conscientemente se levantar e sair, mas suas pernas não permitiam. Em outras, ela simplesmente dormia sem parar. Depois do que deviam ter sido vários dias, acordou e percebeu que tudo o que havia de errado com ela tinha desaparecido completamente. Sentia-se revigorada. Por um instante, teve uma vaga consciência da necessidade premente de fazer alguma coisa, mas não conseguia saber exatamente o que era. Então seu olhar pousou no grande livro do bebê de que Hermione tinha tanto orgulho, e ela se sentiu impelida a agir.

A casa estava vazia, e ela cuidou de se vestir sozinha. Como ainda se sentia um pouco zonza, pegou um táxi para ir até ao hospital, por garantia.

Havia alguém no quarto de seu sobrinho. Ouviu vozes.

Correu até lá. Por favor, que não seja Greg. Não deixe que ele esteja se ligando muito ao filho. Ele tentaria tirá-lo dela.

— Oi — Jesse ergueu o olhar quando ela entrou. — Está se sentindo melhor?

— Jesse! O que você está fazendo aqui?

— Assumindo o papel do tio substituto, é claro.

— Ouvi vozes.

Jesse mostrou o livro que tinha nas mãos.

— *Danny campeão do mundo* — disse ele. — Meu livro preferido. Eu o li mais ou menos umas mil vezes. Pensei que pudesse animar um pouco este carinha.

— Você é muito querido — disse Harriet. — Eu te amo.

— E eu te amo — disse Jesse. — Quando voltarmos ao normal, vou mostrar o quanto.

— Você não tem mais nenhuma filha secreta escondida, tem? — perguntou Harriet. — Não sei se conseguiria suportar.

— Não — riu Jesse. — Isso eu posso prometer.

— Está tudo bem? — perguntou uma enfermeira que entrou rapidamente.

— Tudo ótimo.

— Como ele está? — Harriet fez um sinal com a cabeça para o bebê.

— Melhorando a olhos vistos — disse a enfermeira, pegando-o no colo. — Estará pronto para ir para casa em breve. Quer trocar a fralda dele?

— Claro — disse Harriet, estendendo os braços. — O que eu faço?

— A coisa vai vir naturalmente — riu a enfermeira. — Aqui.

Harriet pôs o pequeno bebê numa toalha branca felpuda, com o coração explodindo enquanto ele balançava as perninhas. Não podia deixá-lo ir. Não com Greg. Mas não sabia o que poderia fazer a respeito.

— Ele não é uma delícia? — comentou a enfermeira.

— Incrível. — Harriet olhou para a nuvem de cachos escuros enfeitando a cabecinha dele. — Hermione tinha os cabelos assim quando nasceu. Ele é moreno — disse ela, satisfeita. — Como ela.

— O que é isso? — perguntou Jesse. — No bumbum dele?

— Nós chamamos de mancha mongólica — disse a enfermeira. — Não é nada com o que se preocupar. Mas está nos registros dele. Às vezes parece um machucado, por isso precisamos registrar. É muito comum em bebês de pele mais escura.

— Pele mais escura? — perguntou Harriet.

— Isso mesmo — disse a enfermeira rindo. — Muitos bebês asiáticos e negros têm isso. Deve ser o afro-caribenho que há nele. Eu realmente não me preocuparia.

— Afro-caribenho? — repetiu Harriet, rapidamente. — Você tem certeza?

— Absoluta. — A enfermeira conferiu as anotações.

— Então... — disse Harriet, lentamente. — Então você está me dizendo que o pai deste bebê não é branco.

— Não — disse a enfermeira. — Não se a mãe era.

— Você tem certeza? — quis saber Harriet. — Você tem certeza absoluta?

— Cem por cento! — A enfermeira olhou para ela. — Imagino que esta seja uma boa notícia.

Harriet sorriu para ela.

— A melhor — disse ela. — A melhor de todas.

A reunião com os advogados de Hermione demorou tanto que Harriet, ainda destruída por causa do problema de saúde e exausta pelos dias que passou decidindo o quê, da enorme coleção de tralhas da irmã, deveria ser mantido, o que deveria ser doado e o que deveria ser jogado fora, quase caiu no sono. Sem esperar receber coisa alguma e sabendo que a casa de Hermione era alugada, o que queria dizer pelo menos que ninguém precisaria se preocupar com vendê-la, apoiou a cabeça no peito de Jesse enquanto os dois estavam na escura sala verde ouvindo o homenzinho cabeça de ovo ler o testamento e os últimos desejos de Hermione Harker. Para ser sincera, a maior parte lhe passou batido. A voz do advogado tinha uma qualidade narcótica. De modo que ela ficou muito surpresa quando Jesse a sacudiu de seu torpor.

— Você quer levá-lo agora? — O advogado estava olhando para Harriet.

— Eu?

— Sim — disse o homem, friamente, secando gotas de suor da testa. Levantou a voz para o funcionário que estava sentado à porta do escritório. — Imagino que a criança esteja lá fora.

— Exato.

A porta se abriu, e Celine entrou, carregando um pacotinho enrolado firmemente.

— Este é o Theo — disse ela, entregando-o a Harriet.

— Theo? — Harriet acariciou sua bochecha macia com o mindinho.

— Significa "um presente de Deus" — disse Celine. — Era o nome que Hermione queria se fosse um menino. É o que diz no testamento.

— O quê?

— Você ouviu o que o advogado disse, não ouviu? — perguntou Jesse.

— Não — admitiu Harriet. — Eu estava cochilando.

— Ela indicou você como guardiã do bebê — disse Celine.

— Quando?

— Aparentemente, um mês atrás — respondeu Celine. — Ela deve ter feito isso quando estávamos no lago. Ela veio a Toronto naquele dia, lembra? Ela mudou o testamento para que, caso alguma coisa acontecesse a ela, o bebê ficasse sob os seus cuidados.

Uma lágrima se formou nos olhos de Harriet.

— Ela fez isso mesmo?

— Parece que sim. — Celine olhou para o bebê. — Então ele não era do Greg desde o começo, hein? Quem diria. Que coisa inesperada.

— Ela sempre foi assim — riu Harriet. — Você devia ler o diário dela. Você acha que ela sabia? Que não era de Greg?

— Não — disse Celine. — Ela podia ser um pouco maluquinha. Mas não era mentirosa.

Harriet olhou afetuosamente para a sua nova responsabilidade.

— E você, Josh? Você quer ser o pai do bebê?

— Na verdade — disse Josh, parecendo envergonhado —, eu teria sido uma porcaria de pai, pensando bem. E Bernie e eu estamos pensando em viajar um pouco. Mas eu gostaria de poder visitar — acrescentou ele.

— Eu assino embaixo — disse Celine. — Pode nos esperar a todos em Bath muito em breve.

Harriet olhou para o advogado.

— O que acontece se eu disser não?

— É difícil dizer. — O advogado limpou a garganta. — Serão feitas tentativas de encontrar o pai da criança. Se isso não der certo, ele ficará aos cuidados da assistência social.

— Você não está dizendo não, está? — Josh parecia chocado.

— Claro que não — respondeu Harriet. — Só estou com medo. Como vou saber se estou fazendo tudo certo?

— Você simplesmente vai saber — disse Celine. — Veja o meu caso. Eu tive três. E os meus se saíram direitinho, né? Mesmo com a leve desvantagem de terem Greg em suas vidas na maior parte do tempo.

— Mas o que eu vou dizer a ele? — disse Harriet. — Como vou garantir que ele saiba quem a mãe dele foi? Eu tinha acabado de reencontrá-la. — Limpou uma lágrima do rosto com o punho da camisa. — Eu não tive tempo de conhecê-la novamente. Como vou mantê-la viva para ele?

Jesse segurou a cabeça dela em suas mãos e olhou diretamente em seus olhos.

— Ela vai estar presente sempre que você cantar para ele — disse. — E ela vai estar presente quando você lhe der banho e o puser para dormir. Vai estar presente quando você ler para ele à noite. Porque você a conhecia melhor do que imagina. Ela era parte de você. Ela sempre vai estar presente.

Ainda segurando o bebê, Harriet virou-se para olhar para ele.

— Você sinceramente acredita nisso?

— Sim — disse Jesse. — Sinceramente.

Bath 2004

— *Vol-au-vents*. — Lizzy passou uma bandeja de cinza vulcânica sob o nariz de Harriet. — *Vol-au-vents* cremados. Quer um?

— Não, obrigada. — Harriet olhou para o tapete perto das janelas francesas quando a porta se abriu e Jemima, Lucy e Oscar entraram disparados na cozinha e começaram a pular como três Tigrões incorrigíveis. — A que hora todo mundo vai chegar?

— Às quatro — disse Lizzy, com firmeza. — O que quer dizer que é melhor a gente se mexer. Eu ainda não pus a cobertura no bolo.

— Você fez o bolo de batizado de Theo?

— Claro — disse Lizzy, quando Conrad gemeu. — Por que não?

Felizmente, as coisas entre Lizzy e Conrad tinham voltado ao normal. Ele aceitou o caso dela. Disse que a amava demais para perdê-la. Lentamente, mas com segurança, os dois seguiram em frente. Conrad estava trabalhando menos, o que significava que ele e Lizzy passavam mais tempo juntos. A Babá Maluca, agora totalmente recuperada, estava morando com eles, de modo que Lizzy agora se sentia mais mulher e menos vaca leiteira. E as crianças estavam muito bem.

Lizzy fez um sinal com a cabeça para o tapete no chão, onde Theo estava dando risada enquanto Jesse fazia a "brincadeira dos dedinhos" com os dedinhos dele.

— Como vocês dois estão? — perguntou.

— Estamos vivendo um dia de cada vez — sorriu Harriet.

— Jesse é um homem bom.

— Eu sei. Ele nunca reclama. Ficou acordado por causa do Theo até depois das quatro da manhã esta noite. Meu Deus — disse ela, cobrindo o rosto com as mãos. — Eu prometi a mim mesma que não ia fazer isso.

— O quê?

— Discutir horas de sono como uma mãe obsessiva.

— Você está feliz? — disse Lizzy. — Com Jesse?

— Muito — respondeu Harriet. — Embora estejamos indo devagar. Nós dois passamos por muita coisa. E as provas da Delilah estão chegando. Só queremos deixar as coisas o mais normais possível.

— Quando Celine vem para cá?

— Na semana que vem — disse Harriet. — Vai trazer todas as crianças. Elas mal podem esperar para conhecer a Inglaterra. Embora, aparentemente, Spike esteja preocupado com a comida. Encheu a mala dele de barras de O Henry.

— Não vejo a hora de conhecê-los.

— Você vai adorá-los — disse Harriet.

— Tenho certeza que sim.

— A nova namorada de Dan teve o bebê — lembrou Harriet. — Eu já tinha contado?

— Teve, é? — Lizzy ficou encantada.

— Uma menina — disse Harriet. — Dan ligou. Está nas nuvens.

— E você está bem com isso?

Harriet olhou para Jesse, brincando no tapete com Theo enquanto as crianças de Lizzy pulavam em cima dele.

— Sim. — Sorriu Harriet, quando a campainha da porta de Lizzy anunciou a chegada dos convidados para o batizado de Theo. — Nós estamos bem.

Este livro foi composto na tipologia Arrus BT,
em corpo 10,5/15, e impresso em papel off-set
90g/m², no Sistema Cameron da Divisão Gráfica
da Distribuidora Record.